九戮

岐风长歌

流牙 著

有穷塔工作室 出品

浙江文艺出版社

图书在版编目(CIP)数据

九畿：岐风长歌 / 流牙著. —杭州：
浙江文艺出版社，2023.1
ISBN 978-7-5339-7014-7

Ⅰ.①九… Ⅱ.①流… Ⅲ.①幻想小说—中国—当代
Ⅳ.①I247.5

中国版本图书馆CIP数据核字（2022）第210514号

选题策划	柳明晔
责任编辑	周海鸣
营销编辑	宋佳音
责任印制	张丽敏

九畿：岐风长歌

流牙 著

出版	浙江文艺出版社
地址	杭州市体育场路347号
邮编	310006
电话	0571-85176953（总编办）
	0571-85152727（市场部）
制版	浙江新华图文制作有限公司
印刷	浙江全能工艺美术印刷有限公司
开本	710毫米×1000毫米　1/16
字数	313千字
印张	18
插页	2
版次	2023年1月第1版
印次	2023年1月第1次印刷
书号	ISBN 978-7-5339-7014-7
定价	58.00元

版权所有　侵权必究

001	第一章	月夜
030	第二章	丹霞
061	第三章	荒生
089	第四章	天阶
115	第五章	惧虐
130	第六章	幻境
152	第七章	玉琮
170	第八章	晋升
191	第九章	死咒
211	第十章	种人
233	第十一章	铸器
259	第十二章	血祀

第一章
月 夜

月亮猩红如血,高悬天空。光霭朦胧,如血在水中晕染开来,将夜色也染成浑浊暗红。

巨兽骸骨横卧在旷野上,根根肋骨如剑直指苍穹,起伏山峦在阴影中若隐若现。狂风吹过,呜呜气流声,如百鬼夜哭,如杜鹃啼血,将滚滚浓烟迫开吹散。

鄢人狂站在土丘上,望着数里外的开拓团营地,微眯双目,眼神犀利。

营地之中,燃烧的熔炉渐渐沉寂,砍伐的灌木被随意堆放,黏稠的湿泥堆成座座小山。

劳作一天的开拓团成员们,此时如蚂蚁般排成一排,在守备的喝骂声中各自回到坡地上那排黑黢黢的木骨泥墙小屋。这是他们休息的小屋。难以想象,每间低矮狭小的木屋,竟然能容纳十个人。从此刻开始,他们将不能踏出这里一步。

远远望去,方圆百里,只有开拓团营地中才有篝火,才有人气,但给人的感觉,却如牢狱一般让人窒息。

"早晚一天,我要凭自己的力量,摆脱这样的苦日子。"鄢人狂轻哼一声,拽起一根草茎,将头发扎成一束。

身上粗麻短衫略显宽大,并不合身,但他毫不在意,用一根布带紧紧系在腰间。暗红月光之下,十六岁少年双目炯炯、轮廓分明的脸上,有着这个年龄本该没有的沉稳，但又不失少年的张扬和桀骜。

等看到开拓团成员都消失在视野之中，鄢人狂脚尖一挑，地上的号角顿时飞了起来，落到他手中。

这是一支陶土烧制成的号角，上面绘制着彩色古朴的花纹，虽然质地粗糙，有几处已经破损，但是鼓足劲吹起来，示警的声音也足够响亮。

和刚刚被赶入木舍的成员一样，鄢人狂也是这第七开拓团的一员。不过比起其他成员，他每日还多出了一项任务，就是巡夜。今晚也是如此。

脖子上挂着破旧的号角，腰间插着一根结实的木棒，鄢人狂敲击火石，点燃了火把，一股松脂燃烧的味道传来，火光顿时照亮周围。

手持火把，鄢人狂从土丘上跃下，围绕着营地开始巡查起来。火把能够照亮的范围，仅仅是周围数尺，夜风一吹，火光忽明忽暗，照得鄢人狂的影子都扭曲起来，周围鬼影绰绰，仿佛藏着什么恐怖的东西，随时都要冲出来择人而噬。

要是普通人，独自一人行走在这旷野中，恐怕早就被吓得头皮发麻，腿肚子发软，但是鄢人狂的脸上毫无惧色，穿着草鞋的双脚走在路上，发出啪嗒啪嗒的声音。

随着时间流逝，夜色渐深，猩红之月缓缓压迫下来，仿佛要挤破天幕，坠于大地。鄢人狂的巡查路线，此时已经走完大半。抬头看看月亮的位置，心中默算一下时间，呼出一口气："应该快了吧。"

他话音刚落，当的一声脆响，从前方黑暗中传来。

"来了！"鄢人狂目光微凝，目视声音传出的方向，不动声色地往旁边挪了几步。

当——又是一声敲击，声音清脆悦耳，甚至还带着某种律动。

下一刻，一行人仿佛凭空出现一般，从黑暗中走了出来。

这些人分不清是男是女，因为他们全身都包裹在红色麻布里，一边旁若无人地跳着祭祀的舞蹈，一边往前迈进。

很快，随着第三声敲击传来，一张盖着红布的高台被抬了出来。高台上，九只青色的玉石编钟按照大小排成一排，微微摇曳着，上面刻画着一些文字符号，似乎在诉说着上古的文明。在玉编钟的后方，一个人影手持木槌，一边舞动一边按照韵律敲击编钟。

这个人和高台下方的那群人不同，她身上裹着的是红色丝布，头上戴着金缕细纹冠，腰间黄金扣带上文着复杂的神人兽面纹，宣告着自己"天人合一"的信仰。

握着木槌的双手裸露在外，手指细长，皮肤惨白得吓人。

随着他们的靠近，一股说不清道不明的淡淡香味，飘入了鄢人狂的鼻孔。

当当当——当当当——与此同时，玉编钟的音律变得急促起来，这群人的舞蹈跳得越来越快，身体也开始扭出种种匪夷所思的姿势。

鄢人狂屏息凝神，今夜他不是第一次看到这样的景象了。这群人无论是高台下跳舞的，还是高台上敲钟的，每个人的头顶和四肢，都被一条细细的线连着。这条线的末端，都向黑暗之中延伸，仿佛有一双看不见的手，在操控着他们的动作。

这群人很快来到鄢人狂面前，但是他们好像并没有看到鄢人狂，又好像即便看到了，也没有在意他一样，依旧伴随着玉编钟的韵律，跳着越来越夸张的动作往前而去。

魔音邪舞，充斥着一股勾魂夺魄的味道。空气之中，好像有一只看不见的手，要将人的灵魂和身体一同拉走。

鄢人狂低着头，眼神不动，好像完全没有受到影响。等到这群人全部从自己面前经过，彻底融入黑暗后，他才抬起头，看着他们消失的方向，喃喃道："今晚的声音，好像有一点变了。"

"嗯？哪里变了？"一个灵动的少女声音传来，与此同时，一只灰白色小猫凭空出现，落在了鄢人狂的肩膀上。

让人不寒而栗的是，这只小猫脸上的大部分区域，都被一只硕大眼球占据，这滴溜溜转动的眼球下面，则有一张小嘴。除此之外，别无他物。刚才的少女声音，就是从这张小嘴里传出来的。

"小七，我有没有说过，不要随随便便出现在我面前。"鄢人狂沉吟片刻，开口说道。

小猫蹲在鄢人狂的肩膀上，舔了舔自己的爪子，似乎不满鄢人狂的态度："反正别人又看不到我，再说了，这个样子我也没有办法。"

知道这件事若是追究下去，到最后又是说不清，鄢人狂索性不再搭理对方，举着火把打算继续巡夜，早点完成今晚的任务，还可以多休息一会儿。至于刚才那番景象，二十天前就出现了，不过到现在为止，都没有造成什么坏的影响。

鄢人狂不想多聊，但小七却不依不饶。舔完爪子，它往前一跳，落在鄢人狂面前，被眼球占据的那张脸，直直地面对着鄢人狂："你还没告诉我哪里变了呢。还有，那个东西你注意到了没？"

鄢人狂眼角余光一瞥，就在他刚刚站着的地方，黑暗之中，有一截线头钻了出来，似乎是在寻找着什么。

"它在找你。"小七说。

说话之间，那截线头又从黑暗中钻出一些，急切地朝着鄢人狂的脑袋伸了过来。

"我知道。"鄢人狂换成右手举火把，火光一燎，那线头刺的一声，冒出一缕青烟，旋即消失不见。

"这是第一次。"小七又道，"它要攻击你。"

"我知道。"

"那你刚才为什么不捏住它，捏住的话，或许就可以知道是怎么回事了。"小七继续道。

鄢人狂想了想，摇摇头道："因为我不想惹麻烦。"

"哦。"似乎想到了什么，小七应了一声，片刻之后，它才发现鄢人狂已经走远了。

"喂，你等等我！"小猫气得凌空一跺脚，急忙追了上去，落在他的身旁，"你还没有说，哪里变了呢！"

鄢人狂目视前方，口中道："虽然我不懂音律，但是我也能够听出来，音律变急了，而且你难道没有闻到——"鄢人狂顿了一下，眸中泛出一抹深意，"那截被烧掉的线头，有股血腥味？"

与此同时，远处一片月光照不到的地方，一男一女静静站立。刚才鄢人狂经历的一切，都被他们看在了眼里。

男子穿着宽大棕色袍子，从脸来看，大约二十岁，很消瘦，给人一种弱不禁风的感觉。

女的比他年长几岁，不过最多也就二十五岁，身穿贴身的甲胄，腰间挂着一柄青铜长剑，身材高挑，容貌清丽，右眼角下面有一颗痣。

"青队。"男子开口道。

"明，你怎么看？"青转过头，看着身旁叫作明的同伴。

"梦境实体化，是无梦者天阶，肯定不会有错，而且已经处在失控的边缘。这家伙可能是某个古神的崇拜者，不然不会做出这样的梦来。"明叹了口气，继续道，"如果不处理的话，大概几天时间，就会彻底失控，可能真的会有什么东西被召唤出来。"

"嗯，你的推测和我的一样。"青点了点头，然后指向远处只剩下一个小点的火光,"那个你怎么看?"

明脸上顿时露出了夸张的神色:"那小子居然不害怕!我真不知道该怎么评价他,是见多识广,还是被吓傻了?"

"我希望是第三种可能。"青摇摇头,"刚才那个梦境要攻击他,却被他用火把给拦住了。"

"感觉是巧合。"明嘟囔一声。

"世上的每一个巧合,都存在某种必然。"青微微一笑,"我觉得这次可能会有惊喜。"

这个时候,鄢人狂突然感觉背后一寒,莫名打了个寒战。

"怎么了?"见鄢人狂神色不对,小七好奇问道。

鄢人狂举着火把,四下看了看,没有发现什么异常。

"没什么。"鄢人狂摇摇头,举着火把继续往前走去。

接下来的路,没有再出现异常状况。

巡查完成之后,鄢人狂回到了自己的木屋。在一片鼾声中,鄢人狂艰难地走到墙角,那里铺着一张薄薄的茅草席子。

鄢人狂蜷着身子躺下,双手抱胸,闭上眼睛,没过多久就发出了平缓的呼吸声。

小七在鄢人狂旁边待了一阵,原本还想和他聊聊天,见鄢人狂不搭理自己,这么快就睡着了,气得哼哼了一阵,原地消失不见。

事实上,鄢人狂此时依旧醒着。"还有三天就可以回去了。"鄢人狂心中道,"希望不要出什么问题。"

无论是小七,还是自己的能力,鄢人狂都不希望被其他人知道。在如今的庄国,只要你拥有超出普通人的力量,就会被视作引发灾难的根源,要么被关押起来,要么被直接处死。任何一个下场,鄢人狂都不能接受。

"只是今晚那被注视的感觉是怎么一回事?"鄢人狂心中警惕。

左思右想,都没有得出结果,于是他只能决定,从这一刻开始,将自己隐藏得再深一些。

想要将自己的打算告诉小七,但是小七的出现与否,并不由他决定,此时见对方不在,鄢人狂也没有办法,只能先休息。

睡得迷迷糊糊的时候,鄢人狂梦到了自己第一次见到小七的场景。

那时他在上一个开拓团劳作,挖掘一处大洪水退去后留下的遗迹。他从地下刨出了一块石板。石板上面刻画的纹样符号，像极了某种古老文字，晦涩的背后似是蕴藏着天地至理。

鄢人狂想要将这件事汇报给当时的守备，但是不知道为什么，突然脑袋剧痛，眼前一黑。当他醒来的时候，就发现石板不见了踪影，而当时他身边的人，也都纷纷表示从未见过什么石板。

就在几天之后，小七出现了。这只古怪的猫不仅眼睛硕大，而且还口吐人言。它自称小七，除了鄢人狂之外，谁都看不到它。

虽然时常失踪，也不知道跑去哪里玩耍，但是需要它的时候，小七总是会及时出现在鄢人狂身边。而且从小七出现的那天开始，鄢人狂发现自己可以看到一些正常人看不到的东西——不是看到鬼魂，也不是看到神灵，而是比这些还要深层次的东西，就比如，连接在今晚那些跳舞祭祀的家伙身上的线。

"这件事，绝对不可以泄露出去。"鄢人狂当时心里就暗暗发誓。

一夜时间，转瞬即逝。

呜——呜——

号角厚重响亮的声音，将鄢人狂从睡梦中唤醒。睁开眼睛，透过木舍泥壁上的缝隙，他可以看到朝阳在天边的金色线条。

起身之后，鄢人狂舒展了一下发酸的四肢，迈步走出木舍。清凉的空气迎面而来，让人精神一振。

开拓团的其他成员此时也陆陆续续走了出来，男女老幼都有，一个个衣衫破旧，脸上写满了劳作的辛苦和疲惫，彼此并没有什么寒暄问候。

所有人都面无表情，在守备的大声指挥中排好队，先去水渠边洗漱，然后端着各自的陶碗，去盛刚刚煮开的粳米粥。

作为开拓团的最高执行者，守备在团里拥有至高的权力。鄢人狂所在的这第七开拓团，守备是一个三十多岁、蓄着两撇小胡子的男子。因为长年待在荒野的缘故，他的皮肤显得格外粗糙，看上去要比实际年龄老不少。他身上穿着皮革甲胄，胸口和腰腹的位置，则是青铜护甲，走起路来，甲片发出吱嘎吱嘎的摩擦声。

此时守备一手叉着腰，另一只手拎着皮鞭，瞪着一双眼睛，从众人身旁走过。经过鄢人狂身边的时候，守备停下脚步，问道："昨晚巡夜，有没有发现什么异常？"

鄢人狂抬起头，看到了守备半暗示半威胁的眼神，鄢人狂摇摇头："没有。"

"很好，继续保持下去！"守备用力拍了拍鄢人狂的肩膀。

等到守备走远，鄢人狂抬头朝着队伍最前方望去。

三根粗大的木头摆成一个锥体，下方吊着一口硕大的陶罐。陶罐下火焰熊熊，将罐子里面的稻米煮得沸腾翻滚，飘出阵阵香味。

四周那些开拓团成员，个个眼睛眨也不眨地盯着陶罐，如果不是有守备在，他们恐怕不会老实排队，而是拥上去哄抢。

然而每天早晨负责给众人盛粥的瘸腿阿四，今天却久久没有出现。渐渐地，人群出现了骚动。

守备闻讯而来，紧紧拧起来的眉头，表明此时他已经处于怒火喷发的边缘。

"阿四呢?! 还没起来吗?!"守备目光恶狠狠地从人群中扫过。

所有人都情不自禁低下头，即便此事和自己无关，但依旧内心忐忑。

鄢人狂也好奇地在人群里寻找了一番。虽然没有太多交集，但是在鄢人狂印象里，瘸腿阿四是一个憨厚的老实人，每天都尽职尽责，不会在此时还没有出现。

在人群中没有见到瘸腿阿四，守备一抬手，指着人群中一个瘦瘦的小女孩："阿花，去把阿四喊出来，告诉他准备吃鞭子吧!"

阿花其实只比鄢人狂小一岁，但是看上去却好像才十一二岁。她慌乱地朝木舍跑去，没过多久，就在众人的注视下跑了回来："不好了，瘸腿四叔不见了!"

整个现场一瞬间安静下来，只剩下柴火燃烧的噼啪声和米粥翻滚的咕嘟声。所有人都变了脸色，慌张、惊愕、疑惑，种种情绪，在人群中快速蔓延开来。

鄢人狂听到身边的老伯喃喃道："第五个了……"

察觉到异样的气氛，守备大步朝少女走去："阿花! 大早上的乱嚷嚷什么? 阿四人呢?"

阿花缩了缩脖子，然后才结结巴巴道："守……守备大人，瘸腿四叔……四叔他不见了……"

"嗯? 怎么不见了?"守备眼中好像要喷出火来。

阿花顿时更紧张了，她瑟缩着纤弱的身子："我……我也不知道啊。就……就是……昨晚上还看到他的，但……但是，他现在人却不在啊……"

阿花被吓坏了，话没说完，眼泪夺眶而出，哇的一声哭了出来。

守备环视众人一眼，然后大步朝着木屋走去。鄢人狂看了看周围众人，所有人的脸上，都满是畏惧。他略一沉吟，跟着守备走去。两人一前一后停在了瘸腿阿四的木舍前。

开拓团的木舍都是没有门的，站在外面就可以看到里面，地上的稻草，隐约还可以看到被人压出来的痕迹。

阿花不知道什么时候也跟了过来,她在鄢人狂身后小心翼翼探出脑袋,脸色苍白,艰难地吞了吞口水,这才小声补充了一句:"就和之前那几个人一样消失了。"

听闻这句话,守备的脸色瞬间阴沉,黑得如同锅底,大声喝骂道:"放屁!什么叫消失了?瘸腿阿四分明就是和那几个人一样,受不了开荒的辛苦,所以趁着半夜所有人都睡着的时候,偷偷跑掉了!"

趁着这个工夫,鄢人狂朝着木屋的稻草上望去。很快,他眼前的一切都发生了变化——所有的一切,都变成了浅浅的蓝色,虚空之中,多出很多斑驳的光点和线条。

鄢人狂清楚地看到,一个只有三肢的人形躺在木屋之中,很快,像是发生了什么恐怖的事情,那人形从腰部位置一下子断成了两截,再然后上下半身分别消失不见了。

"这就是瘸腿四叔消失时的景象吗?"鄢人狂心中喃喃。

他目光微闪,所见的一切立刻恢复了原本的样貌。

一颗毛茸茸的小猫脑袋,此时从他的耳旁探了出来,只是近在咫尺的守备和阿花都看不见。

"你看到了吗?"小七问道。

鄢人狂不易觉察地微微点头。

"那你打算怎么办?"小七停在了鄢人狂的肩膀上。虽然看上去是一只猫,但事实上,鄢人狂丝毫感觉不到来自小七的重量。

鄢人狂没有作声,他在思考。自己并没有任何证据,若是说出事实,不仅会被守备斥责,还有可能暴露自己的能力。

"你们跟我过来!"守备的话语,打断了鄢人狂的思绪。

等回到人群中,守备阴沉着一张脸,对众人恶狠狠道:"瘸腿阿四因为受不了辛苦,所以偷偷溜走了!他能回去的地方,只有丹霞城!等回到城里,我一定要剥了他的皮!至于你们,要是让我知道谁在背后乱嚼舌根,我就让他吃不了兜着走!都看什么看!快吃,吃完继续干活!规定时间内不把玉石数量挖够,一个都不许回去!"

眼见守备怒火中烧,一副要吃人的模样,众人急忙低下头来,阿花也赶紧钻进了人群,生怕被迁怒。

在守备的指挥下,换了一个人来给众人盛粥。只是这个时候,所有人都有一种食不知味的感觉。

鄢人狂端着陶碗，看向木屋出神。他的脑海中，浮现出瘸腿阿四的形象：五十多岁，个子不高，样貌憨厚，由于长年风吹日晒，皮肤很黑，脸上有着沟壑一般的深深皱纹。最引人注目的，是他用木棍作为替代的一只脚。

根据瘸腿阿四自己的说法，失掉的那只脚，是早年遭遇盗匪，和对方搏斗时被砍掉的。正因为如此，他走路才一瘸一拐，被人称为瘸腿阿四。鄢人狂他们这些小一辈的，则喊他瘸腿四叔。喊得多了，他真正的名字倒是没有人记得了。

守备的话，鄢人狂是不信的，因为他"看到"了瘸腿阿四消失时的场景——就在营地里，就在木屋中。

"能在半夜不惊动旁人的情况下，把一个人拦腰分成两截，然后在没有一丝血迹的情况下让这个人消失，这不是我能解决的问题。"鄢人狂低头喝了口米粥，"只剩三天了。"

吃完之后，封闭的熔炉重新燃起，滚滚浓烟笔直冲天，众人拿上农具，继续去挖掘玉石矿。

大洪水退去之后，国家需要更多的土地，于是贵族们便支持各城组织开拓团前往野外开辟新的土地，以缓解日益紧张的耕地问题。

随着雕琢技术日渐成熟，贵族们越来越喜爱玉器，无论是日常佩戴还是用于祭祀、殉葬，玉器成了贵族们身份的重要象征。于是开拓团又发展出了新的方向，即前往各地寻找、挖掘玉石矿。据鄢人狂所知，仅他所在的丹霞城，拥有的玉石开拓团就足有十五支。

鄢人狂拿着铜锥和石斧，来到矿洞边缘的露天空地上，将挖出的玉矿石表面覆盖的砂岩敲掉。这是个细致活儿，但对他来讲早已轻车熟路。

黑色的砂岩表皮逐渐脱落，鄢人狂看着手中逐渐显露光彩的玉原石，想象它被运回城中后，会被制作成何种器型：或许是绘制着鸟纹的玉璧，或许是闪亮华美的玉镯，甚至是巫觋手中的玉琮。与他，倒是只有此时片刻的缘分。

埋头苦干到正午，鄢人狂抹了抹额头，正打算坐下来休息一会儿，就见到阿花赤着一双脚，朝自己的方向跑了过来，看神色似乎是有急事。

"鄢人狂哥哥！"跑到鄢人狂面前，阿花喘着气喊道。她显然是一路小跑着来的，此时脸颊红彤彤的，额头上也沁出了细密的汗珠。

"怎么了？"鄢人狂问道。

喘息了片刻，阿花才回答道："守备大人让我喊你过去，说有事情要和你讲。"

顺着阿花手指的方向，鄢人狂见到站在远处的守备。

"好，我这就过去。"鄢人狂应声道。

放好工具之后，鄢人狂朝着守备走去，同时心中暗暗揣测，对方找自己是什么目的。

"守备大人，您找我？"来到对方面前，鄢人狂问道。

守备黝黑的脸上看不出情绪，他伸手一指不远处的木屋——那是他这个守备平时用来休息的。

"不是我找你，是其他人找你。"

"嗯？"鄢人狂目露疑惑。

他的家族早已破落，父母也在数年前双双去世，现在和他相依为命的，是他的弟弟鄢人敌，而弟弟此时应该没有空来找他。除了弟弟，还能有谁来找他？

守备开口道："是城里有人过来，要问你几个关于我们开拓团有人逃跑的问题。"想了想后，守备又多解释了一句："因为你是负责巡夜的，所以他们想从你这里多了解一些情况。"

"哦，原来是这样。"鄢人狂恍然大悟。

"你跟我过去，我还有几句话要嘱咐你一下。"守备转身，示意鄢人狂跟上来。

鄢人狂已经知道对方要讲什么了，但还是耐着性子听下去。

"你不要看我，听我说就可以，不要让人察觉我在和你讲话。"守备提醒道。

鄢人狂轻轻嗯了一声，保持目视前方的姿势。

"他们大概会问你，你巡夜的时候有没有见到什么异象。你只要说一切正常就可以了，就像我之前屡次提醒你的那样。瘸腿阿四他们那些人，就是受不了苦，自己偷偷溜走了，和其他事情没有一点关系。我不想在还有几天就回城的时候惹上麻烦。我知道你也不想，对不对？毕竟你和你弟弟的生活已经很不容易了。鄢人狂，我知道你是聪明人，所以你肯定明白我是什么意思。有的时候乱说话，是会给很多人带来麻烦的。"

说话的工夫，两人已经来到了木屋前面。守备换上一副笑脸，拍了拍鄢人狂的肩膀，大声道："进去吧，他们问什么，你就老实说什么，不要有任何隐瞒。"

说到最后一句话的时候，守备在鄢人狂的肩膀上捏了一下，然后为他打开了门。鄢人狂进了木屋，身后的门旋即被守备关上了，阳光顿时就被阻隔在外。

这间木屋鄢人狂以前进来过，屋子的角落胡乱堆放着陶罐，桌上最常见的，是占卜用的龟甲、鱼骨、竹片什么的。

屋内的气味并不好闻，但是此时却多出了一丝淡淡的幽香。

鄢人狂抬头望去，见到桌子后面坐着一男一女两人。

这两人的穿着有些不伦不类。男的裹着一身宽大的棕色袍子，只有脸露在外面。女的则穿着贴身的皮革甲胄，勾勒出窈窕的身材，头发整齐地梳起，露出光洁的额头，眼角下的一颗小痣，让她平添了几分妩媚，鄢人狂的心弦微微跳动了一下。

"你坐吧。"青嘴角微扬，"不用紧张，我们只是询问几个简单的问题。"

"哦，好的。"鄢人狂见到长桌前还有一张空着的木椅，看来就是为自己准备的。

坐下之后，鄢人狂就听青问道："听守备说，加入开拓团之后，每夜的巡查，都是由你来完成的？"

"嗯，是的。"鄢人狂点头。

"那你为什么要这么做？"青继续道，"众所周知，开拓团的任务十分繁重，而且对于普通人来讲，野外是比较危险的。"

问出这个问题的时候，青的身子微微前倾，目光中透着审视和认真。鄢人狂顿时感觉到一股无形的压力落在自己的肩膀上，此时他可以从对方的眼眸中，清晰地看到自己的倒影。

"为了钱。"鄢人狂没有犹豫，"巡夜的话，每天可以多得一个铜刀币，这对我来说很重要。"

这个回答让站在一旁的明皱了皱眉。

青的神色倒是没有变化，她看了鄢人狂片刻，重新坐直了身体，继续问道："你们所在的第七开拓团，最近失踪了好几个人，你在夜晚巡查的时候，遇到过什么奇怪的事情吗？"

鄢人狂摇摇头："晚上一个人巡查的确挺吓人的，但是奇怪的事情，我并没有遇到。"

"哦，这样啊，那没事了，你可以离开了。"出乎鄢人狂的意料，他刚回答完，青就示意他可以离开了。

"这就……完了？"鄢人狂忍不住问道。

青的眉眼带着笑意，让鄢人狂的心跳更快了："我没有问题了，你还有什么要说的吗？"

鄢人狂感觉到自己的脸颊有些发烫，他急忙起身，摇头道："没有了。"

"没有的话，那你就可以继续自己的任务了。"青说道。

不知道为什么，听到青这句话的时候，鄢人狂突然有些失落。

就在他要打开房门的时候，身后突然又传来了青的声音："等一下。"

"怎么了？"鄢人狂转过身，看到青指向桌上一个小巧的铜制天平。

"你觉得天平要怎样保持平衡？"青问道。

鄢人狂看着青，确定对方是认真问自己后，他才说道："只要两端保持重量一致就可以了。"

"好的，谢谢。"青笑了笑，示意鄢人狂这次真的可以离开了。

鄢人狂走出木屋，将门关上，阳光立刻洒落在身上，但是他却感觉不到丝毫暖意。

这时候小七不知道又从哪里钻了出来，它在鄢人狂的旁边飘着："刚才那个女人……"

"很美。"鄢人狂轻声道。

"不，她身上，嗯……"小猫仰头望天，更显眼珠子硕大，"有一种熟悉的感觉。"

"呵呵。"鄢人狂笑了笑，"错觉吧，但愿不会给我们惹来什么麻烦。"

木屋内，青脸上的笑容渐渐收敛。

"青队，你觉得他怎么样？"明好奇地问道，"你还满意吗？"

青抿着嘴唇，将天平挪到面前。

明凑到天平面前，仔细打量片刻，再看向青："测试的结果怎么样？"

"你自己看。"青指了指天平的底座。

这铜制的底座上，横着镶嵌一条细长笔直的玉髓，玉髓上方，则标出了细密的刻度，四周还刻画着很复杂的云鸟纹。

青将手指按在玉髓上，一股无形的力量灌入其中，天平的两端很快就上下摇摆起来。与此同时，带着温润光泽的玉髓中，从其中一端延伸出青翠的绿色。这翠绿色朝着另一端笔直延伸，而明的眼睛，也随之越瞪越大，甚至五官都夸张地扭曲起来。等到整条细长玉髓都变成绿色，天平的两端依旧没有平衡下来。

明的声音都变了调："这怎么可能？！他的弥识竟然这么庞大！就连通磐天平都测试不出来！"

"是啊，我也很震惊。"青说道。

明仔仔细细打量着青："可是青队，我从你脸上，看不到丝毫震惊的神色啊。"

青斜睨他一眼，明急忙用手捂住嘴巴，过得片刻，手指张开一条缝："青队，这家伙该怎么处理？弥识这么庞大，根本没见过啊。"

"这个鄢人狂，目前来看，要么收编到我们这边，以便随时观察他的情况，要么就地格杀，以绝后患。"青没有丝毫犹豫地说道。

明深以为然，连连点头，看了眼依旧在摇摆不定的通磐天平："这么庞大的弥识，他要是失控的话，整个丹霞城……"一想到那可怕的局面，明感觉嗓子阵阵发紧，"恐怕就会毁于一旦。"

"是的。"青目光幽深，"鄢人狂的弥识，就是一把双刃剑，用得好的话，会成为我们狩灵卫到目前为止的最大助力，但如果他不稳定的话，我们就会承受无法想象的灾难。"

明这个时候没有插嘴，他知道青在思索。这件事太过重大，无法轻易下决定。

青这个时候问了明一个问题："你说，如果让狩灵卫的其他三部知道了鄢人狂的存在，他们会怎么做？"

明立刻回答："杀了他，将隐患彻底抹除。"

"那我们就不可以这么做。"青说道，"这也正是我们这一部虽然人数最少，却依旧可以和另外三部分庭抗礼的原因。"

明还在犹豫，道："可是青队，这会不会太冒险了？这个鄢人狂，这个弥识……实在是……谁能拍着胸脯保证他一直稳定？谁又能保证在他失控的时候，能控制住他？"

"那就最后再测试一下吧。"青取出一本小册子，先用黑墨在上面写上鄢人狂的名字，然后又换成朱砂，在这个名字上打了个大大的叉。

"他今天已经说了谎，如果接下来的测试，他没有让我满意的话，那我们就只能将他就地格杀了。"青说道，"毕竟我们不能让一个足以毁灭丹霞城的隐患存在，这个责任，谁都承担不起。"

想着今天被询问的事情，脑海之中不时浮现出青的容貌，鄢人狂下午劳作的时候，显得心不在焉。

小七似乎也有心事，没有再出现。

等到了傍晚，众人收拾完准备休息的时候，守备又找到了鄢人狂。他这次是让鄢人狂改变一下巡夜的路线。

之前鄢人狂都是直接从营地外开始的，守备让鄢人狂今晚从木屋出发，等出了营地之后，再沿着过去的路线行走。守备的理由是加强一下戒备，以防再出现有人失踪的情况。

"好的。"鄢人狂略一沉吟,就答应了下来。

等候的时候,鄢人狂躺在自己的木屋中,透过头顶茅草的缝隙,他可以看到悬挂在天空的红色月亮。

不知为何,今晚的月亮似乎距离地面特别近,鄢人狂甚至可以看到月亮表面的凹陷大坑。

夜色渐深,万籁俱静,远处吹来的风如同野兽在嚎叫。

鄢人狂轻手轻脚地从木屋内走了出来。沿途还可以听到此起彼伏的打呼声。巨大的猩红圆月就挂在头顶,昏暗的月光透过月晕,无法将大地彻底照亮。

鄢人狂点燃火把,在营地内认认真真检查了一遍。木屋内的开拓团成员们在沉睡。熔炉在安安静静燃烧,只是偶尔发出柴火爆鸣的吧嗒声。所有的器具随意摆放在地上。木制的脚架立在营地四周,仿佛是不规则的图形。

"一切都很正常。"鄢人狂呼出一口气,正打算走出营地。

叮叮——当当——清脆悦耳的声音,突然从他身后传了出来。

寂静的深夜里,像是有什么东西,悄然苏醒了一般,周围气流也在这一刻,泛出一股淡淡的腥味。

"这个声音是……"鄢人狂目光一凝,转身望去。

营地深处的那一片昏暗,此刻仿佛笼罩上一层漆黑如墨的雾气。伴随着越发急促的叮叮当当声,一道道全身被红布包裹、跳着如同祭祀一般舞蹈的身影,从那片雾气中出现。

今夜他们的规模,比之前鄢人狂见到的都要庞大。

紧接着,被红布覆盖的高台,从黑雾中被抬了出来。被红纱包裹的身影,此刻竭尽全力地舒展着自己的身体,苍白的双手紧握木槌,在玉编钟上不断敲击,快如雨点。

叮叮当当——

叮叮当当——

砰砰!砰砰!突然,沉闷的轰鸣声响起,震得鄢人狂感觉脚下的地面都在颤动。他抬头望去,就看到又有两座被红布覆盖的高台被抬了出来。这是鄢人狂之前从未见到的。

这两座高台上,两个尖锐高大的兽牙,各自固定着一面大鼓。同样是被红纱裹住的身影，手持鼓槌，此刻用力敲打着鼓面。惨白的手臂，惨白的手掌，漆黑的鼓槌，鼓槌敲击鼓面的那一端，赫然是一张狰狞的兽脸。

砰砰！大鼓每敲击一下，那群舞蹈的红色身影，就会用几近夸张的幅度摆动自己的身体。

今夜的音律，今夜的舞蹈，仿佛是酝酿了数十天之后，终于来到了高潮阶段。

小七不知道什么时候出现在鄢人狂的肩头，它那只大眼睛，迷茫地看向眼前的一切，再看向鄢人狂紧锁的眉头。

"这些东西，今晚怎么提前出现了？而且还出现在了营地里？"片刻之后，小七疑惑道。

"这些也就罢了，你有没有发现……"鄢人狂的手慢慢伸向腰间的木棍。

"什么？"

"声音几乎要把人的耳朵都震聋了，营地里却没有一个人被吵醒。"鄢人狂眸中有流光在急速汇聚。

小七朝木屋方向看了看，倒吸了一口凉气："那我们怎么办？"

"再等等看。"鄢人狂叹了口气，"虽然我很怕麻烦，但是麻烦如果找上门来，那我也没有怕的道理。"

此时数里之外，青和明一起看向营地的方向。

青的手中托着通磐天平。此时的天平两端不断摇摆，底座上刻画的那些云鸟纹饰，不断闪烁着暗金色光芒，像是鸟即将飞出云层。

"青队，我们什么时候出手？"明看向青问道。

"看看鄢人狂的反应。"青的目光落在通磐天平上，"那个无梦者并不是重点，鄢人狂才是。"

"嗯。"明点点头，"我也期待鄢人狂会怎样应对这个局面。"

这个时候的鄢人狂，虽然表情看上去镇定，但是握着木棍的掌心，已经沁满了汗水。

"虽然我拥有一些特殊的能力，但是不知道对这些家伙有没有效果。可是我绝对不能就这样逃走，要是我走了，营地里的人就很可能陷入危险。"鄢人狂深深呼吸，强迫自己稳定心神，淡淡的光芒，在他瞳孔深处不断闪烁，与此同时，他所见的一切，都发生了扭曲变化。

此时鄢人狂可以清楚地看到，这些被红布包裹的身影上都被细细的线连接。这些线在半空延伸，最后汇聚到他们出现时的那片雾气中。

鄢人狂在和他们对峙。

九只玉编钟,此时被敲出了大军压境般的气势。兽牙大鼓的鼓点,震得人血脉偾张,仿佛都要随之逆流。

那些舞者的动作,越来越夸张。他们的脑袋、躯干和四肢,随着音律的变化,折出一个个匪夷所思的角度。

不知不觉,营地内的气氛变得热烈起来,空气都在蒸腾,仿佛正在举行一场盛大的巫卜仪式,连仓库中的玉原石都微微发亮,与天空中的星辰遥相呼应。

"不行,我不能这么看着,我要去把木屋里的人叫醒。"鄢人狂刚要迈步,木屋的方向突然出现了一道道人影。紧接着,那些人就从黑暗中走了出来——都是开拓团的成员。他们都双目紧闭,身体僵硬,迈着步子,三三两两走到那群舞者中。

看到开拓团的成员头顶也都连着一根线,鄢人狂顿时倒吸了一口凉气。

"这根线果然可以控制人!"鄢人狂肩头的小七发出尖叫。

"嗯!"鄢人狂迈步就朝前冲去。

"你要做什么?!"小七大声问道。

"当然是叫醒他们!"鄢人狂此时也顾不上那些舞者了,他冲到距离自己最近的一个开拓团成员面前,双手扳住对方的肩膀,顿时感觉触手冰凉,仿佛是摸上了一块久搁在墓地里的寒玉。

他愣了一下,旋即用力摇晃对方的肩膀:"喂!你醒醒!"

普通人即便是熟睡的状态,被这样摇晃,也该醒来了,但是这个开拓团成员一动不动,双目紧闭,并且嘴唇还在以肉眼可见的速度变得苍白。

"你!"鄢人狂狠狠抽了对方一个耳光,见对方没有反应,他又赶紧穿过几名舞者,朝着下一个人跑去。

这些舞者的动作,越发夸张起来,让人难以猜测,下一刻他们的手臂和双腿,会折向哪个方向。

就在鄢人狂躲闪不及,以为要被其中一个舞者踢中的时候,诡异的事情发生了——那个舞者的左腿,居然像虚影一样,从鄢人狂身上穿了过去。

鄢人狂毫发无伤,但是在舞者左腿穿过自己身体的时候,他感觉就像有一股冰水猛地注入了自己的血管,让他不禁哆嗦了一下。

"这些是幻象!"鄢人狂惊讶一下,顿时不再躲避面前的舞者,忍着不适,来到第二个开拓团成员面前,一个耳光直接抽在对方脸上:"喂!醒醒!"

依旧没有反应。第三个、第四个,依然如此,每个人都紧闭双眼,好像对外界的变化毫无感知。鄢人狂的额头沁出汗来。

"没有用，这些人都被控制了！"小七喊道。

"控制？"鄢人狂的脑中，猛地闪过一道白光。

"线！那根线！"鄢人狂立刻抬头，看向连接开拓团成员头顶的那根线，他毫不犹豫，挥动手里的木棒就朝着线打去。

就在这个时候，站在他面前的阿花突然睁开了双眼。

"阿花……"鄢人狂还没有来得及惊喜，一股大力猛地从身后袭来。

鄢人狂跟跟跄跄地退出了舞者的圈子，稳住身体急忙朝前望去，看到刚刚将自己扯出去的，是一个开拓团的成员。

那个成员依旧闭着双眼，回到了自己原来所站的位置。这个成员身侧的阿花，正用冰冷的眼神看着自己。这个眼神十分陌生，带着无比的冷漠，看得鄢人狂感觉心脏被揪了一下。

"阿花？"鄢人狂试探着再叫了一声。

阿花嘴角翘了翘，明明是笑容，却透着一股残忍的味道："原来还有一条漏网之鱼。"

鄢人狂眉头一皱："你是什么人？！"

"我？我就是阿花啊，鄢人狂，你不会被吓傻了吧？"阿花笑了起来，声音就像是刀片摩擦一样刺耳。

话音刚落下，鄢人狂就看到，连接在那些舞者和开拓团成员身上的线，在半空中汇聚起来，最后聚成一束，穿透黑暗，连到了阿花的身上。

与此同时，青手中的通磐天平，两端也停止了摇摆。青淡淡道："无梦者，现身了。"

"是你！"望着眼前的一幕，鄢人狂顿时明白过来。

只是眼前的阿花，实在叫人难以与那个平时总低着头、做事小心翼翼、被骂一下就会哭的少女画上等号。

鄢人狂难以置信："我每天看到的幻象，都是你弄出来的？你要做什么？"

"做什么？"阿花看着鄢人狂，眼神透着一丝迷茫，"我原先的时候，只是想给那些对我不好的人一点教训。"

阿花的视线转向那群舞者，再看向玉编钟、兽牙大鼓。密集的旋律，震撼的鼓点、晶莹的玉石，让她的眼神渐渐变得狂热起来："所以每天晚上，我都会向我崇拜的真神许愿，要那些人都不得好死！就在某一天，我的愿望竟然真的实现了！我希望消失的那个人，真的消失得无影无踪！"

听着阿花的叙述，鄢人狂感觉到脊背阵阵发凉："所以说，开拓团里失踪的那些人，包括瘸腿四叔，都是你让他们消失的？"

阿花睨了一眼鄢人狂，眼神不屑："他们的死，都是罪有应得！你真以为他们都是好人？最开始我许愿让其消失的是莘婶，你别看她白天对谁都笑眯眯的，看上去很和蔼，每到晚上，所有人都睡着之后，她就会偷偷诅咒每一个人！我就睡在她的隔壁，所以她说的每一句话每一个字，我都听得清清楚楚！有一天晚上，我亲耳听到，她恨不得我死，就因为我比她年轻！所以我就在睡前向真神许愿，希望这个虚伪的女人消失在我面前。

"那天晚上，我在梦中好像听到了真神的答复，当我醒来的时候，这个该死的老女人，真的不见了！一开始我也害怕，害怕被人发现是我做的。但是很快我就意识到，守备根本就不当一回事，其他人更想不到，平日里唯唯诺诺的我，竟然会有这样的能力！所以那个时候，我就下定决心，要所有对我不好的人，都去死！全都消失！"

"那瘸腿四叔呢？你每天喝的粥都是他煮的，他那么老实的人，你为什么要杀了他？"鄢人狂问道。他的脑海中，浮现出白天看到的那一幕——躺在木屋稻草上的瘸腿阿四，突然就被拦腰斩断。这种手段，简直残忍至极。

"瘸腿阿四？"阿花突然尖叫起来。

她的额头上，出现了一条条如同蚯蚓般的血管，这些血管在她薄薄的皮肤下不断蠕动着，让人毛骨悚然。

"他怎么可能会是老实人！他这个老瘸子，觊觎我年轻的身体！每天他看我的眼神，像是要穿透我的衣服，把我扒光了一样！我绝对不能忍受这样的事情！所以我要他死！"阿花尖锐的叫喊，仿佛给钟鸣和鼓点注入了某种能量。随着玉编钟和兽牙大鼓不停被敲击，空中出现了一道道波纹。

阿花的双目，沁出条条血丝，她突然朝着鄢人狂一指。鄢人狂只觉得后脑勺一凉，紧接着，这冰凉的感觉顺着脊椎骨一直往下，蔓延至全身，就仿佛身体浸泡在冰水里一般。鄢人狂发现自己的身体不受控制了，变得和其他站得笔直的开拓团成员一样。

"你也被那条线连上了！"小七惊呼一声。它跳到鄢人狂的肩膀上，张开嘴卖力地去撕咬那根线，却丝毫没有作用，急得它爪子直挠。

见控制住了鄢人狂，阿花好像慢慢冷静了下来。她目带痴迷，望着不知道何时聚拢到营地上方的一片乌云，喃喃道："每天晚上，我都会一遍一遍地对着真神祈祷，祈求他满足我卑微的愿望。就在今晚，我听到真神对我说，他想要我祭拜他，以人血染玉，让他降临到这个世界，让所有人都见识到他伟大的神迹。"

"疯子！"鄢人狂心中骂道。他此时全身上下，就只有眼珠子可以转动。他抬眼望去，看到阿花虔诚地跪地，取出一块龟甲，在手心缓缓摩挲着，口中念念有词。鄢人狂隐约觉得那片龟甲有点眼熟，但是距离有些远，看不清楚。

就在这个时候，鄢人狂突然发现自己的身体动了！不仅是他，那些开拓团成员也都动了起来。所有人都随着那些舞者，开始舞蹈！

而阿花的声音也在此时传来："真神告诉我，他的降临，需要生命的祭献。你们献出生命，为真神打开通往这个世界的大门，应该感到无比荣幸！"阿花猛地提高了嗓音。

唰！鄢人狂一只脚的足尖点地，另一条腿抬起和地面保持平行，一条手臂弯曲放在胸前，另一条放在腰后，身体朝着左侧缓缓倾斜。在场所有人都整齐划一地摆出这个姿势，时间仿佛诡异地静止下来。

在这之前，鄢人狂从没想到自己竟然可以做出这样的动作。下一刻，鄢人狂感觉自己的脑袋开始动了。他的脸颊慢慢朝着右肩贴去，脖子渐渐弯曲到极致，阵阵酸痛传来。

看这个趋势，阿花是要将所有人的脖子生生折断，让所有人的脸颊都紧紧贴上右肩。

咔嚓！鄢人狂已经听到前面有脖子折断的声音了。

"喂喂！你还不动手吗?!"小七咬着鄢人狂头顶那根线，含糊不清地喊道。

"我可没想过死在这里，更没想过让你杀死更多的人！"鄢人狂目光骤然一凝，他的双目中，仿佛有一股力量勃然而发，让眼前的虚空都出现了扭曲。

啪！连接他头顶的那根线顿时崩断。小七喵呜一声，跳到了一旁。刹那之间，鄢人狂感觉重新夺回了自己的身体。

远处看到这一幕的青，原本握紧的手重新松开，眼神之中，满是疑惑和惊讶。而旁边的明，脸上则露出了迷茫的神色。

"鄢人狂，你做了什么?!"阿花厉声尖叫。

她额头上暴起的血管更多了，仿佛是一窝蚯蚓全都爬到了她的脑袋上，围绕着她的脑袋裹了一圈，此刻虬结在一起不断蠕动着，让人恶心欲呕。

"我要阻止你！"鄢人狂目力再度汇聚。

砰！阿花面前的虚空猛地扭曲，像是发生了一次爆炸，空气如同开水一样沸腾开来。阿花一声尖叫，身子倒飞出去。舞者们的动作，钟鸣和鼓点，也都被打乱。

阿花的鼻子里，有血水流淌出来。她擦了下鼻子，瞪着鄢人狂恶狠狠道："鄢人狂！你阻止不了我的！因为，这是我的梦！"

阿花的头发突然如海草一样散开，在背后飘浮。更多的银线从黑暗中抽出，连接到在场的舞者和开拓团成员身上。

被打乱的节奏，立刻就恢复过来，并且变得比之前更快。所有舞者的动作再次整齐划一，脑袋重新侧压。

咔嚓！又有脖子折断的声音传来。

"看你的脚下！"小七提醒道。

鄢人狂低头望去，看到脚下的地面突然出现了粗黑的痕迹，像是用煤画上去的一般。踩在上面，竟然让他感觉有些烫脚。这些痕迹，弯弯曲曲，断断续续，像是祭祀用的铭文，充满了诡异凶恶的味道。

咔嚓！又是一声骨头折断的声音传来。鄢人狂看到，就像是有一支无形的笔在地上勾画一般，这些痕迹断开的地方，立刻就被连上了。

阿花此时跪在地上，口中念诵的速度越来越快。她的眼睛、鼻子、耳朵、嘴巴，同时有鲜血流淌出来，而这些鲜血滴落到地上，立刻就被大地吸收，消失得无影无踪。

"你给我住手！"鄢人狂厉声喝道。

他刚要再度出手阻止阿花，就看到阿花歪头朝他龇牙一笑。此时的阿花，头发散乱，牙齿被鲜血浸泡得猩红，模样仿佛炼狱恶鬼，说不出地狰狞恐怖。

"鄢人狂，你不是觉得瘸腿阿四是老实人吗？那你就自己问问他呀。"

"什么？"鄢人狂一愣。旋即，他就发现，自己的影子被身后一道突然出现的身影给遮住了。下一刻，一道劲风从头顶落下。鄢人狂急忙往一旁跳去。

转过身来，见到袭击自己的人，鄢人狂吃了一惊。站在他面前的，的确是瘸腿阿四，然而这个瘸腿阿四，是被人一块一块缝合起来的。

他的身上，有大片被切割的痕迹，腰部的切口格外明显，伤口皮肉外翻，鲜血早已凝固，变成了暗沉的血块。苍白的脸颊，嘴角被撕裂，眼珠泛白，好像要从眼眶里挣脱出来一般。但是他却如同活人一般，手里握着一把砍树的青铜斧子，一步一步，朝着鄢人狂走了过来。

猛然之间，瘸腿阿四张开血盆大口，发出无声的咆哮，举起青铜斧子再度朝着鄢人狂劈下来。鄢人狂一个翻滚，躲开对方一击。砰！青铜斧子重重劈在地上，砸出一个大坑，泥屑四溅。

鄢人狂眸中光芒闪烁，空气之中一股无形的力量快速汇聚，直接轰在瘸腿阿四的脸孔上。瘸腿阿四的脑袋立刻向后仰去，后脑勺紧紧贴在了后背上。从断开的脖子，可以清楚地看到脊椎的截面。瘸腿阿四晃了晃，伸手扶住自己的脑袋，重新摆回到脖子上，扭动两下后，咔嚓一声，将脑袋接了回去。那双泛白的眼睛，死死地朝着鄢人狂瞪了过来。

"这一招好像对他没有用。"鄢人狂心中嘀咕。

他朝着瘸腿阿四望过去，目光仿佛可以穿透层层虚空。片刻之后，鄢人狂见到一根极细极细的线，连在了瘸腿阿四的脚后跟上："找到了！"

与此同时，瘸腿阿四也挥动青铜斧子，朝着鄢人狂横着劈了过来。鄢人狂急忙蹲下，青铜斧子几乎贴着他的头皮劈了过去，一阵碎裂的声响传来，他身后的一排陶罐被劈得四分五裂。

鄢人狂无暇他顾，趁着瘸腿阿四还没有来得及进行下一次劈砍，他朝着一旁跳去，同时再度凝聚目力。

砰！瘸腿阿四脚后跟那一片的空气，像是突然受到牵引，猛地一个拉扯。啪！那根连接瘸腿阿四的细线，顿时断裂开来。

原本正在缓缓转身的瘸腿阿四，立刻停住不动，然后缓缓向前栽倒下去。

"幸好不是很厉害。"鄢人狂擦擦汗，转身朝着阿花的方向望去。

此时的阿花，全身每一个毛孔都在往外渗出血珠，看上去变成了一个血人，她依旧手捧龟甲，口中念念有词："吾之真神，吾愿祭献生命，迎接真神降临……"

断断续续的声音，穿过那些疯狂的舞者，钻入鄢人狂的耳朵。此时的钟鸣和鼓点，激烈到了极致，那些舞者的动作，更是每一下都好像拼尽了全力。周围的空气，都被搅动出道道气旋。

"鄢人狂，你脚下的图案颜色更深了！"小七提醒道。

鄢人狂低头望去，地面上那些铭文，此时形成了一个硕大的圆圈，将所有的舞者，以及鄢人狂都囊括了进去。圆圈之中，扭曲的线条，勾勒出叫人全身都不舒服的图形。这些图形仿佛代表了灾难，代表了绝望。

阿花抬起头，朝向鄢人狂的方向，原本应该是眼睛的位置，此刻只剩下两个血肉模糊的恐怖窟窿。猩红的血水，从这两个窟窿里不断涌出来。大片暗红，从她的身下朝着周围扩散，就像是浓墨滴落清水一般。

阿花在笑："鄢人狂，真神听到了我的召唤，它马上就要降临了，你准备见证真正的神迹吧。"

"疯子！"鄢人狂将拦在自己面前的开拓团成员推开，冲到阿花面前，一脚将对方踢倒在地上。不给对方反击的机会，鄢人狂直接伸手，朝着阿花头顶那汇聚成一束的线抓了过去。

空间急剧坍缩，根根细线啪啪断裂。阿花的身体顿时剧烈抽搐起来，她张开嘴，哇哇吐血。

她也不阻止鄢人狂，反而捧起手中那片龟甲，嘿嘿笑道："来不及了，鄢人狂，不信你看看头顶。"

鄢人狂抬头望去，原本汇聚在头顶的那一片乌云，不知道什么时候变成两股逆流，如血一般暗红，在追逐，在交汇。一股庞大的力量扩散开来。铁与血的味道，变得越发浓厚。

"你快停下来！"鄢人狂一把抓住阿花。

阿花此时像是耗尽了全身最后一丝力气，脸上带着满足的笑容，空洞的双眼，痴痴地看向天空。

不仅是阿花，此刻周围的那群舞者，也停止了舞蹈。钟鸣和鼓点，同样戛然而止。此刻的开拓团营地，充斥着一股诡异到极致的安静和压抑。

"真神——"阿花口中吐出两个字，身子陡然僵住，彻底不动了。啪嗒一声，一直抓在手里的龟甲，也掉落到地上。

周围那群身裹红布的舞者，也在这一刻陡然炸开，化作黏稠的肉块和血水，迅速被地上的铭文吸收。原本黑漆漆的铭文，顿时泛出红色，阵阵热浪，猛烈蒸腾，和半空中的云团形成某种呼应。

数里外，青将通磐天平收好，迈步朝着营地的方向走去："要出来的这个东西，不是鄢人狂能够对付的。"

"轮到我们出手了吗？"明兴奋地说道，"那鄢人狂怎么说？"

青脚步略略一顿，旋即加快："他的表现，远远超出了我的预期。"

与此同时，营地之中。

"这是怎么回事？"小七跳到鄢人狂的肩膀上，不安地看向四周。

玉编钟在晚风中缓缓摇动。血水滴落到兽牙鼓面上，发出轻轻的敲击声。四周的肉块和血水，像是熔化的蜡烛一样，不断融入地面上的铭文。开拓团的成员，横七竖八躺了一地，不知是死是活。

半空中，两股逆流带来的压抑气息越发浓郁，让营地内的空气沉重得好像青铜大鼎倒扣于其上。

鄢人狂的心脏怦怦狂跳，眼前的景象，让他直犯恶心。看一眼四周，他狠狠一咬牙："走！"

话音刚落，轰的一声巨响，地动山摇，震得鄢人狂眼前金星乱冒，踉踉跄跄，差点摔倒。

小七也被震得一下子跌进了他的怀里，它望向天空，硕大的眼球里满是震惊："那是什么？！"

鄢人狂抬头望去，看到半空中的两道逆流，此刻如河水一般缓缓分开。一双弯弯曲曲的角，燃烧着惨绿的火焰，从里面探了出来。角上面，刻满了古老神秘的文字，这些文字闪烁着诡异的光芒，犹如蝌蚪。

一种蛮荒的气息弥漫开来，周围地上的血肉，瞬间蒸发干净。地上的铭文，全都燃烧了起来，熊熊烈焰，如大火焚城，连空气都被烧得沸腾起来，一眼望去，好似金蛇狂舞。所有玉石都瞬间失去了光芒，仿佛被抽走了精气神。鄢人狂感觉快没法呼吸了。

"快走！快走！"小七跳到鄢人狂后背上，急忙催促他。

鄢人狂强忍住火焰灼烧的刺痛，凝聚双目中的力量，将扑来的火舌推开，向外冲去。

"血——"低沉的声音，就像是庄国厚重的青铜城门在摩擦。

一条比大树还要粗长的手臂，从半空伸了出来。手臂上面，肌肉鼓胀，皮肤表面长满了一眨一眨的眼球，让人看上一眼，就要呕吐出来。

这只手的五指张开，朝着鄢人狂当空抓下。满手的火焰，好像一下子就把鄢人狂周围的空气蒸腾干净，形成了一片真空地带。

鄢人狂眼前阵阵发黑，他拼命凝聚目力，朝着那手掌的掌心撞去。乓！仿佛两块岩石相撞。鄢人狂感觉双目刺痛，眼眶里涌出大股泪水。蒙眬之间，他看到那只"真神"的手掌，只是在半空停滞了一下，然后就朝着自己当头罩落。

"糟糕！"鄢人狂心脏狂跳。他刚才就意识到不妙，但是没想到，这个阿花口中的"真神"，竟然如此强大。

"我绝对不能死在这里。"望着越来越近、遮天蔽日的"真神"手掌，鄢人狂心中只有这么一个念头。

就在这个时候，一道身影陡然从他的侧方掠过。

狂风肆虐，地面再度震动。砰！仿佛有一颗陨石砸在了地上。鄢人狂耳膜一痛，摇晃了两下，再度站稳的时候，发现有人挡在了自己的面前，而这个人正伸出一只手，抵在了"真神"的掌心。

这个人的手掌，比那真神的手掌小了数十倍，但是双方的力道，却旗鼓相当。

"这是……"鄢人狂愣住，然后就看到眼前这人扭过头，朝自己龇牙一笑。

鄢人狂顿时更诧异了，因为帮他挡住"真神"手掌的，赫然是白天见过的那个瘦小男子。鄢人狂当时还觉得对方太瘦弱了，简直一阵风就能吹倒，没想到，对方的体内竟然蕴含着如此强大的力量。

明打量了一下鄢人狂，发现没有受伤，悬着的心顿时放下了一半："有话等解决了这个家伙再说！"话音落下，明转身面对"真神"。

"放肆，对于真神，竟敢如此无礼。"半空之中，那如同金属摩擦的声音再度传来。

轰隆隆隆！大片的浓云分开，燃烧的双角之后，一张似人非人、似狗非狗的脸孔浮现出来。这张脸孔的半边脸上，还戴着斑驳的青铜面具，上面诡奇的纹路，蜿蜿蜒蜒，充满了古老的气息。

"区区一个被梦境召唤出的伪神而已，也敢这么嚣张？"明嘿嘿一笑，他的身体，突然像是充了气的皮球一样膨胀起来，干瘦的手臂，瞬间布满了虬结的肌肉，身躯也变得格外高大，原本空荡荡的棕色长袍，此时紧紧勒在了身上。

他伸手抱住"真神"的手指，在鄢人狂惊讶的目光中，猛一声大喝，咔嚓咔嚓，脚下的地面连连破碎，"真神"的手指，被他直接折断了一根。"真神"顿时发出痛苦的怒吼，手臂急忙往后缩去。

明将那截折断的手指扔向一边，这截手指像个粗长的石墩子，砰的一声落到地上，砸出一个大坑，上面的眼球眨了几下，立刻就萎缩了。

"触怒真神，你们人族，要接受神的怒火！"青铜面具之后，真神的脸孔不断扭曲，一颗颗燃烧着绿色火焰的石块，凭空出现，形成了一个圆环。

"小心啊！"鄢人狂急忙提醒。

明朝他摆摆手："放心，这家伙不是青队的对手。"

"青队？"鄢人狂眨眨眼，旋即就看到，那个眼角长着一颗痣的漂亮女人，从夜色中迈步而出。

青看向半空，淡淡道："历史已经证明，你不过是个伪神。"

"亵渎神灵，你该死！""真神"发出怒吼，青铜面具这一刻像是要被烧得熔化。

那一颗颗燃烧的石块，呼啸着从天而降，狠狠砸向青，在空中留下一条条焚烧的轨迹。

鄢人狂的心提到了嗓子眼。

青不仅没有闪避，反而纵身跃起，迎向那些石块。她的身上，爆发出一团白色的光芒。这光芒在半空中迅速汇聚成一个纹章，将所有燃烧的石块，都挡在了面前。

砰砰砰！一连串的撞击爆炸声不绝于耳。

纹章破裂的场景没有出现。不仅如此，最叫鄢人狂出乎意料的是，石块看似撞击在那散发白色光芒的纹章上，但每一下撞击，都让"真神"的脸上出现一个血坑。

片刻工夫，半空中那"真神"的脸孔，就被砸得血肉模糊，青铜面具也破损大半，锋利的边角，都刺进了肉里。

"你不该出现在这里，你是梦境的产物，就该永远待在梦境之中。"青的语气依旧平淡。

她张开五指，将纹章朝着"真神"横推过去，纹章的白色光芒更盛，照得周围如同白昼。

"不！"真神的脸上，浮现出恐惧的神色。

他连连大吼，挣扎，在纹章照耀下，他的脸孔不断变淡、消失，最后彻底消散在夜空之中。与此同时，地面上的血肉、铭文、玉编钟、兽牙大鼓，被风一吹，都消失不见，仿佛不曾出现过一样。只是空气之中，依旧弥漫着火焰和鲜血的气味，暗沉的玉石沉默着。

"这两个到底是什么人？"鄢人狂看着青和明，内心无比震撼，他刚刚亲眼见识了对方惊人的力量。

"拥有这种力量的人，不是应该被抓起来，或者被杀死吗？可是守备之前说他们来自城里。丹霞城竟然有这样的存在？我怎么从来不知道？"鄢人狂脑筋狂转，一个接一个问题不断冒出来。

青和明同时朝他走了过来，来到鄢人狂面前，明上下打量着鄢人狂："青队，这小子看上去还挺稳定，刚才那种情况，都没有失控。"

"我——"鄢人狂刚说出一个字，眼前一花，就见到青手握一柄青铜长剑，长剑的一端，已经抵在了自己的喉咙上。剑刃锋利，让鄢人狂感觉脖子阵阵发凉，他相信，现在青只要稍微一动，自己就会被割破喉咙。

没有等鄢人狂发问，青看着他的双眼，开口问道："想死还是想活？"

这个时候，鄢人狂看到小七突然出现在了青的头顶，好奇地在她的头发上嗅来嗅去。可惜的是，青看不到，也感觉不到。

"你在看什么？"青皱起眉头。

鄢人狂回过神来，毫不迟疑："想活。"

"想活那就好办了。"青收回青铜长剑，"接下来，我要和你好好谈一谈。"

"哦，好的。"鄢人狂虽然不知道对方要和自己谈什么，但是他隐隐约约已经猜到，很有可能是和自己的能力有关。

"你手里拿着的是什么？"明突然好奇问道。

鄢人狂抬起手，这才发现，自己手中还抓着那片龟甲。

"这是之前阿花拿着的。"鄢人狂说道。

青扫了一眼，神色立刻变得严肃起来："给我看看。"

鄢人狂将龟甲递给青，然后仔细观察青的神色变化。

青接过龟甲之后，只是打量了片刻，细细的眉头就蹙得更深了。她用手指在龟甲上摩挲片刻，她的指尖上，顿时就沾上了一层淡淡的金色粉末。

"这个无梦者身上，为什么会有这种东西？"青疑惑地抬头，像是在自言自语，又像是在询问鄢人狂。

"这应该是守备的东西。"鄢人狂说道。

"守备？"青目光一凝，"你确定？"

"嗯。"鄢人狂点点头，"我之前看到的时候，就觉得有些眼熟，现在更加确定了，我在守备的木屋里见过这片龟甲，只是不知道为什么到了阿花手里。"

"这是守备的东西……"青略一沉吟，旋即对明道，"去把守备找来。"她看向鄢人狂："你也帮着一起找。"

见青神色严肃，鄢人狂知道这件事怕是非同小可，于是急忙寻找起来。

第七开拓团的成员，一共就二十多个，此时横七竖八，都倒在附近。鄢人狂和明在周围搜寻了一会，没有发现守备的踪迹。鄢人狂又跑去木屋，挨个查看了一下，依旧没有见到守备。

当鄢人狂将这个结果告诉青的时候，青似乎早有所料："我知道了，这件事的发展，看来超出了我的想象，背后可能有更深层次的目的。"青对明说道："你立刻让其他人过来，接管这里，然后我们起程回去。"

青又看向鄢人狂："至于你，你也要跟我们一起走。"

"去哪里？"鄢人狂问道。

青淡淡道："你刚才不是选择活吗？既然选择了活，那么接下来，你就要听我的安排，等其他人到了，我们就返回丹霞城。"

"哦。"鄢人狂点点头。这个时候，他的确没有选择的余地。只是他现在满腹的疑惑，又不知道该如何开口询问。

青好像一下子看穿了他的心思，道："回去的路上我会给你具体的解释。让你跟在我们身边，一方面，是为你的安全考虑，另外一方面，也是为其他人的安全考虑。"

这番话说得鄢人狂似懂非懂，不过他看看趴在青头上的小七，应了一声，没有再说什么。

此时，守备悄然出现在数十里外的山岭中。他的脸上带着紧张和惶然，深一脚浅一脚走在崎岖的山路上。夜晚的山间，风带着刺骨的寒，但是他的脸上竟然还在往下淌着汗水。

取出水壶，喝了几口水后，他又急急忙忙往前走去。过了很久，他才沿着山路，来到了约定的山腰。这处山腰，背对着赤月，隐藏在一片阴影之中。

潮湿的空气，模糊的魅影，让守备紧张得两撇小胡子抖了抖。四下张望一番，没有见到来人，守备吞了吞口水，用略带颤抖的声音道："我到了，你们，你们人呢？"

"你是在问我吗？"一个阴寒的声音，毫无征兆地在守备背后响起。

守备吓了一跳，急忙转身，看到一个头发花白、皮肤也白得吓人的男人，站在他的面前冷冷注视着他。

从黑暗中无声无息地迈出，这个男人仿佛飘荡在山间的游魂。

守备看看自己来时的路，再看看男人，怎么也想不明白，这条山路并没有岔口，这个男人是怎么走到自己身后去的。

"来了啊，事情办得怎么样了？"这个时候，又一个略显浑厚的嗓音响起。黑暗之中，一个身材壮硕的男人走了出来。

这个男人，和那个皮肤惨白的男人，简直就是两个极端。他的头发根根直立，犹如钉子，脸上长着火红色的络腮胡，全身都是隆起的肌肉，个子更是远超常人，一眼望去，简直如同一头粗壮的熊！

"阅炎，你的声音要是再大一点，我就杀了你。"在守备惊惧的目光中，皮肤惨白的男人的脑袋一直转到脸与后背齐平。

即便知晓这个叫枭的男人不是普通人，眼前这一幕还是吓得守备双腿发软，几乎要当场瘫倒在地上。

阅炎冷哼一声，没有搭理他。

守备站在一旁瑟瑟发抖，他深知眼前这两人的可怕，所以不敢发出一点声音。

终于，枭的目光落到了他的身上，枭一摊手："东西呢？"

"哦哦，在这里。"守备回过神来，急忙从怀里取出一个小袋子，双手捧给枭。

枭有些嫌弃地接过袋子，将里面的东西倒在掌心，赫然是数片占卜用的龟甲和骨片。

枭仔仔细细打量着这些龟甲和骨片上面的痕迹，掌心在上面缓缓摩挲，口中不时发出啧啧的赞叹声："不错，结果让我很满意，这些上古的符纹，果然可以对星启者的弥识产生明显影响。"

守备搓着手，满脸的讨好："其实按照原本的计划，还可以记录得更完美一些，但是没想到，狩灵卫居然出现了。"

见到枭的动作一停，守备额头上顿时沁出细密的汗珠，急忙道："您，您放心，我早就找好了替死鬼，是开拓团里一个叫鄢人狂的小子，那些狩灵卫是绝对不会查到我身上的。"

说完之后，守备小心翼翼看着枭，直到枭面无表情地重新摩挲龟甲和骨片，他才赶紧挤出一个笑容，补充道："虽然过程小有波折，但是最后的结果能够让您满意，那就太叫人高兴了。"

"嗯。"枭点了点头。

眼神闪烁几下，守备弓腰搓手，嘿嘿道："尊敬的大人，您看，既然小的我事情办得还算妥当，那么您答应小的的事情，是不是就可以，嗯嗯，满足小的了？"

枭斜睨他一眼，微微颔首。守备脸上的笑容顿时更加灿烂，仿佛一朵盛开的老菊花。

"恶心。"枭没好气地冷哼一声，然后朝一旁的阅炎使了个眼色，"给他吧。"

原本守备的笑容都僵在脸上了，听到枭的最后一句话，顿时两眼放光。

阅炎走到守备面前，不等守备开口，突然伸手，一把卡住了守备的脖子，将他提了起来，凌空放到悬崖外。

脚下猎猎寒风笔直上蹿，守备双脚踏空，满脸惊恐，拼命挣扎，脸庞涨得通红，舌头也吐了出来。阅炎的手就像是铜水浇铸的一般，任凭守备怎么用力，都纹丝不动。

　　阅炎没有丝毫怜悯，掌心骤然燃起一团火焰，瞬间吞没了守备。守备的脸庞和脖子，被烧得皮开肉绽，阵阵焦臭弥漫开来。

　　撕心裂肺的哀号声中，守备被烧成了一根火炬，片刻之后，就没了声息。山间的风一吹，守备枯焦的尸体顿时化作飞灰，转瞬就没了踪迹。

　　枭的脸上，充满了嫌弃："玷污了暗月的人，居然还想要奖赏，这种人连让我动手的资格都没有。"

　　"所以才让我来？"阅炎的眉头皱了起来。

　　"不要纠结这些小事。"枭甩了甩自己白色的长发，"从目前的情况来看，一切都如我设想的那般顺利。接下来我们就要进行那件大事了，你做好准备了吗？"

　　阅炎冷笑道："我早就迫不及待想要看到那群家伙哀号的场面，以火的名义。"

　　"是呀，我也期待很久了，现在所需要的，就只是最后一点等待的时间。"话音刚落下，枭转身迈出。他的面前明明是空荡荡的悬崖，他竟然凌空踏出，片刻之后，就消失在了一片阴影之中。

　　阅炎凝视虚空片刻，冷哼一声，也迈入一片黑暗，不见了踪影。

第二章
丹霞

鄢人狂跟在青和明身后,走在一望无垠的旷野上。

他扭头朝营地的方向望去。

就在不久前,青和明的同伴赶到,青将接下来的事情交给同伴之后,就领着明和他离开了营地。不过很快,鄢人狂就发现了不对劲,青说要带他回丹霞城,但是他们现在所走的方向,却与之相反。

鄢人狂的内心顿时警惕起来,毕竟到现在为止,他对青和明的身份还知之甚少。小七却看上去悠然自得,一会儿蹲在鄢人狂的肩膀上舔爪子,一会儿又跑到青的脚边转来转去。

又走了一段距离,青突然停下了脚步。

鄢人狂朝周围望去。此时他们已经远离了开拓团的营地,周围被晦暗的月光照得一片朦胧,并没有什么奇特的地方。

"他们在这里停下来做什么?"鄢人狂眯起眼睛,右手悄然搭在了腰间的木棍上。

青并没有在意他的动作,而是朝明点点头。明往前走了几步,从怀里取出一个四四方方的青铜块,扔到了三人面前的空地上。青铜块在地上翻滚几圈,突然散落开来。

叮——随着青铜块发出一声脆响，鄢人狂感觉到脚下的地面剧烈震动起来。小七也被吓了一跳，一下子蹿到了鄢人狂的头顶，大眼珠子盯着不远处的空地。空地上的泥土，随着震颤，慢慢塌陷了下去，一驾泛着湛然光泽的青铜车，从地下缓缓升了起来。

这驾青铜车，和鄢人狂过去所见到的完全不同。它的整体，像一个狭长的长方形盒子，但是前头圆润镂空，嵌着三个硕大的锯状齿轮。每个齿轮，都接近半人高，上面的锯齿尖锐锋利。青铜车的表面熔铸有兽首的图案，月光照耀下，这些图案忽明忽暗，这些兽首仿佛活过来一般，让人望而生畏。青铜车的下方，是四个轮子，每个轮子的轮轴上，都有凸起的尖锐青铜长矛，这些长矛如同猛兽的獠牙，让整驾青铜车更显狰狞。这驾青铜车若是闯入人群，能够将周围的人全都撕成碎片，绞成肉糜。

明此时已经一跃而上，坐到了车头齿轮后的凹陷里，那里有一个握把，显然是用来驾车的。

见鄢人狂看着青铜车发呆，青淡淡道："这是星源战辇，乘坐它的话，我们天亮之前，就可以回到丹霞城。"

"这个……"鄢人狂回过神来，疑惑问道，"不需要牛马来拉动吗？"

"不需要，快上来吧。"明挥挥手。

随着一阵齿轮转动的声响，星源战辇的侧面缓缓打开一个圆形的入口，露出台阶。在青的示意下，鄢人狂迈步走了进去，青随后也登上了战辇。又是一阵齿轮转动的声音传来，入口重新闭合，看上去严丝合缝，没有一丝痕迹。

见鄢人狂好奇，青说道："星源战辇是用特殊的工艺锻造的，不仅可以在地面上行驶，必要的时候，也可以作为船只使用。"

鄢人狂点点头，望向星源战辇内的空间，仅一眼，他就被震撼了——星源战辇内壁，竟然刻满了星图。

浩瀚的星河，点点星辰，布满了星源战辇内部的每个角落。青铜特有的光泽，令星辰更加深邃。而那些星辰不知道为什么，有光亮若隐若现，惟妙惟肖。置身车厢之内，仿佛被星海包围，给人一种飞离地面、遨游天穹的浩瀚感觉。连接星图的那道道线条，又勾勒出一个个不同的图案，好似有无穷的奥秘深藏其中。

鄢人狂过了好一会儿，才适应了这种感觉。他定了定心神，依旧感觉双腿有点发软，扭头朝旁边挂着的一张地图望去。

那是一张羊皮地图，鄢人狂凑上前，发现地图上描绘的，是丹霞城及周边的地图。不仅有详细的地形地貌，隶属于丹霞城的众多开拓团驻地，在上面也有详细的标注。

除此之外，还有一些特殊的符号。不过这些符号所代表的含义，鄢人狂并不清楚。

在里侧，还有一个盆状、像是祭坛的东西，上面刻画着很多字符，还镶嵌了一些不同颜色的玉髓，形成了一个圆，此时有淡淡的光霭在祭坛中心吞吐，透出阵阵玄奥的气息。

"坐。"青示意道。

鄢人狂见青跪坐在车厢中，于是他也跪坐到青的对面。

"我先介绍一下，驾车的是我的同伴，叫作明。我的名字叫作青。我们隶属于丹霞城镇守城卫第三所。不过这是对于丹霞城而言，对于整个庄国而言，我们还有一个身份，叫作狩灵卫。"

青说出这番话的时候，一直在关注鄢人狂表情的变化。无论是听到城卫第三所，还是狩灵卫，鄢人狂的神色都很正常，甚至还浮现出一丝茫然："狩灵卫？"

"对。"青点点头，"可以这么说，狩灵卫才是我们真正的身份，在丹霞城，就算是镇守都没有资格指派我们，我们只服从于庄国国主的命令。"

"级别这么高？"鄢人狂诧异道，他更加疑惑，"既然你们只听从国主的命令，为什么要来开拓团？"

青解释道："那就关系到我们狩灵卫的职责了，而这个职责，和你有关。"

听闻此话，鄢人狂不自觉地坐直了。

青继续道："我们狩灵卫，只负责处理一些特殊的事件，就比如你今天见到的，就是我们要解决的问题。"

"这样啊。"鄢人狂问道，"那和我有什么关系？"

"因为你很危险。"青无比郑重地说道，"你的存在，很可能导致灾难的发生，伤亡数是今天的数百倍。"

鄢人狂觉得青是在开玩笑，但是青严肃的脸庞，却告诉鄢人狂她说的是事实。鄢人狂迟疑了，他低头看看自己，再看看青："我怎么没有感觉到？"

"因为你现在很稳定，这也是我今天没有杀掉你，而是让你选择是死还是活的原因。"青伸手一指车厢内的那个祭坛，"我详细解释一下，你就能理解了。"

随着青的讲述，祭坛上吞吐的幽蓝光芒，缓缓凝聚成一个巴掌大小的小人。光芒像流水一样，围绕着小人不断流转。

青说道："我、明，还有你们开拓团的阿花，我们这种拥有特殊能力的人族，被世俗称为星启者。而星启者要施展自己独特的能力，需要消耗体内的能量，这种能量，我们称为弥识。"

"嗯，请继续，我听得懂。"鄢人狂看着那个光芒凝聚而成的小人，点点头道。

"简单来讲，星启者发挥出的力量大小，和他拥有的弥识多少成正比。拥有的弥识越多，那么发挥出的力量就越大，反之则越小。你们开拓团那个阿花，今晚你能够感受到她的力量吧？"

"嗯。"鄢人狂点点头，"很厉害。"

青挥动手指，祭坛中那个小人旁边，又凝聚出了一个新的小人。这个小人，要比之前那个小人大得多。

青说道："你体内拥有的弥识，我保守估计，是阿花的几百倍，甚至千倍。"

"这怎么可能？！"鄢人狂吃了一惊。

青看着他道："我没有开玩笑，换句话说，阿花有能力短时间内杀死数十人，而你则有能力，在一瞬间毁灭半个丹霞城。"

鄢人狂十分震惊，他发现自己可以看到别人看不到的东西，掌握别人所没有的能力的时候，曾猜测过自己有多少潜力，但是他根本没有想到，自己蕴藏的力量，竟然比想象中的要恐怖这么多倍！

过了好一会儿，鄢人狂才回过神来："那我拥有的是什么能力？既然我的弥识比阿花多那么多，为什么今晚我并不是她的对手？"

青摇摇头："你赢不了她，是因为你到现在为止，还不是星启者，没有任何能力。你那扭曲空间、造成破坏的力量，依靠的都是最简单的弥识冲击。而阿花是星启者中的无梦者，她可以用弥识将梦境实体化。但是，无论是我还是明，都无法做到仅仅凭借弥识，就能造成破坏。"

"这，这不是真的吧？"鄢人狂张大嘴巴，他在惊讶的同时，还带着一丝丝的骄傲和得意。

"所以鄢人狂，你真的很危险。你拥有极为庞大的弥识，而你一旦失控的话，后果不堪设想。你相当于一个随时会将丹霞城炸上天的火药桶。"青看着鄢人狂，"你应该感谢我，是我最先发现了你，如果换作狩灵卫中的其他人，他们的第一反应，就是将你这个巨大的隐患扼杀在摇篮之中。你的力量是阿花的上千倍，如果今晚失控的是你，会死多少人，你能想象得出来吗？"

想到今晚那些画面，鄢人狂不由一个激灵。

"鄢人狂，从现在开始，你必须随时随地处于我们狩灵卫的视线之内，你要知道，我不仅仅要对你负责，更要对整个丹霞城负责。"青说道。

"让我想想。"鄢人狂深呼吸一口气。

"你没有选择的余地。"青说道。

鄢人狂的心情渐渐平复下来，不久之后，他重新睁开眼睛："那我会失控吗？"

青摇摇头："我不知道，所以我也在赌，赤月悬空的情况下，你有可能下一刻就会失控，也有可能永远不会失控。"

"这样子啊。"鄢人狂迟疑了一下，目光望向祭坛中的那一大一小两个蓝色小人，"那你们是要把我关起来吗？"

"不。"青摇摇头，"今晚你面对阿花时的表现，证明你的弥识很稳定，轻易不会失控，所以我没有打算将你杀死或者幽禁。但是你必须在狩灵卫的控制之下，便于我随时掌握你的情况。"

鄢人狂皱起眉头："不把我关起来，又要我在你们的控制之下，你打算怎么做？"

"我想的办法是，"青说道，"让你加入我们狩灵卫，准确来说，是加入丹霞城镇守城卫第三所。"

这个办法，让鄢人狂心弦微微一动，他故作镇定道："可以吗？"

青说道："你不是星启者，从能力上来讲，无法加入狩灵卫，但是加入镇守城卫第三所没有问题，这样一来，方便我们随时关注你弥识的状况。"

无论是加入狩灵卫，还是加入镇守城卫，对于鄢人狂而言，都是身份的一次转变。如此一来，他就可以不需要为了生活，而反复加入开拓团前去开拓荒野了。

"那我需要做什么？"鄢人狂问道。

"你这算是答应了？"青反问。

鄢人狂微微一笑："你刚才说了，我没有选择的余地，不过我还是希望知道，我可以做什么，毕竟我不希望自己失控。"

青想了想道："平时没有什么需要你去完成的任务，不过你愿意的话，可以在城中进行巡查，算是履行你的职责。当然了，你不履行也没有人会说你什么。但是有一点你必须做到，就是随时听从我的召唤，我要见你的时候，你必须第一时间出现在我的面前。"

话音落下，青发现鄢人狂的表情变得纠结起来。"你不同意？"青的细眉微微皱起。

"没有不同意,我只是想知道,加入你们的话,会有俸禄吗?"鄢人狂的表情突然变得腼腆。

青:"……"

和青的一番交谈,为鄢人狂打开了一扇全新的大门。

他知道了自己能力的来源叫作弥识。他知道了如果成为星启者,就可以利用弥识换取强大的能力。还知道了庄国有狩灵卫这样一支隐秘的部队,随时监察和灭杀处于失控状态的星启者。

更重要的是,他知道自己以后可以不用加入开拓团,不用冒着生命危险前去荒野劳作,赚取微薄的酬劳了。

加入镇守城卫第三所,他只需在城内巡查,每隔十天就可以领取八十铜刀币的俸禄。而他之前在开拓团,风雨无阻地开星荒地,每十天也就能领取不到二十铜刀币的酬劳。并且加入镇守城卫第三所,他在丹霞城的地位会发生翻天覆地的变化。

至于他可不可以成为星启者,鄢人狂犹豫一番后,还是没有询问,因为他从青的语气中感觉到,目前来看,青并不希望他成为星启者,因为那会让他变得更加危险。

他靠在星源战辇的车厢内,闭着眼休息,等候日出的来临。

就如青所说的那样,星源战辇行进的速度,要比步行快出太多。正常情况下,需要步行六七天的距离,星源战辇不到一夜就走完了全程。当鄢人狂被青唤醒的时候,他才知道星源战辇已经到了丹霞城外。

从车厢内走出来,清新的空气让鄢人狂精神一振。

此时朝阳刚刚跃出地平线,天地都沐浴在清澈的晨光之中。在鄢人狂目力所及的前方,一座雄伟的城池屹立于峡谷的入口,这就是鄢人狂所生活的丹霞城。

庄国号称雄关之国,青铜冶炼技术登峰造极,建造城池的时候,更是将这方面的技术展现得淋漓尽致。而丹霞城是庄国的边关重镇,更加坚固、雄伟、壮丽。

整座城池像一个方鼎,高达百丈,将相隔极远的峡谷入口两端,给连接了起来。"方鼎"的中间部分,全是整块的岩石和青铜,坚不可摧,就算是集中上百斤的火药,都无法炸开一个缺口。而城池下方两侧,即"方鼎"的鼎足,则被浇筑成庞大的兽爪形状,将地面都给压得碎裂、塌陷,显得极为霸道、威猛。

丹霞城从正面望去,就像是一尊庞大的青铜方鼎,傲立于天地山河之间。从侧面望去,就好似一头上古巨兽,横卧在峡谷之中,探出半个脑袋和一双兽爪。

再庞大的军队前来进犯，看到这固若金汤的城池，也会望而却步，心生畏惧。可以说，它就是庄国边境的一扇门户。

鄢人狂等人此时距离丹霞城还有三四十里的距离。青解释道："星源战辇属于狩灵卫独有，如果在世间随意出现，很有可能引起恐慌，所以从这里开始步行回城。"青特意叮嘱鄢人狂："等办好手续，你可以自称镇守城卫所的护卫，但绝对不可以随意提及狩灵卫和星启者。要不然的话，会惹上很大的麻烦。"

"我明白的。"鄢人狂点点头。

世俗之中，人族百姓可能绝大多数都没有听说过"狩灵卫"和"星启者"。因为历史的原因，掌控非凡力量的人，会被他们视作灾难的根源，不仅仅会被排挤，甚至会被关押或者打杀。这就是鄢人狂不愿意暴露其能力的原因。

"我们现在先回城，去为你办理加入镇守城卫所的手续，然后你就可以随意行动了。不过记住我之前说的话，我要见你的时候，你要第一时间出现在我面前。"

看着青眼角的那颗小痣，鄢人狂的心跳莫名加快了几分。

作为边关重镇，丹霞城的守卫相当严密。

过去，哪怕鄢人狂是随开拓团回来，都要在城门外被仔细盘查。而今日有青和明领着，他一路畅通无阻，直接迈入那四四方方的城门。

丹霞城从外部看，雄伟壮观，但是内部却是以密集的小道为主，就如同复杂的蚂蚁窝。这和丹霞城有一半建筑在峡谷的山崖内有关。

外部有拱卫防守的任务，为了便于城卫调度，自然要尽可能宽敞。而修筑在内里的这一部分，因为是在岩壁上开凿的，所以都是四通八达的小道。不过因为布局合理，即便小道众多，也不会轻易迷失其中。

这座城池划分为四个区域，分别为"大鼎"的左耳、右耳，下方的左足、右足。

每一个区域，有不同的用途。左足和右耳，分别为下城区和上城区，是住宅区。右足和左耳，分别为商贸区和城务区。鄢人狂平时购买一些用品，报名加入开拓团，就分别在这两个区域进行。

鄢人狂跟随青和明，走过青铜浇筑的外城，穿过一个巨大的圆形回廊，进入到开凿岩壁的内部区域。

到了这里，光线就要暗淡许多。通道两旁的崖壁上，随处可以看到开凿的痕迹。这些痕迹，有的存在了上百年之久。

进入这片区域后,那种青铜带来的冰冷、森然的感觉逐渐减弱,生活的气息变得浓郁起来。城中的百姓在通道中穿梭,有的人只是闲逛,有的人则是神色匆匆。

丹霞城因为建筑构造的缘故,自然不会如同平原上的那些城池,去哪里都只需要走路。很多地方,因为修筑在高处,还需要攀爬长长的阶梯,就和登山差不多。不过得益于铸造工艺的精湛,很多需要上上下下的位置,都制造了结构复杂的升降滑轨。这些滑轨或用水蒸气作为动力,或用人力进行拉扯,而滑轨旁边的崖壁上,往往会有巫祝、神明的雕刻,透出肃穆的味道。

鄢人狂本以为,青既然带他去办理加入镇守城卫所的手续,应该是去城务区。他们穿过四段悬空的阶梯,搭乘两次滑轨,再沿着下坡走了长长一段,最后停在一个地下河的码头,摇动铃铛等候摆渡船。鄢人狂望着地下河对面热闹的商贸区,疑惑万分:"我们这是去哪里?"

"去帮你办理手续啊。"明说道。

"可是那边是商贸区。"鄢人狂质疑道。

"不错,我们就是去商贸区。"明点点头,肯定地说道。

如果不是青在一旁没有否认,鄢人狂一定会觉得明在骗自己。

去商贸区办理手续?那里只有买卖好吗?!

摇动铃铛之后,摆渡的宽板木船很快驶了过来。

商贸区鄢人狂来过不少次,而且几乎都是从附近的下城区过来的,所以这一段路熟悉得很。不需要青的指导,他跃到宽板木船上。

在他们之后,又有十多个人登上木船。这些人有身穿粗麻短衫的,也有穿着考究绸服的,虽然身份不同,但没有因为争夺位置而发生口角。

因为宽板木船本来就不大,人一多船身就被明显地压了下去,几乎和水面持平。那些身穿考究绸服的人,要么是贵族,要么是商人,此时脸上都不由浮现出担忧的神色。

鄢人狂倒是无所谓,他就站在木船的边缘,饶有兴致地低头数着地下河里不时游过的小鱼和飘过的水草。

这一幕被青和明看在眼里。两人对视一眼,都觉得鄢人狂拥有如此庞大的弥识,还可以如此稳定,简直就是奇迹。

地下河并不宽,没等宽板木船靠岸,鄢人狂就一个纵身跳到了对岸。他的动作引来船上一些人不满的嘟囔,鄢人狂恶狠狠瞪过去,那些人顿时就没了动静。

到了商贸区,鄢人狂心中越发好奇起来。

商贸区算是整个丹霞城最为热闹的区域，这里的通道比起其他几个区域，也开凿得更为宽敞，甚至还挖掘出好几个可以同时容纳千人的洞穴，以便各个商铺进行兜售。

明走在最前面领路，青走在中间，鄢人狂走在青身后一步的位置。

一路向商贸区深处走去，最终，明停了一家毫不起眼的兵器铺门前。

兵器铺开凿在岩壁之中，有一扇大约可以让两个人并排行走的小门。要不是外面的墙上，刻着一柄剑的图案，恐怕路过的人都不会朝这间商铺多看一眼。

这条路鄢人狂不止走过一次，此时他仔细回忆，却怎么也记不起来，这里还有这样一间兵器铺，实在是太不起眼了。

"就是这里？"迟疑了一下，鄢人狂问道。

"对。"青转过身，对鄢人狂点点头，"这里就是我们镇守城卫第三所的卫所。"话音落下，青率先走了进去。

明朝鄢人狂做了个手势，鄢人狂将信将疑地迈步走入。

走到里面，鄢人狂再一次失望了。原本他以为，这间兵器铺会像星源战辇那样，其内部会无比惊艳。事实上，里面也同样平平无奇。

钉在墙壁上的木制货架上，摆放着已失去光泽的青铜刀剑。摆放在木橱里的陶罐表面，落了厚厚的一层灰。墙壁上刻着的浮雕，也分外敷衍，叫人都认不出来是什么图案。地上的毯子，显然很久没有清洗，走在上面，动静稍大一些，都能扬起灰尘。

柜台后面，一个白发苍苍的老者，看上去格外普通，没有丝毫特殊的地方。青等人走进来的时候，老者甚至都没有抬头朝他们看上一眼，以至于鄢人狂怀疑这个老者是不是老眼昏花，压根没有发现他们。

鄢人狂朝青看过去，青的脸上没有丝毫表情，对此好像完全不在意。

站在鄢人狂身后的明，走到一旁的木橱前，打开一个陶罐，伸手进去，像是抓住了什么，用力一拉。

吱嘎吱嘎——墙壁之中传来声响，木橱顿时朝着一旁平移过去，露出它后面幽长深邃的通道。

"走。"青当先迈入。

鄢人狂扭头看向那个老者，老者依旧保持着他们刚进来时的姿势，坐在柜台后面，低头看着地面。如果不是他的胸口微微起伏，鄢人狂甚至都怀疑这是一个假人。

"这才像样子嘛。"转过头来,鄢人狂嘟囔一声,跟着青走入通道。

这条通道修建得十分考究,地面平整,两侧也分外平滑。每隔十几步,通道上方有一盏油灯,灯光虽然不够明亮,但已足够让人看清脚下的路。

穿过通道,鄢人狂眼前顿时豁然开朗,赫然是一个宽敞的大厅。

这个大厅应该是在溶洞的基础上改建的,周围的墙壁上,可以看到半掩在岩石中作为支撑的青铜柱。大厅的穹顶上,雕刻着一个硕大的图腾,墙壁上悬挂着零星的骨雕。而在大厅的正中央,摆放着一个硕大沉重的青铜日晷。

日晷显然有一定的年月,表面附上了一层斑驳的铜锈,刻度也不再清晰,指针更是生锈折断,只剩下半截。让鄢人狂奇怪的是,这大厅之中并没有日光照入,却有一道清晰的影子映照在刻度盘上,准确地指明了时间。

在鄢人狂他们步入大厅的时候,等候在此的一个圆脸女人已经站了起来。这个女人看上去三十岁左右,穿着普通的束带衣裙,长衣大袖,将身体笼罩其中。

青一指鄢人狂,对她道:"枫,这是鄢人狂,要加入镇守城卫所,你帮他安排一下。"

枫点点头,取过竹片和一支毛笔,走到鄢人狂的面前:"识字吗?"

"嗯。"

"写下你的名字。"

鄢人狂在竹片上写下自己的名字,递了过去。枫接过竹片,转身走向大厅另外一边,打开一扇木雕大门走了进去。

"要等多久?"鄢人狂看向青问道。

"很快。"

犹豫了一下,鄢人狂还是决定问道:"青队,我想知道,我可以成为星启者吗?"

"我原本还以为,你会更早问我呢。"青在鄢人狂满是期待的目光中摇了摇头,"现在还不可以。"

"因为我很危险?"

"这是原因之一。"青说道,"你的稳定程度,还不足以让我放心地帮助你开启天阶。之前有过先例,有人一开始很正常很稳定,但是在开启天阶的时候,出现了问题,结果成为失控的星启者。"

"那怎么办?"鄢人狂赶紧问道。

青无奈地摇摇头:"一个失控的星启者,我们只好把他消灭了,毕竟太过危险。"

鄢人狂想了想,又问道:"那其他的原因呢?"

青摆摆手:"鄢人狂,你拥有庞大的弥识,这表明你的潜力很大,而风险同样很大,而且开启天阶所需要的一些材料很珍贵,不是随时随地都有的。我愿意让你加入镇守城卫所,就表明我看好你的潜质。但是我需要更多的时间来观察,来确定你能不能开启天阶,成为星启者。"

"好的,那我明白了。"鄢人狂点点头道。

青似乎担心鄢人狂多想,又补充道:"你在面对开拓团的那个无梦者时,表现让我很满意,所以你不用多心,等到有合适的机会,我会让你开启天阶。"

"具备将梦境实体化的能力的无梦者,这就是你所说的天阶?"鄢人狂问道。

"无梦者是天阶的一种,具体的情形,以后我会详细给你解释。"青正说着话,刚刚离开的枫就打开木雕大门,走了回来。她的手里,多出了一把大约两尺长、暗黄发黑的尺子。

鄢人狂接过来,只觉得入手一沉,冰冰凉的。仔细看去,尺子的一端刻着他名字的篆字。

"这是城卫尺,以后就是你身份的象征了。"青微微一笑,"里面加入了铜和铁,所以要比一般的青铜更加坚韧。你腰间的那根木棍,以后可以不用了。"

鄢人狂脸颊顿时一红:"这根棍子我用火和油烤过,很坚硬的。"

挥动了几下城卫尺,发出破空的声响,鄢人狂估计普通人要是被城卫尺砸中,骨头都可能当场断裂。不过他还是有些不放心:"有这把城卫尺就够了?要是别人得到了,冒充我怎么办?"

青笑着解释道:"你别忘了,你加入的是镇守城卫第三所,我们辨认身份,依靠的可不是城卫尺。"

"那是——"鄢人狂猛然醒悟,"是独特的能力!"

"是的。"青点点头,对鄢人狂的领悟能力很满意。

该做的事情做完了,青又吩咐了鄢人狂几句,让他差不多隔上两三天就来城卫所述职,其余时间,要是有任务需要他,必须随叫随到。除此之外,青还让枫预支了鄢人狂的第一笔俸禄:八十铜刀币。

腰间挂着沉甸甸的钱袋,听着里面悦耳动听的撞击声,鄢人狂的心算是彻底放了下来。

鄢人狂离开后,青突然感觉一阵放松,紧绷的身体舒展开来。她走到大厅的角落，打开摆放在那里的一个木箱，木箱之中，赫然装着的是一坛坛烈酒。

啵的一声，青打开一坛烈酒的泥封，突然发现枫正好奇地看着自己。

"看我做什么？"青取出两个高脚的青铜酒杯，问道，"要来一杯？"

枫摇摇头，笑道："我只是好奇，青队你好像很少对别人解释那么多，这个鄢人狂似乎是个例外。"

正在倒酒的青，突然停下动作："我有吗？"

"至少青队你对我可从没这么耐心过。"此时走进大厅的明接口道，语气十分委屈。

"是吗？"青斜睨了明一眼。

感觉到来自青队的威压，明赶紧装作若无其事的样子，跑到一旁。

青端着青铜酒杯，靠着木箱站着，看着酒杯里晃荡的浅黄色烈酒，她的脸上浮现出一抹思索的神色。

片刻之后，她笑着摇摇头："或许吧。"说完，她仰头将烈酒一饮而尽。

鄢人狂离开兵器铺的时候，特意多看了柜台后的那个老者两眼。不出所料，老者依旧坐在那里一动不动，让人恍惚觉得，时间在他那里停止了流动。

鄢人狂再度乘船离开商贸区，穿过一条僻静的通道，再爬上一段六七层楼高的竹梯，继续往前。

他不断地朝着山体的深处前进，并且越钻越深。面前的通道不断出现岔路，而鄢人狂却无比熟悉，脚步丝毫没有放缓。四周的墙壁渐渐变得潮湿，空气之中，弥漫着一股说不出来的怪味。

此时的通道里，已经很少有人经过。更多的是聚集在一起的衣衫褴褛、面黄肌瘦的流浪汉，他们旁若无人地躺在通道的两侧，枕着破损的陶器，要么低声交谈，要么昏睡。还有人披着破麻，跪在通道的角落，对着不知道从哪里得来的石像念念有词，附近还时不时传来金属在龟壳中撞击的占卜声。

两旁的墙壁上，画着一些脏兮兮的古怪符纹，充满了巫术的神秘气息。开凿出来的洞窟，入口随便用一块脏兮兮的破布挡住。

无论是妇女还是孩童，眼神都给人一种毫无生气、得过且过的感觉。同样是百姓的居所，这里要比上城区破败得多，甚至比起鱼龙混杂的商贸区，都要差上不少。原因很简单，丹霞城的上城区会聚的是城中的贵族和富商，而在下城区居住的，是丹霞城的贫民和乞丐。

鄢人狂所住的石窟，就在下城区。他要赶回家中，将自己提前从开拓团回来的消息，告诉弟弟鄢人敌。

下城区蜿蜒通道侧壁的一处简陋石室内。

噼里啪啦——竹制的算筹在一个十一二岁少年的手里被摆弄得眼花缭乱。

这个少年的容貌，和鄢人狂有五分相似，不过比起鄢人狂的沉稳，他的脸上多了几分稚气和机灵。他正是鄢人狂的弟弟鄢人敌。此刻他五指翻飞，摆弄着算筹，石室内的另外两人看着细细的竹棍迅速地被摆放成各种让他们看不懂的形状。

坐在鄢人敌侧首的那人，是一个古铜色皮肤、身体壮硕的汉子，看上去三十多岁。他的肌肉轮廓分明，手掌粗糙，显然经常做体力活。此时他看看鄢人敌，眼眸中泛出惊喜，抱着自己的胳膊，不时朝另外那人冷哼两声。

坐在鄢人敌对面的，是一个身材佝偻、大腹便便的中年人。在以贫穷著称的下城区，还能够养出这样肥硕的身材，实属罕见。这个中年人的皮肤，有着长年不见阳光而导致的病态苍白，一双水泡眼不断眨着，脸上的虚汗像雨水一样不断淌落，他都来不及用布擦拭。他背上的衣服湿了一大片，紧紧贴在身上。

随着鄢人敌快速摆弄算筹，他手边的一堆竹棍快速减少。终于，最后一根竹棍扫完，鄢人敌的拇指也调整完最后一根竹棍。

啪！"算出来了！"鄢人敌大声道。

"多少？"壮硕的汉子和中年胖子齐声问道。

鄢人敌看看壮硕的汉子，再看看中年胖子，嘻嘻笑道："根据原价、折损、赔偿、利息，还有延误导致的滞留等费用，涪叔你一共要付给涿大哥一百一十七个铜刀币。"

"这么多！"叫涪的胖子出汗顿时更厉害了，手掌在面前的粗木桌子上一按，桌面上顿时出现了两个湿漉漉的掌印。

涿抱着胳膊冷笑连连："涪，我这次为了不出差错，可是专门请鄢人敌小兄弟来给咱们算这笔账，所有账目、字据写得清清楚楚，你还有什么话好说？"

鄢人敌笑容依旧："涪叔，你难道不信我的算账能力？"

涪显然不想支付这笔费用，他原本打算直接赖账，就算不能全部赖掉，用和稀泥的方式赖掉一部分也是可以的。因为利滚利的计算方法十分复杂，所以他从一开始就认定了这是一笔糊涂账。没想到，涿这个家伙，竟然找来了鄢人敌帮忙！

鄢人敌虽然年龄不大，但是他和他那个哥哥鄢人狂，在这下城区都有不小的名气。

哥哥鄢人狂多年之前，就敢加入开拓团，前去开垦荒野，有勇有谋，许多壮汉都远不如他。弟弟鄢人敌记忆力惊人，一手算账的本事远近闻名，经他手的账目，听说从没出过差错。

看着涪那大汗淋漓、犹犹豫豫的模样，涿双手撑在桌上，站了起来，居高临下看着对方，冷笑道："我在码头做工也不容易，你不会打算赖掉这笔账吧？"

"怎么会？"涪一边说着话，一边将手里的抹布挤了挤。

汗水顿时滴滴答答落到地上。

他转动着眼珠子，哼哼道："我就是觉得，只让一个人来算这笔账，还是叫人不放心，谁知道这里面有没有猫腻。"

涿脸色一沉："你的意思是我和鄢人敌串通好了来骗你？"

涪此刻索性也撕破了脸："他是你找来的，谁知道你们有没有提前商量好，反正这笔账，我要重新找人来算！"

"涪叔，你这是在质疑我的能力。"鄢人敌将算筹放下。

涪也站了起来，瞪大一双水泡眼："你一个小鬼头，谁知道你那名气是真是假，反正我不信，绝对不可能这么多！一百多个铜刀币，你还不如割了我的肉去荒野上喂猛兽！"

砰的一声，涿重重拍在桌子上，震得石室内的瓦罐、陶罐一阵摇晃，厉声喝道："涪，你这是铁了心要赖账？"

"我说赖账了吗？"涪还是有几分惧怕面前这个身体壮硕的人。涿在码头做工，的确有几分力气，真要动起手来，涪绝对要吃大亏。

涪此时只能瞪着年纪不大的鄢人敌："这么难算的账，他将几根竹棍摆弄一下就清楚了，怎么可能这么简单！哼，鄢人敌我给你个小小建议，不如你重新算一次，看看到底是不是一百一十七个铜刀币。真要是错了，哪怕只是相差一个铜刀币，我都要你吃不了兜着走！"

涪的话音刚落，石室的门帘就被掀开，一道高高大大的身影迈了进来，人还未至，声音已达："谁要让我弟弟吃不了兜着走？"

抬头看到来人，鄢人敌先是一愣，旋即又惊又喜："兄长！"

"鄢人狂！"涿也惊讶开口。

涪转过身，看着面前这个眉角跳动着不悦的少年，心里咯噔一下。

鄢人狂凶名在外，比起涿，涪更不愿意招惹鄢人狂。他哼哼两声，道："鄢人狂，你威胁我也没有用，这笔账我说有问题，那就是有问题。而且你别忘了，丹霞城可是有句老话，再高明的巫祝，占卜也会有出错的时候。"

"哦？"鄢人狂冷笑一声，抽出一样东西，啪一声拍在桌上，"你在威胁我？"

"城卫尺！"涪眼尖，一下子认了出来，顿时傻了眼，"你，你从哪里捡来的？"

"你见过这东西有捡来的？"鄢人狂冷笑连连，上前一把揪住涪，将其按回木凳上。

涪肥硕的身躯，就像一座小型肉山，顿时压得木凳吱嘎吱嘎作响，仿佛随时都会断裂。

"欠债还钱，天经地义，既然账已经算明了，那就赶紧付钱。"鄢人狂凑近涪，看着对方的双眼，城卫尺在手里一掂一掂的，"还是说，你打算跟我走一趟？"

涪此刻的脸色，真是要多难看有多难看。如果鄢人狂只是一个普通百姓，他才不怕对方，他相信只要自己铁了心赖账，对方绝对拿自己没办法。但是他万万没想到，鄢人狂竟然当上了城卫。那就是官面上的人物了。他这种混迹在下城区的蛇鼠，是绝对惹不起的。

犹豫片刻，涪只好服软："我给，我给还不行吗？"说话的时候，涪都带着哭腔了。

涪掏出钱袋，仔细数出一百一十七个铜刀币交给涿，脸上的肥肉在不受控制地抖动。

等到涿清点完毕，确认没有差错，涪立刻掩面冲出了石室，一刻也不愿意多待。

涪一离开，鄢人敌就凑了过来："兄长，你什么时候回来的？这是城卫尺吗？你怎么会有这个东西？"

涿此时看向鄢人狂的目光，也多出了不少敬畏。他的想法和涪近似，鄢人狂加入城卫，身份上可就比他们这些下城区的贫民高多了，不属于一个阶层了。

鄢人狂笑道："我今天刚回来，原本想回家找你，但是听隔壁婶婶说你来了涿大哥这边，就直接来这儿找你了。城卫尺这事儿比较复杂，等我回去再详细和你讲。"

"好！"鄢人敌连连点头。

对于兄长，他有着十足的崇拜，此刻见到从开拓团归来的兄长竟然当上了城卫，便更加仰慕了。

涿嘴唇动了动，刚要讲话，突然从石室里侧布帘之后，传来一阵女子虚弱的咳嗽声。

"嫂嫂在家?"鄢人狂问道。

涿有些尴尬，道："你嫂子最近不太舒服，在家休息。今天这件事，多谢你们兄弟俩了，要不是你们，陪那个滚刀肉，绝对不会这么爽快付钱的。"

"都是小事，平日里涿大哥对我们兄弟很照顾，我们这么做是应该的。"鄢人狂笑道。说话之间，布帘后又传出一阵咳嗽声，比刚才又激烈了许多。

鄢人狂见状，便道："既然嫂嫂要休息，那我们就先不打扰了。"

"明天吧。"送兄弟二人出了石室，涿略一沉吟，道，"明天你们来我这里，我给你们炖肉汤。"

鄢人狂刚要拒绝，就见涿一摆手："你要是不同意的话，那就太见外了，今天你们兄弟俩可是帮了我大忙，一顿肉汤，我还是请得起的。"

见涿坚持，鄢人狂点头答应下来，道一声谢后，和鄢人敌转身离开。

直到鄢人狂和鄢人敌的背影消失在视线之外，涿这才转身掀开布帘，走回石室。

回到石室，涿的脸色突然变得阴晴不定，就仿佛有一层阴霾爬上他的脸庞。明明此刻还是白天，但是涿的面色让人心头发毛。

他在原地站了片刻，等听到里侧又一次传来咳嗽声，才迈步走了进去。

这个石室就是涿的家，分为两间，中间用一道厚布帘子隔开。他将那厚布帘子掀开，一股混合着腥味的臭气扑面而来。

这间内室，里面有一张开凿出来的石床，墙壁上挖出几个方孔作为壁橱使用。石床上，锁链紧紧捆着一个身材高瘦的女人。女人双目呆滞，因为挣扎，皮肤都被锁链磨破，露出道道血痕。她的嘴唇沾染着一些血红色的液体，嘴角还残留着碎肉和黑色的羽毛。而在她的脑袋旁边，还有内室的地上，随意丢着十多只乌鸦和老鼠的尸体。

听到涿进来的动静，女人翻着眼白，朝涿的方向望过去，咧开嘴巴，露出里面的森森白牙。

看着眼前的女人，涿的脸上看不出悲喜，轻声开口："是不是刚刚闻到肉的味道，所以忍不住了，想要吃肉？"

"嗬……嗬……"女人挣扎着，喉咙里发出含糊不清的声音。

她的全身，都在释放出一种渴望，一种对肉的渴望。她要吃，要把看到的肉全部吃掉。

"我知道你想吃肉，但是你要忍住，你怎么可以这个样子呢？"涿伸出手指，擦去女人嘴角的血渍，然后放入自己口中。淡淡的血腥味在口中弥漫开来，涿眯起眼睛，脸上顿时浮现出满足的神色。陶醉了片刻，涿俯下身子，仔仔细细从头到脚打量了一番女人。

"明天我要请人喝肉汤，可是你太瘦了，真是太瘦了，明明这些天已经吃了那么多，为什么还这么瘦呢？"涿不解地摇摇头。

沉思片刻，他不再关注女人，转身坐在床边，随手抓起床上的一只断头乌鸦塞进口中。呼哧呼哧，咀嚼的声音顿时响了起来。血肉和羽毛，一同被涿咽了下去，血水顺着他的嘴角流淌到下巴，然后滴落到地上。

回家的路上，鄢人敌好奇地打量了一下鄢人狂，问道："兄长，你从刚才就一直在回头，现在已经第六次了，你在看什么？"

"六次？这么多了吗？"

"兄长，你要相信我的记忆力。"鄢人敌道。

鄢人狂想了想，道："我觉得好像有哪里不对劲，但是又说不上来，就像是……你刚才在涿的家中有没有听到低语声？"

"没有。"鄢人敌摇摇头道。

"那可能是我听错了。"鄢人狂说道。

"兄长，你这次怎么提前回来了？按照原本的计划，你大概还要十天，才能返回丹霞城呢。"鄢人敌爬上一个湿漉漉的梯子。这里的石壁裂开了一道缝隙，有水从里面漏出来。

"开拓团那边出了一点问题，所以我就提前回来了。"鄢人狂打了个马虎眼。青叮嘱过，让他不要泄露。

"那你怎么当上了城卫？这下子可威风了，怕是在这下城区，都没有人敢招惹兄长你了。"鄢人敌羡慕地看着鄢人狂腰间的城卫尺，这东西在丹霞城的百姓眼中，几乎就相当于官家的大印。毕竟他们这些底层百姓，平日里最多也就只能接触到城卫、守备这一类的官面人物，更高阶层的，他们没有资格。

"等到家了我再和你细说。"鄢人狂说道。

兄弟二人的住所，在下城区偏中下的位置。要去往那里，不仅要经过狭窄的通道，攀爬许多直上直下的竹梯，甚至一些地方都没有路，只能靠钉在石壁上的粗麻绳爬过去。

两人花了一点时间，才回到居住的石室。

在丹霞城的下城区，很多贫民的石室都如涿所居住的石室那样，外面一个稍大一些的房间，作为日常生活所用，然后里面还有一个稍小的房间，作为起居的卧房。

而鄢人狂和鄢人敌的则不同。他们俩居住的石室，在距离地面大约一人高的位置。从入口进去之后，地上铺着木板和稻草，稻草之中，可以看到散落的竹棍和骨片，角落摆放着几个褪色的彩绘陶罐，一盏陶灯被固定在石壁上，这是属于鄢人敌的空间。

里侧石壁上凿出了几个凹坑，用来攀爬。顺着这些凹坑爬上去，还有一个房间，这是属于鄢人狂的空间。鄢人狂的房间，靠墙的位置摆放着削尖了的木头，还有断掉的青铜短剑。

鄢人狂将睡觉用的稻草扒开，用张开的拇指和中指沿着墙角数出三段，然后用青铜短剑沿着地缝的边缘轻轻一撬，一块石板顿时被撬了起来。石板下面，整整齐齐码放着数十个铜刀币，这些都是鄢人狂之前攒下的积蓄。

鄢人狂取下腰间的钱袋，将里面的铜刀币数出六十枚放入石板下的空间，剩下的二十枚留着日常使用。

"青队说每隔十天就可以领取一次俸禄。不过这一次我是提前领取的，也就是说下次需要等二十天。现在这些积蓄，只要不出现大的意外，肯定是够用了，但是距离搬去上城区的费用，还差很多。"鄢人狂叹息一声。

他们这种从小父母双亡、无依无靠的下城区贫民，想要改变阶层，进入上城区，实在是太困难了。但是至少，现在已经看到了希望。

兄弟二人这次分开了数个月，所以鄢人狂回来之后，两人有很多话聊。

两人一上一下，互相讲述这段时间的经历。讲到自己当上城卫这件事，鄢人狂编了个理由，大致就是巡夜有功，恰好被丹霞城前去巡查的大人物看上，所以就举荐他加入了城卫所。

"那以后兄长都不用再去野外开荒了？"鄢人敌兴奋地问道。

"是这个样子，而且收入也要比在开拓团高很多。"

"那太好了。"鄢人敌摆弄着摊放在桌上的算筹竹棍。这是他的习惯，什么都要算一算。

"以前兄长每次去开拓团，都会很久没有音信，我在城里担心不已。现在好了，兄长不用再去冒险，再加上我时不时帮助那些商号清算账目，有些收入，我们的生活会越来越好。"

"是的，会越来越好。"鄢人狂用十分肯定的语气说道。

两人说了很久的话，直到赤月当空。

为了庆祝鄢人狂归来，也为了庆祝他当上城卫，两人取出了珍藏许久、一直都舍不得吃的肉干，每人切了手指粗细的一条，垫在粗面烤的硬饼子下面吃了。

天黑之后，鄢人敌点燃了陶灯。萤火微光，虽然只有豆粒大小，却也将兄弟二人这不大的居所，照得一片温馨。

也不知道过了多久，鄢人敌率先敌不过睡意，说着说着，没了动静。鄢人狂探头望去，发现鄢人敌躺在稻草上，已经沉沉睡去。

鄢人狂笑着摇摇头，沿着石壁爬到下层，正准备吹灭陶灯，突然发现灯火旁边，一只足足有拳头那么大的眼球，正直勾勾地盯着自己。

鄢人狂扫了眼那个眼球，表情毫无波动，呼的一声，吹灭了灯火。石室内顿时昏暗下来，只有朦胧的血色月光照射其中。

鄢人狂转身，沿着石壁重新爬到了上一层。而那眼球也从黑暗中探了出来，露出了后面一截灰白色的猫身。

靠着石壁坐下，鄢人狂看向小七，轻声道："之前你去哪儿了？"

之前在开拓团营地的时候，小七还蹲在鄢人狂的肩膀上，他登上星源战辇之后，小七就不知道去了哪里。

小七的出现与否，并不受鄢人狂的控制，他也没办法召唤小七。此时见它回来，他的心算是放下了。

小七跳过来，十分乖巧地蹲在鄢人狂面前，那一只硕大的眼球里，此刻竟然有些罕见的兴奋。

"我发现了一个好地方。"眼球下的小嘴一张一翕说道。

"哪里？"

"你跟我来。"

鄢人狂略一沉吟，就要起身。

小七却阻止道："不用出去，你握住我的爪子。"小七抬起一只肉乎乎的猫爪。

说起来，如果不看那诡异的脑袋，小七绝对算得上一只可爱的小猫。只是那几乎占据了整张脸孔的眼球，实在不是普通人族可以接受的。也只有鄢人狂看得多了，也就习惯了。

鄢人狂不知道小七这是要做什么，但是这一人一猫之间，有着一种天然的信任，他没有多疑，伸出手握住了小七的猫爪。

对于其他人来讲，小七是虚幻的，不仅看不到听不到，也摸不着，而鄢人狂触碰到小七的猫爪，感觉到一阵柔软和冰凉。

下一刻，天旋地转，鄢人狂感觉自己像是被卷入了旋涡，一阵剧烈旋转之后猛烈下坠。整个过程持续时间很短，还没等他反应过来，他的双脚已经踏上了实地。

晃了晃脑袋，鄢人狂让自己清醒过来。他闻到淡淡腥咸的味道，像是海水，环顾四周，发现自己来到了类似丹霞城内通道的地方。

这里的通道要比丹霞城的宽敞许多，按照鄢人狂的估计，怕是四驾星源战辇并排行驶都没有问题。只不过这条通道的每一处都覆盖着一层湿泥。通道前方漆黑一片，也不知道通向哪里，好像根本没有尽头。

小七这个时候从通道上面落了下来，眼睛闪闪发光，看着鄢人狂。

"这是哪里？"鄢人狂好奇问道。

刚才那种下坠，给他一种极不真切的感觉。如果不是亲身经历，他很难相信，自己上一刻还在自己的石屋之中，下一刻就出现在这陌生的地方。

"我也不知道。"小七说道，"我也是昨天晚上才发现的。"

"那你是怎么进来的？"鄢人狂又问道。

小七愣了愣，道："我也不知道，我就是想了一下，就进来了，然后我想了一下，就出去了。唉，先不说这些，你快跟我来。"

小七迈着猫步，在前面领路，示意鄢人狂跟上来。脚下的湿泥滑不溜丢的，幸好光线充足，才让他不至于摔倒。鄢人狂四下里仔细看了看，没有发现光线的源头。不过从这泛白的光芒颜色来看，他确定不是赤月的光芒。

跟上小七，朝着通道深处走去，鄢人狂说道："所以说，你也不知道这是哪里？"

"对。"小七干脆利落地回答，"但是很有趣。"

一开始，鄢人狂还不知道小七说的有趣是指什么，沿着通道往前走了一段距离后，他就发现，通道里面原本是漆黑的，随着他的前进，四周的光亮也随之移动，确保他每次经过的地方都会被照亮。不仅如此，随着不断深入，鄢人狂脚下的湿泥也在慢慢变少。

这条通道，比他想象中的还要长。这里没有日暮，也没有沙漏，鄢人狂只能自己估算时间。他感觉走了至少两个时辰了，竟然依旧没有到达尽头的迹象。

不过通道内的湿泥已经都变干了，走在上面不会那么难受。而且四周的空气也变得清爽了许多，鄢人狂甚至可以感觉到有阵阵微风从前面吹来。

"再往前面走一点。"小七这时候跳上鄢人狂的肩膀，它的尾巴摇啊摇，指向鄢人狂左手边的方向,"你看,我在那里做了个记号。"

鄢人狂顺着它尾巴所指的方向看去,发现那边的泥巴上,被小七按了个爪印,像是一朵小梅花。

"好。"鄢人狂点点头,继续往前走。

鄢人狂继续往前,前方吹来的风越来越大,甚至可以将鄢人狂的发丝吹得飘起。

小七这个时候明显兴奋起来:"还差一点点,就快到了!"

鄢人狂一鼓作气,索性小跑起来。跑出一段距离后,鄢人狂看到前方有橙黄色的光芒在不停闪烁。

鄢人狂一口气跑到光芒处,发现这里竟然是通道的一处裂缝,风就是从这条裂缝里吹进来的。而这条裂缝,像是因撞击而造成的,看上去十分惨烈。卷曲的缺口,像极了某种金属。缺口里面,伸出一丛丛密密麻麻的线。这些线裸露在外,许多地方已经破损,那些橙黄色的光芒,就是从这些线上绽放出来的,不时闪烁一下。

鄢人狂扶着通道的墙壁,尝试着向外望去。刚刚探出头,什么都还没有看清,一阵狂风吹来,差点把他直接卷走。鄢人狂只能作罢,他用手扯了扯那些线,又敲敲通道裂缝的边缘。

"这些是金属。"他陷入了沉思,自言自语道,"但是和我见过的青铜,是完全不同的两种东西,这一种似乎更加坚硬,这到底是什么?"

"快来快来,快看这个。"这个时候,小七的声音,从鄢人狂的头顶传来,"是不是很厉害?"

"这是……"抬头望去,鄢人狂顿时被深深震撼,只觉得全身血液好像凝固住了,久久说不出话来。

头顶破开的通道上,一柄接近三层楼高的巨剑插在上面。这巨剑极尽奢华:表面完全是纯净的银白色,甚至可以当作镜子,鄢人狂看上一眼锋锐的寒芒,感觉双目微微刺痛。巨剑的剑柄则是纯金色,上面嵌满了深海玉髓和闪亮的贝壳。最大的一颗蓝色玉髓晶莹剔透,鄢人狂估计比自己的脑袋都要大。剑柄的四周,盘踞着一条巨蛇浮雕。这条巨蛇缠绕剑柄一周,首尾相连,栩栩如生,甚至就连蛇身上的鳞片,都可以看得清清楚楚。

从通道断开处来看,极有可能就是这柄巨剑将这通道给生生劈开的。

"这柄剑到底是属于谁的?为什么会出现在这里?它又是什么材质?和我见过的完全不同。不仅仅是这柄剑,还有这个通道,这些纠缠在一起的线,这橙黄色的光芒，都是我从未见过的。这到底是哪里？这通道又是谁建造的？"

鄢人狂向前方望去，断裂的通道，从这裂缝之后继续往前延伸，不知道还有多长。

"这条通道，究竟通向哪里？小七为什么会来到这里？"鄢人狂的脑海中，一个接一个的问题冒了出来，而每一个问题都毫无头绪。

"嘻嘻。"小七开心的笑声这时候传了过来。

鄢人狂定了定神，循着声音望去，见小七沿着通道的裂口直接跳到了那巨剑上。

巨剑的表面光洁锃亮，倒映出小七的身影，一层淡淡的洁净光辉，从剑身表面散发出来。

"光？"鄢人狂微微愣了一下，旋即反应过来。他迅速凝聚目力，被青提示后，鄢人狂现在使用弥识的时候，可以隐隐感觉到体内似乎有一股能量在流转。

嗡——他眼前的景象，顿时就变了，周围的空间发生了微微的扭曲，一道道斑驳的光影浮现在四周。这些光影，就像是被打碎了的镜面，只能看到一些颜色，却没有办法拼凑成完整的图案。

鄢人狂抬头朝那巨剑望去。巨剑表面的银色光芒，此刻折射出大片大片霓虹般的光彩，透过那光彩，鄢人狂看到无数光影在蹿动。他立刻振奋起来。

"你要上来吗？"小七蹲在裂口上方，朝鄢人狂探头探脑。

"不用上去。"鄢人狂左右看看，见到从巨剑身上折射出的霓虹光芒射向通道里面，"我只需往上一点。"

鄢人狂看准时机，在那霓虹沉降下来的时候，加速助跑，高高跃起，双脚踏上通道侧壁，借力往上跳。同时他的手高高举起，在那霓虹光芒开始上升的刹那伸手触碰。

轰！一瞬之间，鄢人狂感觉自己好像坠入了万花筒。数不尽的光影飞速旋转，伴随着震耳欲聋的声响，洪流一般灌入了他的脑子。鄢人狂感觉自己的意识仿佛要被这光影和声响给压扁，挤出自己的身体。

"草率了。"鄢人狂突然有点后悔。

鄢人狂这个时候想要挣脱，已经来不及了。恍惚之间，似乎有一股陌生的意识进入了他的身体，和他原本的意识纠缠。

"拦住他们！"

"拦不住！北边防线失守了！"

"别跟我说拦不住！用命去填！绝对不可以让那群怪物冲过来！"

"这是王城，是最后的阵地，一旦陷落，一切就都完了！"

耳边传来震耳欲聋的喊杀声和怒吼声，鄢人狂身子一颤，睁开眼睛。

"这是哪里？"鄢人狂茫然地环顾四周。

四周的风，带着叫人难以忍受的黏稠。呼吸之间，都是血的味道。周围不知道有多少人在忙碌地跑来跑去。不远处破损的墙壁上，全都是残肢和鲜血。似乎一场大战正在惨烈地进行。

就在这个时候，鄢人狂被人撞了一下。还没等他开口，撞他的那人就推了他一把："雒，你还愣在这里做什么？！那群潮汐怪物就要攻上来了！快去南边防线！"

说话的人半边身子都被鲜血染红，他将一把血迹斑斑的长枪塞进鄢人狂手里，就急匆匆朝着前方跑去："快过来！南边也快要守不住了！"

"我叫雒？"鄢人狂有点奇怪。

手中的长枪因为沾满鲜血的缘故，握在手里滑腻腻的。鄢人狂也顾不上这些了，下意识提着长枪，朝着对方刚才所说的方向跑去。

周围不断有喊杀声传来，看得出来，他现在身处一座华丽的王宫之中。

这座王宫正在遭受猛烈的进攻。两边的过道里躺满了伤员。镶嵌着宝石的地面，已经被鲜血染得通红。

越往前跑，喊杀声越大，不仅如此，喊杀声中，还夹杂着惊涛拍岸的巨响。从人群中挤过，再穿过长长的回廊，拐出宽大的拱门，喊杀的声音迎面扑来，重重砸在鄢人狂的脸上。

放眼望去，鄢人狂见到了让他毕生难忘的惨烈一幕：数十万人，此时正在拼死搏杀。沙滩、海水，一片血红。

他们的对手，是源源不断从海里爬出来的怪物。这些怪物戴着古怪的高帽，身材佝偻，嘴巴扁平狭长，两侧垂落着长长的胡须，没有完全蜕化的腮和鳞片清晰可见，一双双眼睛里，透出叫人胆寒的杀意。它们好像没有双脚，腰身以下，像是蜥蜴，又像是蛇，拖着一条长长的尾巴，在海滩上游动着。

随着一声声怒吼咆哮，这群怪物挥动着手中的长剑，剑锋高高扬起，闪耀着雪亮的光芒。

鄢人狂下意识沿着剑锋所指的方向望去：天空中，一轮圆月低矮地垂落下来。这轮圆月，不是血一般的猩红，而是朦胧的白色，充满了一种蛊惑的味道。

"月亮为什么会是这个颜色？"鄢人狂本能地觉得不对劲，但是很快他又疑惑起来："为什么我会觉得月亮应该是红色的？"

就在他疑惑万分的时候，身后再度传来大吼："雏！不要再发呆了！拦住这些颂月贵人！这条防线一旦失守，我们人族就彻底完蛋了！"

"哦，好的！"鄢人狂立刻握住长枪，加入了战斗。

和这些颂月贵人交上手后，鄢人狂才发现对方有多难缠。

对方的口中，不时吐出一连串的气泡。这些气泡在半空飘动，看上去颜色鲜艳，一旦触碰到，皮肤立刻就会被腐蚀。

鄢人狂亲眼见到一个战士没留神，撞在了一个气泡上。那个气泡在战士的脸上炸开，旋即，这个战士脸上就出现了密密麻麻的血泡。这些血泡很快炸开、腐烂，战士捂着脸在地上滚来滚去，发出痛苦的哀号。而他脸上的皮肉，以肉眼可见的速度腐烂、剥落，露出里面的森森白骨。

这一幕看得鄢人狂毛骨悚然。

更让鄢人狂惊异的是，这些颂月贵人挥动长剑的时候，那银白色的月光竟然可以在剑身上凝聚。而这月光凝聚而成的锋刃，要比刀剑更加锋利，战士身上的铠甲，就像是纸片一样被轻易切开。

人族的防线不断后退，岌岌可危。颂月贵人源源不断地从海中钻出，拥向岸边，大海这一刻像是沸腾了一般。

"人族，你们为了土地，驱赶我五族！"

"我们潮汐之民，绝对不会坐以待毙！"

"今天的一切，都是你们咎由自取！"

"五族绝不屈服！"

"傲慢的人族，今天就是你们的死期！"

"等着吧，我们潮汐之民的真神即将降临世间。"

"到那时候，你们就将彻底灭族！"

"九畿大地，将会由我们潮汐之民掌控！"

这一声声怒吼，从一个个颂月贵人口中咆哮而出，声音震得仿佛天穹都在剧烈颤动。

月光凝聚成形，从它们的剑锋上不断呼啸而出。人族的战士不断倒下，血流成河。人族的王宫，最后的防线，眼看就要失守。

鄢人狂望向四周，周围的人族战士，这时候脸上都露出茫然、不解、绝望、愤怒等神情。

"人族势大，占领土地有什么过错？"

"九畿大地资源有限，能者居之！"

"人族绝不会放弃！"

"你们这些怪物，滚回大海！"

"我们人族可以开拓出更多的土地，而你们什么都做不了！"

"杀光这些颂月贵人！绝对不能让他们召唤出神灵！"

鄢人狂突然感觉眼前一阵恍惚，面前的画面突然颤动了一下，出现了大片残影。

"人族为了获得更多的资源，驱逐其余五族，除了这潮汐之民，还有其他哪四族？"鄢人狂的心中，突然冒出这样的疑惑。

旋即，他的思绪就被新一轮的喊杀声给打断了。人族和潮汐之民似乎都知道，此时到了决战的时刻，所以双方再无保留。双方的战线，仿佛是激荡澎湃的海中巨浪，每一次碰撞，因此最前面的人族战士和颂月贵人，立刻就被绞成漫天碎肉。

此时鄢人狂的脑袋传来阵阵疼痛。"鄢人狂？鄢人狂你怎么了？"一个熟悉的声音，在他耳边响起。但是他左右望去，四周都是冲杀的人族战士，并没有其他人。

"鄢人狂？那是谁？好熟悉的名字。"

"我不是叫雏吗？"

"不，不对，我是鄢人狂。"

"这是哪里？"

"杀！绝对不能后退一步！"

两种情绪，两种思维，在鄢人狂的脑海中激烈碰撞。面前喊杀的战场，瞬间被撕碎，然后瞬间恢复，如此反复。

就在战事焦灼，双方谁都不愿意后退一步的时候，大海之中，突然出现了数个漩涡。

还在海中的那些颂月贵人，猛地变得慌乱起来。它们发了疯地游动，想要摆脱那些漩涡，但是漩涡带着无法形容的庞大力量，将它们成片成片卷入其中，瞬间不见了踪影。

海岸上的颂月贵人，不知道发生了什么，变得惊慌失措。人族战士则士气大振，顺势不断向前推进。

鄢人狂遥遥望去，一团团庞大无比的黑影出现在那些漩涡下面，变得越来越大，就像是有什么庞然大物要从水下浮出。

海面发出轰隆隆巨响，甚至将海岸上这数十万人的厮杀声都压了下去，一座座巨大的"岛屿"浮现在海上，滚滚倾泻的海水就像瀑布一般。

颂月贵人们满眼的惶恐，人族战士连连欢呼。

瀑布之后，鄢人狂似乎见到了一些金属的色泽。"这个颜色，有点熟悉。"鄢人狂心头猛地一跳。

哗啦啦啦！瀑布渐渐变细，流尽。座座"岛屿"，也在这一刻露出了真容——赫然是十二艘大得难以置信的巨船。

鄢人狂瞪大了眼睛，他感觉自己的胸中有一股激昂的情绪要喷薄而出。在这些巨船面前，他渺小得犹如蚂蚁！

王宫内外，人族爆发出震彻云霄的欢呼：

"是句芒之舟！"

"我们赢了！"

"潮汐怪物们，今天是你们的末日！"

"有句芒之舟在，看你们还能怎么办！"

大海中、海岸上，那密密麻麻的颂月贵人，这一刻都像是被吓傻了一般。句芒之舟在它们眼中，是如此庞大。船身好似金属堡垒，巍峨的城墙，坚不可摧，随便一动，就可以破开海浪，倾覆大海。

其中一艘句芒之舟此时掉转了方向。虽然只是再正常不过的转弯，但是对于海中的颂月贵人来说，这无异于灭顶之灾。刹那之间，数千个颂月贵人就被碾成了肉酱，大片大片的浓稠血水漂浮在海面上。

一艘句芒之舟就造成如此大的破坏，十二艘齐齐掉转方向，那对于颂月贵人的杀伤可想而知。

"这场战役，就要这样获胜了吗？"鄢人狂心中冒出这样的念头。

他发现不仅是自己，周围的人族战士，一个个脸上也都恢复了自信和笑容。他们要一鼓作气，将这些颂月贵人，和其他所有的潮汐之民，全都赶回大海的最深处！

"我们人族，才是九畿大地绝对的主宰！"人群之中，爆发出声声呐喊。

鄢人狂却隐约觉得不会这么简单。就在这个时候，鄢人狂感觉身体突然变得很轻，就像是有一股巨大的力量将他拉扯上去，他整个人直冲天际。

"我这是？！"还没反应过来，他就发现自己已经悬停在了半空，和那昏暗的白色月亮遥遥对望。

说是对望，却更像是在对峙。不知道为什么，望着眼前那朦胧暗沉的白色月亮，鄢人狂感觉对方似乎是在冷笑，让他不寒而栗。

"不，事情绝对不会这么轻易结束。"鄢人狂睁大眼睛，朝着下方望去。句芒之舟在大海中行驶，海中的颂月贵人全都难逃一死，要么被直接撞死，要么被碾成肉泥。不久前还声势浩大的潮汐之民，这一刻溃不成军。人族的胜利似乎近在咫尺。

"后面一定还发生了什么！是什么？"

鄢人狂正紧张地望过去，突然发现眼前的景象变得支离破碎。王宫、大海、人族、潮汐之民，面前的一切，都像是水中的泡沫一般，急速消散。到最后，鄢人狂的眼前，就只剩下了那一轮暗沉的白色圆月。月色清冷，如同一个人将嘴巴扯到耳根，露出了森寒笑意。

"鄢人狂！鄢人狂！"

猛然一个激灵，鄢人狂回过神来，他发现自己站在地上，身子保持着向上抓的姿势，而汗水早就打湿了粗麻衣衫。眼前是那通道的裂缝，阵阵凉风迎面吹来，让他迅速冷静。小七正盯着他，焦急地一声声喊着。

脑海之中，刚才那一幕幕还在反复出现。这种感觉无比真切，就像是一个人做了一个无比清晰的梦，醒来之后，梦中的一切历历在目，无比清晰。

鄢人狂朝小七摆摆手，示意它安静下来，然后看向头顶那柄巨剑。

"这柄剑，和我看到的那些颂月贵人手中的剑，几乎一模一样，都是如同银白月华的剑身，黄金的剑柄，也有用贝壳作为装饰，只是这一柄剑巨大许多。可惜，接下来发生的事情，我没有看到。"鄢人狂的眉头，渐渐皱了起来，"而且最重要的是，为什么我看到的月亮，不是红色，而是晦暗的白色。月亮什么时候是那种颜色？"

在鄢人狂的记忆里，月亮一直是猩红色的，每天夜里都给人带来压抑的感觉。在刚才的幻境里，月亮虽然变成了白色，但是给人的压抑感不减反增，同时还有一种绝望和寒意，留在了鄢人狂的骨子里，让他不愿回忆。

"咦？鄢人狂，你这是怎么了？"小七突然开口道。

"什么怎么了？"鄢人狂疑惑问道。

话音刚落，一股温热的感觉就出现在嘴巴上。鄢人狂伸手一抹，发现竟然一手鲜血。再一抹，他发现自己竟然淌出了鼻血。

"没事。"鄢人狂随意擦了擦。他估计这是看到那些画面导致的，或者是大量消耗弥识导致的。

鄢人狂再凝聚目力，朝那巨剑望去，看到巨剑上面霓虹的光芒暗淡了许多，几乎看不到了。

"看来只能看一次，多看的话，就要永远消失了。"

"小七，我有点累了，能送我回去吗？"

"哦，好。"小七也看出鄢人狂眉眼间的疲惫。

它跳到鄢人狂的肩膀上，对他伸出爪子。鄢人狂抬起手，握住猫爪，这一次，他闭上了眼睛。

一阵天旋地转，再次睁眼，鄢人狂发现自己已经回到石屋。透过布帘望向外面，猩红的月亮依旧悬挂在天上，但是比起鄢人狂进入神秘通道的时候，已经往西边移动了不短的距离。

"还是这红色的月亮看着熟悉。"鄢人狂轻声道。

小七在他旁边待了一会儿，然后又不见了踪影，不知道跑哪里玩去了。

鄢人狂将手垫在后脑勺下面，回忆着刚刚经历的种种。

"月亮，颜色为什么会变化？

"弥识，真的只是体内的一种能量？

"我刚刚见到的，是虚幻，还是真实？"

思索着这些问题，鄢人狂抬手朝墙上一指，墙壁咔嚓一声，出现了一片巴掌大小、蛛网状的裂纹。

"我对于弥识的控制，似乎比之前要精细了。"鄢人狂看着自己的手掌，喃喃自语。

今夜，丹霞城千里之外。

闪电不断撕裂长空，将漆黑的云海劈成两半。几乎与山岳熔铸为一体的青铜羊首，在闪电的照射下忽明忽暗，如同破开远古时空来到现世的庞大巨兽，静静俯瞰着大地。

这里是悬羊城，庄国的国都。

砰！青铜酒杯被狠狠摔在地上，里面的酒水洒了一地。

旋即，哗啦一声，精美的雕花木案也被掀翻，从台阶上滚落下来。

这张木案在市面上的价格，足够五口之家三年用度。此时桌腿被摔断，掀桌之人也没有丝毫心疼。他的脸上，充满怒意。

四十多岁的年龄，瘦削的脸颊仿佛刀削斧劈一般，浓黑的剑眉下，一双眼睛透出叫人恐惧的寒芒。一身奢华的丝袍,掩饰不住他的凛凛霸气。

"混账!混账透顶!"望着灯火通明、亮如白昼的宫殿,庄伯怒不可遏。

外面滚滚雷霆,亦如他此刻的心情。宫殿上方高悬的青铜兽首,此时好似汇聚煞气,叫鬼神战栗。

庄伯呼吸粗重,胸口剧烈起伏,眉目之间,杀意越发浓烈:"雍国这帮贼子,我要将他们碎尸万段!"

庄伯的怒吼在这宏伟的宫殿中不断激荡。一根根需要两人合抱的铜柱,此刻产生共鸣,嗡嗡作响,骇人胆魄,仿佛上面的云雷纹要降下真正的天象。

原本站在庄伯下方的几名大臣,此刻急忙跪下,以额抵地:"还请陛下息怒!"

"息怒?我为什么要息怒!"庄伯的拳头紧握,手背上青筋暴起。

"雍国这是第几次犯边了?嗯?每一次你们都让我息怒,我凭什么息怒?来来,你们一个个告诉我,现在他们欺上门了,我该怎么办?"庄伯抬手指向跪在中间的那人,"公羊函,你先说。"

不等对方开口,庄伯又补充道:"你要是说的话不能让我满意,我就即刻下令斩了你!"

其他几名大臣闻言,身子都哆嗦了一下。

留着长长胡须的公羊函不慌不忙起身,先行了一礼,然后道:"陛下,雍国必须灭。"

"嗯。"庄伯面色稍霁,但依旧阴沉,"继续。"

"雍国和我庄国相邻,历年摩擦不断,虽然没有大的征伐,但是小规模冲突几乎没有停止过。"公羊函说道。

"不错!"庄伯咬牙切齿,"而且几乎都是他雍国挑起的!这是当我堂堂雄关之国只会固守,不会进攻吗?!"

"陛下还请息怒。"公羊函继续道:"依臣愚见,若是陛下这么想,那么雍国的奸计就得逞了。"

作为深受庄伯器重的老臣,公羊函无论是在朝中,还是在庄伯心中,都很有分量。一般情况下,公羊函给出的意见,庄伯都会采纳。

"为什么?"庄伯愤怒的心情渐渐平静下来。

庄伯深呼吸一口气,走回王座重新坐下,目视对方:"我如何中计?"

庄伯既然这么问了,公羊函悬着的一颗心也就放了下来,他露出自信的笑容,道:"陛下刚才也说了,我庄国在十国之中,号称雄关之国,关隘雄奇,冠绝天下,这是其他九国艳羡不已的。"

"不错。"受到公羊函这一记隐晦的吹捧，庄伯的嘴角不禁微微上翘，露出一丝笑容。

公羊函趁热打铁，继续道："依靠这关隘天堑，别说是区区一个雍国，就算是其他几国联手，想要攻入我庄国，都难于登天。"

"他们敢?!"庄伯厉声道。

"陛下所言极是，他们就是不敢。"公羊函道，"陛下试想一下，雍国畏惧陛下的才干，自然是不希望我庄国在陛下的治理下成为十国之首，但为什么他们从来不曾大举进攻，而只是小规模犯边?"

庄伯眼睛一亮："因为他们根本打不进来。"

"对！陛下英明，正是如此。"公羊函道，"我庄国只需严守关隘，依靠雄关天堑，就可以以逸待劳，无论多少敌军，都可以轻松将其击败。这是我们庄国的优势，其他九国无一能及。雍国自然也清楚，雍伯更是明白，他若是大举起兵，攻我庄国，那就是有去无回。"

"很有道理。"庄伯连连点头，他此时也已经明白了公羊函的意思。

"你的意思是，他们用这种连续的小规模犯边，来激怒我庄国上下，让我们放弃自己的优势，主动去攻打他们。"庄伯说完这句话，闭上眼睛，静静思索。

恢宏的大殿，顿时安静了下来。夜风吹入，烛火微微摇曳，忽明忽暗。

此时以公羊函为首的几名大臣，都已经彻底放下心来。以他们对庄伯的了解，此时既然不再主张兴兵，那么这件事就算是过去了。其他几位大臣，都朝公羊函投去感激的目光。

果然，不久之后，庄伯睁开眼，开口道："此次若就此揭过，我咽不下这口气，也不知该如何去对军民解释。"

"陛下。"公羊函拱拱手，"没有必要解释，局部的冲突，历年来并不少，这次也是如此。至于雍国的行为，臣以为，还是要从长计议。"

公羊函的一句"从长计议"，重新点燃了庄伯内心愤怒的火焰，他目光如炬，死死盯在公羊函身上，一股威压，自上而下，狠狠迫来。

公羊函依旧不慌不忙："陛下，赤月当空啊……"

此话一出，威压瞬间消失，庄伯泛着精芒的双目，一瞬间黯淡下来。他像是被人抽去了骨头一样，瘫坐在王座上，半晌之后，挥挥手，无力道："你们退下吧。"

"臣等，告退。"几名大臣低头行礼，面朝庄伯，碎步退到大殿门前，这才转身迅速离开。

走出大殿没有多远，公羊函就被叫住了。

"公羊大人，公羊大人。"一名大臣赶了上来，他四下看看，见其他人距离尚远，于是赶紧压低声音道，"公羊大人，这战事莫非真的不起？"

公羊函捻着胡须，片刻之后摇摇头："时机未到。"说完他迈步就要走。

那名大臣赶紧追问："那敢问公羊大人，何时时机才到？"

公羊函微微笑了笑："火候尚且不足，雍国不足，陛下的火气也不足。"说完之后，公羊函不再停留，快步离开。

看着公羊函的背影，这名大臣露出了若有所思的神色。就在这个时候，一名宦官匆匆赶来，追上了这名大臣："大人，陛下请您回去，北巡途中经过夜哭之野的事情，要和您商量一下。"宦官带着谄笑说道。

"好，我知道了。"大臣收敛了心神，重新朝着宫殿的方向走去。

赤月之下，巍峨的宫殿犹如一头蛰伏的巨兽，今夜抬首片刻之后，又缓缓沉睡了过去。

第三章
荒生

一觉醒来，天色大亮。

鄢人狂依旧在思索着昨晚见到的幻象，所以显得有些心不在焉，直到和鄢人敌离开石屋，这才回过神来。

按照鄢人敌的想法，今天涿请他们喝肉汤，作为客人，他们不应该空着手登门拜访，特别是涿的妻子还在患病。

鄢人敌在征询了鄢人狂的意见后，决定去买一些糕点。虽然糕点不算什么贵重的礼物，但是在下城区，绝对算得上拿得出手的礼品了。

在购买糕点之前，鄢人狂先领着弟弟去了裁缝铺。他们的生活状况，随着鄢人狂当上城卫而改善，而且也需要各自做一件新的衣裳。

在下城区的裁缝铺，如果不刻意挑选考究的布料，做一件普通的成衣，大约也就需要一到两个铜刀币。在裁缝铺分别量过尺寸之后，鄢人狂给自己和鄢人敌分别定制了两件成衣，约好五天之后前来取货。这四件成衣，裁缝铺的掌柜原本要价八个铜刀币，在兄弟俩精打细算的讨价还价后以六个铜刀币成交。

之后他们又去购买了一些糕点。这是鄢人狂第一次购买糕点，他将这间店铺的位置记在了心里。

糕点用纸包着，由鄢人敌拎在手里，等到两人来到涿家的石屋时，刚好正午。

掀开布帘，一股浓郁的肉香顿时飘了出来。

涿为了招待鄢人狂和鄢人敌两兄弟，特意将外室收拾了一下。那张粗糙木板的桌子被挪到一边，在屋子的中央吊着大釜，下面燃烧着木炭。大釜之中，白色的肉汤翻滚沸腾，可以看到煮得稀烂的骨头和肉在里面随着油花浮动，极其勾人食欲。

在下城区，很多人别说吃肉了，吃饱都是奢望。今天涿用肉汤来招待鄢人狂和鄢人敌，足显其诚意。

"不用客气，就像自己家一样。"涿用朴实真诚的态度，表达着对兄弟二人的欢迎。

他取出陶碗，将肉汤盛出来，递给鄢人狂和鄢人敌。

鄢人狂道一声谢，接过汤碗，低头正准备抿上一口，他的耳中，突然传来了一声呢喃细语。这声音，像是猫爪子抓挠一样，要将人心中的某种情绪给勾出来。然而当鄢人狂准备侧耳细听的时候，屋子里却就只剩下热汤沸腾的咕噜咕噜声。

这个时候，跪坐在一旁的鄢人敌，已经喝了一大口热汤，顿时发出满足的感叹声："真好喝啊！"

被人夸奖，涿的脸上顿时浮现出浓浓笑意，热情地又为鄢人敌盛了一碗。这一次，他还在碗中为鄢人敌多盛了几块被煮得稀烂的肉块。

鄢人狂看着涿热情的模样，心中暗道一声："是我听错了？"

心中这样想着，他再度端起碗来。碗中被煮开的肉，纤维丝丝分明，弥漫着叫人难以拒绝的香味。就在鄢人狂的嘴唇要碰到陶碗边缘的时候，那呢喃的声音，再一次响了起来，如泣如诉，销魂蚀骨，好像是要将人内心最大的渴望、最深的欲望给勾出来一般。

这一次，鄢人狂确定自己没有听错。就在这个时候，他心有所感，抬眼望去，见涿正直勾勾看着自己。涿坐在大釜后面，升腾的热气将他的一半面孔挡住。他的脸上泛着一股恐怖的青色，微微张开的嘴巴里，露出了森森白牙，一动不动的眼珠，充满着叫人不安的情绪。

"嗯？"鄢人狂眉头皱了皱。

涿似乎发现鄢人狂正看向自己，立刻笑了起来，刚才那阴森诡异的感觉，瞬间消散不见："怎么不喝？不合口味吗？"

鄢人敌转过头，看着鄢人狂："兄长，你尝一口，味道真的很不错。"

"好。"鄢人狂点点头，将碗放下，问道，"对了，涿大哥，嫂嫂的身体如何了？"

见鄢人狂没有喝汤，涿的眸中闪过一抹失望，他笑道："劳兄弟你关心了，你嫂子休息了一天,情况已经好多了。"

"今天这肉汤美味难得,涿大哥你也给嫂嫂端去一碗吧。"鄢人狂关切地说道。

涿表情一僵,旋即摆摆手笑道:"不用不用,这是招待你们的,你们尽管喝。"和鄢人狂说话的同时,他还不忘给鄢人敌再度添上一碗。

鄢人狂看着在大釜中翻腾的肉汤,突然觉得这飘在空气中的香味,有点腥腻了起来。

"你这碗已经凉了,我给你重新盛一碗。"涿好像没有发现鄢人狂的异常,他取过一个空的陶碗,将大釜中的肉汤盛出来,同时还不忘称赞一下自己,"我跟你们讲,这一锅汤我从昨晚就开始准备了,剁肉、去血、熬煮,花了好长时间。"

涿将一碗新盛的热腾腾的肉汤,双手端到鄢人狂的面前,他脸上的笑容,越发真挚:"快趁热喝了,不要辜负我的一片心意。"这个笑容,这份热情,叫人难以拒绝。

"涿大哥,嫂嫂大病初愈,身子虚弱,这一碗你给她端过去吧,我自己来就行。"鄢人狂看着涿的双眼,轻声说道。

鄢人敌在一旁说道:"是呀,涿大哥,汤还有那么多呢,肯定够我们三个人喝的。"

看着涿渐渐凝固在脸上的笑容,鄢人狂再次轻声道:"涿大哥,你为什么不愿意给嫂嫂端过去呢?"

涿的身子在这一刻陡然僵住了。

"是不是因为,嫂嫂已经喝不了这一碗热汤了?"

大釜中的热气飘来,遮住了涿的双眼,鄢人狂只能看到他的嘴角在不断扯动,像是拼尽全力在维持脸上的笑容。鄢人狂默默叹了一口气,手缓缓朝着腰间的城卫尺摸了过去。

就在这个时候,石屋内侧的厚布帘子被掀开了,一个略有些尖锐的女声传了过来:"夫君,今日贵客登门,奴家觉得还是露一面比较好,不然会让贵客觉得受了怠慢。"

这一声就如春风化雪,石屋内已经显得凝滞的气氛,顿时重新变得舒缓起来。

随着声音传出,一道纤细的女人身影,缓缓走了出来,鄢人狂和鄢人敌急忙起身:"嫂嫂。"

"不用这么客气。"女人摇摆着腰肢,朝着二人走了过来。

女人长得不算漂亮,而且脸上的确带着大病初愈的憔悴,眼窝和脸颊微微凹陷，此时穿着宽大的衣衫，走路似乎有些吃力。她走路的姿势，让鄢人狂着实觉得有些奇怪：一个正常人在行走的时候，肩膀不会有这样不自然的起伏。

鄢人狂的视线，落向了女人的脚踝，下一刻，他的瞳孔骤然一缩——这个女人，在踮着脚走路！两行血迹，沿着小腿不断流淌，从脚后跟滴落到地上。她这一路走来，在地上留下两条显眼的鲜红痕迹。

涿此时放下手中的汤碗，急忙走过去搀扶住女人，关切地说道："不是让你好好休息，不要随意走动吗？"

女人摇摇头："贵客登门，奴家要是一直不见，会被人说不懂规矩。"女人悄然挣开涿的双手，好像丝毫没有察觉到自己的异常，就这么踮着脚走到大釜之后，露出一个笑容："两位觉得奴家的夫君做的肉汤味道怎么样？"

"谢谢涿大哥的款待，很好喝。"鄢人狂微笑着说道。

"那就好。"女人露出放心的神色，"奴家的夫君为了这顿肉汤，可是花费了好多心力，而且奴家也帮了一些忙。能够让你们满意，那奴家就心满意足了。"

女人说话的时候，鄢人狂的视线穿透沸腾的热气，看到血水沿着她的脚后跟，不断滴落到地上，很快就积起了一小摊。但是除了他以外，好像没有人发现这一点。

打过招呼后，女人告一声罪，表示自己依旧需要休息，于是踮着脚再度返回内室。在她掀开布帘的时候，鄢人狂看到一根黑色的羽毛从布帘后面飘了出来。

没等他看仔细，涿就往旁边走了一步，恰好挡住了他的视线："让两位见笑了，我们边吃边聊。"

鄢人狂点点头，重新跪坐了下来。大釜里的肉汤，此时煮得更浓了，变成了浓郁的白色，用木勺搅拌的时候，甚至感觉像是在搅动稀粥。

鄢人狂之前和涿只有过几面之缘，并不熟悉，倒是弟弟鄢人敌因为擅于记账算账的原因，和涿的走动稍多一些。所以接下来几乎都是鄢人敌和涿在闲聊，鄢人狂偶尔搭上几句话。屋内那低声呢喃，时不时还是会响起几声，不过看鄢人敌和涿的反应，好像什么都没有听到。

"总觉得不太对劲。"鄢人狂沉吟片刻，不动声色往旁边挪开一些，凝聚目力，石屋内的空间，在他的视线中微微扭曲，整个石屋内的颜色，同时发生了变化，密密麻麻的呈喷射状的鲜红色痕迹，出现在鄢人狂的眼中。

由于对能力掌控得越发熟练，鄢人狂如今已经可以从颜色上辨认出来，这些喷射状的鲜红色痕迹是血迹。

整个石屋，都布满了这种血迹，地上，墙壁上，角落的陶罐上，不远处的布帘上，墙角的斧子、刀具上，甚至煮着肉汤的大釜上，围绕着木炭的石块上，全部都是！看上去无比触目惊心。

鄢人狂神态自若，他的视线再度落到正在交谈的鄢人敌和涿身上。鄢人敌的身体，此时在鄢人狂的眼中，呈现浅蓝色。涿也差不多，唯一的区别，就是涿的嘴巴透着血一般的红。随着他讲话，一张血盆大口一张一合，十分恐怖。

"不仅有问题，而且问题还很大啊。"鄢人狂想到了青之前说的话，"难道说，涿是一个失控的星启者，就和阿花一样？"

这一顿肉汤的款待，很快就过去了。女人露过一次面之后，就没有再出来过，不过偶尔还是可以听到内室咳嗽的声音。

鄢人狂以嫂嫂还未痊愈，需要多多静养，他们兄弟二人就不多打扰作为理由，提前离开。涿热情地送二人出了石屋。

离开的时候，鄢人狂往前走了几步，突然像是想起来什么，转过身来。此时涿还站在门外，目送二人，他脸上的表情分外阴沉。在鄢人狂转身时，他的脸上立刻堆满了笑容。

"怎么了？"涿问道，"是不是落下什么了？"

"涿大哥，我突然想到了一个问题，想问问你。"鄢人狂说道。

"什么问题？"涿走了过来。

"你吃过人吗？"

涿愣住了，停下了脚步，不一会儿，他就笑着摇头："那怎么可能？"

"我觉得也是。"鄢人狂翘了翘嘴角，"开个玩笑。"

"兄长，你这个玩笑让我有点恶心。"鄢人敌不满道。

"走了。"鄢人狂拍拍弟弟的肩膀，率先向前走去。

这一次，涿脸上的笑容久久没有散去。

等到兄弟二人彻底消失在视野里，涿回到石屋内。他先熄灭了大釜下的木炭，然后掀开厚厚的布帘，走进内室。内室之中，女人侧着身子，斜靠在石床上，正用手轻轻揉捏着脚后跟。

"客人都走了？"女人问道。

"是的。"涿将女人放平，让她躺在石床上，然后接过女人的脚，为她按摩脚后跟，"你这个脚后跟疼的毛病，怎么又犯了？"

"奴家也不知道。"女人摇摇头。

"而且小腿受了伤，怎么也没有发现？"涿用手擦去女人小腿上的血迹，望着那已经干涸的血迹，他的喉咙因为吞咽口水而蠕动了一下。

女人的脸上露出一抹笑容："饿了？刚才的肉汤没吃够？"

涿摇摇头："太少了，不够吃。你如果能比现在胖一些，那就再好不过了。看来今晚，我要再去买一些肉回来炖汤。"

与此同时，鄢人狂和鄢人敌在通道的岔口分别。

"兄长，你要去哪里？"鄢人敌好奇问道。

"我要去巡查，然后述职。"鄢人狂指了指腰间的城卫尺，"毕竟刚刚当上城卫，不能偷懒。"

"哦，我知道了，那兄长我先回去。"鄢人敌挥挥手，和鄢人狂作别。

鄢人狂倒也没有完全欺骗鄢人敌，只是有些实情没法告诉他。

离开下城区之后，鄢人狂搭乘摆渡船返回商贸区，找到了那家糕点铺子，又买了一些糕点。铺子的女掌柜对鄢人狂还有印象，毕竟一天来光顾两次的客人不多。

拎着糕点，鄢人狂来到了狩灵卫的卫所。进门之后，他特意朝柜台后的老者望去。老者今天换了衣衫，也变换了姿势，唯一没变的，就是依旧纹丝不动。

今天没有人帮鄢人狂打开暗门，不过上次的步骤，他还是记得的。走到橱柜前，将陶罐的木盖掀开，鄢人狂把手伸进去，立刻就摸到了一个握把。他抓住握把，用力向上一提，咔咔咔咔咔——墙内传来齿轮转动的声音，橱柜缓缓朝一边移开，露出后面的通道入口。

穿过通道，来到大厅，率先映入眼帘的，依旧是那不知道有多久历史的日晷，晷面上的时间清晰而绵长。鄢人狂的视线越过日晷，立刻就见到了坐在后面的青。

青此时也见到了鄢人狂，她愣了一下，旋即起身道："我原本以为你至少要明后天才会过来。"

看着朝自己走来的青，鄢人狂原本准备好的话语，突然因为心跳猛地加速，堵在了嗓子眼。他目光落到手里的糕点上，下意识地举起糕点："吃吗？"

"呵，刚当上狩灵卫，就学会贿赂上级了。"青笑着开了个玩笑，接过鄢人狂手里的糕点，"谢了。"

鄢人狂说道："正好遇到了一点事情，所以就想过来问问。"

青正在将糕点放到一旁的桌上，听到鄢人狂说有事情，动作顿时一滞，转过身来，面色严肃："什么事？"

青的反应，让鄢人狂吃了一惊，他急忙摆手道："不是什么大事，就是想到了几个问题，想请教一下。"

认真盯着鄢人狂看了片刻，确定他不是在说谎，青的神色才恢复了柔和，她摇摇头道："不好意思，是我反应太大了。主要是出现在你身上的问题，我就下意识觉得不会是小问题。"

"是因为我的弥识？"鄢人狂问道。

青点了点头，示意鄢人狂在她对面坐下。还没等鄢人狂再次开口，青就将一份公文朝他递了过来："关于你们第七开拓团的。"这份公文的内容，原本你是没有资格看的，不过你现在加入了镇守城卫第三所，算是半个自己人，也就无所谓了。第七开拓团发生的事件，我们对外宣称是遭遇了盗匪。幸存下来的开拓团成员，因为当时受到了无梦者的控制，所以并不知晓发生了什么。而我们从第七开拓团离开之后，立刻就有其他的狩灵卫前去调查。调查之后发现，那个第七开拓团的守备不见了踪影，就像是人间蒸发了一样。而调查当时第七开拓团招募的时候，我们又发现，第七开拓团真正的守备，并不是你们在开拓团里接触的那个。"

"嗯？"鄢人狂抬起视线，看向青，"守备被调换了。"

"不错。"青点点头，"当时出城的时候，守备还没有问题，但是出城之后，守备就被调换为你们所见到的那人。"

鄢人狂回忆道："的确是这样，我们这支开拓团一直等到出了城，才第一次见到守备。而以前我参加的开拓团，守备都是在城里就和大家会合了。"

"这就是问题所在。"青应声道，"原先真正的守备，现在活不见人死不见尸，我们几乎肯定，是被人毁尸灭迹了。而那个假的守备，之所以加入开拓团，在我看来，是为了那个失控的无梦者。"

"阿花是因为守备才失控的？"鄢人狂问道。

"不错。"青点点头，"你还记得当时给我的那片龟甲吗？"

"嗯，记得。"

"那片龟甲，加入了某种材质。而这种材质可以在一定范围内，增强赤月对星启者弥识的影响。"

鄢人狂一下子抓住了青这段话里的重点。"星启者的弥识，受到了赤月的影响？"鄢人狂好奇道。

"对的。"青详细解释道，"赤月的存在，让星启者的弥识变得不稳定，而那块龟甲中的材质，放大了赤月对星启者的影响，所以那个无梦者才会失去控制。"说到这里的时候，青停顿了一下，看向鄢人狂，"你知道我之所以让你加入我们，看重的是你的哪一点特质吗？"

"庞大的弥识。"鄢人狂回答道。

"这只是表面的原因。"青摇摇头，"真正的原因，是你弥识的稳定，这种稳定，远远超出了我的估计。"

听到青的赞许，鄢人狂的心中不由阵阵欣喜，不过他的脸上倒是没有表现出来。

"对于星启者而言，弥识稳定的重要性，其实远远大于弥识的多少。星启者的弥识容量，是可以通过进阶来增加的，而让弥识稳定下来所要付出的代价，要比增大弥识的容量多得多。弥识的衰弱和膨胀，只会带来两个后果，毁灭自己，同时毁灭他人。"青说道。

鄢人狂若有所思，道："阿花当时的情况，就属于弥识的膨胀，而弥识膨胀的后果，就是失控。"

"不错。"青点点头，"弥识衰弱到某种程度，星启者就会失去生命迹象，化作岩石、树木一类。为了保持弥识的稳定，我、明、你上次来的时候见过的枫，还有这个卫所内的其他星启者，都需要每隔一段时间进行弥识容聚。"

"弥识容聚？"鄢人狂好奇地眨眨眼。

"就是稳定弥识方式的统一称呼。"青说道。

看着鄢人狂恍然大悟的神色，青突然想到枫之前说过的话，自己对于鄢人狂，似乎真的要比对其他人耐心得多。

"好了，我想对你说的，已经说完了。"青拍拍手，"你今天想问我什么问题？"

"其实我想问的，你刚才差不多都说明白了。"鄢人狂笑了笑，"不过关于弥识，我还有一点没想明白。"

"你讲。"

鄢人狂斟酌了一下，问出昨天睡前他思考了许久的问题："弥识真的就只是一种能量吗？"

"当然不是。"青笑了起来，"这是之前为了方便你理解，我给出的最简单的解释。实际上，弥识可以说是每个人族都具有的自由意志。只不过星启者所拥有的弥识容量，要比普通人族多得多。而弥识除了可以换取星启者独特的力量外，还有一些其他的作用，比如你庞大且稳定的弥识，可以形成冲击、扭曲空间等。"

"我还可以看到一些东西。"鄢人狂补充道。

"嗯？"青露出好奇的神色。

被青一眨不眨地注视着，鄢人狂莫名感觉脸颊发烫，他赶紧咳嗽了一下，掩饰自己的窘态，然后道："我可以看到一些别人看不到的东西，比如阿花当时控制开拓团成员的时候，我可以看到连接在他们头顶的线。"

"难怪当时你可以摆脱控制。"青若有所思，说道，"你当时利用弥识冲击，打断了连接在你身上的那条线。"

"是的。"鄢人狂摸了摸脸颊，"当时的情形，还是挺危险的，阿花，就是你说的无梦者，她的能力实在是有些匪夷所思，而且还受到赤月的影响。"

铺垫了这么久，鄢人狂假装无意地问道："赤月一直存在的话，星启者岂不是时时刻刻都会受到影响，赤月从一开始就存在吗？"

说完之后，鄢人狂努力让自己的呼吸和表情保持正常。这件事关系到他在那神秘通道内看到的幻象，幻象之中，月亮可不是红色，而是朦胧的白色！

青的眉头皱了皱。

"她果然知道些什么！"鄢人狂心弦一动。

但是旋即青就摇了摇头："具体的情况，我也不是很清楚，但至少从庄国有记载的历史来看，这个赤月是一直悬挂在天上的。正是因为赤月的影响，我们狩灵卫才需要除去那些失控的星启者，避免他们造成更大的灾难。"

鄢人狂擅于察言观色，从刚才青表情的微妙变化上，他判断出青没有说实话，或者说，她的话半真半假。

"青必然知道一些事情，而她没有告诉我实情。这么说来，我在幻境中见到的那个朦胧白月，很可能是真实存在过的。而那些手持长剑的颂月贵人，人族的大战，句芒之舟，也极有可能就是历史上发生过的事情。只是可惜，我对于历史了解得太少了。"鄢人狂在心中道。

虽然此时内心充满了求知欲，但是鄢人狂明白，这些事情关系到自己最大的秘密，而这个秘密，知道的人越少越好。

"看来只有等待机会，慢慢寻找真相了。"鄢人狂心中暗暗做出决定。

随着刚才的话题告一段落，鄢人狂和青之间陷入了短暂的沉默。这个时候，明从通道外面走了进来，见到鄢人狂在，他有点意外。不过明显然有事情要做，和青、鄢人狂打了声招呼后，就进了那扇雕花木门。

"青队，今天我来找你，除了想多了解一些弥识之外，还有一件事，我觉得很重要。"鄢人狂缓缓挺直了身子，"我想知道，一个人如果想吃人，会是什么原因导致的?"

青脸上的微笑,瞬间凝固了。鄢人狂感觉到一股危险的气息迎面而来,这种感觉不仅仅来自青,在这刹那之间,这大厅之中仿佛多出了好几双眼睛,牢牢盯住了自己,只要自己稍有轻举妄动,就会遭到无情的灭杀。

"你刚才说什么?"青看着鄢人狂,一字一字问道。

鄢人狂知道她误会了,赶紧道:"不是我想吃人,而是我遇到了奇怪的事情。你不是说我平时要是愿意的话,就在城里巡查嘛,今天来这里之前,就碰上了一个我怀疑想吃人的家伙。"

"原来是这样。"知道不是鄢人狂想吃人,青脸上的神色顿时柔和了许多。与此同时,周围那种剑拔弩张的气氛,也一下子松弛下来。

刚刚如芒刺在背的感觉,让鄢人狂很不自在,他忍不住扭了扭身子。

"具体的情况,你和我说说。"青说道。很显然,对于鄢人狂提出的每一个问题,她都保持了绝对的重视。

"是这样的。"鄢人狂整理了一下措辞,便将昨天回到丹霞城,去寻找弟弟,遇到涿,然后今天涿煮肉汤招待他们兄弟二人的过程,详细讲述了一遍。

"满屋的血迹,涿的表情,他不正常的妻子,他对于你试探的反应,特别是你利用弥识,看到他对于人肉的渴望。"青略一沉吟,道,"这的确很可疑。除此之外,你在他家还有没有其他发现?再细微的都不要错过。"

鄢人狂仔细想了想,道:"有好几次,我好像听到有人在我耳边讲话,那个声音飘忽不定,我没有听清。只是在听到那个声音后,我觉得好像产生了一种冲动,想要把面前的那碗肉汤一下子喝光。青队,这是什么诅咒吗?"

话未说完,鄢人狂就见到青的神色再一次变得严肃起来:"鄢人狂,这件事我需要你随我一起去证实一下。"

"什么时候?"

"今晚。"

随着夜幕降临,丹霞城内的四个区域中,下城区率先陷入了安静。每到晚上,下城区的大部分区域都会黑得伸手不见五指。

石屋之中,只点了一盏燃油陶灯。昏暗的光芒,将涿的脸照得忽明忽暗。他脸上的神色,时而疯狂,时而狰狞,时而又充满悲伤。这种神态的不断变化,让人感觉不寒而栗。

他的脚边，此时胡乱地扔着十多只乌鸦的尸体。在油灯光亮照不到的地方，还有更多的乌鸦尸体。石屋之中，充斥着一股令人作呕的腥臭味道。

终于，涿像是下定了决心一样，呼出一口气，从脚边的地上，捡起一把锋利的斧子，斧子的锋刃上，沾着大片的血迹和黑色羽毛。他拎着斧子，掀开布帘，走向内室。地面上因为糊着厚厚一层血水，走在上面的时候，会发出吧唧吧唧的声音。

内室的石床上，女人依旧被锁链捆绑。这一次，锁链捆得比以往都要紧，勒进了肉里，甚至磨烂了皮肉，露出了骨头。

涿的脸上没有丝毫怜悯。他一手抓着陶灯，另一只手缓缓举起斧子，骤然剁下。

砰！飞溅的血水和碎肉的影子，被火苗映照在石壁上。吧嗒一声，像肋骨一样的东西，摔落到地上。

涿将斧子举到自己面前，凑近灯盏查看。斧子上面，沾着一粒粒碎肉，黏稠的血水拉成丝状，朝着地面坠落下来。涿吞了吞口水，嘴角咧开，像是要笑，旋即又像是要哭出来一般。

就在这个时候，外室传来了脚步声。还有嘟嘟囔囔的"什么味道"的抱怨。

涿停了下来，脸上的表情渐渐收敛，片刻之后，沙哑着嗓子开口道："是鄢人狂吗？"

"是。"鄢人狂打开帘子走进内室，一道光亮随之照入。紧随在鄢人狂身后的是青。

涿此时好像没有办法很好地控制自己的表情，他脸上的五官变得格外僵硬。一对眼珠子，一个朝向鄢人狂，一个朝向青，经过他的一番努力，眼睛才全都看向鄢人狂："我猜到来的会是你，因为白天的时候，你问了我那个问题。"

"所以，你最后还是没有忍住吗？"满地狼藉，鄢人狂紧紧皱起了眉头。他的手臂上戴着一个筒形玉制臂镯，刻有缠丝纹。此时臂镯发出的光亮，要比涿手里的陶灯强出数十倍，将这不大的石屋照得亮如白昼。

眼前的一切，鄢人狂和青都看得清清楚楚：凌乱的内室，处处溅着血迹。地上满是死去的乌鸦、老鼠和蜥蜴。涿的半边身子，都被血水染得通红。而内室唯一的石床上，用锁链捆着一个女人。

之所以鄢人狂能够认出这是女人，是因为对方身上还穿着中午露面时的那身衣衫。中午女人露面的时候，还是憔悴单薄的模样。这个时候，她就像是在水里泡了好几天的尸体一样，整个肿胀起来，偏偏她还活着，并且脑袋拼命扭动，口中含糊不清地低吼着什么。鄢人狂仔细听了片刻，发现对方在反复说着一个"吃"字。

这个恐怖的场面，足以让任何一个看到的人做上十年的噩梦。不过鄢人狂长年混迹荒野，又亲身经历过诡异的无梦者失控，所以虽然感觉阵阵反胃，倒还不至于被吓得落荒而逃。

鄢人狂转头看向青，发现青的神色比刚进来的时候更加严肃，她的手始终握在腰间悬挂的青铜长剑剑柄上。

"呵呵，我没有吃人，虽然我的确很想尝试一下。"涿僵硬地转过身，露出他刚刚砍断的东西——一只剥了皮的羊，羊的肋骨被砍断好几根，此刻掉在涿的脚边。

"我可以忍住不吃，但是她忍不住啊，而且我感觉，我也要忍不住了。"涿呜咽着说道，可是他的眼中却没有眼泪流出来，"我不想害人，也不想她去害人，所以即便今晚你不来，我也打算用这把斧子杀死她，然后自杀。"

"不，你杀不死她。"之前一直没有开口的青，此刻说道，"我看你还存有几分理智，所以想和你谈一谈，你可以做到吗？"

"我……"涿看了看鲜血淋漓的羊，狠狠吞了吞口水，然后咬着牙说道，"我可以。"

"好，那就先扔掉斧子，我们去外室聊一聊，我需要知道一些事情。"青以眼神朝鄢人狂示意了一下，转身来到外室。

涿的模样，此时已经变得分外恐怖，鄢人狂可以感觉到，涿是真的拼命在忍耐，他是一个极为坚强的汉子。

来到外面，青取出一个小瓶子，从里面倒出两粒红色的药丸，自己服下一粒后，将另外一粒递给鄢人狂："以防万一，先把这个吃下去。"

鄢人狂接过药丸放入口中，顿时一股难以形容的苦涩味道在舌尖绽放开来，苦味之浓，让他身子不禁打了个激灵。同时，他发现自己的脑子变得清醒了许多。

涿缓慢地走到外室，他看向青，问道："她还有救吗？"

青摇摇头："很遗憾，这种程度，是没办法救的。"

"我知道，我就知道。"涿的双肩颤抖起来，"我也没救了，是吗？"

青点点头。

这样的答案，对于任何一个人来讲，都太过残酷，但是涿在听到这个回答后，反而露出如释重负的神情。

"你想知道什么？在我现在还可以思考的时候，我会尽可能告诉你。"涿说道。

青看着涿："我想要你回答我，你和你的妻子最初产生吃人的念头，是什么时候？在产生那个念头之前，你们有没有接触过什么特殊的物品？"

听到青的问题，鄢人狂的第一反应就是"星启者失控了"。不过看着青脸上那无比严肃的神色，鄢人狂隐约又感觉到，发生在涿身上的事情，恐怕远不是星启者失控那么简单。

在青问出问题后，涿就陷入了久久的沉默。他站在那里一动不动，宛如一株枯木。

鄢人狂注意到，青的右手始终握在青铜长剑剑柄上，说明她一直处于戒备的状态。

良久之后，随着一声抽泣，涿开口道："我就知道把那种来历不明的东西捡回来，一定会带来灾难，我当时就应该阻止她的呀！"

"什么东西？"青立刻问道。

不过涿没有回答她，而是自顾自继续道："我们两人每天都在商贸区的码头做帮工。大概是四五天之前吧，我接到一个活儿，是去帮一个商人卸货。听说那艘船上，都是从遗迹里面挖出来的东西，有金银，有青铜器，有祭祀用的礼器、甲骨等等，都是那个商人拿来倒卖的。"

涿此时说的事情，对于鄢人狂来讲并不陌生。随着大量遗迹被发掘，早已证实这片大陆上，曾经出现过不止一个时代的文明。鄢人狂在野外开垦荒地的时候，也曾挖掘过某个文明的遗迹。而这些遗迹，并不是每一个能够被国家保护和研究。相反地，大部分的遗迹在被发现之后，都会被附近城池中的贵族包揽。他们雇人手去将遗迹中有价值的东西挖掘出来，或留给自己，或变卖出去，许多人因此大发横财。

鄢人狂在想这些事情的时候，涿继续讲述自己噩梦一般的经历："那天卸货的时候，出现了一点小意外，其中一个装货的箱子不小心落到地上，摔裂开来，里面的东西撒了一地。

"我记得有玉石的杯子，镶着宝石的权杖，一棵结满宝石的黄金树，那棵树就连叶子都是金子打造的，祭祀用的牛头骨，那牛头骨的牛角上，缠着一圈又一圈的金线，还有刻着我看不懂的文字的甲片，镂空的暗金香炉。当时那金灿灿的光芒，几乎把所有人都看呆了。

"不过很快就有人过来催促我们继续干活，我当时就想，那么多的珠宝黄金，要是让我得到一样，就发大财了。但那也就是想想罢了，当时那么多人看着，谁敢去捡？可当我晚上回到家的时候，我的妻子神秘兮兮地说给我看个好东西，然后她就拿出了——"

知道涿接下来要说的就是重点，鄢人狂和青情不自禁都屏住了呼吸。

涿舔了舔嘴唇："一块玉雕的手掌。"

"玉？"鄢人狂和青几乎同时开口。

在庄国，的确有一些贵族会在身上佩戴玉石，用以装饰。

涿看了看二人，继续道："这个玉雕的手掌，只有手指大小。她告诉我，那个装着宝物的箱子摔裂的时候，这块玉石恰好滚落到她的脚下，当时没有人发现，她就偷偷藏了起来，带了回来。那时候我还很高兴，打算过些日子找个机会把这块玉石卖了。但谁知道，恐怖的事情从那天就开始了！"

涿说到这里的时候，用双手捂住了脸，身子剧烈颤抖起来。鄢人狂见涿的双手像枯树一样，表面还长出了许多角质。鄢人狂转头朝青望去，见青正朝自己暗暗点头，示意她也看到了。

等到涿情绪冷静了一些，青问道："然后发生了什么？"

涿的双手重新垂下来，他呼出一口气，道："现在想起来，那天晚上，我们两人不知道什么原因，变得很饿，比以往都要饿。我们不仅吃光了当天做的东西，还把家里的存粮都吃掉了，明明很饱，但还是很想吃。"

青轻声道："强烈的吞噬欲望。"

涿继续道："我当时以为自己是太辛苦了，所以饭量变大，也就没有在意。但是第二天我醒来的时候，见到妻子正站在床头看我。她说，她说……"涿颤抖了一下，"她说我每天都在码头做工，身上的肉一定很筋道，很有嚼劲。我那天做工回来，当时家里黑漆漆的，但是，但是弥漫着一股很浓烈的腥臭味。我那时候还以为是出了什么事，于是急忙冲进内室。结果在我掀开帘子的时候，我就，我就看到她手里抓着一只老鼠的身子，把老鼠的脑袋含在嘴里，而那只老鼠还在挣扎！"

这番话，让鄢人狂听得头皮发麻。

"她看到我回来，并没有惊讶，用力一口把老鼠的脑袋咬了下来，然后在嘴里嚼起来。我当时吓坏了，上去夺过剩下的老鼠身子，还把她狠狠推倒在地，问她是不是疯了！她满嘴是血，抓着我要抢回老鼠的身子，还在问我，不觉得很想吃生肉吗？

"我听到这句话的时候，低头朝老鼠望去，那只老鼠的脖子，还在往下淌血，爪子还在动，但是不知道为什么，我突然觉得，我突然觉得……这只老鼠很美味，我要吃掉它……"

涿脸上的表情，再度扭曲起来，半张脸像是在笑，半张脸像是在哭。他的喉咙，剧烈蠕动着，拼了命吞咽着口水。

"涿大哥——"

"鄢人狂，不要过去！"鄢人狂刚往前迈出一步，就被青喝止了。

青微微摇头："他正在压制自己的欲望，你靠过去，很可能会适得其反。"

鄢人狂看着涿痛苦的模样，于心不忍，但还是听从了青的话。

过了不久，涿扭曲的五官，重新平静下来，他大口喘着气，身上的毛孔里面，渗出大股大股黏稠的脓液。这些脓液呈现黄褐色，让这外室顿时充斥着一股像硫黄一样的刺鼻味道。

"涿，我知道你现在很痛苦，但是我希望你能尽快把话说完，不然的话，会有更多的人经历和你一样的遭遇。"青说道。

"好，好。"涿僵硬地点着头，"我知道，时间不多了。之后的几天，我们想要吃生肉的欲望越来越强烈，老鼠、乌鸦、蜥蜴、虫子，我们都抓来吃了。而我的妻子的身体，也开始发生变化。"

鄢人狂想到了刚才看到的那一幕：涿的妻子，如同在水中浸泡了数天的棉花一样鼓胀，偏偏又没有死亡，仿佛是遭受了最恶毒的诅咒，又像是被魔神附体，充满了吞噬的渴望，仿佛周围一切生命，都是她的食物。

涿继续说道："白天的时候还好，到了晚上，我妻子的手和脚，就会开始变大，像是有什么东西，要从里面钻出来一样。她的后背，还长出了吸盘，那些吸盘不停蠕动着，就像是嘴巴一样，要把眼前的东西全部吃下去。而我，我也是……你们看我的手……"

涿将自己的双手伸出来，鄢人狂此时看得更加清楚，涿不仅手臂变得像是枯瘦的树干，他每只手的指头，融合在一起，变成又细又长的两根，如同虫子的触须，垂落下来。

"我也开始发生变化，而且每天的变化都更加明显。昨天，我知道她再也忍不住吃人的欲望了，因为我亲眼看到，她躲在屋子里，盯着外面经过的人不停咽口水。有一次，如果不是我阻拦，她就要冲出去把路过的小孩子抓回来了！"

"所以你决定，在今晚结束她的生命。"青轻声说道。

"是的。"涿无比痛苦，声音嘶哑，"我的妻子变成了怪物，我也变成了怪物。要是今晚不能够杀死她，那么明天，她就会直接冲到街上。与其让她害人，被城卫发现后杀死，还不如我今晚就杀掉她。你们看……"

涿缓缓将衣服扯开，露出腰间的一块伤口。这块伤口，就像是被猛兽撕咬过一般，被扯掉了一大块皮肉，甚至就连里面的内脏和白骨，都看得清清楚楚。更诡异的是，伤口的内壁上，长满了密密麻麻的肉芽，这些肉芽此时不断蠕动，仿佛在极力生长。

鄢人狂觉得心里直发毛，今晚他的所见所闻，已经远远超出了他的认知。

鄢人狂不禁悄悄瞥了一眼青，心道："狩灵卫每次要解决的，都是这样的问题吗？"

这个时候，涿难听地笑了一声："这是你们来之前，我为了把她捆住，结果被她咬了一口，我的肉还有半边肾脏，都被她吃下去了。"

内室之中，此时传来一阵低吼，还有类似皮革被扯断的声音。鄢人狂知道，那是皮肉膨胀，结果被锁链给生生勒断而传来的声响。

"她已经快忍不住了，我也快忍不住了。"涿抬起头，朝鄢人狂望过来。他的双眼泛白，嘴巴张开，舌尖竟然像花朵一样裂开，变成一根根触手。

青目光一凝，她起身将鄢人狂拉到身后，看着涿道："你说的那个玉雕的手掌在哪里？"

涿的身子不断颤抖，他艰难抬起手臂，朝着一旁指过去："在……橱柜……第二层……最里面的陶罐里……"

鄢人狂要过去拿，被青制止了："我来。"

青面色严肃地走过去，将橱柜第二层靠里面的陶罐抱了出来。鄢人狂凝聚目力望去，青手中的陶罐里，有一团极为混乱的光芒在不断吞吐，充满了疯狂、绝望、死亡、灾厄的气息。

"青队，小心。"鄢人狂提醒道。

"嗯，我知道。"青看了眼涿，见对方没有反应，她屏住呼吸，将陶罐打开，倒扣过来。当的一声，一块绿色的东西，顿时落到地上。

鄢人狂定睛望去，果然如涿说的那样，这是一块色泽青翠、水润透亮、没有一丝杂质的玉石，大约成人手指大小，上面有细细的彩色纹路，好似刻画了一头凶兽，却又仿佛只是一些错综凌乱的杂线，若是看久一些，视线很容易缠在那奇异的纹路上，令思维陷入混乱，难以自拔。玉雕的五根手指细细张开，就像一个人曲着五指，掌心向上。

如果不是鄢人狂可以见到那团混乱的光芒，感觉到阵阵不祥的气息，绝对会和涿抱有一样的念头：这是一件宝贝。

"果然是我想的那样,这不是玉石。"青的声音传来。鄢人狂扭头望去,见到青此时的神色,不由愣了一下——那是前所未有的谨慎。

不等鄢人狂开口,青就对他道:"鄢人狂,集中精神,无论你听到什么奇怪的声音,都要当它不存在,绝对不可以去听,更不可以去想!"青此刻的语气,赫然带上了命令的味道。

鄢人狂不敢懈怠,急忙答应。青取出一个十分小巧的青铜灯,其形态是一只站立的鸟,鸟头掉转朝向鸟背,喙中衔着灯座,灯座的底盘连在鸟背上。青的手指伸入灯座,顿时,空无一物的灯座中燃起了荧荧青光。

片刻之后,微光消失,青将铜鸟收回皮袋子里,看向鄢人狂,呼出一口气道:"我在让明他们过来。"

她的目光转向地上那像是玉石一样的东西:"虽然之前已经猜到,但是真见到这件东西,我还是觉得难以置信。"

"青队,这不是玉石的话,是什么东西?"鄢人狂忍不住问道。

青的脸色,越发阴沉。石屋内顿时安静下来,只听到内室里不断传来的压抑的低吼和锁链吱嘎吱嘎的声响。

过得良久,青开口道:"这是肉块,荒生肉块。当然,你们或许认为那是上古凶兽,其实它们的名字叫荒生。"

"荒生?"鄢人狂疑惑地眨眼,"这次不是失控的星启者?"

青凝视着荒生肉块,摇摇头道:"不,荒生和星启者完全不同,星启者的失控,是弥识不稳定导致的,而荒生则是由于弥识的污染而产生的。"

说到这里的时候,青的眸中浮现出一抹复杂的神色,她抬起头,专注地看着鄢人狂。对方深邃的眼眸,使得鄢人狂脸颊发烫。

"青队,怎么了?"鄢人狂不好意思地问道。

青轻启薄唇:"鄢人狂,我要向你道歉。"

"啊?"青突如其来的道歉,让鄢人狂猝不及防,愣在了原地。

"青队,为什么要道歉?"鄢人狂不解问道。

没等青回答,石屋外传来了明熟悉的声音:"青队,我们到了。"

青收回落在鄢人狂身上的目光,说道:"进来吧。"

布帘被掀开,两个人走了进来。

其中一人是明,棕色的袍子依旧将他的身体笼罩其中。明见到鄢人狂,只是点了点头,旋即就神色严肃地朝着地上的荒生肉块望去。

进来的另外一个人，鄢人狂没有见过。这个人身材十分魁梧，下身穿着甲胄，腰间挂着两柄牛角短刀，上身赤裸，露出涂抹着神秘纹饰的块状肌肉，头发编成了一根根细长辫子，像极了巫师。他的手里，拎着一个一尺左右、被黑布盖住的东西。

"辕，我们狩灵卫的成员。"青对鄢人狂介绍道。

辕的脸上也涂抹着神秘纹饰，让人没法辨认出他的年龄。他向鄢人狂点点头，然后将手中拎着的东西举到面前，对青道："青队，东西我带来了。"

"好，小心一点，不要受到影响。"青吩咐一声，站直身子，拉着鄢人狂朝一旁走去，"接下来交给辕就好。"

"哦。"鄢人狂点点头。

他巡睃着辕手里的东西和地上的荒生肉块，心中满是疑惑。之前在开拓团面对失控的阿花时，青和明都游刃有余。为什么此时面对手指头大小的荒生肉块，他们却如此严肃和慎重。

"这小小的东西，会有那么大的杀伤力吗？"心中虽然好奇，但是鄢人狂也明白，青他们这么做，肯定是有原因的。

鄢人狂认真地看着辕的举动。辕将黑布掀开，露出一个锈迹斑斑的陈旧的青铜龛。

瞬间，鄢人狂就感觉一股寒气从黑布下涌了出来，让石屋内的温度明显下降。他凝神望去，见到青铜龛的表面铸有一张古怪的人脸，这张人脸大耳宽眼，和脸上的其他器官完全不成比例。特别是那一双凸出的眼睛，仿佛要从青铜龛表面挣脱，窥探这个世界。而在人脸的周围，雕刻着一圈圈的古老铭文。这些铭文给人一种沉寂、悠久、深邃的味道。

鄢人狂略一沉吟，凝聚目力，眼前光影立刻变得朦胧起来，有一团白色的烟雾，透着空灵、寂静、超脱的气息，围绕着青铜龛缓缓飘动。

锵的一声，辕打开青铜龛，紧接着，咔嚓咔嚓，一层层的铜片从青铜龛里延展出来，组合成了一张张人脸。这些人脸表情各异，有的在哭泣，有的在哀号，有的在怒吼，有的在咆哮。光线照射下，这些脸忽明忽暗，仿佛活物一般，拼了命要从这些铜片里面挣脱出来。

辕皱了皱眉头，双手交叠，口中念念有词，然后取出一根打磨光滑的细木棍，点燃了放在青铜龛的后面。细木棍静静燃烧，青烟笔直向上。

辕朝青看去，见青朝自己点点头，他伸出手，从青铜龛里面取出了一根颜色暗沉的权杖。这根权杖的一端,用赤铜浇铸了三个狰狞的犬首。每一个犬首,都双目赤红,张开血盆大口,脖子上根根骨刺直立而起,叫人望而生畏。

辕手持这根权杖,缓缓朝着荒生肉块靠近。当权杖距离肉块还有一两寸的时候,石屋内突然刮起一阵阴风。阴风将细木棍上的青烟吹得散乱,铜片组合成的那一张张人脸,好像齐齐爆发出哀号咆哮。

与此同时,内室里面传来愤怒的大吼,紧接着,传来砰的一声,像是有重物落地。

鄢人狂的内心猛地生出一股烦躁的感觉,这股感觉让他坐立不安,抓耳挠腮,恨不得立刻就要冲过去,将权杖从辕的手里夺走。

他还没有动弹,之前一直安安静静站在角落的涿,突然像是发了疯一样,挥动着变异的双臂,朝着辕冲了过去。

"把我的宝贝玉石还给我!"他发出狂吼,张大嘴巴,嘴角一直咧开到耳根,露出如同花朵一般的舌头。

"滚回去!"明早有准备,在涿冲出的刹那,他猛地原地跳起,右腿横扫。砰!涿被踢飞出去,砸穿了一堵石墙,一片烟尘中,坠进了内室。

内室之中,怒吼的声音顿时更加清晰。

"辕,再快一些。"青低声喝道。

"嗯。"辕点点头,汗水从他的额头上不断渗出,浸透了他脸上的纹饰。

内室之中,涿从一堆碎石中站起来,还想往外冲。他那肿胀的妻子像是一条白色的大蠕虫,挣扎着也要来抢夺荒生肉块。

"还给我!把我的宝贝还给我!"涿低声怒吼,他的脸庞从中间缓缓裂开,露出两排密密麻麻的尖牙,血红色的舌根就像是花茎一般,从里面伸了出来,甩出黏稠的汁液。

"有完没完。"明一皱眉,手臂从长袍下探出,他的手中,握着一根青铜棍子。

"给我老实一点!"明挥动青铜棍,对着涿当头砸下去。

青铜棍上,闪耀出一格格橙黄的光芒,刺啦一声,像是用烧红的青铜匕首切开牛油,一下子将涿从脑袋到胸口再到小腹给分成了两半。

涿竟然没有死去,他跟跟跄跄后退,被分成两半的上身,还在不断蠕动,试图重新黏合起来。身体两侧触手一般的手臂,此刻啪啪拍打着地面,显得焦躁不安。他的视线越过明,死死盯着不远处那个荒生肉块。

这一幕,看得鄢人狂瞪大了眼睛,涿的变化,已经完全超出了他的预料:"这是不死之身吗?"

"辕，好了没有？"明背对着众人和涿对峙，大声问道。

"就好了！"辕一咬牙，手中权杖往前伸去。

啵的一声，像是凭空戳破了一个气泡，那青铜甗上的张张脸孔齐齐扭曲起来，如海浪一般涌动。权杖一端的三个犬首，嘴巴齐齐张开，一口咬住那荒生肉块。荒生肉块这时候突然动了起来，就像是被捕的猎物在做临死前的挣扎。

辕全身汗如雨下，他猛一咬牙，以极快的速度将权杖连同荒生肉块收入青铜甗之中，然后赶紧将青铜甗关上。

在青铜甗被关上的刹那，鄢人狂猛然感觉，石屋内压抑的气息被一扫而空。

虽然石屋内依旧凌乱，地上仍旧洒满血迹，空气满是污浊，甚至涿和他的妻子还在对着明嘶吼，却给人一种和之前完全不一样的感觉，仿佛所有的负面情绪，都被一下子关入青铜甗。

"呼——"辕如释重负，长长吐出一口气，擦了擦额角，他将青铜甗重新用黑布罩住，双手交到青的面前。

"我和鄢人狂负责把亡语铜甗送回卫所，接下来这里就交给你们了。"青说道。

"好的。"辕点点头。

"放心吧，青队。"明在不远处大声道。

鄢人狂此时还有些不明所以："我们不用管他们了吗？"

青拎着亡语铜甗向外走去："明和辕会处理好接下来的事情，你和我一起回去，路上再说。"

鄢人狂转头向辕望去，辕向他点点头，示意不用担心。

"小心一些。"虽然知道自己这句话可能有些多余，但鄢人狂还是提醒了一声，然后迈出了石屋。

离开的时候，他听到身后的石屋内传出一声轰鸣，像是石壁被撞碎了。青此时已经走出一段距离，鄢人狂小跑了几步，这才追了上去。

两人一时间都没有说什么，在下城区阴暗的小道上快速行走。经由水道、地下通道等处的时候，黑暗之中，有一道道不怀好意的目光打量着两人。也不知道是忌惮青身上的甲胄，还是忌惮鄢人狂握在手中的城卫尺，倒是没有人敢出来阻拦或是袭击他们。

青在前面领路，走了一段距离后，她突然拐了一个弯。

鄢人狂跟在后面，发现这条路格外陌生。而且明明还没有离开下城区，周围已经没有了人影。这种情况，在下城区几乎是不可能出现的。

青这时候仿佛后脑勺长了眼睛一般，看出鄢人狂眼中的疑惑，解释道："丹霞城内，有一些特殊的路径，可以缩短我们前往各处的距离和时间，这些路径等你正式加入我们后，就可以知晓了。"

鄢人狂又加快几步，和青并肩前行："就像今天明和辕赶过来一样？"

"不。"青摇摇头，"他们早就守在不远处，在等我让他们过去。"

鄢人狂愣了一下，道："所以，青队你一开始就猜到可能是……荒生？"

青侧过脸，朝鄢人狂看了看，说道："是的，虽然我很不希望是荒生，但该做的准备还是不能掉以轻心，不然的话会很麻烦。"她低头看了看手中的亡语铜龛，露出一丝苦笑，"怕什么就来什么，这个东西，可要比失控的星启者难对付得多。"

"因为它们不会被轻易杀死？"想到被明劈成两半、结果还在试图复原的涿，鄢人狂不禁起了一层鸡皮疙瘩。

"这仅仅是一个方面，荒生最让人头疼的，是它对包括人族、牲畜、植物在内的一切生命体都能造成污染。"

鄢人狂想了想："就和赤月对星启者的影响一样？"

"还是有区别的。"青一边走，一边耐心解释道，"赤月对星启者造成的不过是弥识方面的影响，而且这种影响有好有坏。有的星启者因此获得了更为强大的力量，失控的只是一小部分而已，更多的星启者，是从中受益的。但是荒生不同，荒生对于所有生命体是绝对有害的，并且不可逆转，一旦你受到了它的污染，只会一步步堕落，最终变成只知道吞噬的怪物。涿就是一个典型的例子，他现在还没有完全成为荒生，只是处于荒化的过程之中。等他彻底变成荒生，那就不是现在的模样了，会是恐怖的怪物。"

青突然停下脚步，转身看向鄢人狂，此时月光正好穿过一团云朵的缝隙，照在她的身上，让她变成这片阴影中唯一的暗红色光影："而且鄢人狂你要知道，荒生的污染是没有任何办法阻挡的。它不像火、水，甚至巫的诅咒，可以被不同的方式阻拦。荒生的污染，直接侵入破坏的是一个人的精神和意志，将对方的精神和意志彻底瓦解，最后只剩下吞噬的本能。吞噬的生命体越多，荒生自身的破坏力和污染能力也就越强大。唯一的办法，就是将它们剁碎，烧成灰烬。哪怕有一点点遗漏，就比如这个。"青将亡语铜龛举起来，展示给鄢人狂看："仅仅是指头大小的碎肉，都可能污染出新的荒生，造成比瘟疫严重千百倍的灾难。"

鄢人狂正看着亡语铜龛，突然见到小七不知道从哪里钻了出来，睁着硕大的眼球，好奇地打量着黑布。

青不知道鄢人狂正在和小七以眼神交流，以为他在思考自己刚才说的话，叹了一口气，道："所以之前我才会向你道歉，把你牵扯进来。因为涿和这荒生肉块，很可能只是事情的开端，我们接下来，要根据码头的线索，去寻找那个遗迹。虽然你强大的弥识，意味着你有足够的意志力去对抗荒生的污染，但是近距离接触，还是存在一定被荒化的危险。"

鄢人狂正看着小七在亡语铜龛上跳来跳去，下意识接口道："这件事怎么能怪你，是我先发现涿不对劲，这才汇报给青队你的……等等！"鄢人狂突然像是意识到了什么，他瞪大眼睛，望向青："青队，你刚才是不是说，我近距离接触过这荒生肉块，所以也有被污染的危险？"

"不错。"青点点头，"不过你不用担心，你有强大且稳定的弥识，对于荒生的污染有着极强的免疫能力。"

鄢人狂一摆手，罕见地打断了青的话，急急道："那是不是说，普通人，就像涿这样，很容易被污染？"

青的神色严肃起来："你说得对，所以涿得到荒生肉块之后，但凡进出过他家，和他有过接触的人，我们都需要仔细排查。不过这件事，就不需要我们狩灵卫去做，交给城卫去办就可以了。"

青看到鄢人狂的神色变得紧张起来，于是好奇问道："你想到什么了？"

"我阿弟——"鄢人狂的牙缝中，挤出一句话，"昨天和今天都去过涿家里。"

青的脸色顿时变了。

下城区的通道之中，鄢人狂急速前行。一丈宽的污水渠，原本需要借助旁边的绳索荡过去，此时也顾不上了，直接加速、冲刺，跳了过去。

鄢人狂心急如焚，他的脑海之中，还在回荡着刚才分别时青对自己说的话："我将亡语铜龛送回卫所，你不用跟着我了，现在立即回去找你阿弟。如果在昨天之前，他还和涿有过接触，那么情况就可能更糟。你找到他之后，不要着急，带着他去商贸区的黑铁丙二十三号，那边会有人接应你。"

下城区的道路，鄢人狂早已走了不知道多少遍。但是从来没有哪一次像今夜这般，让他觉得这条路总是走不到尽头。

终于，穿过一条长长的破败的悬空栈道，再爬上一截竹梯，穿过竹梯尽头的岩石通道，鄢人狂远远看到了自家的石屋。石屋下层的布帘，此时掀开着，透出淡淡的晕黄光芒。

"千万不要有事啊！"鄢人狂三步并作两步，手脚齐齐发力，攀至石屋门口，向内望去，顿时心脏一沉。

石屋之中，陶灯此时正亮着，刚才那晕黄的光芒就来自此处。鄢人敌穿着白天的衣衫，正盘膝背对着鄢人狂，坐在灯盏前。他的影子在石屋内拉得狭长，又在墙壁上折叠起来，看上去又尖又细，分外诡异。而他的脑袋，此时低垂着，一点一点的，像是在啃咬着什么东西。

"一旦你受到了它的污染，只会一步步堕落，最终变成只知道吞噬的怪物。"青的话语，又一次在鄢人狂脑海中响起。

鄢人狂心头一颤，咬了咬牙，尽可能让自己保持冷静。他缓缓地朝鄢人敌挪过去，轻声道："阿弟？"

鄢人敌没有回应，依旧背对着他，脑袋有节奏地动着。鄢人狂朝着旁边的墙壁望去，通过映射在石壁上的影子，他看见鄢人敌的手中捧着一块像肋骨一样的东西。鄢人狂的心顿时被一只无形的手狠狠揪了一下。

"阿弟！"此刻他顾不上其他，猛一步上前，用力拍在了鄢人敌的肩膀上。

哗啦！"哎呀！"

原本已经做好最坏打算的鄢人狂，愣愣地看着眼前的景象：摊开的竹简，此时散落在地。鄢人敌一脸的茫然和惊讶，嘴角甚至还残留着打瞌睡时流出的口水。

过得片刻，鄢人敌涣散的视线汇聚到了鄢人狂的身上，他嘴角抽了抽："是兄长啊！吓我一跳！"

大悲大喜之下，鄢人狂此时还没有缓过来，他看着阿弟，愣愣道："你刚才在做什么？"

鄢人敌翻身坐起，揉了揉发麻的膝盖，一边收拾地上的竹简，一边不好意思地道："我刚才在看数术方面的东西，想着等兄长回来，结果太困，不知不觉就睡着了。倒是兄长怎么回事，用力拍我一下，好疼啊。"鄢人敌龇牙咧嘴，伸手揉着肩膀。

看着鄢人敌和往常一样，鄢人狂悬着的心放下一半，长长松了口气，不过旋即就把一颗暗红色的药丸递到鄢人敌嘴边："先把这个吃了。"

分别的时候，青特别叮嘱过鄢人狂，荒化的过程，是循序渐进的，很多时候，并不是一两天就会出现迹象。而一旦有迹象出现，那就已经晚了，因为荒化的过程是不可逆的。这种药丸，之前在涿家的时候，青也给鄢人狂吃过一颗，虽然无法完全抵御荒化的污染，但是可以在一定时间内，让服用者保持清醒，不会轻易被生灵最原始的欲望所吞噬。

"这是什么？"鄢人敌以两指捏住药丸，塞进嘴里。顿时，苦味就在他的舌尖扩散开来，难受得他眼睛鼻子嘴巴都纠结成一团，身子也蜷缩了起来："兄长，怎么这么苦啊！"

"你先跟我走，其他的事情，我路上和你说。"鄢人狂拉起鄢人敌的手道。

"啊？我们去哪里？"鄢人敌下意识就摸出了自己的算筹，"是去附近还是出远门？要不要带干粮和水？需要准备多少铜刀币？"

"带上你的宝贝算筹就可以了！"鄢人狂拽着鄢人敌出了石屋，径直朝着青之前给他的商贸区地址而去。

眼见鄢人狂神色匆匆，鄢人敌知道必然是出了大事，再不啰唆，将算筹袋子系在腰上，跟着鄢人狂一路疾行。

虽然比兄长小了五岁，但是鄢人敌并不是那种被惯坏了的性子，一直以来，兄弟二人都是互相依靠，所以早就培养出来了远超普通人之间的默契。

等出了下城区，来到商贸区等候摆渡船的时候，鄢人敌已经猜了个大概。他低声问道："兄长，是不是和涿大哥家的事情有关？"

"嗯。"鄢人狂点点头。

"其实早些时候，我就发现兄长情绪不对，而且涿大哥也和平时不一样。出事了吗？难道是涿大哥杀了人？"鄢人敌问道。

鄢人敌在说话的时候，鄢人狂也在悄悄观察他。从石屋出来，一路行走，鄢人敌都如往常一般，并没有表现出吞噬的欲望，这让鄢人狂的心又放下了大半。

略一沉吟，鄢人狂给出了早就准备好的理由："是时疫。"这也是之后城卫所会向民众公布的此次事件的缘由。

"原来是时疫。"鄢人敌点点头，表示了然。

如今国与国之间，虽然没有大规模的战争，边境上的小规模冲突却是经常发生。每次冲突之后，若是没有及时处理堆积的尸体，就有可能暴发时疫。所以这个理由确实合情合理。

哗啦啦——摆渡用的宽板木船缓缓出现在兄弟二人眼前。

此时是深夜时分，一般很少有人过河。船夫被人扰了清梦，此时看着兄弟二人，脸色很不好看。见鄢人狂和鄢人敌年纪都不大，一看就是下城区的寒酸模样，他打算出言讥讽几句。

还没等船夫开口，鄢人狂往前一步，看似无意地一叉腰，露出了腰间的城卫尺。船夫的心顿时咯噔了一下，原本阴沉的脸色，瞬间变得如沐春风，赶紧赔笑："城卫大人这么晚还要巡查呀，真是辛苦了。"

"嗯。"鄢人狂鼻子里哼出一个音节，率先上船。

船夫以为自己刚才的态度惹恼了这位"城卫大人"，顿时不敢再多说什么，乖乖撑船摆渡。

此时的商贸区大多数店铺都已经关闭，没有了往来的行人，只有每个路口悬挂的青铜罩灯在发出光芒，四周都是静悄悄的，和白天的热闹形成鲜明的对比。

上岸后，鄢人敌问道："兄长，既然是时疫，为什么要来商贸区？"

"这里会有人帮助你，你不用担心。"鄢人狂解释一句，心中默念青给出的地址，从商贸区中穿过。

鄢人狂和鄢人敌兄弟二人从铺着石子的小路走过，又踏过白日人挤人的拱桥，再穿过数个相连的通道。

因为滑索在夜间停止使用的缘故，他们只能绕路，一番周折后，才抵达了目的地：黑铁丙二十三号。

这是一间位于数个商铺之间的空屋。通过石壁上的标识，鄢人狂可以辨认出，石屋两边的商铺，分别出售皮草、药材、食料等。而空屋的门前，仅堆放着半人高的碎石，看上去就像中途停工了一样。

"是这里吗？"鄢人敌疑惑问道。

"是的，没错。"鄢人狂走上前，见到石屋的门上，挂着一把巴掌大的青铜锁。青铜锁看上去十分精致，表面有四个转盘，四个转盘看上去一模一样，上面都刻画着弓箭、长矛、兔子、狐狸等六个图案。

"这是青铜暗语锁。"鄢人敌啧啧称奇，"这种锁需要将每个转盘都转到正确的位置，才可以将锁打开。转盘上的图案越多，开锁的难度就越高，让我来算一算。"

鄢人敌的数术之魂仿佛在这一刻燃起，他摘下腰间收纳算筹的粗布袋子，里面摆放着上百根细细的竹制棍子，大概因使用了太多次，竹棍的长短已经有些参差不齐了。鄢人敌在地上熟练地将竹棍摆弄了一番，很快给出答案："兄长，如果一个一个尝试的话，最多需要四千零九十六次才可以得到正确答案。"

"不用那么复杂。"鄢人狂摇摇头，青早就把答案告诉他了。

他将第一个转盘拨动到长矛的位置，第二个拨动到兔子的位置，第三个拨动到风车的位置，第四个拨动到水壶的位置，青铜锁发出咔嗒一声，紧接着，随着一阵机关转动的声音，石屋的门缓缓向里侧打开。

鄢人狂领着鄢人敌走入其中。石屋内的景象，再一次让鄢人敌错愕——屋内什么都没有，两人的前方，是一条深深的通道。换句话说，这个石屋就是一个通道的入口。

"走。"鄢人狂不疑有他，率先朝着通道深处走去。见到眼前的景象，他已经猜到，这里和那兵器铺一样，都是为狩灵卫准备的。

鄢人敌不清楚这些内情。他只知道，兄长雷厉风行地带着他来到了商贸区，又轻轻松松打开了十分复杂的青铜暗语锁，此时走在这不知通向何处的通道中，好像一切尽在掌握的样子。顿时，他对兄长的崇敬之情更胜以往。

在通道内走了片刻，鄢人狂见到前方有人手持烛台，朝着二人走来。

鄢人狂向后抬手，示意鄢人敌停下，开口道："我是鄢人狂，前面的是谁？"

"是我，枫。"说话之间，鄢人狂之前见过的那个圆脸女人走了过来，她手持一盏青铜烛台，行走时烛火丝毫不晃。

她打量一下鄢人敌，点点头道："你们跟我来。"

"兄长，她也是城卫吗？"鄢人敌走在后面，小声问道。

鄢人狂还没有回答，枫已经停下了脚步。出现在他们面前的，是通道内的一个岔路口。

枫转过身，面无表情道："鄢人敌，你跟我走左边。"

"你知道我的名字？"鄢人敌好奇道。

枫点点头，看向鄢人狂："你走右边。"

似乎是看出鄢人狂眼中的担心，枫略一沉吟，道："青队有安排，你放心好了。"

"好。"鄢人狂点点头，他原本还想再叮嘱鄢人敌几句，但是此时此刻也不知道该说什么。

倒是鄢人敌笑道："兄长，去做你的事情吧，我不会有事的。"

鄢人狂拍拍阿弟的肩膀，对枫道："那就麻烦你了。"

等到枫和鄢人敌走远，那一盏烛火完全消失在黑暗中之后，鄢人狂才转过身，朝着右边的岔道走了进去。

鄢人敌跟随枫一路往前，他只觉得四周的温度在逐渐降低，这让他不禁微微颤抖了一下。

走在前面的枫停了下来，她的手里，不知道什么时候多出了一条薄毯，她将薄毯递到鄢人敌的面前。

"谢谢。"鄢人敌接过薄毯，披在身上，顿时感觉暖和了许多。他犹豫了一下，轻声道:"我可以问你一个问题吗?"

"可以。"枫继续在前面领路,"但是有的问题,我可以选择不回答。"

"哦。"鄢人敌应了声,道,"我想知道,兄长把我带来这里,真的是因为时疫吗?"

"为什么这么问?"枫脚步不停,目光却是微微一动。

"因为这里是商贸区。"鄢人敌回答,"我见过如何控制时疫,把我带来商贸区,这很不正常。还有,今天离开涿大哥家的时候,兄长问了他一个问题。"

原本鄢人敌以为枫会好奇,兄长问的是什么问题,结果枫根本没有搭理他。

鄢人敌只好继续说道:"我兄长问他,你吃过人肉吗?这个问题显然和时疫完全没有关系,倒像是涿大哥杀了人。"

说完之后,通道里就陷入了久久的沉寂,只有两人的脚步声。

原本鄢人敌都不指望枫做出回应了,结果就在这个时候,枫的声音从前面传来:"既然你怀疑了,为什么还跟着鄢人狂来这里,并且和他分开,单独跟我走。"

鄢人敌毫不犹豫道:"因为我信任兄长,他做的一切决定,只会为我好,不会害我。"

"哦,那看来他平时做得还不错。"这一次,枫的声音里似乎带上了一点笑意。没等鄢人敌再次开口,枫的脚步就停了下来:"我们到了。"

鄢人敌抬头望去,他的面前,矗立着一扇高大的青铜门。在这漆黑深邃的通道中,青铜门在烛火的照耀下,反射出暗沉且神秘的光芒。

与此同时,鄢人狂也走到了右边岔道的尽头,他握住面前的木雕大门上的铜制握把,用力一拉。呼啦一声,门被打开,门的另一侧,赫然是狩灵卫卫所的大厅。

大厅之中,青坐在桌前,已经回来的辕站在她对面,两人正说着什么。明倒是没有见到。

这个时候鄢人狂才发现,他此时打开的,就是之前枫和明进出的那扇木雕大门。"原来这扇木雕大门通向那里。"鄢人狂走出来,和青、辕打招呼。

青中断了和辕的谈话,起身道:"正式介绍一下,这是辕,丹霞城狩灵卫的成员,我的部下。这是鄢人狂,前几天刚刚加入的成员。"

"你好,前不久刚刚见过。"辕微微一笑,他脸上的符纹还没有洗去,这让他的笑容看上去有点阴森诡异。

"我的天阶是木魇,你呢?"

鄢人狂顿时愣住了。

"不方便说?"辕不禁皱起眉头。

"我……不是星启者。"鄢人狂无奈地朝青投去求助的目光。

"你不是星启者?"辕的眼神中透出浓浓疑惑。

"是这样的。"青起身道,"鄢人狂暂时还没有感应天阶,但是他拥有庞大且稳定的弥识,所以我就先让他加入了镇守城卫第三所,等有合适的机会,晋升了天阶,再正式加入狩灵卫。"

"原来是这样。"辕点了点头。辕看向鄢人狂,眼神中充满羡慕:"能够以非星启者的身份得到青队的认可,你一定拥有堪比星启者的力量。"

青摆摆手,打断了二人的谈话,对鄢人狂道:"接下来这几天,你就留在这里,一方面等候接下来的任务,另外一方面,我们也要随时关注你身体的变化。"

说到"身体的变化"这几个字的时候,青特意加重了语气。鄢人狂明白,青指的不仅仅是自己是否受到荒生的影响,还有自己身为"弥识火药桶"的危险性。

青接着说道:"那个荒生肉块,枫会在晚一些的时候进行占卜,看看能不能找到具体的来源,还有最先被荒化的是什么。明也已经去查询关于涿所说的商人和挖掘遗迹的事情了。傍晚之前,会有消息传回来。在这之前,你们都不要离开卫所,我们随时会出发。"

"好的。"鄢人狂应声道。

辕点点头,然后走向一扇石雕大门,转眼消失在门后。青让鄢人狂注意休息后,从通向兵器铺的那个通道离开。大厅之中,就只剩下鄢人狂一人。

没过多久,一对毛茸茸的猫耳朵,从鄢人狂面前的地上钻了出来。紧接着,一只硕大的眼球,也从地下探出,好奇地朝着鄢人狂打量。

"你刚才去哪里了?"鄢人狂看着小七问道。

从涿的石屋离开的时候,小七曾钻出来过,被亡语铜凫短暂地吸引了注意力,之后它又不知道去了哪里。

"我去看阿弟了呀。"小七蹲在鄢人狂的面前,一边舔着爪子一边说道。

"你跟着他们去了左边?"鄢人狂问道,"情况怎么样?"

第四章
天阶

小七舔完了左边爪子,换右边爪子舔:

"那个圆脸的女人,带着阿弟进了一扇青铜大门。"小七说道。

"左边路口的最里面,有一扇青铜大门吗?"鄢人狂低声道。

小七继续道:"那扇青铜大门上,刻着两个月亮。"

鄢人狂立刻记起了自己在幻境中看到的那一幕——血红色的赤月和朦胧暗淡的白色月亮。

他很想知晓在那句芒之舟出现之后,又发生了什么事情。不过显然很不方便,因为进入那神秘空间的话,他势必就要从这里消失。如果没有人看到的话还好,要是被青或者其他人看到,他就很难解释,自己是怎么在原地消失,又毫无征兆地在原地出现的。

"看来只有等这一次事情结束之后,找个机会再进去了。"

鄢人狂对此不抱很大的希望,因为上一次他看完幻境内发生的事情后,那代表幻境的光芒,颜色已经变得格外暗淡。鄢人狂现在只希望,在他越过那条被劈开的通道的裂缝之后,还可以获得更多的信息。

就在鄢人狂不知道接下来自己该做什么的时候,木雕大门被推开,圆脸的枫走了进来。

"你的阿弟暂时很安全，但是接下来还需要观察几天。"枫说道。

"谢谢了。"

枫点点头，走到大厅的一边。那里有两根青铜立柱，上面是绘满了星阵的浮雕。枫走过去，伸手在青铜立柱内侧一抓，就将亡语铜氽取了出来。这一幕看得鄢人狂一愣一愣的。

"这么重要的东西，就放在大厅里？"他忍不住问道。

"嗯。"枫对于他的反应有点奇怪，"一般的器具，我们都放在星阵大厅里。"

这个时候鄢人狂才知道，原来他所在的这个大厅叫作星阵大厅。他旋即注意到另外一个不懂的名词。

"器具？"鄢人狂问道，"那是什么？"

"哦，这个呀。"枫提着亡语铜氽，朝着之前辕进入的那扇石雕大门走去，"过一会儿青队应该会向你解释的，因为你和我不一样，需要和他们一起出任务。"语毕，枫已经消失在石雕大门之后。

鄢人狂记得之前青说过，枫要通过占卜，去了解那个荒生肉块的来历。"看来她现在就是去做这件事情了。"鄢人狂自言自语道。

"要不要我过去看看？"小七滴溜溜转着眼珠子道。看它的模样，待在这里似乎无聊。

鄢人狂想了想，摇摇头道："还是不要了。"

他现在对星启者、天阶、弥识、狩灵卫等的了解，还只是些皮毛，这种时候贸然做出一些有风险的举动，搞不好会造成很严重的后果。

没过多久，青就回来了，她的手里，还提着一个鹿皮口袋。

"鄢人狂，你过来。"青朝鄢人狂招招手，径直坐到自己的高背木椅上，跷起长长的双腿。

"青队。"鄢人狂走到桌前，就见青将鹿皮口袋打开，从里面倒出五片甲骨。这五片甲骨，都被打磨成厚薄大小一样的长方形。表面除了甲骨本身就有的细纹外，还分别刻有复杂的符号，这些符号构成了不同的古朴图案，让人看上一眼，就想起古老青铜器上面晦涩难懂的文字。

"这是什么？"鄢人狂将这五片甲骨一字排开，好奇问道。

青露出一抹浅笑，道："作为狩灵卫的成员，要做的第一件事，就是了解自己同伴的天阶，出任务的时候，就可以根据同伴天阶的能力，做出相应的配合。同样地，面对身为星启者的敌人，也要知道如何根据对方的能力，去克制对方。"

鄢人狂顿时明白，青这是在向他解释，之前辕为什么会第一时间询问自己的天阶。看着面前的五片甲骨，鄢人狂想了想，道："这么说的话，这几片甲骨，分别代表的就是青队你、明、辕、枫，嗯？还有一个是谁的天阶？"

"还有一位成员今天不在，不过最迟明天她就会回来，到时候再向你正式介绍。"青从鄢人狂手中接过甲骨，有节奏地敲击着，"我现在就向你正式介绍一下天阶。"

"好！"鄢人狂精神一振。

"天阶，最通俗的说法，就是星启者所拥有能力的代称。"青一旦进入讲述的状态，整个人就变得严肃起来，给鄢人狂以师长的感觉。

"举个你熟悉的例子，当时你在开拓团中遭遇的那一位，是无梦者天阶。她的能力，是利用弥识将梦境实体化。"

"嗯。"鄢人狂连连点头。

青亮出第一片甲骨，示意鄢人狂看过去："这是明的天阶，叫作白武士。白武士天阶的拥有者，可以在瞬间爆发巨大的力量，并且对于体术、兵器，都拥有超凡的天赋。"

"难怪明看上去那么瘦弱，却拥有那么惊人的力气。"鄢人狂喃喃道。

青仿佛回忆起了什么，笑道："明经常用自己那具有欺骗性的外表去和别人打赌赚钱。"

"那真是……"鄢人狂不知道该怎么评价。

青亮出了第二片甲骨："这是辕的天阶，叫作木魇。"

"这个我记得。"鄢人狂说道，"辕介绍自己的时候说过。"

"不错。"青点点头，"木魇天阶的能力，是在药物的炼制上，之前我给你吃的药丸，包括接下来任务中会用到的药剂，全都出自辕之手。"

青展示第三片甲骨："这是你明天会见到的那名成员的天阶，叫作渡边客。渡边客天阶的能力，是对水域的掌控，比如控制水流的走向，或者短时间内改变水的形态。"

"渡边客。"鄢人狂心中默念。

这时候，青亮出第四片甲骨："这是枫的天阶，叫作诫渊。这个天阶的能力，是可以追本溯源，通过结果逆推出原因。"

青这样一解释，鄢人狂立刻恍然大悟："所以青队你会将那个荒生肉块交给枫，由她去占卜这个荒生的由来，还有最初被荒化的是什么。也难怪枫说她和我不一样，因为诚渊天阶并没有战斗能力。"

"不错。"青点了点头，"能够举一反三，你很聪明。"

"那么青队，你是什么天阶？"鄢人狂问道。此刻他努力保持平静，其实心脏比之前跳得都要快。事实上，这才是他最想知晓的天阶。

"我嘛。"青亮出第五片甲骨，"这是我的天阶，叫作笑面乞儿。"

"这个名字有点拗口。"鄢人狂眨了眨眼，"而且从名字上面，无法推测出你拥有的能力。"

青微微颔首，道："其实天阶的名字由来已久，有一些在上个纪元可能是有具体含义的，只是现在的人族不了解罢了。"她看着鄢人狂，突然眼中露出一抹顽皮的神色："我先不说我拥有的能力，你来猜一猜。"

"猜吗？"鄢人狂沉吟着。

他对青的星启者能力最直观的印象，就是在开拓团的时候，她面对真神时的出手。

仔细回忆一番当时的细节，鄢人狂斟酌一下话语，道："我推测青队你的能力，是将对手的攻势反弹回去。我记得，当时那个'真神'对你出手，然后它自己受了伤。"

"不错，很接近了。"青赞许地点点头道，"我笑面乞儿天阶的能力，是伤害转移。"

"原来如此。"鄢人狂低头喃喃道，"明的白武士天阶，辕的木魇天阶，另外一位成员的渡边客天阶，枫的诚渊天阶，青队你的笑面乞儿天阶。"

"是的，就是这些。当然了，天阶并不仅仅是这几种，除了主体的天阶之外，还有一些散落的天阶。不过那些你暂时接触不到，所以不需要了解。"青叮嘱道，"明随时可能回来，等他一回来，我们接下来就要忙上一阵，甚至可能会遭遇突发的战斗，所以你尽量早一些将所有人的天阶和能力熟悉起来，到时候好做出应对。"

"我知道了。"鄢人狂应声道，"不过青队，我想问一下，如果我成为星启者的话，会开启什么天阶？"

"纠正一个说法。"青摆了摆手指，"天阶不是你直接拥有的，而是需要你去感悟，通过感悟，看你最亲和哪一种源星之力，从而利用弥识，去换取源星之力的力量。记住，是先拥有能力，才能开启天阶。"

"嗯，我会牢牢记住的。"鄢人狂认真说道。他看见小七跳上了桌子，围绕着青放在桌上的五片甲骨，好奇地转圈圈。它时不时还用爪子拨动一下，或是凑上去嗅一嗅。只可惜，它本身并不是实体，所以不能够移动甲骨。

看着小七的模样，鄢人狂心中忍不住轻笑："小七不会觉得自己也能开启天阶吧？它一只猫能有什么能力？"

接下来，鄢人狂就在星阵大厅中等候。

在这期间，辕、枫都从那石雕的大门后出来过，旋即又匆匆去了另一边。

辕出现的时候，已经擦去了他身上涂抹的那些纹饰。让鄢人狂比较意外的是，辕竟然是一个颇为清秀的年轻人，也就二十五六岁，和他第一次出现在鄢人狂面前的模样，简直判若两人。

青在向鄢人狂介绍完几种天阶之后，倒是没有离开星阵大厅。她一直在忙碌，四下翻检着很多竹简，时不时还会陷入沉思。

傍晚，和兵器铺相连的通道，传来一阵急促的脚步声，人还没有出现，明的声音就急急传来："渴死我了，渴死我了！有没有水？"

青被打断了思绪，抬起头，目光淡淡扫过去："水没有，酒管够，要吗？"

"啊！"明吓了一跳，讪讪道："青队你在啊，怎么之前都没发出声音。"

这个时候，通道之中又传来一个少女的声音："明，我跟你说过，你总这样大声嚷嚷，终有一天会被青队嫌弃的。"

鄢人狂抬起头朝通道的方向望去，一个十六七岁的少女背着双手走进星阵大厅。她长发披肩，穿着异族的白色服饰，露出浑圆的肩头，下半身是彩色花边的白色短裙，裙摆到膝盖上方，所穿的草鞋上，也有四叶草和花朵作为装饰，整个人很有活力。

她走进来，先向青打了声招呼，一双灵动的眼睛，旋即盯在了鄢人狂的身上。

"我来给你们介绍一下。"青的话才说了一半，少女就走到鄢人狂面前。她比鄢人狂矮了许多，头顶只到对方的鼻尖，她仰头好奇地打量了鄢人狂片刻，道："我知道你叫鄢人狂，虽然目前还没有成为星启者，却拥有连青队都惊叹的稳定弥识。"

对方如此主动，并且还知道自己的情况，这让鄢人狂十分诧异。

少女狡黠一笑："这些都是明告诉我的。"

"我早就应该猜到。"青无奈地摇摇头，坐回高背木椅上。

少女落落大方地向鄢人狂介绍道："我叫芷，天阶是渡边客，这一点青队应该已经对你讲了吧。"

"呃，讲过了。"鄢人狂一时之间不知道该说些什么。

就在气氛略显尴尬的时候，明冲到青的桌前，高喊一声，吸引了众人的注意，也为鄢人狂解了围："青队！我找到那个商队了！"

青坐在众人面前，轻敲手指道："明，你把你搜集到的信息，给大家说一下。"

明此时也不口渴了："我昨天晚上，先去调查了涿做零工的码头，了解到他搬运的那个内含荒生肉块的箱子，来自一个叫作焱的商队。然后我就顺着这条线索查下去，发现这支商队，大概二十天前才来到我们丹霞城。"

听到明的最后一句话，鄢人狂突然心头一动："二十天前，和我在开拓团最早见到幻象的时间差不多啊。"

没等他细细思索，明将一面三角形的旗帜展现在众人面前，这面旗帜整体呈橙黄色，中间绣着一上二下三团火焰。

"这种旗帜在码头很常见，没有什么特别的。"青说道。

"的确是这样。"明继续道，"这支商队，领头的商人就叫焱。他来到丹霞城的时候，据说带来了一处古代遗迹的消息。不过他是外来的商队，没有资格进行挖掘，所以寻求和丹霞城内一家贵族联手。那家贵族，就是上城区的祝穆家族。不知道双方达成了什么契约，总之祝穆家族的族长祝穆隐，答应和焱合作。

"之后就由焱的商船领路，带着祝穆家族的人前去挖掘遗迹，然后再通过焱的商船，将遗迹内挖出来的宝贝运回丹霞城。但就在三天之前，祝穆隐和几个参与此事的族人，突然失踪了！城卫所那边觉得只是普通的失踪案，所以就没有通知我们第三所。"

"的确。"青点点头，"上城区的贵族家族有数十个，我们如果不是提前知晓内情，也不会将一个家族的族人失踪，和荒生的存在联系起来。"

明深深吸了口气，道："不久之前，码头那边又发生了一件怪事。因为此事，我才马不停蹄地赶回来，向青队汇报。"

"什么事？"青目光一凝。

见青队神色严肃，明不敢再卖关子，赶紧道："今天按照计划，是焱的商船返回的日子，商船虽然回来了，但是船上空无一人。商队的成员，运送那些宝物的祝穆家族的人，一个都没有见到，还有新挖掘出来的宝物，也没有。就像是一艘鬼船，在没有人控制的情况下，自己在约定的日子返回了码头。"

"那艘船现在还在码头？"青立即问道。

"我担心船上有荒生的污染物，所以已经让城卫所派出其他船只，将这艘商船拖离了码头，停在了距离码头三十里外的河滩边。"明说道。

鄢人狂听得暗暗点头。他之前只觉得明瘦弱，却拥有惊人的力量，此时听完明的讲述，才发觉明办起事情来井井有条，而且心思缜密。

"好。"青当即做出决定，"所有人准备一下，过会儿枫留在卫所内，其他人跟我一起去看看那艘商船。枫，你再将你占卜的结果对大家说一说。"

枫往前走了一步。鄢人狂留意到，比起大半天前见到她的时候，枫的神色看上去要疲惫许多，眼眸之中，甚至隐隐可以见到血丝。

"那荒生肉块，不是近期才形成的，而是已经在地下存在了很久，甚至可能来自纪元交替的时候，并且也不是来自丹霞城周边。"枫顿了顿，说道，"大致可以推断，荒生肉块是有人故意混在挖掘出来的器物中的，为的就是污染丹霞城中的百姓。如果不是出现意外，导致荒生肉块被涿的妻子带回家的话，最先被污染的，应该是祝穆家族的人。我推测，祝穆隐和一众族人的失踪，很可能和荒生肉块有关。"

众人听完，都陷入了沉思，鄢人狂突然开口道："青队，我有一个想法。"

青眼睛一亮，道："讲。"

"青队，你记不记得当时在开拓团的时候，我们发现那个守备利用某种方式，干扰赤月对无梦者的影响，最后导致无梦者失控？"

"当然记得。"青露出若有所思的神色，"你觉得开拓团的事件，可以和这次荒生的事件联系起来？"

"时间上太接近了，而且手法很像。"鄢人狂说道。

青点点头："如果真是这样的话，那出手的这个人，可能密谋、准备了很久，总之大家多多留意，先去看看那艘商船吧。"

按照青的安排，枫留守卫所，其他人跟随她一同外出。

他们这些人，若是一同行走在城里，必然会引起众人的注目：一个高挑秀美的年轻女人，身穿肃杀的甲胄。一个活泼灵动的少女，穿的是异族的服饰。一个瘦削单薄的年轻人，偏偏要穿宽大不合身的棕色长袍。还有一个高高壮壮的男人，更是全身涂抹了诡异的纹饰，头上满是细长的辫子。其中看似最正常的，反而是腰间插着城卫尺的鄢人狂。

他们分别从大厅的不同通道出发。鄢人狂和青走通向兵器铺的通道。另外几人则穿过木雕大门后的通道进入商贸区。

等到落日降到地平线，夕阳在河面上映照出一片火红的时候，鄢人狂等人在青的率领下，在距离丹霞城码头三十里的河滩边会合了。

那艘木质的商船，孤零零地停靠在河边的浅水里。原本夕阳之下，这应该是一幅和谐美好的画卷，但是远远望去，鄢人狂总觉得这艘船透着一股子森寒的味道，仿佛船舱的深处有一双眼睛，正冷冷注视着众人。

丹霞城镇关峡谷。

峡谷之外，为青铜和岩石覆盖，浇筑成难以攻陷的天堑雄关。

峡谷之内，有一条接近三十丈宽的大河，蜿蜒万里，不仅是丹霞城和流经城池的主要水源，丹霞城内通往商贸区的地下暗河，也是这条大河的一条支流。除此之外，丹霞城还在这条大河上修建了覆盖极广的码头，成为庄国边境最大的航运周转地。

鄢人狂等人来到河滩，脚踩椭圆形的鹅卵石，细细打量这艘无人的商船。商船整体为木质结构，长十丈宽四丈，船头装有接近一人高的青铜兽首，威风凛凛，船身四周的围栏，也都是以青铜铸造。船身两侧，各有六根长长的船桨探出。船桨的一端有青铜齿轮。显然，这艘商船并不完全靠人力划动。

无论从哪个角度看，这都是在丹霞城码头内随处可见的普通商船。

众人还在仰头看着商船的时候，小七的脑袋从船身上钻了出来，然后跑到鄢人狂的面前，噌的一下，跳到了他的肩头。

鄢人狂目不斜视，听到小七在自己耳边嘟嘟囔囔："船里面一个人都没有，一点都不好玩，就是有股呛人的味道。"

"有股呛人的味道。"鄢人狂正琢磨这句话，就见青取出通磐天平。

通磐天平的两端保持平衡，一动也不动。这就说明，此地除了他们这些人之外，并没有其他星启者。

"明，你先上去。"青下令道。

明套着那不合身的棕色袍子。原地跳起，在船身上踏了几步，眨眼工夫，就跃到了商船上。

不久之后，明从甲板边缘探出头来："青队，船上一个人都没有，但是里面的情形十分古怪。"

众人登上船，在明的引领下进入船舱后，他们才知道，明刚才所说的古怪是什么意思。船舱之中，喝水的陶罐打开着，木勺和陶杯的碎片落在一旁；桌上摆放着刚喝了一半的粳米粥，一块肉干上还可以看到清晰的牙印；洗刷甲板用的猪毛刷，上面的水渍还没有干；确定航行路线的青铜星位仪，倒在狭窄的过道中，已经彻底散了架；麻绳编织的吊床上，那薄毯甚至还是隆起的，像是有人躺在里面。

这个场景，让众人面面相觑，脑海之中不由浮现出这样的画面：归航的商船上,有的船员打开装水的陶罐,正准备用木勺舀一点水喝,有的船员在喝粳米粥,有的船员在洗刷甲板,船长正在仔细擦拭星位仪,还有船员趁着这个工夫,盖着薄毯在小憩。突然,这些人原地消失了,只剩下这些痕迹,作为他们曾经存在过的证据。

"如果是遭到荒生的袭击,又或者他们自己荒化,绝对不可能留下这些痕迹。"辕的眼中满是不解。

众人不由自主地望向青,而青此刻也紧皱眉头。这艘商船上的气氛,让她感觉十分不安。偏偏手中的通磐天平感应不到丝毫弥识的痕迹。

鄢人狂伸长脖子,用力嗅了嗅,脸上浮现出疑惑的神色。

"鄢人狂,你有什么发现?"青注意到他的举动,开口问道。

"你们有没有闻到什么呛人的气味?"鄢人狂问道。

听他这么一说,众人用力闻了闻,然后纷纷摇头:"没有啊。"

青看着鄢人狂,露出若有所思的神色。鄢人狂倒是没有注意到青的目光,他正看着脚下的小七。小七的眼珠子瞪得滚圆,一副很不满的模样:"怎么没有呛人的气味?!明明那么难闻,就像是什么东西烧坏了。对了,鄢人狂,你有一次在开拓团抓了一条蛇,偷偷在火上烤,结果烤焦了,就是那股臭味,可难闻了。"

"烤焦的味道?"鄢人狂眼睛一亮。

青的目光一直停留在鄢人狂身上,见他的神色发生变化,便走上前问道:"想到什么了吗?"

鄢人狂疑惑地看着她:"青队,你们都是星启者,为什么这么在意我的看法?"

"因为你说过,你可以看到别人看不到的东西,难道你忘了吗?"青说道。

听青这么一讲,其他几人也都纷纷靠拢过来。

青道:"你的弥识和我们的都不同,所以我相信,你可以发现我们留意不到的细节。"

被青这样说,鄢人狂顿时有些不好意思,他老老实实回答:"我闻到这里有股很呛人的焦臭味,所以有一个猜测,需要验证一下。"

鄢人狂在众人的注视下,走到船舱内两根木柱间的吊床前,将那薄毯一把掀开,然后凑上前仔细观察。片刻之后,他伸出手指,在吊床的麻绳上轻轻抹过。再抬起手的时候,众人看到,鄢人狂的指尖出现了很薄的一层黑灰。

青脸上的神色顿时就变了,同时,她发现自己手中的通磐天平,微微颤动了一下。

鄢人狂又走到地上的木勺前，将那木勺拿起，伸手在地上一抹，指尖上面，除了少量的灰尘之外，同样出现了少量黑色粉末。

"你把手抬起来。"青说道。

鄢人狂将沾了粉末的手指伸过去，青手中通磐天平的两端，这一次以肉眼可见的幅度，上下晃动了一下。

"有弥识残留的表现！"青立刻说道。

这一次不需要她下令，明、辕和芷三人，纷纷按照鄢人狂的方法，在其他几处地方仔细查看。

小七蹲在鄢人狂的肩膀上，哼哼道："对，就是那几个地方，味道可难闻了，都要熏死我了。"

船舱内残留的黑色灰烬很少，但是同样的痕迹，通磐天平的变化，都表明了一件事：商船上的成员，不是无故失踪，而是被星启者消灭了。这些黑灰，就是人体燃烧之后，残留的灰烬！

"控火，而且是极强的控火能力，瞬间就将人体烧成了灰烬，并且没有对周围的物品造成任何损伤。"青的眼睛眯了起来，"是星启者做的。"

"果然是星启者。"鄢人狂深深吸了口气，看着船舱内的种种物件，怒道："眼睛眨都不眨，瞬间就夺走了十多条人命，真是毫无人性！"

见青依旧皱眉，鄢人狂想了想，再次开口道："从船舱里的迹象来看，被烧死的船员，可能有十多人。"

青瞬间明白了鄢人狂的意思，说道："只是运送器具的话，十多个人差不多足够了，但还要挖掘遗迹，这个人数远远不够。也就是说，有更多的人现在应该还在遗迹那里。芷，接下来看你的了。"

"没问题。"芷笑着应道。从鄢人狂旁边经过的时候，她忍不住夸道："原来你比我想象中的还要厉害。"

"哪里哪里。"鄢人狂谦虚道。

商船上面，已经找不到更多有价值的线索，众人回到河滩上，芷迈出白白细细的双腿，朝着河中走去。河水在她的脚下，凝成一层层透明的台阶，托着她步步往上。

走到大约一层楼的高度，芷举起右手。她脚下的水面，开始奔涌起来，一枚包含神秘星图的白色纹章，在水下渐渐浮现，这是星启者力量的标志。河流之中，好像有无数的精灵会聚过来，围绕着芷在诉说着什么。

芷嘴角带笑，脚下纹章光芒大盛，汩汩的水流像是生长的藤蔓，缓缓向上延伸，穿过芷虚握的手掌，分出三股，然后骤然凝固，化作一柄如玉石雕琢的三叉戟，被芷握在手中。

"启！"芷一声轻喝，握紧三叉戟，猛地向商船下方的水流刺去。

三叉戟一下子刺入水中，水流激荡，一圈圈的白色光芒扩散开来。与此同时，有一道巴掌宽、湛蓝色的痕迹，随着白色纹章光芒的扩散，在水面上浮现出来。这道痕迹断断续续地朝着河流深处延伸过去。

"这就是渡边客天阶的能力吗？"鄢人狂在岸上看得仔仔细细。

芷脚下的河水，像一只温柔的大手一样，托着她来到岸边，将她轻轻放下后，快速退了回去。

"青队，沿着这条轨迹，就可以去往那个遗迹了。"芷说道，"不过越快越好，时间太久的话，这条轨迹会逐渐变淡，最终消失。"

"嗯。"青点点头，"明。"

"青队，我早就准备好了。"明将那个四四方方的青铜块抛到河里。

片刻之后，鄢人狂感觉到脚下的鹅卵石震动起来，像是有什么东西在快速逼近。小七趴在鄢人狂的肩头，好奇地四下张望着。

再过一会儿，哗啦一声，泛着铜绿色的星源战筏从河里浮了上来。

上次乘坐星源战筏的时候，鄢人狂就听青说过，必要的时候，星源战筏还可以在河中行驶，没想到这么快就亲眼见到了。

明依旧在前面操控星源战筏，其余几人则通过战筏延伸出来的阶梯登入其中。

等到战筏沿着轨迹顺流而下，又稳又快地向前航行时，辕从腰带的铜制扣环上，取出了一支支青铜细管，递给众人。在辕的指导下，鄢人狂将这细管从中间拧开，发现里面是一支和成人小指差不多长的青铜针管。青铜针管一侧透明，可以看到里面有绿色的液体，微微一晃，绿色的液体泛出阵阵光泽。

辕解释道："这是加入筮草调制的醒神药剂，如果到时候你感觉自己受到了荒生的污染，或是无法稳定心神，陷入极端狂躁的情绪，就把药剂注入体内，它可以在一定时间内，帮助你恢复冷静。"

"好的，谢谢。"鄢人狂将青铜细管小心地收好，希望自己永远用不上这个。

就在众人前往遗迹的时候，在河流下游的一处山体之中，四五个衣衫用料考究的男子，此刻却不复平日的沉稳淡定，而是满脸惊恐，连滚带爬地在新挖掘出来的坑道中竭力逃生。因为极端的恐惧，无论是青年还是老者，每个人的五官都格外扭曲，仿佛是见到了生平最可怕的东西。

坑道的两边，散落着诸多的金银、竹简和青铜器，但是他们全都视而不见，鞋子跑掉了，衣衫刮破了，也都顾不上了，好像身后有什么东西在紧紧追赶。

"快！快！"

"那东西要追过来了！"

砰的一声，几人中最富态的老者一头栽倒在坑道里，被人搀扶起来的时候，固定头发的簪子掉在地上，摔成了两截，一头灰白的长发凌乱披散，也顾不上整理，跌跌撞撞地继续往前跑去。

"快！快！"老者上气不接下气。

其他几人仓皇失措，紧紧围在老者身边，朝着周围张望着。他们四周，是纵横交错的坑道，犹如身处墓葬之中。然而坑道之中，除了器物，却只见各种非人的骨骸。骨骸千奇百怪，有陆地生物的，还有很多鱼类的，大小不一，形状各异，而且显然距今有很长的岁月，很多都半掩在岩石泥土之中。

咚！这个时候，远处传来重物落地的声音，就像古代的力伯巨人在眼前重重踩了一脚，震得众人脚下地面一颤。

坑道内的白骨，也都同时一震，那一个个黑漆漆的眼窝，直勾勾朝这几个人的方向望过来，如同恶鬼索命，把他们吓得魂飞魄散。

"族长！那，那东西追来了！"一个年轻人面色苍白，哭喊了出来。

"族长，我们现在怎么办？"

"要是被它追上的话，我们，我们可全都……"

那灰白头发的老者，此时双肩也不受控制地颤抖着。他朝着声音传来的方向望去，仿佛看到一条拉长的身影，带着灾厄绝望的气息，朝着他们缓缓移动过来。

这个时候，他眼角一瞥，突然现出浓烈的惊喜神色，伸手朝着不远处堆在墙角的一排锈蚀的短剑指过去："那里！那里有一道门！快躲到那里面去！"

那一扇只开启了一条缝隙的石门，此时让这几人重新点燃了生的希望。他们顾不上身份的尊卑，急忙跑过去，将那些腐朽的兵器推到一边，然后手脚并用，朝着石门推了过去。

石门上面，刻着一个狰狞的错金蛇首，竖目獠牙，栩栩如生，看得众人阵阵心惊。他们拼着全身的力气，一点点将沉重的石门推开一条窄缝，一个接一个钻了进去。

钻进去之后，那头发灰白的老者又急忙指挥几人将石门重新推回去。轰的一声，石门紧紧关上，一条缝隙都没有留下，众人眼前也变得暗淡下来。昏暗的石屋中，地面残留着蜡油一般的黏稠液体，还弥漫着一股腐朽的味道，但此时众人无暇顾及，安静得只能听到他们急促的呼吸声。

其中一个年轻人，将耳朵紧紧贴在石门上，瞪大眼睛，仔细聆听。另外几人屏住呼吸，静静等候。此时每一次心跳的间隔，对于他们来讲，都仿佛一年那般漫长。

终于，那个被称为族长的老者忍不住了，推了推那个年轻人："怎么样？那东西追来没有？"

年轻人直起身子，刚要回答，咚的一声，如同惊雷砸地，那巨大的声响，从石门的另一侧传了过来。石门被震得一颤，众人头顶更是有数不尽的灰尘窸窸窣窣落下。

"在，在外面……"一个留着两撇胡子的中年人，结结巴巴开口。

黑暗之中传来了水流的声音，很显然是有人被吓得尿出来了。

"没出息的东西！"老者呵斥一声，接着道，"那东西虽然恐怖，但是我不信它打得开这扇石门！我们现在只要耐心等那东西走了，就可以安全离开。哼！等我回去之后，一定要彻查那个叫焱的家伙！我要让他知道，欺骗我们祝穆家族的下场！"

一想到将众人哄骗至此的那个商人焱，在场几人都恨得咬牙切齿。

"我要把他手脚剁下来，做成人彘！"

"我要把他的皮扒下来，蒙在鼓上，日夜敲打！"

"我要把他的头骨制成酒器！这个该死的家伙！"

咚！又是一声巨响，顿时打断了众人的咒骂，吓得这几人瑟瑟发抖。

不过幸运的是，就如他们的族长祝穆隐说的那样，这扇石门又重又结实，他们几个人费尽了力气，才推开了一条可以让一人侧身钻进来的缝隙，此时那个东西想要凭借一己之力打开石门，根本没有可能。而那个东西似乎也知道几人就在石门之后，此刻正咚咚咚咚连续不断地猛力撞击石门，每一下都像是仲夏滚雷，几乎把这几人的心脏给震碎了。

"放心，不会有事的，绝对不会有事的。"祝穆隐不断低声说道，也不知是在安慰族人，还是在喃喃祈祷。

撞击石门的动静持续了大概一刻钟，突然就毫无征兆地停止了。众人面面相觑，大气也不敢出一口。又过了片刻，撞击的声音依旧没有响起，那个年轻人小心翼翼地再一次靠近石门，将耳朵贴了上去。所有人的脸上，又是汗水又是灰尘，都露出了紧张和期待的神色。年轻人凝神听了片刻，缓缓直起身子。

"怎么样了？"祝穆隐赶紧问道。

年轻人眼睛慢慢睁大，语气之中，透着压抑不住的兴奋："没有声音，应该是走了！"

"好！"其余几人情不自禁握紧了拳头，紧绷到极致的情绪瞬间放松，嘴角缓缓翘起。就在这个时候，砰的一声巨响传来，厚重的石门一下子被击穿，乱飞的碎石中，一条长长的血肉触手如蟒蛇一般钻了进来。这条肉色的触手比成年人的大腿还要粗，表面满是脓液和吸盘。

触手回旋扭动，猛地对准了那个最靠近石门的年轻人。一股刺鼻的味道从触手上传来，周围空气几乎凝固。滴滴答答的声音，如滴漏中的蓄水将尽，开启了死亡倒计时。脓液不断滴落到地上，甚至落到祝穆家族的人的脸上、身上，但是他们动都不敢动。

在场几人都没有想到，这个怪物的力量，竟然可以直接击穿石门！这一刻，他们感觉如坠深渊，全身的血液都朝着大脑涌去，手脚冰凉，动弹不得。

"呃……呃……"祝穆家的这个年轻人盯着眼前的肉粉色触手，喉咙里发出含糊不清的音节，眼神之中满是绝望。"求求你……放过我……"他害怕的眼泪夺眶而出，哀求着吐出这几个字。

唰！触手的前端猛地如伞一样打开。"伞"的中央，是密密麻麻在蠕动的利齿。"伞"猛地往前一探，像是蟒蛇吞食猎物一样，那蠕动的利齿裹住年轻人的上半身，将他一下子吞了进去。

等到年轻人连头到脚整个消失在触手之中时，那触手打开的前端才重新闭合，然后掉转方向，朝向另一个祝穆家族的人。

"我，我……"刚才眼前发生的一幕，实在是太过骇人。这几个祝穆家族的人，早就吓得大脑一片空白，别说反抗或逃跑了，这时候就连动弹一下都做不到。

砰砰砰！又是几声巨响，石门顿时再次被击穿好几个大窟窿。碎石噼里啪啦砸落地上，好几条触手齐齐钻了进来，盘踞在几人面前。

唰唰唰！

脓液飞溅，吸盘翕张，几条触手的前端同时打开，一下一个，将剩下的几个祝穆家族的人裹住半身，当空一甩，然后整个吞了下去，最后只剩下祝穆隐一人瘫软在地，瑟瑟发抖。一条条触手居高临下地对准祝穆隐，不断地散发出浓烈又刺鼻的气味。

"我，我是祝穆家族的族长。"过得半响，祝穆隐无比艰难地吐出一句话。

说完这句话后，祝穆隐胆战心惊地看向几条触手。出乎他意料的是，这几条触手在吃掉其他族人之后，并没有急着吞食他。这让祝穆隐的内心又是忐忑又是庆幸。

"难道，我对那个怪物还有用？"祝穆隐心中升起希望的火苗。

略一沉吟后，祝穆隐盯着那几条停在半空的触手，一点点挪动身子，跪坐到地上。

"我是祝穆家族的族长，只要你今天肯放过我，这次的事情，我可以既往不咎。"他艰难地咬牙说道。说完之后，见那几条触手不为所动，继续道："除此之外，我还会让族人准备珍贵的礼物献给你。"

触手依旧悬停，只有上面的吸盘在不断蠕动。

祝穆隐想了想，像是下定了决心，道："我保证今天的事情，绝对不会有第三个人知道，只要你肯放我回去，除了之前的两个条件，我还可以赠送足够的人畜给你食用，你提什么要求，我都会答——"

唰！一条触手的前端猛然张开，吓得祝穆隐急忙往后退去。唰唰唰！剩下几条触手，这一刻也都动了起来。一个个张开的触手前端，就像是长满尖牙利齿的血盆大口，堵住了祝穆隐的退路。

这一次，祝穆隐控制不住，下身有水流了出来。屈辱、惊惧、惶恐、茫然，种种情绪，几乎要把他逼疯。

"你到底想怎么样？！你说啊！"他发出一声哭喊。

一条触手猛地下掠，就像蟒蛇一样，紧紧缠住祝穆隐，把他提到了半空。吸盘死死吸在祝穆隐的身上，触手缓缓用力收紧。祝穆隐全身的骨骼，发出一阵咔嚓咔嚓的声响。他的脸色由白转红，再从红转成青紫。

触手突然松开，祝穆隐的身子就像是浸满血水的破口袋一样，从半空落下。还没落到地上，另外几条触手齐齐冲上去，各自叼住他身体的一部分，用力一扯。这几条触手像是抢食一样，将祝穆隐的尸体全都吞进去之后，从石门的破洞退回外面，飞快地缩回到一道似人非人的身影上，瞬间消失不见。

这道诡异恐怖的身影，步履蹒跚地一步步后退，每一步都传来咚咚的巨响，片刻之后，就消失在了坑道的尽头。空荡荡的石屋内，再次恢复了平静，只有四处飞溅的鲜血，余温尚存。

与此同时，星源战辇在明的操控下，沿着水中的轨迹一路疾驰。

星源战辇在水中航行的速度，比起普通的商船要快上十数倍。片刻之后，峡谷河滩被远远甩在身后。就连巍峨雄奇的丹霞城，不久后也望不到了。

星源战辇内，青走到那祭坛前，用手转动祭坛上的那一圈圈符纹。将符纹旋转到一个特定的角度后，传出咔嗒一声，紧接着，光线就通过战辇内侧的那一颗颗星辰的图案透了进来。

鄢人狂惊奇地发现，透过这些密密麻麻的星辰图案，他竟然可以看清星源战辇外的情况，而奔流的河水，却无法通过这些星辰渗透进来。鄢人狂凝聚目力，见远处的山峦，仿佛巨兽的脊背一样高低起伏。

见鄢人狂看着外面出神，青走到他旁边，跪坐下来。淡淡的幽香飘入鼻腔，鄢人狂回过神来。青身上的香味，总让他感觉很特别，会在不经意间，让他的心跳快上几拍。

"这一次多亏了你，我们才能够及时发现荒生的存在，没有形成大规模的污染。"青开口说道。

鄢人狂低头想了想，道："那些和涿有过接触的人，都找到了吗？"

"嗯。"青点点头，"在这方面，城卫不敢怠慢。但凡那几天去过码头的人，也都被控制，暂时得到了妥善的安置。其实他们中的大部分人还是安全的，只需要观察几天，确定没有受到影响，就可以回去了。涿和他的妻子，是因为距离荒生肉块太近，所以才会受到那么大的影响。"

顿了一下后，青说道："你弟弟只在涿家短暂停留，和其他人差不多，不会有事的，你放心。"

"嗯。"鄢人狂点点头，"青队你这么说，我就没有什么好担心的了。"

"那你——"青沉吟了一下，抬头看看星源战辇内的其他成员。

辕盘膝坐着，双手放在膝盖上，正在闭目养神，腰间的青铜牛角刀，随着星源战辇的行进，而轻轻晃动。

芷靠在战辇内舱，仔细擦拭着手中的一对青铜手镯。这一对手镯，各自镶嵌着一块蓝色玉石和红色玉石。擦到玉石的时候，芷还特意先朝上面哈了两口气。

两人都专注于自己的事，好像完全没有注意到青和鄢人狂的谈话。

青的视线，重新落回到鄢人狂身上。与此同时，辕的眼睛悄悄睁开一条缝，朝这边瞥了一眼。芷虽然看着手镯，但是耳朵却竖得老高。

青继续说道："如果这次我们可以顺利找到遗迹，找到荒生的来源，并且将其消灭，我要给你记头功。"

"会有奖赏吗？"看着青眼角的那颗痣，鄢人狂突然心头一动。

对于这个问题的答案，他原本没有抱什么希望，然而青却郑重地点头："这个功劳很大，足以让我考虑让你正式加入狩灵卫。"

"加入狩灵卫？"鄢人狂眼睛一亮，"不再是城卫了？"但旋即他就皱了皱眉，"只是考虑？"

"青队说考虑，就是同意。"明的声音，从内舱外传了进来。

"是这样吗？"鄢人狂疑惑地看向青。

青目光转向别处，但是鄢人狂看到她以极细微的动作点了点头。

下一刻，青站了起来，打开侧门迈了出去，旋即传来明惊慌失措的声音："青队，我不是那个意思，你知道的，我这个人就是话多，其实我……啊！"星源战辇晃了一下，随即恢复了平静。

鄢人狂有些担忧地看向芷，芷耸了耸肩，撇撇嘴："以后你会习惯的。"

话音落下，星源战辇的侧门再度打开，面无表情的青走了回来。见鄢人狂在看她，她的脸颊微微泛红，不过马上就恢复了正常，说道："但是加入之前，有个最重要的条件。"

"保持稳定。"鄢人狂说道。

青看了看鄢人狂，点点头："你明白就好。"说完之后，青走到内舱的最里面，对着众人，不知道在想什么。内舱之中，再一次恢复了平静。

继续航行了大约一个时辰，擦拭手镯的芷突然开口，打破了沉寂："快到了！"

青立刻转过身，辕也睁开了眼睛。鄢人狂可以明显感觉到，内舱的气氛，比刚才严肃了许多。

他朝外面望去，见到星源战辇的前方是一座巍峨的大山。山底中央，是一个数十层楼高的巨大洞穴。河流从这个洞穴穿行而过。水花拍击在洞穴两侧的岩石上，碎成漫天水雾，阳光照射下，形成层叠的斑斓光影，五颜六色，绚丽缤纷。而山洞之中，紫黑色的云烟蒸腾，仿佛一张大幕将洞穴遮住，充满了阴森诡异的味道。

"洞外洞内，仿佛是两个世界。"鄢人狂评价道。

"那个遗迹，就在这个山洞里面。"芷提醒道。

水流湍急，星源战辇在明的操控下，又快又稳地沿着轨迹驶入洞穴。

星源战辇进入洞穴的刹那，光线顿时就被分割开来，内舱里的众人，不约而同都有一种被巨兽一口吞下的不适感。洞穴里要比外面暗了不少，但集中注意力，还是可以看到两侧的崖壁和浅滩。在头顶上面悬挂的嶙峋怪石，形成一片石林，黑压压一片，星源战辇行驶其下，更让人感觉压抑。

鄢人狂注意到，水中那条湛蓝色的轨迹，此时发出荧荧光芒，让众人看得更加清楚。看来随着周围光线的明暗变化，这条轨迹也会同时产生变化。

沿着轨迹，星源战辇再往前一段距离后，拐向黑暗中的一条支流。这条支流相当隐蔽，如果不是有芷召唤出的水流轨迹作为指引，怕是从这里经过几十次上百次，都不会发现这条支流的存在。在拐入支流之后，轨迹又有好几次突然转向，仿佛在走迷宫，像是有人刻意隐藏遗迹的入口。

鄢人狂露出了若有所思的神色。

"这条大河，是丹霞城去往其他城池必经的水路，但是这么多年来，都没有人发现这个遗迹的存在。这个遗迹隐藏得如此之深，绝对不是有人无意中发现的。应该是通过某种文献，查找到了遗迹的位置。又或者，有人本就知道这个遗迹的位置。"鄢人狂将自己的推测说出，立刻得到了青等人的赞同。

"那个焱的身份，绝对不是商人这样简单，很有可能，他还是一名星启者。总之这次大家绝对不可以掉以轻心。鄢人狂，特别是你。"青专门提醒道。

"嗯，我知道。"鄢人狂应声道。

说话的时候，他一直在专注地观察外面。突然，他的眼角余光瞥到一道幽光，立刻说道："那是什么？"

经他提醒，众人仔细望去，发现洞穴两侧的石壁上竟然有一排排石刻。只是这些石刻经过岁月的侵蚀，已经漫漶不堪，几乎无法辨认。这些石刻每个都有三四层楼高，线条粗糙，其后面都有一条硕大的尾巴，像是用古老的工具雕刻成的某种兽类。

此时此刻，它们就像是被时间遗弃了，在一片黑暗之中，静静注视着鄢人狂等人的到来。

也不知道为什么，鄢人狂看着这些模糊不清的石刻，觉得有一种熟悉的感觉。他努力回想，怎么也想不起来在哪里见过。

"这个地方，还真是叫人不舒服。"明的声音从内舱外传来，打断了鄢人狂的思绪，"我们处理过很多次星启者失控的事件，这一次感觉明显不同。"

"毕竟涉及了荒生。"青淡淡道。

"就在前面了！"芷打断了众人的谈话。

众人心头不由一紧，抬头望去，那条白色的轨迹，就在前面数十丈的地方停止了延伸，那里有一处水流冲击岩石形成的平台。

"快到了。"明操控星源战辇朝着岩石平台前进。

几艘木船毫无章法地停在岩石平台旁。有一艘木船的船底，被磕出了窟窿。冰凉的河水涌进来，让木船泡在了水里。

"就是这里了。"明操控星源战辇，稳稳停在岩石平台旁边。

众人从战辇中鱼贯而出。鄢人狂跨出来的时候，立刻闻到了一股铜锈与水汽混合的湿湿黏黏的味道。而明等人也在岩石平台的边缘，发现了商船抛锚的痕迹。这一切都表明了，这里就是遗迹的入口。

趁众人查看的工夫，鄢人狂往旁边走了几步，目光朝四周打量着。片刻之后，小七的脑袋从一旁的石壁里钻了出来。

"怎么样？"鄢人狂朝青等人所在的方向望去，见并没有人关注自己，于是悄声问道。

小七在石壁上一蹬，灵活地跃上鄢人狂的肩头，哼哼唧唧道："里面很大，有很多骨头，没什么特殊的，就是味道很臭很臭。喵喵，臭死我了。"

鄢人狂和小七的关系不像主仆，更像伙伴。在众人查看那几艘木船的时候，鄢人狂拜托小七利用它特殊的能力，先众人一步，前往遗迹中探查一番。

听到小七那十分嫌弃的描述，鄢人狂愣了愣："没有其他人吗？"

"是的是的！"小七愤愤不平地说道，"一个人都没有，而且很大，到处都弥漫着一股很臭的味道。"

"商队和祝穆家族的人一个都没有见到？"鄢人狂略一沉吟，刚要问得详细一些，青就招呼他跟上众人。

此时众人确定了遗迹就在不远处，已经开始向前进发。

"有什么发现吗？"青问道。

明等人的目光都朝鄢人狂投来。这次虽然是鄢人狂第一次出任务，而且他还不是星启者，但是经过短暂的接触，众人已经发现，鄢人狂拥有极强的观察能力和分析能力，俨然有成为他们这一部狩灵卫智囊的趋势。更重要的是，青很看重鄢人狂的想法。

青的视线穿透小七，直接落在鄢人狂脸上。

鄢人狂想了想，道："我们脚下的这块岩石，不像是自然形成的，更像是经过人工雕琢的。"

鄢人狂刚说完，辕就道："我也有这种感觉，刚才我就注意到，这岩石平台上面，有一层层雕刻的痕迹。"

众人蹲下仔细查看，果然岩石的表面有像波浪一样的层层痕迹。不过和岩壁上那些石刻相同，因为岁月久远的缘故，再加上潮湿环境的侵蚀，这些痕迹都变得很浅了。

"你们有没有觉得，这些痕迹很像……鱼鳞？"鄢人狂想了想，"而且之前我在星源战辇上看到，这块岩石整体轮廓浑圆，很像鱼或者蛇的腹部。"

"的确。"听鄢人狂这样分析，众人觉得格外有道理。

"就是不知道，这些石刻和遗迹之间具体有什么联系。"明说道。

接下来前往遗迹的路，就不需要芷再施展能力去寻找了，商队和祝穆家族的人已经将通往遗迹的道路清理了出来。

众人继续往前走，很快就见到石壁上一条长长的裂隙。裂隙又被人为拓宽了一部分，两旁摆放着竹筐和挖掘出来的大量碎石。破损的陶器碎片，燃尽的火堆，遍布缺口的铜锛被随意扔弃在地。

"商队和祝穆家族的人，暂时都还没有发现。"在最前面探路的明说道。

众人的视线越过他，望向那条如同蜈蚣一样竖着攀爬在岩壁上的硕大裂隙，遗迹就在这条裂隙之后。明率先跃入裂隙查看。青将通磐天平托在手中。

因为小七的缘故，鄢人狂早就知道从这里进入遗迹并没有危险，不过为了不暴露自己的秘密，他此时和其他人一同等待，并没有说什么。

过了一会儿，明就从裂隙中跃了回来："青队，里面有一处断崖，不过有轨道连接。断崖的另一边，有一扇漆黑的大门，不过距离太远，我就没有继续深入。"

青点点头："这里除了我们，暂时也没有发现其他星启者的迹象，总之多加小心。"

在青的率领下，众人穿过岩壁裂隙。顿时，一股阴冷的风从众人脚下直涌上来。这股风又潮又寒，仿佛可以直接穿透人的皮肤，直透血肉，深入骨髓。

在他们前方四五丈的地方，是一片漆黑的深渊。深渊大概有二十多丈宽，在深渊的另一头，就如明说的那样，隐约可以见到一扇打开的漆黑大门。

鄢人狂仔细看向周围，见到他们的头顶上有一条环形的青铜轨道。轨道上面连接有绳索和脚蹬，连接处的铜扣上涂着的棕漆竟还没有脱落，看起来仍然崭新而牢靠。只要踩在脚蹬上，再拉动绳索，就可以沿着青铜轨道慢慢穿过深渊，抵达另一端。

青铜轨道上，还悬吊着一些大的竹筐。看样子遗迹里面的金银和青铜器，同样也是通过这样的方式运送出来的。

不用青吩咐，明矫健地踏上脚蹬，拉动绳索，唰唰几下，就滑过数十丈，跃上对面的山崖。等明示意后，青、芷先后过去，之后是鄢人狂，最后是辕。

穿过深渊上方的时候，鄢人狂下意识朝身下望去，只觉得深不见底，阵阵寒意随着气流直冲上来，几乎要将他的骨髓冻住。鄢人狂踏上对面山崖后，双手双脚阵阵发软。

"你还好吧？"青见鄢人狂脸色泛白，上前关切。

"没问题。"在青面前，鄢人狂自然不甘示弱。

"接下来你多加小心，一切都以自身安全为重。"青又特意叮嘱了一声。

"青队，快看这里。"这时明的声音传来。

鄢人狂和青对视一眼，两人并肩走过去，见到明正看着漆黑大门旁的一座雕像啧啧称奇。不知道什么原因，这座雕像缺了上半部分，从下半部分可以看出，这是一条蛇盘踞的石雕，上面刻满了密密麻麻的咒文。这些咒文歪歪扭扭，像是蝌蚪，叫人看上一眼，就很不舒服。

辕看了眼雕像，问道："青队，从这雕像上，能推测出这个遗迹的来历吗？"

青走上前，仔细观察，手指轻轻抚过图腾上的咒文，眉头紧锁，似乎想到了什么，旋即又摇摇头："我猜测这是对蛇形界灵的一种崇拜。这类崇拜，在古老的时候并不罕见，仅仅凭借这个，想要推测出遗迹的来历和时代，还是比较困难的。"

"青队，那这个呢？"芷的声音从一旁传来。刚才众人在看那石雕的时候，她就蹲在一旁。她抬起头，指着漆黑大门下方道："这里也有一座石雕，和那个完全不同。"

顺着芷的视线望过去，众人发现，地上还躺着一座石雕。这座石雕相对完整，此时倒在地上，正好将漆黑的大门卡住，不让它闭合。

和刚才那缺了一半的石雕完全不同，这座石雕并不是蛇，而是一个身材佝偻的老者。这个老者戴着高帽，身上穿着既像长袍，又像斗篷一样的服饰，腰间还雕刻着类似贝壳的装饰。老者的样貌十分古怪，一张脸不仅向前凸出，而且十分扁平狭长，下巴和脸颊两侧，长着一根根长长的胡须，眼珠子从眼眶里凸出，看上去十分狰狞。他似乎没有双脚，显露在长袍下面的，是一条条像触手一样的长须。

"这是什么鬼？！"明瞪大眼睛，"这老头长得也太畸形了！"

鄢人狂在见到这座石雕的刹那，脑子里嗡的一下。就在不久前，他在幻境之中见过这种模样、这种打扮的家伙，甚至还在幻境中和这样的家伙作战、厮杀。

"潮汐之民。"青说道。

"颂月贵人！"鄢人狂在心中给出了更为准确的称呼。

这座石雕所雕刻的，是潮汐之民中的颂月贵人，一种诡异、善战，口中能够喷出毒液，同时还可以凝聚出月光作为锋刃的怪物。

"青队，你说这是五个异族中的潮汐之民？"明又发出惊呼。

辕凑上去仔细查看，片刻后指着颂月贵人雕像耳朵后面的部分道："这里有鳃的痕迹，的确是潮汐之民，这么说的话——"

辕看向青，青点点头："这个遗迹，看来是潮汐之民修建的。"

"潮汐之民……已经很久没在大陆上出现过了，我只在典籍中看到过关于它们的记载。"芷站起身说道。

她拥有渡边客天阶，对于水天生亲和，所以对于水中的物种也比一般人要了解得更多。即便如此，芷也从来没有见过潮汐之民。

青看着雕像，说道："是的，不仅仅是潮汐之民，其他四个种族曾经也和人族一样，有过繁荣的部落、联邦甚至国家。后来，因为和人族争夺土地资源失败，他们都遭到了大肆屠杀，最后幸存的极少部分，被赶到了大陆的各个角落。现在这些种族就只能在一些比较罕见的展览上见到。不过幽影族因为其美丽的容貌，倒是比较容易在贵族豢养的舞姬中见到。好了，不说这些了。"

青托起通磬天平："依旧没有弥识的迹象，而且也不见商队和祝穆家族的人，而这个遗迹又和潮汐之民有关，大家要更加小心。他们崇拜的神灵，比很多古神要邪恶得多。"

鄢人狂听得聚精会神。上次在幻境中，没有见到之后发生的事情，他一直耿耿于怀。此时听到潮汐之民还崇拜邪恶的古神，正想了解个清楚，结果青却不继续讲了。

"看来回去之后，要找个机会，让青多说一些。她作为队长，对于这些历史要比其他人了解得多。"

鄢人狂正想着心事，趴在他肩头的小七突然打了个喷嚏。"呀，臭死了臭死了，我不要再进去了。"小七伸出爪子，用力揉着鼻子，一个纵跃跳了出去，很快就消失在鄢人狂的视线里。

众人穿过漆黑的大门，一路往前走去。

大门之后是一条长长的通道，空气比大门之外更加潮湿。不仅如此，通道两旁的石壁上有水渗出。石壁上面，还有一个个似鱼又似蛇的镂空石雕，边缘装饰着潮汐之民特有的流水纹。看样子原本应该是照明所用，只是现在失去了功效。

地面上有很明显的拖曳痕迹，显然在挖掘遗迹的时候，商队和祝穆家族的人都是走的这条道路。

走了一段距离后，出现了往两旁的岔路，在青的指挥下，众人没有分开，继续一起往前。

走了一段差不多的距离后，又出现了往两旁的岔路。不过在众人的前方，已经有光亮透出。

众人对视一眼，不由加快脚步，脚步声在通道中显得格外清晰。

就在快要走到通道尽头的时候，鄢人狂的脚步突然停了一下。

"怎么了？"一旁的芷问道。

鄢人狂朝身后某个方向望去，旋即摇摇头："没什么，应该是水滴落的声音吧。"他追随着众人从通道尽头大步迈出。刹那之间，鄢人狂眼前豁然开朗。

眼前是一个人工开凿的巨大圆形洞穴，足足有十层楼高，容纳万人都没有问题。洞穴的中央，数十层台阶上，修筑着一座高大恢宏的六角祭坛。祭坛的每一个侧面，都浇铸着一个硕大的青铜蛇首。六种不同的蛇首，每一个都有接近一层楼高，邪气逼人。

经过漫长的岁月，那一片片蛇鳞，依旧光亮得可以映出人影。

在祭坛的中央，竖着一根四人合抱的青铜柱。青铜柱直抵洞穴最上方，给人一种穿山而出、刺破苍穹般的锐利感。青铜柱上面，一条硕大的银蛇盘踞其上，如同上古时代的巨兽。在光线的照耀下，这条纯银浇铸的巨蛇熠熠生辉，几乎能够把人的眼睛刺瞎。

四周的石壁上，有十六块青铜板，每一块板上，都刻有扭曲而繁复的符号，像是一串晦涩难懂的上古密文。而洞穴的地面上坑道纵横，彼此交错，最后都朝着祭坛汇聚过去。每一条坑道里面，都装满了累累白骨和金银、青铜器。有人的骨头，有猛兽的骨头，还有各种大小不一的鱼的骨架，小如婴儿，大如巨鲸，粗略一数，怕是有数万的尸骨堆积其中。

这些尸骨漆黑空洞的眼眶，全都整齐划一面朝闯入的鄢人狂等人，仿佛知晓他们的到来，要将他们拖入死亡的深渊一般。

洞穴内的空气，仿佛凝固了一般。在场所有人，包括鄢人狂，都感觉到脊背发凉，他们还从未见过如此恐怖的场景。就算是青、明这种消灭失控星启者的老手，这一刻也都被震撼得说不出话来。

眼前景象，已经远远超出了他们的想象。六角祭坛、青铜蛇首、银色巨蟒、神秘符号、遍地白骨，这个遗迹和鄢人狂过去挖掘过的遗迹完全不同。

过去鄢人狂在开拓团挖掘过的遗迹，虽然也有神庙等，但物品大多是竹简、香料、甲骨等。而此时鄢人狂的脑海中只有四个字：活祭、殉葬。他即使不动用弥识，也可以感受到周围灵魂的嘶吼和咆哮。

鄢人狂明白小七说的臭味是什么了，是这里大屠杀带来的血腥味道，哪怕经历了千百年，依旧没有消散。时间仿佛在洞穴之中停止了流动。

"我的……天！"良久之后，明的一声惊呼，打破了沉寂。

众人纷纷回过神来。

"青队！"

"青队，这里是……"

青嗫嚅片刻，从牙缝中吐出一句话："这里是潮汐之民的祭坛。"

"祭坛？"明睁大眼睛，"为什么需要这么多的祭品?!"

明道出了所有人的心声。从白骨的数量来看，这里的祭品至少有数万之多。而且从这祭坛的规模来看，这些祭品都是一次祭祀所用，并不是长年累月积攒下来的。

鄢人狂的脑海中浮现出当时祭祀的场景：大量的人畜被颂月贵人用长剑贯穿，死不瞑目地倒下，十丈长的巨鲸也被划开腹部，任由鲜血喷涌。大量鲜血汇聚成河，将所有的坑道灌满，朝着中央的祭坛奔涌过去，由那六个青铜蛇首吸饱喝足之后，再融汇到中央的那根青铜柱上。

"青铜柱，那条盘踞的银色巨蟒。"鄢人狂忍住刺目的银光，朝着上方望去。那条银色巨蟒被闪耀的光芒笼罩，仿佛要破开虚空，降临世间。

恍惚之间，鄢人狂好像听到了颂月贵人尖锐的嘶吼：

"我们的真神，会率领我们杀光你们人族！"

"我们将自身献与真神，祈求真神挽救我等潮汐之民！"

"真神？"鄢人狂心头一动，"这不是当时我在幻境中听到的话吗？难道……"

"这个发现很重要。"青突然开口，语气沉重，拉回了鄢人狂的思绪，"这里无疑是潮汐之民祭祀的场所，要尽快上报。明、芷、辕，你们快去寻找关于商队和祝穆家族的人的线索。看现在的情况，他们很可能都已经遇害，但无论生死，都应该留有痕迹。"

明等人也都意识到了事情的严重性：这样一个可怕的祭祀场所，竟然距离丹霞城不远，而且还有被人利用的风险。

"青队。"鄢人狂走过去。

"你要是有什么发现，就及时告诉我。"青说道，"不要乱碰任何东西。那个商队的首领既然知晓这里，很可能会利用什么邪恶的诅咒。"

"我明白的。"鄢人狂应声道。

可惜小七嫌弃这里味道太臭，不然的话，鄢人狂倒是可以拜托对方代劳，四下探查一番。

他凝聚目力，朝着周围望过去。刹那之间，眼前变成一片血红。仿佛这个洞穴被浓稠的血水涂满了一般。而有一个地方鲜红欲滴，仿佛是新染上去的一般。

"青队，那个方向。"鄢人狂抬手指向众人对面的崖壁。

青立刻将明等人叫回来，朝着鄢人狂所指的方向走去，她手中始终托着通磐天平。

明眯起眼睛，棕色长袍下面的右手，握紧了那根发光的青铜圆棍。

芷将那副手镯戴在手腕上，身体周围凝聚出一根根手指粗细的冰锥。这洞穴之中空气潮湿，水汽浓郁，正适合她的天阶发挥威力。

辕将一对青铜牛角刀握在手中。牛角刀的锋刃上，涂抹上了一层深绿色的液体，此时这液体像是活过来一般，在刀身上缓缓流动。随着他的行走，一道道浅绿色的符纹在他脚下凝聚出来，形成一个个方格。

看着众人谨慎的模样，鄢人狂不由也感觉到了一阵紧张。走到近前，鄢人狂看到，那抹鲜红亮起的地方，是一处破损的石门。石门不知道遭到什么东西的破坏，上面有四五个能让一个人钻进去的大窟窿。窟窿周围，还残留有浑浊的脓液，发出阵阵刺鼻的味道。

明率先走过去，看一眼那破裂的石门，又用青铜长棍挑起些脓液观察了一下："还很新鲜。"

鄢人狂此时也有发现：地上的坑道内，金银、青铜器和白骨混杂，表面都灰蒙蒙的。而其中一截鱼的骨架上有一根黄金簪子，发出亮闪闪的金光，显然是新的。

鄢人狂捡起来一看，发现这根簪子不仅纹饰精美，而且末端还有一个徽记，像是某个家族特有的族徽。

鄢人狂将黄金簪子交给青，青看一眼那个族徽，立刻认出："这是祝穆家族的族徽，你从哪里发现的？"

"就在刚刚经过的坑道里。"听鄢人狂这么一说,众人都朝坑道望过去。就在这个时候,鄢人狂心头猛地一跳。咚的一声巨响,从石门之后传过来。

第五章
惧虐

"怎么回事？"

这一声巨响，突如其来，不仅震动石门，更是撼动大地。

就在众人还在疑惑的刹那，鄢人狂只觉得弥识剧烈震荡，心中升起一股前所未有的危机感。斥责、咆哮、嘶吼……种种声音，全部混合起来，以排山倒海的气势，从石门之后朝着他狠狠袭来。这比在涿的家中听到的低语，要混乱了无数倍！

"小心！"鄢人狂出言示警。

砰！厚重的石门瞬间四分五裂。大块的石头到处乱飞，碎石更是如雨点一般朝着众人倾泻下来。

明的背后涌出一片金色的光芒，形成一串符咒，棕色长袍下的身躯迅速鼓胀，手中青铜圆棍亮起一格格橙色光辉，如同燃烧的火炬，被明挥舞得密不透风。所有飞来的石子，都被青铜长棍打成了齑粉。

在石门破碎的刹那，芷双手交叠，头顶浮现白色的纹章，不仅是她身前，包括青、辕、鄢人狂等人面前，都快速凝结出一层冰墙。噼里啪啦！碎石子密集地打在冰墙上面，爆发出疾风骤雨一般的声响。大石块砸穿冰墙，空气之中立刻就会凝结出新的冰墙，将其全部挡住。

还没等众人彻底反应过来，鄢人狂就感觉到一股愤怒的、要将一切吞噬的剧烈冲动，如同火药爆炸一般，从石门后扩散开来。鄢人狂曾经在涿和他的妻子身上感受过类似的情绪。

"是荒生！"鄢人狂心脏狂跳。

一条人腿粗细的血肉触手，从石门后射入，仿佛一根长鞭，啪的一下，将明凌空抽飞出去。明的身躯如同出膛的炮弹，重重砸进一片白骨堆中。那些脆弱不堪的白骨顿时全部炸开，碎屑乱飞，扬起大股的烟尘。

触手再猛地一个横扫。啪啪啪——啪啪啪！层层冰墙全部当空爆裂。数不尽的冰雪碎屑化作漫天白雾，笼罩当场。

随即血肉触手向芷直直砸来。滚滚狂风带着刺鼻的味道，瞬间将芷裹挟。

芷眸中闪过一抹坚毅，头顶白色纹章光芒大盛，快速旋转。一层层的冰霜，眨眼之间就凝聚成一面满是尖刺的厚重冰盾，挡在身前。

与此同时，辕将手中一柄青铜牛角刀朝着血肉触手投射过去。哧！青铜刀刺入血肉触手，上面绿色的液体立刻从伤口钻了进去。原本结实的血肉触手，顿时就从内部开始腐烂、崩溃，大股大股的脓液从裂隙喷洒出来。

但触手砸下的力道仍刚猛异常，砰的一声，砸在厚重的冰盾上。血肉触手被冰盾刺穿，瞬间瓦解，冰盾猛地一颤，随着芷脸色一变，当空炸开。芷的身子，顿时不受控制地倒飞出去。一块尖锐的冰块，呼啸着朝着她的脸刺了过去。

"不好！"芷心头一凉。她头顶白色纹章的光芒忽明忽暗，根本来不及做出防御，真要是被冰块刺中了，就算不死也要重伤。

眼见避无可避，芷一咬银牙，正要认命，突然，眼前的空间像水波一样发生扭曲，原本朝着她飞射而来的冰块，竟然在最后一刻偏离了轨道，擦着她的脸颊飞了过去。冰凉的感觉让芷回过神来，劫后余生的她急忙朝一旁望去，见鄢人狂正朝着她的方向抬起手。

"你没事吧？"听到鄢人狂关切的大喊，芷瞬间记起，明说起过鄢人狂的能力。

"谢谢！"她急忙回应道。

咚！又是一声巨响传来，鄢人狂等人急忙转身，戒备地面对石门。

石门之中，一道高大的身影缓缓走了出来。它足足有普通人的三倍高，身体就像是用碎裂的人体重新捏合起来的一般。躯干的很多地方，甚至还可以看到一张张扭曲的人脸、堆积在一起的内脏。人的手脚就像虬结的树根一样缠绕在一起，组成它的四肢。鲜红的肌肉组织，大片地暴露在外，仿佛是渗血的纤维。它的左臂，像一把大剪刀，拖在地上，划拉出一条粗长的血痕。另一条手臂，上臂分裂成三根触手。刚刚袭击众人的，就是其中一根。

此时这三根触手像亟待捕猎的蟒蛇一样，高高扬起，表面一个个吸盘不断蠕动着，从里面分泌出来的脓水不断流淌到地上。

脓水发出的刺鼻气味，让鄢人狂目光一凝："之前打穿石门的，就是这个家伙。青队，它就是荒生吗？"

其实，这个问题的答案已经显而易见。荒生最显著的吞噬特征，在它的身上展现得淋漓尽致。而且随着时间的推移，被这头荒生吞噬进去的人体，还在不断地与其融合。

"可恶的家伙！"远处传来一声大吼，明从一片白骨碎片中站了起来。见明没有大碍，鄢人狂的心也放了下来。

青看着面前的荒生，眉头越皱越紧，她缓缓抽出腰间的青铜长剑："这个家伙，应该是把商队和祝穆家族的人全吞噬掉了，感觉至少吞了二三十人。这个家伙，已经不能算是虚鬼级别，而是惧虐级别了。大家小心，不要被它的触手缠上。今天一定要把它消灭掉，不然后患无穷。"

"虚鬼、惧虐？"鄢人狂疑惑问道。

"这是荒生的级别。"芷解释道，"这个级别是按照荒生的实力来划分的。你之前接触过的涿，还不能算荒生，只是处于荒化的过程之中。一旦荒化完成，就会变成最低级别的荒生，也就是虚鬼。眼前这个，吞噬了二三十人，实力远非虚鬼可以比拟，它被称为惧虐。"

"原来是这样。"鄢人狂点头道。

"我要打碎你！"明大吼一声，从远处狂奔而来。

他背后金色的光芒越发璀璨，符咒表面更是浮现出道道裂纹，就像要解开封印，释放出全部的力量一般。随着他一步步踏出，地面岩石不断崩碎，出现一道道触目惊心的裂纹，如同巨大的蛛网，朝着惧虐蔓延过去。

"明！冷静！不要被这头惧虐影响到精神！"青一声厉喝。

明骤然停下，他死死盯着惧虐，背上的光芒没有减弱，但是原本狰狞的面孔，渐渐平静下来。

"呼，好险。"过了一会儿，明吐出一口气，朝青致歉道，"惧虐的影响比我想象中的要大。"

"是的，我感觉心中一直有一股很焦躁的情绪。"芷深呼吸一口气，说话时吐字比平时要用力，像是在极力压抑着什么。

辕提醒众人道："要是感觉情绪即将失控，不要迟疑，注射药剂，不然的话，一旦受到影响，那就是不可逆的了。"

辕说这番话的时候，特意朝鄢人狂望去。因为鄢人狂是新人，所以最有可能受到影响。然而辕感觉很意外，因为鄢人狂双目清明，丝毫没有焦虑、暴躁的情绪。

"鄢人狂，你感觉怎么样？"犹豫一下，辕还是开口问道。

鄢人狂目光盯着不远处的惧虐，摇摇头道："你们很难受吗？我还没什么特别的感觉。"顿了一下，鄢人狂又提醒道："小心一点，这头惧虐刚才还没有施展全部的力量。"

"你的情绪没有变化？怎么会这样？"听到鄢人狂的回答，辕愣了愣。

虽然已经知道鄢人狂拥有极为庞大且稳定的弥识，但是就连惧虐的污染都影响不到他，这也太匪夷所思了吧！

"不用担心鄢人狂的情况。"青此刻开口。她朝鄢人狂看了一眼，然后道："速战速决，拖延得越久，对我们越不利。"

"明白！"远处的明率先做出回应，他背后的符咒再度光芒大放，远远望去，就好像一轮小型的太阳。他的肌肉快速鼓起，力量磅礴喷涌。明如同出膛的炮弹，朝着惧虐猛冲过去。

"吃我一棒！"明大喝一声，双足一蹬，踏碎地面，高高跃起，手中那根青铜圆棍上一格一格橙色光芒亮起，直到整根青铜圆棍都被橙光覆盖，灼热而又耀眼，朝着惧虐当头砸落。

惧虐的脑袋从中间裂开，露出里面密密麻麻的利齿，它爆发出一声狂吼，右臂三条触手朝着明挥去。砰！第一根触手和青铜圆棍激烈碰撞，瞬间炸开。浓浆、碎肉、黏液，全都混成一团，朝着四面八方飞溅。明的视线顿时被遮住。而惧虐的另外两条交错的触手，快速地朝着明的身子缠绕过去。触手上面的吸盘不断蠕动，涌出越发刺鼻的脓液。

"小心！"芷目光一凝，双手挥舞，手环在这一刻发出清脆的撞击声。一根根长如手臂的冰锥在她周围凝结出来，随着她头顶纹章白光一闪，唰唰唰唰，冰锥快如闪电，直刺惧虐。

明已经感觉到不妙，腰身就像是被粗长的青铜锁链缠上，呼吸顿时一滞。下一刻，一股大力将他狠狠一拽，砸落在地。

乓！坑道之中，又是一大片白骨粉碎炸开。明的身子坠入白骨旋涡，瞬间就被吞没。碎骨渣滓像是海浪一样，朝着周围扩散开去。

这个时候，冰锥破空而来。唰唰唰！三根冰锥将惧虐的身子洞穿。惧虐高大的身体顿时就停滞在了原地。另外三根冰锥，则将缠着明的触手切断。

然而惧虐身上那三个窟窿周围的血肉不断蠕动，伤口以肉眼可见的速度愈合起来。惧虐身躯猛地一震，滚滚气浪轰然而出，脑袋再度从中间裂开，并发出比之前还要震耳的怒吼。一条湿润的舌头，仿佛是剥了皮的蟒蛇，从惧虐裂开的脑袋里蹿出，甩出刺鼻的脓液，当空朝着芷抽打过来。

"冰！"芷摇动双臂，手镯发出叮叮当当的脆响，一股古朴的气息，从她镶玉石的手镯上发出。纯白的纹章骤然扩大，光芒将她全身笼罩。一堵冰墙拔地而起，挡在她的前面。

砰！惧虐的舌头狠狠抽打在冰墙上。冰墙上面齑粉喷涌，伴随着咔嚓咔嚓的声音，出现了如同蛛网般的裂缝。

芷的脸色连连变化，她深吸一口气，双手交叠。她头顶的纹章中，白色的光芒像湍急的流水，速度比之前快了一倍！

"那就是用弥识交换力量的过程吗？"鄢人狂心头一动。

冰墙轰的一声，裹挟着猎猎寒风剧烈膨胀，刹那之间，就将惧虐的舌头冻成了冰雕，并且沿着舌头迅速蔓延，片刻工夫，就把惧虐冰封了起来。

"封住了！"鄢人狂心头一喜，但是还没有来得及喊出声，他的耳中突然传来一阵极为混乱的声音。这声音，像是一锅滚油，浇到了人的脑袋里，瞬间就能让人发狂，想要宣泄内心的愤怒，将眼前的一切全都毁掉。

鄢人狂心知不妙，急忙抬头看去，见到芷的嘴角已经渗出了一丝鲜血。

不远处的青、辕和刚刚从白骨堆里站起来的明，脸上全都浮现出极为挣扎的神色。最严重的是明，他的手背上的一条条青筋，犹如蠕动的粗大蚯蚓。

"荒生的污染加剧了！"鄢人狂立刻朝着几人跑去。

鄢人狂清楚地记得，之前辕特意提醒过，荒生的污染一旦加剧，之前服用的药物就没有效果了，需要朝自己的体内注射药剂。

当荒生污染突然加剧的时候，青就知道发生了意外。她想要提醒众人，但是已经晚了。她也莫名狂躁起来，从未有过的强烈饥饿感，让她的内心充斥着要将周围所见血肉全部吞噬的冲动。青竭力压抑着这股情绪，抬起头来，就见到鄢人狂朝着明的方向冲去。

"他要做什么？"青内心忐忑。

她担心鄢人狂已经被荒生彻底污染。虽然鄢人狂拥有着庞大的弥识，但是他毕竟还没有通过仪式成为星启者。一个凡人，想要抵挡荒生的污染，实在是太难太难了。

青唰的一声拔出青铜剑，想要去阻止鄢人狂，旋即，她就见到鄢人狂从腰间抽出一支青铜针管。青顿时明白，鄢人狂这是要去帮助明。而且看他的动作，似乎完全没有受到荒生影响。

"他果然和我们不一样。"青想。

"呼——呼——"此刻尚未靠近明，鄢人狂就听到对方粗重的呼吸声，如同牛皮风箱发出的鼓风声。

"明，你还好吗？"鄢人狂在距离明大约十步的位置停了下来，大声喊道。他的确想要帮助明，但是他也清楚，自己哪怕再强大十倍，也不是明的对手。帮助别人的前提，是确保自己不会陷入危险。

"鄢人狂吗？"明抬起头，朝着鄢人狂看去。鄢人狂看到，明的双眸蒙上了一层白色，看上去十分骇人。

"你来做什么？！"明咬着牙大声道，"我受到了惧虐的影响，现在很危险。"他的语气，透着前所未有的烦躁。

"我就是知道危险才来的。"鄢人狂大步迈过去，"那针管戳你哪个部位？"

明一愣，随即明白过来，赶紧道："随便！但是胸口起效最快！"

鄢人狂扬起青铜针管，朝着明的胸口一下子刺进去，迅速将针管里墨绿色的药剂注射了进去。明的身子一震，鄢人狂很快就感觉到，对方的那股焦躁和不安的情绪，如潮水一般快速消退。明眼中的那层白色，也快速消失。

明仿佛解脱了一般，长长呼了口气："谢了！"

鄢人狂这才发现，明的腰肋位置，被划开了一道口子，肋骨似乎也断了几根。

见到鄢人狂的目光，明道："这头惧虐不正常，力量竟然这么大。我要不是受了伤，刚才也不会那么狼狈。"

他话音刚落，不远处的硕大冰块传来咔嚓一声。在场众人，脸色陡然一变，齐齐望去。封住惧虐的那个大冰块，正从中间不断裂开。数不尽的裂纹叠在一起，让冰层看上去像是蒙上了厚厚的雪花。

伴随着一声怒吼，冰块被炸得四分五裂，碎屑如同白雾一般喷涌而出。惧虐的双足重重踏在地上，发出阵阵轰鸣。不过它没有立刻袭击众人，而是站在原地，挥动着触手，爆发出一声声狂吼。

惧虐身上的血肉此刻不断蠕动。原本堆叠着人脸的位置，变得平滑，人脸也已消失不见，身上的筋肉，紧紧虬结在一起。之前炸开的触手也恢复如初。鄢人狂感觉，它在成长，在壮大。

青和芷、辕赶了过来，和鄢人狂、明汇合。望着不远处的惧虐，青沉声道："它快要把吞食的人彻底吸收了。"

"那接下来就要来吃我们了？"明说道。

芷不满地皱了皱鼻子："这时候你居然还有心情开玩笑？"

"苦中作乐嘛。"明摸了摸脸。

鄢人狂朝前走了一步，来到青身旁，轻声道："青队，接下去怎么做？"

"消灭荒生只有一种方法，必须将它彻底焚烧。"青说道，"只是这头惧虐的力量，比我想象中的要强大许多。不过这也印证了我们之前的推测，这个惧虐是那个焱故意放出来的，或者说是刻意制造出来的。"

说到这里，青话锋一转，扭头对鄢人狂道："过会儿你尽量离远一些，你现在的实力，还不足以应对惧虐。"

"嗯。"鄢人狂没有矫情。

他明白青说的是事实。虽然比起普通人，他拥有一些特殊的能力，但是比起真正的星启者，还是差了许多。

看看明就知道了，就连他都被这头惧虐打断了肋骨。换作他鄢人狂的话，现在已经躺在地上不能动弹了。

吩咐完鄢人狂之后，青迅速给众人布置任务："辕，你准备好燃料；芷，你和我一起缠住惧虐；明，你看准机会出手，有问题吗？"

明把自己的胸膛拍得砰砰响："包在我身上！"

"照顾好自己。"在其他人散开之后，青又对鄢人狂叮嘱了一句，然后留下愣神的鄢人狂，头也不回地朝惧虐冲去。

"啊，好。"鄢人狂反应过来，转过身跑出一段距离，突然听到身后传来一声巨响，鄢人狂脚下的地面剧烈一颤。

他连忙转过身，看到惧虐条条触手正狠狠抽打在地上。地面直接就被砸得塌陷下去，出现一道道沟壑。而青借机绕到惧虐身后，手中青铜长剑在对方后背上划开一道长长的口子，一大股脓液，从惧虐的伤口里喷涌出来。

青似乎早有所料，一剑劈出之后就迅速往后退去。那汩汩的黄褐色脓液全都洒在了地上。

"哇，好臭好臭，就是这个家伙，怎么比之前更臭了？！"就在这个时候，鄢人狂的身侧探出了小七那毛茸茸的脑袋。

鄢人狂这才明白过来，原来小七之前说的臭东西，就是这头惧虐。只是当时小七也没有深入探查，所以也不知道详情。

小七噌的一下子跳到鄢人狂肩膀上，一只小爪子竖起来，捂在了自己的鼻子上："这个家伙多久没洗澡了？好难闻呀。"

鄢人狂的目光紧紧追随着青，他问道："你刚才去哪里了？"

"我躲出去了呀，不过听到这边有声音，就来看看怎么回事。"小七一边说着，一边好奇地四下打量。过得片刻，它那咕噜噜转动的大眼珠子里面，浮现出一丝迷茫的神色。

"鄢人狂？"

"嗯？"

"我好像感觉，那条蛇我在哪里见过？"

"哪条……"鄢人狂立刻反应了过来，在这祭坛中，最大最醒目的，就是在那根青铜柱上盘踞的银色大蛇了。

"你在哪里见过？"鄢人狂转头问道。

"我不记得了。"小七仰起脖子，直勾勾望向青铜柱的顶端，"不过我真的觉得自己见过这条蛇，它好像还有个名字。"这次没等鄢人狂发问，小七就补充道，"但是我真的记不清楚了，要是我凑近了看一看，或许能记起来，你等我。"

说完，小七灵活地从鄢人狂身上跃下，朝着祭坛的方向跑了过去。它的前方，正是和惧虐纠缠的青等人。然而青等人都看不到小七，并且他们的举动，也没有办法干扰到小七。小七的身体就像一道光影，从青等人的身边掠了过去。不过它特意避开了惧虐，看样子，它对惧虐的"臭气"，是真的深恶痛绝。

鄢人狂的目光，此时重新落回战场上。惧虐抬起自己剪刀一般的手臂，朝着青夹了过来。似乎是因为将吞食的人体彻底融合的缘故，它这个剪刀的内侧，长出了白色的角质，就像是交错的尖锐牙齿。

青灵活地躲开这一击。惧虐的手臂夹住一条足足有人的腰身那么粗的骨头，咔嚓一声，轻松剪断。

眼看惧虐要追击青，芷在远处摇动手镯。她头顶的白色纹章，光芒猛烈吞吐。唰唰唰唰！一根根尖锐的冰刺，从地下钻出，穿透了惧虐的脚掌，将它围在中央。惧虐一声狂吼，对这些冰刺视若无睹，迈步就往前冲去。噼里啪啦！那一根根冰刺，顿时全都被它折断。

惧虐手臂上的那三条触手，前端像是盛开的花朵一样，一下子张开，朝着青抓去。这三条触手仿佛有了自己的意识一般，不仅速度变快，而且还彼此配合。

青那边立刻险象环生。砰砰砰砰！触手不断擦着青的身体，砸落到地上，碎石乱飞。青的身影就如同暴风雨中的一艘木船，随时会被大浪吞没。鄢人狂看得掌心全是汗水。

"如果我能够成为星启者，现在就能帮上忙了！"之前面对阿花时的那种无力感，再一次充满了鄢人狂的心头。

在这个时候，那一片乱飞的碎石中，爆发出一团白色的光芒。和芷的白色纹章的光芒相比，这团白色的光芒中，隐隐可以见到淡淡的绿色。这团光芒迅速汇聚成一个符文的形状。

"这是青笑面乞儿天阶的能力！"鄢人狂心脏猛地一跳，"青的能力，是将受到的部分伤害转移到对手的身上，也就是说，她被惧虐打中了！"

被光芒覆盖的白色符文快速后退，地面上出现了一条深深的划痕。白色的符文之后，青右手握着青铜剑，左手捂着胸口。虽然她的身上看不出明显的伤痕，但是她紧蹙的眉头以及不断起伏的胸口，都说明她并不好受。

一把冰刃从后方袭来，拦住了惧虐的攻势。趁着这个机会，青取出一个拇指大小的青铜瓶，拧开瓶盖，仰头将里面的药剂一饮而尽。她苍白的脸庞瞬间就恢复了血色，胸口起伏也没有那么剧烈了。

"辕，还要多久呀？"她目光注视着惧虐，大声喊道。

距离青稍远一点，靠近祭坛的位置，辕在地上挖出了一个深坑。刚才鄢人狂的目光一直停留在青的身上，也不知辕是怎么凭借一己之力，挖出了那么一个大坑。不过看到辕将青铜牛角刀插回腰间的动作，鄢人狂估计那两把匕首有什么特殊之处。

"很快就好了！"短时间内挖出这样一个足以容纳数十人的深坑，就算有特殊的工具，辕的消耗也格外巨大。他全身汗如雨下，整个人看上去就如同刚从水里打捞上来的一般。他的脸上、身上描绘的那些符号，此刻都被浸湿，晕染开来。

辕用手抹了下额头，从腰带上抽出数个漆红的青铜瓶子。将这些瓶子夹在指缝中，辕手掌一翻，顿时赤红、墨黑、鲜黄等颜色的药剂就倾倒而出。虽然每一个青铜瓶子里装的药剂并不多，但是当数种药剂混合在一起后，马上喷涌出大股的泡沫，很快就填满了整个大坑。这满坑的泡沫，就像烧红的岩浆一般，此刻不断翻涌。腾腾热气，让大坑周围的空气都扭曲起来。鄢人狂立即明白了青的计划，她这是要将惧虐引到那个大坑里，然后用那燃烧的药剂，将惧虐彻底焚毁。

"好了！"辕大吼一声，他的双眸被这大坑里的泡沫映得通红。

与此同时，青再度朝着惧虐冲去。不远处的芷，此时双手张开，向前一推，原本悬停在她头顶的白色纹章，顿时调换位置，挪到了她的身前。

鄢人狂凝聚目力，立即清楚地看到，那白色纹章中央的纹理，此刻像是精密的齿轮一样缓缓旋转。而纹理也在旋转中发生了变化，透出一股极为锋锐的气息。

砰的一声巨响，一根笔直的冰锥，突然从惧虐的脚下拔地而起。冰锥瞬间洞穿了惧虐的右脚，然后迅速升高，让惧虐一下子失去平衡，歪斜着朝着地面倒下。

青等的就是这个机会，她立刻上前。但就在这个时候，惧虐的左臂咔嚓一声刺在地上，稳住了高大的身躯，右臂上的三条触手，朝着青快速蹿了过来。触手前端同时张开，露出里面不断蠕动的尖牙利齿。

"不好！"青心头一沉，此时她没办法再退，她正打算利用自己天阶的能力，再抗住惧虐的这一波袭击，青感到面前的空间，发生了明显的扭曲。原本朝着自己胸口抓来的触手，竟然诡异地掉转方向，狠狠一口咬在了另一条触手上。

这个情况出现得格外突然，青顿时愣了一下，但是她旋即反应了过来，惧虐当然做不出这样的事情，而在场的这些人之中，只有一个人拥有扭曲空间的能力："鄢人狂！"

自己原本让对方远远躲开，以免误伤，但是很显然，鄢人狂一直在关注着战局，不仅如此，还在关键时刻，为自己挡住了惧虐的一击。加上之前鄢人狂救助明的那次，虽然他现在还不是星启者，第一次跟随众人一起出任务，但是他的重要性，已经凸显出来了。

"做得好！"青一声娇叱，双足蹬地，身体灵活地从触手之间的缝隙穿过，来到惧虐的身前。

青铜剑的剑柄上，有一个由多个篆字组成的符纹。青用拇指在符纹上用力摩擦了一下，青铜剑在她手中嗡地一震，剑锋之上立刻吐出熊熊火焰。火焰长剑划过惧虐的胸膛和小腹，看上去就像一把烧红的刀子切开牛油，瞬间就将惧虐开膛破肚，大股大股的脓液顿时喷涌而出。火焰所经之处，一股焦臭的味道迅速蔓延开来。

惧虐再度爆发出怒吼，全身的血肉都扭曲起来，它猛地抬起左臂，朝着青当头砸了下去。一大片的阴影裹挟着狂风，向青当头罩落。唰唰唰唰！几乎是同一时刻，十多根冰锥从青周围的地面上破土而出，齐齐朝着惧虐的手臂刺去。伴随着噼里啪啦的声响，冰锥连连折断、炸开。但是在十多根冰锥的阻挡下，惧虐这条砸落的手臂还是迟缓了片刻，而这已足以让青纵身跃出。

青跃出的刹那，惧虐的左臂撞碎了所有的冰锥，狠狠砸到地上。地面顿时裂开，强大的冲击力让青胸口一震，喉咙里涌出一股腥甜的味道。嗡的一声轻吟，青立刻运转天阶力量，将这股冲击力转移到惧虐身上，然后朝着辕跑去。

从青穿过惧虐的触手，到她躲开这一击向前奔跑，整个过程也就眨眼的工夫，却让鄢人狂汗毛直竖，汗不敢出。

青引着惧虐向辕准备好的陷阱跑去，芷一边和她会合，一边利用冰盾或者冰锥，来延缓惧虐对青的追赶。

惧虐胸前的伤口，这时候还没有愈合，伤口里的肉芽和血肉，互相挤压着，随着它大步前进，脓液不断喷洒出来，以至于地上形成了一条小溪。空气里的味道，越发刺鼻。沿途的地面，被它踩得连连碎裂。坑道中的白骨，全被撞得粉碎。

"只要青队把惧虐引到那个陷阱里，就没有什么问题了。"鄢人狂眼睛一眨不眨，突然眼角余光一闪，转头望去，就见到小七歪歪扭扭地跑回到自己身边。

"我不行了，熏死我了。"小七耷拉着眼皮子，一副有气无力的样子。

鄢人狂伸手摸了摸它的脑袋。小七对于别人来讲，只是一道虚影，无法看到也无法触碰。但是鄢人狂不仅可以看到，甚至可以触摸到。他的手摸着小七的头顶，除了凉凉的感觉之外，还有毛茸茸的感觉。而小七也配合地将脑袋顶在鄢人狂的掌心，用力蹭了蹭。

"有什么发现吗？"鄢人狂问道。

"还是什么都记不起来，不过我仍然可以肯定，这条蛇我一定见过。"小七很笃定地说道。它顿了顿，抬起肉乎乎的猫爪，指向惧虐道："刚才我经过这个臭家伙身旁的时候，发现这个家伙身体里面有个东西。"

"什么？"

"大概这么大。"小七用两只前爪比画着，"和你前几天见过的那个东西很像，一直在对我讲话，但是我没有理它。"

"前几天见过……讲话……"鄢人狂目光一凝，脑中闪过一道白光——小七说的是荒生肉块。

"这个惧虐的体内，竟然有一块荒生肉块？"鄢人狂望见距离陷阱越来越近的青，猛一咬牙，朝着青的方向跑去。

"喂喂，你要做什么？！"小七急忙追上去。

"荒生会将所有的血肉吞食，和自己融为一体，之前那些人消融的脑袋和身体就是例子！然而这个肉块却没有被它吸收，一定有问题！我要把这件事告诉青队！"

之前污染涿和他妻子的，就是一个如玉石一般的荒生肉块。鄢人狂有一种预感，那个玉石一般的荒生肉块，很可能就是从惧虐体内的荒生肉块上剥落下来的。

此时青已经来到陷阱前面，她转头看了一眼紧追而来的惧虐，然后毫不犹豫地朝着陷阱里岩浆一般的药剂泡沫跳了下去。

鄢人狂的心一下子提到了嗓子眼。然而下一刻，他就看到青的脚下浮现出一层冰面。青双脚踏上冰面，然后双腿一蹬，顿时就从陷阱上方跳了过去。

而惧虐也在下一刻追赶而来。它如老树树根一般的双足，重重践踏地面，眼见就要跳过陷阱，一旁的白骨堆中，陡然亮起一道明黄色的光芒。早已等候在此的明高高跃起，将全身的力量汇聚在手臂上，挥动青铜圆棍，如雷霆一般砸向惧虐。

砰！一声血肉爆开的闷响。惧虐全身喷出的脓液，在半空中炸成浓密的雾气。它的身子直直地朝着陷阱大坑坠落下去。

明出手的同时，惧虐也猛烈挥动左臂。那剪刀一般的手臂，将明打飞到半空。就在要落入大坑的刹那，惧虐的三条触手猛地张开，好似青铜长矛，戳在大坑的内侧，下落的身形顿时一滞。

芷在一旁早有准备。她摇动双臂，白色纹章在身前旋转一周。刹那之间，寒风猎猎，一块硕大的冰块当空落下，将惧虐砸进大坑。那三条触手就像心有不甘的长蛇一样，拼命钩住地面，在地上留下触目惊心的划痕。

辕再度取出两个漆红的瓶子，将里面的黑色溶液倒进大坑。大坑里的泡沫顿时沸腾，眨眼之间就将惧虐吞没。惧虐不断挣扎，熊熊火焰瞬间就将它烧成了一支硕大的火炬。它用力撞击大坑的内壁，想要逃出来，但是每次它刚一冒头，芷操控的冰锥就毫不留情地将它重新钉回去。惧虐挣扎的幅度渐渐变小，声声怒吼，也逐渐平息。空气之中，弥漫着一股难以形容的恶臭。

青等人面不改色，一直注视着大坑里面惧虐的动静。一直到对方彻底不动弹了，几人紧张的脸色这才稍微缓和了下来。

鄢人狂架着刚刚被砸飞的明向众人走了过来。鄢人狂对明的身体是一万个佩服。普通人要是受到惧虐那一击，绝对变成一张肉饼了，而明只是吐了几口血，断了一条胳膊和几根肋骨，看上去并无大碍。

见到鄢人狂走来，青出了一口气，对他露出一个笑容。此次对付惧虐，鄢人狂虽然没有直接参与，但是关键时刻的几次出手，都起到了重要的作用。在场几人对此都是心知肚明。

芷的表达最是直接，她揉着自己白嫩的胳膊，说道："鄢人狂，我受伤了，等回到城里后你要负责送我回家。"

听到这段话，鄢人狂有些心虚地偷偷看了一眼青。青摆摆手，示意众人安静下来，道："这次是我草率了。原本我以为只会遇到一些星启者，没想到，竟然遇到了惧虐。"

"而且这个惧虐还强得不一般。"明一张嘴，就吐出一口血沫子。他一口白牙，此时都被血水浸染得鲜红。即便如此，也不能阻止他开口讲话。

"的确是这样。"青点点头，脸色很严肃，"这个荒生在这里能达到惧虐的级别，很不正常。"

"青队，我有话要说。"鄢人狂开口道。

青点点头："嗯，你讲。"

鄢人狂伸手指着大坑，道："这个惧虐的身体里面，有一个没有被吸收的肉块，我怀疑和污染逐的荒生肉块有关。"

此话一出，众人齐齐变了脸色。鄢人狂感觉到气氛的陡然变化，心头也是一跳。

青往前一步，目光灼灼地看着鄢人狂："你能确定吗？"

鄢人狂见到小七此时跳到了青的肩膀上，尾巴在身后摆来摆去。他毫不犹豫地点头："可以确定，我就是觉得没有被吸收的肉块不正常，所以之前才赶过来想和你说的。"

鄢人狂话音未落，一旁的辕陡然发出一声惊呼："火势变了！"

众人齐齐扭头，看到原本火红色的泡沫变成了紫色。一股莫名的力量，瞬间禁锢了四周。在场几人有一种浸泡在海水里的感觉，动作变得迟缓起来。不仅如此，紫色的火焰在不断吞吐的同时，从中间缓缓分开，并出现一道长长的缝隙，就好似人缓缓睁开的眼眸。缝隙之后，光芒点点，好像璀璨的银河深藏其中。

"青——队——"明满脸惊愕，张大嘴巴，每个字都拖着长音。

"怎——么——会——这——样——"芷也惊讶地瞪圆了眼睛。

鄢人狂摆动着手臂，想要摆脱这个状态，然而周围的空气变得越发黏稠，他感觉自己就像浸泡在糨糊里，哪怕只是迈出一步，都需要花费比平时多好几倍的力气。

呼啦！紫色的火焰，陡然膨胀。那条缝隙，也瞬间撕裂、扩大。此时，它俨然已经不是睁开的眼睛，而是深渊巨兽张开的大嘴，要将在场几人全部吞没。

众人想要跑开，但是以他们此时迟缓的动作，根本来不及。辕、明、芷先后被裂缝中紫色的光芒吞没。青在被吞没的前一刻，转头望向鄢人狂。鄢人狂从她的脸上，看到了浓浓的担忧。

"这——是——深——"青似乎想要提醒鄢人狂什么，但是她还没来得及说完，就消失在紫色光芒之中。

鄢人狂看着这一幕，索性放弃了挣扎，他一咬牙，直接朝着裂缝冲了进去。

小七紧随其后，灵巧一跃，抓住鄢人狂的腰带，也钻了进去。

啪！稻草扎的人偶毫无征兆地燃烧起来。片刻工夫，这个稻草人就被火焰彻底吞没。

稻草人的做工并不精良。就像随意用一把稻草扭了扭，再缠绕几下，在上面贴了一小块兽皮，最后用染料随意点上眼睛和嘴巴。再怎么看，都像是一个孩童闹着玩的。

不过此刻，这燃烧的稻草人，却让面前这头发根根直立的强壮男子，眉头紧紧皱了起来："这才多久？难道祝穆家族的老东西有毒？"

旁边光线照不到的角落里，传来一个阴森的声音："阅炎，我就说你毛手毛脚吧，就连荒生那种毫无智力的东西，都能被你玩坏。"

"你给我闭嘴！"阅炎眯起眼睛，眼眸之中杀意弥漫。

"呵呵，说你几句你还不高兴了？"那个声音不为所动，继续道，"要是你做事真的让人放心的话，枭为什么让我跟着你来丹霞城？"

阅炎双拳紧握，手臂青筋暴起："不过枭那个家伙，脑子本来就有问题，他又会信任谁呢？他谁都不相信。我敢和你打赌，枭连他自己也不相信。"

听到这句话，阅炎握紧的拳头又松开了，不过他的语气依旧生硬："你在挑拨我们的关系。"

"不不不，我可没有心情这么做。"阴影之中，好像有一只苍白的手摆了摆，"枭和你，还有我，以及这个教会中的所有人，你觉得有必要挑拨吗？我们只不过是乘坐同一条船而已，而这艘船的拥有者恰好是枭。等下了船，我们又有什么关系呢？"

阅炎反驳道："现在既然都在一条船上，那就应该联手，而不是心怀鬼胎，我希望你以后不要再说类似的话。"

从阴影中传出啧啧啧的声音："你看你看，我就说嘛，人总是喜欢用谎言麻痹自己，就好像做的事情多么崇高一样。你或许很信任枭，但是我可从来不相信他。从他出现在我面前说出第一句话开始，我就觉得这个人是个彻头彻尾的疯子。"

"够了！你给我闭嘴！"阅炎猛然行动，他周围的空气轰然震颤，紧接着，身子拉出长长的残影。

瞬间他就冲到阴影之前，五指成爪，掌心一团火焰熊熊燃烧，朝着阴影中的一道身形打去。砰！刹那之间，那道身形被打得四分五裂。苍白的胳膊、躯干、双腿，落在四周。一颗毫无生气的脑袋，在地上滴溜溜滚了一圈，最后停在阅炎的面前。所有的伤口，都没有鲜血流出。很显然，被阅炎打碎的，只是一具尸体。

那个阴恻恻的声音，在另外一个角落的阴影里又响了起来："我刚才倒是忘了说，你有一句说得很对。你说我心怀鬼胎，我本来就是鬼，当然要心怀鬼胎啊，呵呵呵呵。"

没有理会对方话语中的讥讽，阅炎冷冷道："你现在要去哪里？"

"当然是去城里找一些材料了。"那个声音道，"你的稻草人自燃了，那就说明荒生已经没用了。我可不想重蹈你的覆辙，我要多做一些准备。"

"做准备？"阅炎发出了不屑的哼声。

"我的准备可和你的不一样，你是随便找了一伙人，用遗迹和宝藏来引诱他们，而我准备的，是如同宝藏一样的人。"说话之间，这个声音已经越飘越远，"如果我是你的话，就会多花点时间想一想，枭为什么让我们来丹霞城，而不是其他城池。"

"哼，真是装神弄——"一想到最后一个字，阅炎顿时闭上嘴巴。

沉默片刻后，他重新看向那个巴掌大小的稻草人。此时稻草人已经被烧得差不多了，只剩下一双脚。草木灰落下，透出一股苍凉和破败的味道。

看着看着，阅炎的脸上浮现出一抹冷笑："枭用来污染的那个东西，也不知道是从哪里找来的。要是有人现在在旁边的话，很有可能会直接死在里面。毕竟那个场景，连我也不愿意去触碰哪怕一丝一毫。"

第六章
幻境

咸腥的味道不断涌入鼻腔。鄢人狂还没有睁开眼,他感觉到周围空气的湿润和黏稠,就像是来到了海边。

唰,唰——唰,唰——不断有拖动东西的声音传来。声音或大或小,或远或近。

"这里除了我,还有其他人?"鄢人狂想要睁开眼睛,却发现自己没办法做到。

"我这是在哪里?"

"青队他们去了哪里?

"刚刚被那裂缝吞没的时候,为什么有一种熟悉的感觉?就像刚刚经历过一样?

"啊!对了!在那神秘的走廊里,我触碰那柄巨剑上的光芒时,也有被拖曳和失重的感觉。

"我记起来了,那条裂缝里面也有斑驳的光芒,而且层叠在一起,就像银河中的星辰一样密集。难道说,那裂缝里的光芒和巨剑上的光斑一样,都可以让我看到幻象?

"这是怎么回事?"

就在鄢人狂内心充满疑惑的时候,他眼前的黑暗突然张开了一条缝。紧接着,缝隙渐渐扩大,就好像一个人刚刚睁开了惺忪的睡眼。看清眼前景象的那一刻,鄢人狂直接愣在了原地。

鄢人狂发现自己位于一个巨大无比的洞穴中。洞穴四周，是以青铜浇筑的十六块照壁。照壁上面，铭刻着一连串复杂扭曲的符号。洞穴的中央，是一座数层楼高的六角祭坛。祭坛的六面，都有一个青铜浇铸的硕大蛇首。

这不就是刚才所处的那个巨大洞穴吗？只是祭坛上高高耸立的青铜立柱的顶端并没有那巨大的银蛇雕像。

唰——他的耳边，突然又传来了拖曳物品的声音。与此同时，鄢人狂眼前的光影猛然一晃，一切突然变得模糊，又霎时清晰起来。

转瞬之间，整个洞穴就变得"鲜活"了起来。

洞穴之中，不再只是鄢人狂一个人！放眼望去，这里挤满了生灵。原本空荡荡的坑道，此时塞满了各种鱼类、牲畜，甚至还有人族。

而鄢人狂的身前，赫然站着数个样貌奇怪的家伙。他们戴着高高的蓝色帽子，有着扁长的脑袋，下巴上垂落着长长的胡须，佝偻着身躯，蓝色的长袍下，腿部如根须一般。他们行进时，在地面上留下湿润滑腻的痕迹。

鄢人狂一惊，在上一次的幻象中，他见过这样的生灵——竟然是潮汐之民中的颂月贵人！

这些颂月贵人，此时就围在鄢人狂的身边。距离之近，甚至都可以让他闻到浓烈的咸腥味道。

鄢人狂下意识就要喊出声来，但是他嘴巴一张就发现，自己所发出的，居然是咕噜噜的声音。他低头望去，整个人彻底愣住了。他的身上，穿着青色的长袍。长袍下的手臂细长，皮肤疙疙瘩瘩的，像是一层海藻。最让他难以接受的，是他竟然能够直接看到自己的鼻子和嘴巴。

"我，我竟然变成了颂月贵人？"即便知道自己此刻身处幻境，鄢人狂依旧大惊失色。

轰隆！就在这个时候，远处传来一声巨响。鄢人狂身子一晃，回过神来。朝着前方望去，伴随着阵阵轰鸣，一面青铜照壁缓缓打开，一条小山大小的黑鱼，从照壁之后的山洞里被缓缓推出。

紧接着，每隔一段时间，那十六块照壁中，就会有几块打开，大量的生灵被颂月贵人运送进来。

一条条坑道被填得满满当当。但这些颂月贵人好像还不满足，不仅继续往坑道中填入生灵，更是将大量的青铜器、珠宝、珊瑚等倾倒进去。从所有颂月贵人那狭长的眼睛里，鄢人狂可以清楚地看到庄严、肃穆，乃至狂热。

鄢人狂此时已经冷静下来。虽然此次在幻境之中，他变成了颂月贵人的模样，但还保持着自我意识，这让他万分庆幸。

"这些颂月贵人，是准备祭祀吗？"回忆着之前在洞穴里看到的场景，鄢人狂抬头朝青铜柱上方望去。没有了那条银色的巨蛇，青铜柱的顶端显得空荡荡的。让人不由自主地生出一种自己格外渺小的感觉。

"他们要祭祀的，是那条大蛇吗？"鄢人狂环顾四周，身边全都是忙碌的颂月贵人。

"青队他们现在在哪里？"

"我怎么离开这儿？"

就在鄢人狂准备朝一旁挪动的时候，他的后背突然被人推了一下。转过头，他看到一个颂月贵人目光冰冷地注视着自己。这个颂月贵人赫然穿着紫色长袍。其他青色长袍的颂月贵人，在面对他的时候，都低垂着脑袋，毕恭毕敬。

显然，在颂月贵人中，也有地位、阶层的区别，而他们身上长袍的颜色，就是其地位最明显的表征。

这个紫袍颂月贵人对鄢人狂吐出一串晦涩难懂的声音，这些声音传入鄢人狂耳朵后，立刻变成他可以听懂的语言："赶紧准备好祭品！不然就把你作为祭品！"

闻听此言，旁边的一群蓝袍颂月贵人，脑袋垂得更低了。等到这个紫袍颂月贵人缓缓滑行离开后，两个蓝袍颂月贵人走了过来，将鄢人狂沿着坑道推搡到另一边，让他在一头全身满是硬毛的野猪面前停了下来。这头野猪被捆得结结实实，在其他祭品上不停挣扎。在它脑袋前面的那头鹿，被其獠牙顶穿了肚皮，肠子都流了出来，眼看是活不了多久了。而野猪的身下，堆叠了不知道多少生灵，有不少已经被活活压死，变成一团模糊的血肉。从一些血肉模糊的尸体上，鄢人狂依稀可以根据服饰认出其中一些是人族。

那两个蓝袍颂月贵人，递给鄢人狂一柄银色的长剑，然后他们也各自抽出长剑，朝着坑道内还没有死去的生灵或戳或劈。鲜血溅射到那两个颂月贵人的脸上、身上，让他们的面容变得越发狰狞。而他们原本浅绿色的眼眸，似乎因为宰杀了生灵，透出叫人战栗的血红。

鄢人狂转头朝两边望去，他看到坑道边的蓝袍颂月贵人，此时几乎都在做着同样的事情。大量的生灵被当场屠宰，鲜血不断涌出，很快就淹没了尸体。

那条大黑鱼被十多个颂月贵人杀死，鱼肚被划出一道长长的口子，血水和内脏齐齐流淌出来。鱼眼被捅穿，喷涌而出的血泉，甚至将一个蓝袍颂月贵人冲进了坑道。而这个蓝袍颂月贵人没来得及从坑道里爬出，就被一旁的同伴挥剑斩去了脑袋。尸体摇晃了几下，就倒在了血泊之中。

这个时候，鄢人狂彻底明白了过来：拖曳的声音，是来自这些要被宰杀的生灵；咸腥的味道，不仅来自颂月贵人，还有这浓浓的血腥味。

这里，即将进行一场大型的祭祀。坑道中一具具尸体被血水淹没，汩汩的血水不断地沿着坑道奔流，形成一个硕大的图形。整个洞穴，完全变成了一个大型的屠宰场。一种癫狂的气息，在洞穴之中不断酝酿、发酵。

鄢人狂看着周围的这些颂月贵人，心道："他们祭祀的那条大蛇，到底是什么来历，居然需要这么多的祭品？而且这些颂月贵人给我的感觉很奇怪，他们好像陷入了一种很绝望的情绪里。"

眼前的景象实在太过惨烈，即便知道这只是一段历史的回响，依旧让鄢人狂相当不适。

也不知道过去了多长时间，在场的颂月贵人停止了动作。无论身处祭坛的哪个方位，他们这时候都转过身子，齐刷刷地面对祭坛。

"祭祀要开始了。"鄢人狂心头一凛。

他朝周围扫视，心中惊讶。之前一片混乱的时候，他观察得不够仔细，此时发现所有的颂月贵人，竟然全都沿着坑道而立，分外整齐。

就在这个时候，祭坛的方向传来了不小的动静。鄢人狂抬头望去，见到祭坛前方，一个明显比其他颂月贵人高大许多、身穿红色长袍的颂月贵人，正戴着与其长袍同样鲜红的高帽，捧着一个古朴的青铜罐子，朝着台阶走去。

来到台阶上，这个红袍颂月贵人转过身子。面朝祭坛、身处不同方位的每一个蓝袍颂月贵人，都觉得这个红袍颂月贵人正面对着自己。

顿时，一股如海浪般的压迫感迎面而来，鄢人狂感觉胸口阵阵发闷。与此同时，内心之中，还有一股极为激昂的情绪在慢慢滋生。

"这种感觉，怎么像是受到污染？"

鄢人狂的神志保持清明，但是周围的那些蓝袍颂月贵人就完全不同了，他们的双目不仅越发鲜红，脸上的长须也因为粗重的喘息而摇晃起来。

"今天——"祭坛上面，红袍颂月贵人开口。

吱嘎吱嘎！祭坛六面上的那一个个蛇首雕像，像是活过来一样，嘴巴一张一合，从里面传出这个红袍颂月贵人的声音。声声大吼，在洞穴之中不断回荡，越发震耳，让鄢人狂感觉体内的气血都随之奔涌，耳膜都要被撕裂。

"我们潮汐一族，将迎来和人族的最终一战！"

闻听此言，鄢人狂呼吸猛地一滞。

"最终一战？"他的脑海里立刻浮现出上次在幻象中见到的场景。他清楚地记得，当时他叫雏，有一名同伴和他说过，他们所守卫的王宫，是人族最后的阵地。

"最后的阵地，最终一战，"鄢人狂喃喃道，"不会只是巧合吧？"

这个时候，红袍颂月贵人的声音再度传来，打断了鄢人狂的思绪："人族卑劣无耻！依仗着人数优势，不断攻陷五族的领地，抢夺五族赖以生存的天空、大地和海洋！赤胫等四族，已经被人族完全击败！如今，只剩下我们荣耀的潮汐一族，还在抵抗人族的攻伐！我们潮汐一族，绝对不会将家园拱手让与人族！"

祭坛周围数千蓝袍颂月贵人，齐刷刷抽出手中长剑，蘸上一旁坑道内的血水，然后将血水涂抹到脸上。

"我们不仅要抵抗人族的攻伐，更要将他们对五族所施行的罪恶，十倍、百倍地奉还！九畿大地，不只是属于人族！数个纪元之前，海洋就是我们潮汐一族的领地！我们崇拜的真神，就是从海洋中诞生的！攻伐海洋，就是玷污我们潮汐一族至高无上的月之神！"

红袍颂月贵人大声怒吼，声嘶力竭。虽然相隔较远，但是鄢人狂依旧可以看清对方狰狞的面孔。海藻一般疙疙瘩瘩的皮肤龟裂开来，有鲜血从伤口里渗出。

"如今，我们已经将人族逼至他们最后的阵地！人族仅剩的王宫，即将成为他们最后的墓场！但是，卑劣的人族竟然利用他们的科技，制造出庞大的战舰，妄图扭转战局。既然如此，就让卑劣的人族，接受我们月之神的怒火吧！"

随着最后一句话落下，红袍颂月贵人将手伸入青铜罐中，抓出一把银色粉末，朝着上方扬了过去。银色粉末飘到半空，并没有落下，而是在空中缓缓扩散开来，像是雾气一般。

与此同时，那十六块青铜照壁上的一个个符文，也像是活过来了一般。伴随着齿轮转动的声音，这些符文开始重新排列组合。每一次变化，都有同样的银色粉末从符文里飘出来。银色粉末很快就在洞穴的上方，凝聚成了厚重的云团。

鄢人狂抬头望去，感觉很不舒服，同时耳中还传来阵阵低语。这一声声低语，像是古老的诗歌，要将内心所有的情绪扩大。

悲伤，那就哭泣。

绝望，那就呐喊。

愤怒，那就亮出獠牙！

鄢人狂感觉自己的身子在这个时候变得轻飘飘的，一种轻柔的感觉从四面八方向自己贴近。一声声呢喃颂语，好像是在鼓励他解开内心的枷锁，将所思所想完全表达出来。

诗人只有在情绪最饱满的时候，才能写下足以传诵后世的诗歌。潮汐一族只有在最悲伤的时候，才能聆听到月之神的神谕。

之前一个个双目鲜红的蓝袍颂月贵人，这时候竟然都安静了下来。他们闭上了眼睛，眼角甚至有泪光闪现。祭坛上的红袍颂月贵人，则面对那根青铜柱，缓缓低下头来。

鄢人狂想要往前挪动一些，以便看得更清楚，但他惊讶地发现，自己竟然动弹不得，就像是被禁锢了一般。

银雾从半空中缓缓落下。很快，这个洞穴就被雾气彻底笼罩。鄢人狂就连近在咫尺的那几个颂月贵人都看不到了，整个人仿佛进入了一个纯净的银色世界，而这个世界，只有他孤身一人。孤独、寂寞、悲伤的情绪，就如同一条冰凉的小蛇，缓缓爬上心头。

不过这股情绪，很快就被驱散。鄢人狂知道，这是自己庞大的弥识起了效果。无论是荒生的污染，还是这呢喃低语，他的弥识都有很强大的防御力。

鄢人狂可以抵抗这股情绪，周围那些颂月贵人可做不到。他们甚至会将自己的身心主动奉献出来，让自己彻底沉溺于这股情绪之中。

鄢人狂越发疑惑："这些颂月贵人要做什么？刚才听那个家伙的话，我还以为他们要奋力和人族血战一场。怎么看现在的情形，反而像是要抒发感情，用言语去感化人族？"

哗啦啦——水流涌动的声音从旁边传来，引起了鄢人狂的注意。

"是鲜血！"鄢人狂心头一动。

哗啦啦——越来越多鲜血流动的声音传来，仿佛无处不在。

"所有坑道里的鲜血，都开始流动了！"

四周雾茫茫一片，伸手不见五指，而鲜血流动的声音伴随着低语环绕各处，越发叫人毛骨悚然。但是很快，鄢人狂就听到鲜血流动的声音越来越小，直至完全听不到了。

"好像都朝着祭坛的方向流过去了。"

鄢人狂心中正沉吟着，前方一片雾茫茫中，陡然出现两团硕大的血红！恐怖、狰狞、邪恶的气息，瞬间驱散了所有雾气。祭坛六面的青铜蛇首，仿佛吸饱了鲜血，这一刻苏醒了过来！一双双蛇眼里，血水如火焰在翻涌。

鄢人狂朝坑道内望去，原本满满的血水，此时就连一滴都没有剩下。

铮——祭坛上的青铜柱，此刻以肉眼可见的幅度开始颤动。祭坛之中，好像有什么东西即将苏醒。

红袍颂月贵人急忙抬起头，脸上满是狂喜："我们崇高的巫霄罗真神，听到了它信徒的召唤！它将苏醒过来，向卑劣的人族展现它强大的力量！潮汐一族的子民们，为巫霄罗真神奉献出你们生命的时候到了！"

"巫霄罗真神！"鄢人狂牢牢记住了这个名字。阿花曾经也说自己召唤的是真神。从祭祀所需的生灵来看，阿花召唤出来的"真神"，和潮汐一族即将召唤出来的巫霄罗，完全不在一个层级上。毕竟阿花召唤的"真神"，甚至连名字都没有。

随着红袍颂月贵人话音落下，青铜柱的颤动越发剧烈，它就像是一把钥匙，那高大的祭坛也开始缓缓旋转。吱嘎吱嘎——轰隆隆隆——巨响之中，那六个青铜蛇首慢慢探出头来，露出它们粗长的身躯。青铜蛇身不断延伸，当最终停下来的时候，它们昂首直立，每一条都足足有数十层楼那么高。这六条青铜巨蛇盘踞在祭坛上方，交缠在一起，遮天蔽日。

血红的蛇眼，俯瞰着下方的颂月贵人，但是这些颂月贵人没有一个害怕，相反地，他们的心中满是狂热和迫切。

蛇首缓缓垂下，洞穴中的力场，仿佛扭曲起来。突然，六个蛇首眸中的鲜红再度沸腾。青铜柱的上方，一团银色的夺目光芒骤然出现。

"巫霄罗！我潮汐一族伟大的月之神祇！"

银色的光芒，穿透交缠在一起的青铜巨蛇，将祭坛上大吼的红袍颂月贵人吞没。紧接着，这银色的光芒继续扩散，仿佛要将整个洞穴全部填满。

祭坛四周的颂月贵人，全都和鄢人狂一样，站在原地动弹不得，陆续被这银色的光芒吞没。

这耀眼的光芒很快就来到鄢人狂的面前。鄢人狂眼前一花，紧接着身体就被银色光芒彻底笼罩。一股清凉的感觉遍布全身。

鄢人狂朝着青铜柱的方向望去。虽然银色光芒格外刺眼，但是他依稀可以看到，在青铜柱的最上方，银色光芒的中心，一条银色的巨蟒，正缓缓显露出来，一股前所未有的压迫感、窒息感向他袭来。

"原来这就是巫霄罗，潮汐一族崇拜的月之神祇。"

鄢人狂心中无比震撼，真正的巫霄罗，比他之前在洞穴中看到的银色雕像，要庞大数十倍！

"伟大的月之神祇巫霄罗！您的信徒，向您祷告！祈求降下神迹，为潮汐一族屠尽人族！九畿大地，属于永恒的潮汐！"祭坛上面，红袍颂月贵人声嘶力竭地大吼，他的身上，有鲜红的血水不断滴落。突然，他全身每一个毛孔都射出血箭。一眼望去，这红袍颂月贵人的身上仿佛长满了红色的草。

"月……之……神……祇……请……您……"砰！红袍颂月贵人的身躯炸成了一团血雾，顷刻就被银色光芒尽数吸收，只剩下几缕飞灰，飘落到地上。

鄢人狂的注意力全都在这条叫作巫霄罗的银色巨蟒上。此时此刻，他只能看到这条银色巨蟒的一部分。缓缓蠕动的蛇身上的银色鳞片，好似平滑的镜面，倒映出洞穴内的景象。

银色巨蟒利用全身的鳞片，轻轻吸了口气。鄢人狂在幻境之中的颂月贵人的身躯，迅速干瘪下去。原本湿润的皮肤，也失去了光泽。皮肉快速萎缩，全都紧紧贴在骨骼上。脸颊、眼窝深深凹陷。一个呼吸的工夫，他的这具躯体变成了一具干尸！

虽然身体彻底干枯，但是眼眸中的仇恨在这一刻熊熊燃烧，带着无尽的深邃和怒火，化作一团黑色火焰。与此同时，一个直抵心灵深处的声音传来："我要人族，永远消失在九畿大地！我要潮汐一族，存在于生灵的巅峰！我要暗月的光辉，覆盖天空和大地！"

这个声音，像是蛊惑，又像是诅咒，又像是祈愿，瞬间就填充了鄢人狂的心灵。此时，他感觉到自己的身体被一股大力狠狠挤压。下一刻，鄢人狂就发现自己的视角变了。他的身体开始上升，距离脚下的颂月贵人越来越远。正因为这样，鄢人狂终于将洞穴内的景象看得清清楚楚：溶洞之中，所有颂月贵人都变成双目燃烧着漆黑火焰的干尸，诅咒、灾厄、破败、死亡的气息，犹如挣脱牢笼的凶兽，要冲杀出来，撕碎所有生灵。

"这群颂月贵人祭祀了那么多生灵，最后竟然把自己变成这个样子。他们想依靠这个模样打败人族的军队？"鄢人狂内心充满疑惑。

他的身体继续上升，飘过那银色巨蟒的身躯，穿透洞穴的穹顶，一直来到了半空，与那白色月亮遥遥对望。这熟悉的视角，让鄢人狂下意识朝四周望去。

很快，他就看到了一片苍茫的大海。大海之中，十二艘句芒之舟横亘海面，绞杀着周围的颂月贵人。无数的尸体，漂浮在海面上，几乎将海面遮蔽。

不远处的海岸上，人族大军的欢呼一声高过一声：

"我们有句芒之舟！"

"人族必胜！"

"今天就是你们潮汐一族的末日！"

这个场景，彻底印证了鄢人狂的猜测："果然是这样！这是之前那段幻象接下来发生的事情！这么说来，当句芒之舟出现的时候，在那个祭坛内，颂月贵人正在召唤他们的真神巫霄罗。"

鄢人狂突然感觉有点不对劲。他朝着月亮望去，看到原本皎洁的月亮边缘，出现了一圈朦胧的月晕。随着月晕的不断扩大，月光开始暗淡下来。整个天地陷入昏暗之中，阴寒的气息缓缓降临。

海边和句芒之舟上的人族大军，也察觉到了情况的变化。他们重新集结，严阵以待。片刻之后，远处的山脚下，一片灰色快速席卷而来。鄢人狂一眼就认出了，那是刚刚化作干尸的颂月贵人！

他们的速度，比之前快了好几倍！转瞬间这数千颂月贵人就冲到了海岸边，朝着人族大军冲杀过去。

他们丢弃了长剑，悍不畏死。手爪、牙齿，都成为他们杀敌的利器，他们的手爪和牙齿，要比青铜铸造的刀剑更加锐利、坚硬。更可怕的是，失去体内全部鲜血的他们，如今已经不能算是生灵。哪怕被洞穿了胸口，被砍掉了头颅，被劈成了两截，他们依旧可以朝着人族大军冲杀。只要不把他们剁碎，他们就可以拼杀到底！

已经集合完毕的人族大军，此刻被一冲即溃。

"好可怕的力量。"鄢人狂没有想到，这一场已经一边倒的战局，竟然还发生了这样的逆转。看目前的局势，岸上的人族大军，根本就不是这群干尸的对手。

紧接着，让人族崩溃的一幕再度出现：又有一大群化作干尸的颂月贵人，从别的方向冲了出来。他们像是发了疯的猛兽，见人就扑倒撕咬，永不停歇。人族的军队，在这群杀不死的干尸面前，没有丝毫抵抗的能力。

"那样的祭祀，竟然不止一处！"见到这一幕，鄢人狂也是吃了一惊。

当他想要看得再仔细一些的时候，他突然感觉后脑勺一凉。一声阴冷的怪笑，突然在鄢人狂背后响起。这声音来得无比突兀，更是直透人的心底。鄢人狂感觉仿佛全身的血液都要被冻结了一般。

他转过头，惊讶地发现，之前出现的月晕，不知道什么时候，在自己的身后凝聚成了一轮新的月亮。这轮新月，昏沉且晦暗，仿佛毒蛇的眼睛，阴森森地俯瞰着大地。

随着这轮新月的出现,那低声呢喃在天空、大地和海洋的各个角落响起。极端的情绪,影响着每一个生灵。

"这轮月亮又是怎么回事?"

鄢人狂愣住了,他在这轮新月之中,感觉到和巫霄罗一样的气息。但是还没有来得及多看一眼,鄢人狂就感觉自己的身子猛地下坠。下一刻,他就出现在句芒之舟的甲板上。

甲板上,站着同样被眼前一幕惊呆了的人族。不过这些人族不都是战士,还有很多妇孺。他们望着海岸上一边倒的屠杀,身躯不受控制地颤抖起来,甚至不少人被吓得痛哭失声。

"怎么会这样?"

"那些怪物是什么?!"

"杀不死!杀不死的怪物!"

"潮汐一族,就是怪物!"

"我们还有句芒之舟,用句芒之舟摧毁他们!"

嘶喊声戛然而止,因为岸边的人族军队,已经被屠戮殆尽。

鲜血将海滩染得通红,海水更是红得发黑,发出浓烈的血腥味。那群杀红眼的干尸,此时齐刷刷地转过身,朝着海中的句芒之舟冲了过来。

"他们来了!"

"准备迎战!"

"拦住他们!"

"他们上不来的!"

"女人和孩子快进船舱!快!快!"

甲板上面,顿时人潮涌动。鄢人狂的手中,被人塞进了一把青铜斧子。他抬头看向天空。那昏暗的新月,此时正在不断蚕食原本皎洁的明月,而原本那轮明月,还剩下一半。

"那轮新月一定和巫霄罗有关,一旦让新月彻底蚕食原本的月亮,一定会发生很可怕的事情,这些颂月贵人就是最好的例子!我该怎么做才好?!不对,这是幻境,我无法改变什么。我要找到青队他们,然后离开这里!"

鄢人狂朝四周望去。此时甲板上面聚集了数万人,船舱之中的人只会更多。而这样的句芒之舟,一共有十二艘。想要在短时间内从这么多人里面找到青、芷、明和辕，根本不可能！

"鄢人狂，鄢人狂！"细细的声音突然穿透阵阵嘈杂，传到鄢人狂耳中。

对于这个声音，鄢人狂格外熟悉，他顿时狂喜："小七！"

鄢人狂很快就在不远处的一个武器架下面，发现了小七。

"你是怎么进入这个幻境的？"鄢人狂问道。

"你进来的时候，我抓着你的腰，就一起进来了。"小七纵身跳到鄢人狂的肩膀上，长长呼出一口气，"总算找到你了！我现在要赶紧带你出去。"

"你有办法出去？"

"嗯，进入这个幻境之后，不知道什么原因，我记起了一些东西。这里很危险，已经不是单纯的幻境了。继续待在这里，你有可能直接湮灭，现在就赶紧和我走。"小七的爪子随即按在了鄢人狂的脸上。

"等等！"鄢人狂赶紧打断它。

"怎么了？"小七着急道，"这个幻境牵涉一些强大的力量，多待一刻，就多一分危险！"

"是巫霄罗吗？我已经见到它了。"

"什么？你见到巫霄罗了？"小七一愣。

鄢人狂道："我要找到青队他们，你刚才说了，在这里有湮灭的危险，我不可以丢下他们。"

"这时候你竟然还顾得上其他人，真拿你没办法！"虽然小七嘴上这么说，但行动上已经开始配合鄢人狂，它扬起小脑袋，用力嗅着，"他们差不多和你同一时间进来，所以所处的位置应该也差不多。你之前之所以没有发现他们，是因为受到幻境的影响。"

"你的意思是，他们现在就在这附近？"鄢人狂话音未落，突然听到四周传来一阵欢呼。

"怎么回事？"鄢人狂疑惑地顺着众人的视线望去。

"他们过不来！"

"这群潮汐之民，竟然会被海水淹死！"

"他们变成这种样子，所以被大海抛弃了！"

"他们来不了的！"

鄢人狂看到海岸上，最先冲进大海的那些干尸，在碰到海水的刹那，身体就开始溶化，变成灰褐色的泡沫。他们的身体在变成这个状态之后，虽然无法以青铜刀剑砍死，但是浸入水中，竟然会迅速消散。

"这下子，句芒之舟上的人应该安全了吧？"

鄢人狂正打算继续寻找青等人，还没有来得及迈动脚步，他的眼皮骤然一跳。他看到海岸线上，越来越多的干尸向句芒之舟冲杀而来。浩浩荡荡，密密麻麻！

甲板上之前还在欢呼的众人，全都瞠目结舌。有人结结巴巴地道："他，他们遇到海，海水就会溶化，所以……我们还是安全的……对吗？"

这群干尸如潮水一般拥到大海边缘。这一次，它们没有一窝蜂地冲入大海，而是会聚收缩，然后跃入大海。最先触碰到海水的干尸，立刻就溶化成了泡沫。紧接着，源源不断的干尸补充上来，于是就出现了这样的一幕：还没有完全消溶的干尸身上，叠上了紧接着扑上来的干尸，一层接一层，这群悍不畏死的干尸，硬生生在大海之中搭出了一条干尸大桥！这座干尸大桥，从海岸的边缘，向着大海中的句芒之舟延伸而来。

虽然没有人开口，但是绝望的情绪已经如同瘟疫般在句芒之舟上的人群中蔓延开来。谁都没有想到，潮汐之民对于人族的仇恨，竟然到了如此地步。

离干尸铺就的大桥距离最近的，就是鄢人狂所在的这艘句芒之舟。

"月亮……"听到肩膀上小七的呢喃，鄢人狂抬头望去，心脏顿时一沉，此刻月亮已有三分之二变得暗淡。

正看着月亮，鄢人狂突然脑袋一晕，双腿阵阵发软，他扶着船舷的扶手，这才稳住身形。他感到自己的力量在流失，身体像是在被不断掏空。

"这是怎么回事？"鄢人狂甩了甩头，让自己清醒一些。

小七的脸上浮现出焦急的神色："这里对你的弥识消耗太大了，赶紧把其他人找出来吧！如果在这里遭遇不测，那就再也回不到现实了！"

鄢人狂重重点头。

冲天的喊杀声，已经越来越近。干尸身上的那股腐朽的味道，随着它们的逼近越发浓烈。

鄢人狂转身朝着人群里跑去。小七蹲在他的肩膀上，探出脖子，用力嗅着空气中的气味。

"这边！"小七突然伸出爪子，指着一个方向。

鄢人狂推开惊愕的人群，奋力跑过去，视线在眼前众人的脸上快速扫过。很快，一张熟悉的脸孔，就出现在他的面前，是芷！

不过此时的芷，和现实中的有着明显的差别。她在幻境之中是一个身穿铠甲的女战士。而她所操控的,赫然是句芒之舟上的青铜精晶炮!

"你做什么?!"见到鄢人狂大步朝自己走来,芷顿时露出警惕的神色。

鄢人狂知道,这是芷还没有苏醒的缘故。就和他第一次进入幻境的时候一样,以一个幻境中真实存在的人物的身份,去经历幻境中发生的事情。

"芷,快醒醒!"鄢人狂大声喊道。

"你在叫谁?"芷的神色越发警惕,她抽出腰间的青铜弩,对准鄢人狂,"不许再往前!"

"这怎么办?"鄢人狂没有唤醒别人的经验。

小七从鄢人狂的肩膀跳起,来到芷的面前,尾巴灵巧地朝对方脸上一扫。芷身子一震,就像一个人在困倦的时候突然打了个激灵。

"鄢人狂?"她疑惑地看向四周,"我们这是在哪里?"

没等鄢人狂解释,她立刻反应了过来。

"是回响!这个惧虐的回响竟然这么强大!"芷抿了抿嘴唇,看向鄢人狂,"你又救了我一次。"

"有什么话等离开这里再说,我们要赶紧找到青队、明和辕,他们应该也在附近!"鄢人狂一把拉过芷,跟着小七朝着另外一个方向跑去。

海面上干尸的气息越发浓郁,鄢人狂转头望去,看到那些奔袭而来的干尸距离句芒之舟只剩下数十步的距离。它们之中距离最近的不再奔跑,而是直接高高跃起,然后如同蜘蛛一样,沿着句芒之舟的船身,朝着甲板上攀爬而来。甲板上面,顿时传来阵阵惊呼。没过多久,已有数不清的干尸在船身上爬动。

鄢人狂不知道句芒之舟上的人会如何应对这场危机,但是他清楚,在这幻境中,他们的化身如果被杀死,那么他们也会死去。

形势万分紧迫!

"鄢人狂,这里!"随着小七的呼喊,鄢人狂看到一个高大的男子正抱着一个装着滚油的大釜,朝着船身倾倒下去。

吱吱吱吱!滚油浇在那群干尸身上,顿时就把它们干枯紧绷的皮烫得剥落,露出里面发黑的骨头。但即便如此,这群干尸的行动依旧没有受到丝毫影响,甚至滚油的浇落还激发了它们的凶性。

"是辕!"芷喊出了这个高大男子的名字。与此同时,小七跳到船舷上,尾巴在男子脸颊上一扫。

辕的目光出现了一瞬间的恍惚,他转过身,见到了赶过来的鄢人狂和芷。比起刚刚苏醒时思维还有些混乱的芷，辕马上就明白了此刻的处境。

"青队和明呢?"他立刻问道。说话的同时，还将手中的大釜狠狠砸下，将一个刚刚冒头的干尸打入大海。

"还没有找到他们!"鄢人狂道。

此时已经有一部分干尸攀爬到了甲板上，甲板上的人族士兵开始抵抗。不用多想也知道，这种抵抗只能维持短暂的时间。以目前的情况来看，除非句芒之舟沉没，将它们全都带进大海，否则根本无法杀死它们。

"我看到明了!"芷突然喊道。但是旋即，她又有些不确定地说道，"应该是……明吧?"

顺着她的目光望过去，鄢人狂不由一愣。难怪芷不确定那个人是不是明，那个人虽然长着和明一样的样貌，却是一个女人!而且这个女人，此刻正在地上无助地爬来爬去。

鄢人狂很快就想明白了这是怎么一回事。明在没有施展他天阶力量的时候，看上去比女人都要瘦弱。这也就难怪，到了幻境之中，他会化身为女人。

鄢人狂和辕立刻推开面前的人，来到明的面前。

明看上去好像很害怕，看着鄢人狂和辕，连声道："救救我，救救我……"

鄢人狂抓住明的手腕，将他从地上拉起来。小七用尾巴在明的脸上一扫。

"谢谢，谢谢你们，你们可真是好……鄢人狂?"明突然语调拔高。

见到他这副模样，鄢人狂知道，明这是清醒了。

"我怎么变成一个女人了?!"明瞪大眼睛，发出了惊呼。话刚说完，他突然一个踉跄，摔倒在辕的身上。鄢人狂发现，不仅仅是明，辕和芷也都露出虚弱的神情。

"他们的弥识正在被幻境不断消耗。"小七提醒道，"弥识一旦降低到某个限度，不需要这些干尸出手，他们自己就会彻底湮灭。"

"我知道了!"鄢人狂深吸一口气，让自己尽快冷静下来。

甲板上面，抵抗干尸的人族战士，已经显现出颓势。一旦让这些干尸彻底攻上甲板，那么接下来就是完全一边倒的屠杀。

"青队一定也在这附近，她不会有事的。"鄢人狂心里不断对自己说。他将青铜斧子塞到明的手里，对他们三人道："你们留在这里，保护好自己，我去把青队找回来，然后我们一起离开。"

辕伸出手，搭在了鄢人狂的手腕上。鄢人狂打断了辕要说的话，道："没时间了,都听我的,你们现在要做的,就是维持体内的弥识,不要被这些干尸杀死,我很快就带着青队来找你们,我保证!"

说完,他按下辕的手臂,转身冲向人群。辕和明、芷对视了一眼,开口道:"没想到,最后我们依靠的是一个新人。"

明坐在甲板上,想要提起地上的斧子,却发现在弥识被大量消耗的情况下,他连这个动作都做不到,而鄢人狂刚刚离开的时候,动作依旧矫健。

"这个家伙,体内弥识比我想象中的还要庞大,我现在几乎没力气了,而他好像都没受到什么影响。"明说道。

芷深以为然地点点头。

辕呼出一口气,道:"我一开始还觉得,青队招入鄢人狂,是不是太草率了,毕竟他都没有经过任何考验,而如今幸亏有他。"

话音落下,三人都陷入了沉默。离开丹霞城的时候,众人都没有想到,这个任务竟然如此艰巨。看似线索分明,背后竟然隐藏着如此恐怖的危机。如果不是有鄢人狂在,面对那个惧虐的时候,他们恐怕很难全身而退,更别说当下的幻境了。

过了一会儿,辕提出:"回去之后,我们一起向青队提议,尽快让鄢人狂完成仪式吧。"

"同意。"

"我也同意。"

"还没有找到吗?"鄢人狂看着小七问道。

小七的脸上浮现出来疑惑的神色:

"那三个人的气味都很明显,我一下子就闻到了,但是这个青,气味却很淡,而且现在还被其他的气味给掩盖了。"

"继续找,芷他们都在这里,青队一定也就在周围。"鄢人狂的视线朝着四周快速扫去。

喊杀声冲天,血的味道伴随着海风,让人感觉身体变得黏糊起来。小七跳到鄢人狂的头上,仰起脖子,用力嗅着海风中的气息,但依旧嗅不到青的味道。随着时间的推移,鄢人狂的心跳也越来越快。他知道不能再拖下去了。

就在这个时候,人群里突然传来一声惊呼。紧接着,就有好几道人影被高高抛上半空,然后摔到甲板上。血水顿时漫延开来。

一个干尸发出刺耳的尖啸,从人群里杀出来,朝着鄢人狂的方向奔来。

"小心！"小七急忙提醒。

鄢人狂一个纵身躲闪，干尸贴着他的身子擦了过去。鄢人狂只觉得手臂一阵刺痛。站稳了之后，他低头望去，发现自己的手臂被划开了一道长长的血口，鲜血正从伤口里渗出来。

鄢人狂皱了皱眉头。如果是在现实中的话，他还不是很担心。因为在现实中，他可以发挥弥识的力量。至少可以依靠着扭曲空间，和这个干尸周旋一阵。然而在幻境中，他完全变成一个普通人。不仅是他，明他们也是一样。要不然的话，形势也不会如此严峻。

看着这个干尸牢牢盯着自己的血红双目，鄢人狂忍不住在心里骂了一句：青队没有找到，结果还被这样一个东西给缠上了。

这个干尸在冲上甲板的时候，已经付出了一定的代价：它的脑袋被削掉了一半，一条左臂也不见了。按常理来讲，它的行动应该会变得迟缓，但事实并非如此，它根本没有受到伤势的任何影响，甚至刚才鄢人狂的躲闪还激发出它更强烈的凶性。

干尸如同蛇一样细长的双目中，充满邪恶和诅咒的鲜红，仿佛要将鄢人狂彻底吞没一般。

此时有手持青铜刀剑的战士来支援鄢人狂，但是还没等他们靠近，这个干尸就发出一声尖啸，朝着鄢人狂扑了过来。扁长的嘴巴在半空张开，露出里面尖锐的倒刺，干尸狠狠咬向鄢人狂的脖子。

越是危急的时刻，鄢人狂就越是冷静。他没有后退，反而伸出手臂，朝着干尸迎了过去。干尸的嘴巴，咬在了鄢人狂的手臂上，牙齿穿透皮肤，扎入肉中。

鄢人狂没有喊出声来，他咬紧牙关，将干尸夹在腋下，重重地朝着地上摔去，然后挪动身体，来到干尸身后，用膝盖死死顶住对方的后背，将其抵在了甲板上。干尸不断挣扎，咬着鄢人狂手臂的嘴巴不断拉扯。疼痛简直难以用语言形容，片刻之后，鄢人狂的手臂就血肉模糊。但是他丝毫没有放松，要是这时候放开，自己一定会被这个干尸开膛破肚。

"你们还在等什么？！"鄢人狂抬起头，朝着被这一幕惊呆了的人族战士吼道。

人族战士瞬间反应过来，一拥而上，将这个干尸劈成了碎片。虽然剩下的手指和触须还在蠕动，但是已经造不成大的伤害。

仅仅消灭一个干尸就如此困难。和鄢人狂预料的一样，一旦有干尸冲上甲板，那么这股势头就将无法遏止。就这片刻的工夫，句芒之舟的甲板上已被干尸占据了五分之一，而它们推进的速度越来越快。甲板上的人族战士，就仿佛待宰的羔羊。

"难道找不到青队了吗？"局势的发展，让鄢人狂的心不断下沉。

难道他只能放弃青，折返回去，带着明他们离开幻境？他不甘心，那可是青！说自己有庞大弥识的青；认可他，让他加入城卫的青；希望他完成此次任务后正式成为狩灵卫一员的青；面对惧虐时，让自己远离，防止被波及的青。

"青队，你到底在哪里？！"鄢人狂紧握拳头，指节被捏得发白。

"船舱！"就在这个时候，一声大喊传来。发出这声大喊的人族战士，随即被拖入干尸中，被撕成了肉块。

鄢人狂心头一震，他抬头望去，见好几个干尸，已经杀到了船舱的入口处。

船舱里面，大多是女人和小孩。干尸一旦冲进船舱，它们几乎不会遇到任何抵抗！

明知这里是幻境，一切都是已经发生的事情，自己并不能改变什么，但鄢人狂还是无法说服自己视而不见。他捡起地上的一柄青铜剑，朝着船舱入口的方向跑去。

这个时候，一个干尸的脑袋已经探进船舱入口，船舱内传出绝望的哭喊声。突然，那个干尸的身子一震，然后慢慢倒退出来。等它退出入口处，鄢人狂赫然发现，这个干尸的脑袋竟然不见了。紧接着，干尸的脑袋从船舱内飞了出来。同时出现的，还有一个手持青铜阔剑的女人。这个女人，双手挂着这柄几乎和自己一样高的青铜阔剑，如一尊门神，挡在了船舱的入口处。

见到这个女人，鄢人狂悬着的心一下子就放了下去——正是他在寻找的青！

青看上去很虚弱，她用力喘息，脸上也浮现出病态的苍白。

既然找到了青，那就不能再耽搁了："小七！"

"我知道！"不用鄢人狂提醒，小七就已经朝着青跑去，它纵身跃起，尾巴在对方脸上一扫。与此同时，鄢人狂也跑到了对方面前。

"鄢人狂……"青吐出三个字，顿时身子一软，朝着鄢人狂怀里倒了过来。

"我现在带你去和大家会合，然后我们离开这里。"鄢人狂将青背起。

青想要拒绝鄢人狂的帮助，但是这个时候，她连站着的力气都没有了。刚才她也是靠着那柄青铜阔剑，才可以立住的。

"你……受伤了……"青见到鄢人狂血肉模糊的伤口。

"一点小伤，离开幻境之后就没事了。"鄢人狂背着青，逆着人流跑去。

甲板上的战士都且战且退，只有鄢人狂背着青朝着前方跑去。

"这次……多亏有你……"

"我们还没安全呢。"

"呵……我看这下子……还有谁质疑我对你的招募……"青的嘴角微微翘起，"你在这里……受到的影响不大吗……"

"感觉有点累，但是也还好。"鄢人狂一把推开挡在面前的人，向前大踏步前进。

"果然是……庞大的弥识……可惜……如果你完成仪式的话……在这里的收获……会更多……"

鄢人狂此时已经看到明他们了，他们三人彼此搀扶着，正和一群战士共同后退。而干尸们离他们越来越近了。

"这里……是上个纪元的最后时刻……"

"上个纪元？"

"你看……月亮……"

鄢人狂抬起头，发现此时整个月亮都变得暗淡无光，透出一股难以形容的阴森感觉。

"这个时候的月亮还不是红色的。"

"呵……快了……"

"什么？"

轰隆！前方传来一声巨响，句芒之舟一下子摇晃起来。不少人猝不及防之下跌倒在甲板上。鄢人狂一个踉跄，好不容易才稳住身形。

"是海浪……"青道。

鄢人狂发现，青对这个幻境内发生的事情似乎很清楚。

"你知道接下来发生了什么？"鄢人狂问道。

"嗯……大概是清楚的……"青点点头。

鄢人狂等了一会儿，背上却没有再传来声音。他转过头，发现青已经闭上了眼睛。

虽然他们距离明等人已经不远，但是因为甲板上乱作一团，想往前走一步都难，更别说穿过人群，和明等人会合了。幸运的是，个子最高的辕发现了鄢人狂和青。

"是鄢人狂！他带着青队回来了！"辕立刻将这个消息告诉了明和芷。

"哪个方向？"

"那边。"

"我们快过去！"

双方艰难地在人群中行进。轰隆！又是一声轰鸣，句芒之舟再度摇晃起来。

攀爬在船身上的干尸，有不少都落入海中。而且因为海上突起风浪，干尸以身躯搭建的"桥梁"也断成了数截，暂时没有更多的干尸冲向句芒之舟。甲板上的局势得以缓和。

还没等众人喘口气，一道银色的光芒突然从远处的大海中升起。与此同时，天上昏暗的月亮也膨胀起来。

黯淡的轮廓，陡然扩大。

呢喃的低语，响彻大海。

在场所有人的心底涌起一股强烈的情绪。有人当场痛哭流涕，有人歇斯底里地大喊起来，拼尽全力地发泄。

"快……"青睁开双眼，对鄢人狂说道。

乘着此时大多数人停止了移动，鄢人狂背着青从人群中穿过，终于和明等人会合。双方刚刚站定，远处海上的银色光芒陡然形成一道光柱。这光柱穿透了大海，直抵苍穹。一条巨大得难以形容的银色巨蟒的身影，在空中缓缓浮现。

"巫霄罗……"鄢人狂说道。

随着巫霄罗的出现，那股涌动在众人心中的情绪再一次被放大。所有的情感，在这一刻如同决堤的洪水，瞬间宣泄出来。

甲板上的人族战士，有人大吼着朝干尸义无反顾地冲去；有人将甲胄解下，然后掩面痛哭；有人仰望天空，喃喃自语，泪流满面；还有人竟然直接跳起了祭祀的舞蹈。

甲板上的气氛，顿时变得诡异又荒诞。

"鄢人狂……你有把握离开吗……"青开口问道。

鄢人狂看向小七，然后点点头："可以。"

"那就……走吧……"

鄢人狂的内心，很纠结，他其实还想多看一眼，毕竟此时的情形太过匪夷所思。他很想知道，巫霄罗最后会怎么样，青所说的月亮的变化，又在何时发生。然而他也知道青等人现在已十分虚弱，容不得他再迟疑了。

青的话音刚落下，海浪开始剧烈翻涌，一波高过一波。十二艘句芒之舟在海中起起伏伏，随时都有倾覆之虞。

"海面在上升！"辕突然望着远处说道。

鄢人狂扭头望去，看到一波又一波的海浪不断冲击着海岸。原本作为战场的海岸，此时竟然已经有接近一半被海水吞没，而且海水还在不断上涨。海面甚至已经抵达人族王宫宫墙的墙根。

"快走……"青又一次道。

鄢人狂朝小七点点头。在小七的示意下，鄢人狂让众人靠近自己，然后拉住彼此的手。小七跳到鄢人狂的头顶，抬头望向天空。那颗硕大的眼球之中，突然有一道红色的纹章浮现。这纹章好像一团火焰，在小七的眼球里缓缓摇曳。一股极为浩瀚的力量，在这一刻散发出来。

"喵。"一声只有鄢人狂听到的猫叫声响起。

紧接着，鄢人狂就感觉身下涌起一股大力，他的身子腾空而起。他抬头望去，顿时愣住。天空上，不知道什么时候竟然又出现了一轮猩红的月亮。

这猩红的月亮，将那轮昏暗的白色月亮快速遮挡。而下方的大海沸腾起来，巨浪滔天。湖泊、河流，水面齐齐暴涨。山洪也在这一刻暴发。天空中明明没有乌云，却下起了倾盆大雨。这雨势，仿佛天空破了个大窟窿一样。

峡谷、盆地、平原、丘陵、山峰，大片大片地被淹没。片刻后，鄢人狂一眼望去，除了无垠的洪水，就只有在巨浪中不断起伏挣扎的十二艘句芒之舟。

至于那些干尸，在被洪水吞没的刹那，就全部化作泡沫，永远消失了。

这十二艘句芒之舟的表面，都发出一层柔和的光芒。这层光芒保护着句芒之舟，使其哪怕在这灭世的洪水中，都不会倾覆。

猩红之月不断朝着大地逼近，鄢人狂甚至感觉猩红之月都要压到自己的脸上了。而他的旁边，明等人也是一脸的震撼。

被猩红之月遮挡住的巫霄罗，带着不甘和愤怒，渐渐隐没在黑暗之中。与此同时，鄢人狂等人的面前出现了一道裂缝。他们的身子，齐齐朝着裂缝飞去，逐一进入裂缝之中。青、芷、明、辕，最后是鄢人狂。

在即将进入裂缝的刹那，鄢人狂转过身来。他望着那轮逐渐被猩红之月覆盖的暗淡月晕，伸手抓去。

原本这只是鄢人狂下意识的动作，但是在五指虚握的时候，他分明感觉到，那仅剩的月晕，竟然在他的手心瞬间浓缩凝聚。

他真的抓住了什么！

还没等鄢人狂看得仔细，他的身子一下子坠入了裂缝。紧接着，头部剧痛，就如同有人用一柄生锈的青铜刀在割他的脑子一般。鄢人狂的身子不禁蜷曲起来，眼前阵阵发黑，意识也逐渐涣散。

……

"鄢人狂！鄢人狂！"鄢人狂被焦急的呼喊唤醒。

此刻他的眼皮子无比沉重。他能感觉到，全身衣服都被汗水浸透了，每一块肌肉的力量，都像是被抽走了。

"鄢人狂！鄢人狂！"呼喊自己的声音再度传来。

鄢人狂努力将眼睛睁开一条缝，朝声音传来的方向望去。

呼喊自己的是芷，芷的旁边是明和辕，青站在自己的另一边。大家都很关切地俯身看着自己。

鄢人狂想要开口说话，但是根本张不开嘴。他艰难地扭动脖子，朝着一旁看去。距离自己不远处，是堆积在坑道内的白色骨架。斑驳的青铜柱上方，巨大的银蛇雕像一动不动。洞穴内的祭坛，失去了那股"鲜活"的气息。

"好了，终于回来了。"鄢人狂放下心，头一歪，彻底晕了过去。

"青队，他这是？"明担忧地看着鄢人狂，问道。

辕俯下身子，翻开鄢人狂的眼皮看了看，然后从腰带上取出一管半透明的药剂，用青铜针管注入鄢人狂的体内。

离开幻境之后，每个人又重新可以动用自己天阶的力量，因此从容了许多。

"没有大碍，应该是弥识消耗太多的缘故。"辕观察了片刻后说道。

"鄢人狂的弥识消耗过多？是为了带我们出来？"芷迟疑了一下，问道。

几人顿时沉默了下来。他们自然明白芷这番话中的另外一层含意。鄢人狂的弥识无比庞大，就连他的弥识都消耗过度的话，那么换作他们之中的任何一人，可能这个时候已经因为这巨大的弥识消耗而湮灭了。

片刻之后，辕说道："这一次多亏带上了鄢人狂。"

明的五官都挤在了一块，他显得分外纠结："怎么办？这一次真的承了他好多情，不仅仅是在幻境中，还有之前对抗惧虐，我该怎么报答他？"

"变成女人以身相许？"芷在一旁出主意。

这句话顿时让明想起了幻境中不堪回首的经历，他的脸唰一下子变红，急忙往后缩了缩脖子。

芷低头看着鄢人狂："我们这支小队，这一次都被鄢人狂救了。"

青闭上眼睛，沉思了片刻。再次睁眼的时候，她已经恢复了往日的干练和冷静。

"鄢人狂已经没事了，先把这次的任务彻底完成。"青下令道，"辕，去把那头惧虐的尸体吊上来。"

辕走到那个大坑前面。已经熄灭的红色泡沫经过冷却,此时已经变成棕色的泥浆。辕将青铜牛角刀取出来,在握柄上拴上绳索,然后将其甩入泥浆之中。片刻之后,他用力一拽。泥浆中传来一阵汩汩声,很快,一截像枯木一样的东西被辕拉了上来,丢在地上——这是惧虐的残骸。经过充分燃烧,这块残骸已经不再具备污染的能力。但是在面对这块残骸的时候,在场几人的心中还是升起一股不舒服的感觉。

"鄢人狂之前说过,他在惧虐的体内发现了没有被融合的荒生肉块。"青挥动青铜长剑,朝着惧虐残骸一划,残骸分成两半,一块巴掌大小、如玉一般的东西露了出来。看材质的话,和当时在涿家里发现的那块一模一样,只是大小有所区别。

"真的有!"明惊呼道。

"这头惧虐超强的力量,应该就是来自这个肉块。"青的眼睛渐渐眯起,"包括差点让我们团灭的深渊回响。"

一想到那个幻境,在场几人依旧禁不住脊背生寒。

青继续道:"我一开始判断,即便这个洞穴里存在荒生,因为形成时间尚短,不会出现回响。就算出现,也只是短暂、轻微的往昔回响。但将我们拖进去的,是差点让我们弥识彻底崩溃的深渊回响。而且那个深渊回响所展现出来的,是上个纪元和这个纪元交替时,大洪水暴发的场景。"

青用手中的青铜长剑指着这青翠的荒生肉块:"这个荒生肉块的来历必然不简单,那个叫作焱的商人,必须查到他真正的身份。"

"明白!"明等人郑重点头。

现在这个纪元,诸神不出。而在那深渊回响中,有潮汐之民所崇拜的神祇之一巫宵罗的虚影。普通人对巫宵罗不清楚,但作为狩灵卫的他们,却时刻记着,这是绝不容许出现的存在。只要出现一点苗头,都要全力扑杀。

"回去之后通知镇守,必须在全城彻查焱的下落,还要调查祝穆家族。焱选择祝穆家族,肯定有特殊的原因。顺着这条线挖下去,必须查到真相。"青注视着荒生肉块,吩咐道:"辕,你将它封存起来,我们要带回去。"

青顿了一下,目光从众人脸上一一扫过,片刻之后,她露出一个浅浅的笑容:"这次进入深渊回响,虽然九死一生,但是得到这样难得的锤炼,你们都有所提升吧?"

明挠了挠后脑勺,露出一个不好意思的笑容。芷和辕都点点头。

"那回去之后,尽快感悟,不要浪费这个千载难逢的机会,至于鄢人狂,等他醒来后,想想怎么感谢他。"

第七章
玉 琮

在岩石上开凿的洞穴，本身光线就不好，哪怕是白天都显得昏暗。此时阴风扫过，洞穴里更显阴森恐怖。

"你再装神弄鬼，我就杀了你。"阅炎头也不回地说道。

刚刚飘入洞穴的黑影："……"

"你要是再说你是鬼，就应该装神弄鬼，我也杀了你。"

黑影无奈，只好从黑暗之中迈出。被石栏切割开的一束光线落到迈出的这只脚上，照得这只脚白中透青，毫无生人的气息。

"我出去一趟，怎么感觉你的脸色越发不对劲了？而且你怎么还看着这个稻草人？烧了就烧了，我不信枭会因为一个荒生把你怎么样。他虽然是个疯子，但绝对不是傻子。为了这么件小事杀了你，不值得。"黑影说道。

阅炎坐在地上，用手指缓缓敲击着膝盖，他又看了一眼稻草人的余烬，开口道："我听到了一个名字。"

"名字？"

"但是我好像没见过这人。"

"那不正常？"

"不正常。"阅炎停下手指敲击膝盖的动作，霎时生出一股强烈的压迫感。洞穴内吹动的阴风，都在这一瞬凝滞了。

"能被我记住名字的，要么是我见过的人，要么是死人。然而这个名字，我却好像只是听过一次，却又记不起来在哪里听过。"

黑影沉默片刻，无奈道："好吧，这个名字是什么？"

"鄢人狂。"

"没听过。"黑影立刻道。

见阅炎依旧坐着不动，黑影疑惑道："我离开之后，你就一直在想这件事？"

"这件事，不重要吗？"阅炎抬头望过来。

这一瞬间，黑影有一种感觉，如果他说不重要，那么阅炎绝对会将他的嘴巴撕烂。

"的确很重要。"黑影干巴巴道，"我会帮你留意这个名字的。"

"你做得到？"

见阅炎质疑自己，黑影明显有些不高兴："难道我没有和你说过，我这次找的材料很不一般。如果这个鄢人狂在丹霞城，那我就一定能够找出来。"

"那好。"阅炎点点头，"如果你能够在这件事上帮到我，并且这个鄢人狂的确值得我为他付出点时间的话，那我可以向你保证，等枭让我杀死你的时候——"

"你就放过我？"

"我会让你死个痛快。"

"算了，和你说话实在叫人不舒服。"阴风骤起，黑影再次朝着外面飘去。

洞穴之外，在岩壁中开凿出来的通道四通八达。这里正是丹霞城。

黑影贴着岩壁，专挑潮湿和阴暗的位置飘过。他穿过被破旧麻布遮挡住的斑驳壁画，飘过甲骨满地、火光摇曳的祭坛，飘过精密青铜机械控制的水车，一直往上，直到穿过丹霞城青铜浇铸的穹顶。

天上，猩红的月亮如浸饱了鲜血的独眼，正俯瞰着大地。

月色照不到的黑暗之中，灌木如同飘零的亡魂，随风摇曳，四周的旷野中，还不时传来如百鬼夜哭的骇人声响。让人不禁心头发颤。

夜哭之野，位于庄国的边境，是几座城池之间的荒地。

庄国并不是没想过将这里开垦出来，毕竟对于如今的十国而言，土地和人口，永远是稀缺的。然而不知道什么原因，这片土地除了自然生长的灌木和荒草，其他植物很难存活。栽种在这片土地上的树苗，不到一天就会枯死。

要前往周边几个城池，夜哭之野是必经之路。只是这条必经之路，白天还人来人往，到了夜晚，鬼哭狼嚎，鬼影幢幢，自然是没有人愿意走这条夜路的。就算是军队，也会尽量避免在夜晚经过夜哭之野。

夜风吹过，被荒草覆盖的地面上，出现了一道白色的身影。这个人不仅身穿白色的长袍，就连头发、皮肤，甚至嘴唇，都是白色，他的脚底下，还有一层淡淡的浅白光芒。

枭抬头看了看。

猩红的月亮，在他的瞳孔中映出一片红晕。

"哈，古老的诗歌说得很对。只有在月色之下，才能创作出伟大的作品。月色就如同美酒，让人沉醉，让人的灵魂受到洗礼和升华。谁会想到，不远的将来，在这片荒芜的大地上，会有一个自诩得到几百年前灭亡的宁国正统传承的家伙，在这里为我完成一幅完美的画作呢？"枭张开双臂，闭上眼睛，脸上满是享受的神色。

在他的脑海中，他的面前有无数的人在为他喝彩，为他叫好。然而他睁开眼，眼前只有一片荒地。

"一群——蝼蚁。"枭的眼中闪过一道厉芒，"你们懂些什么？但凡能够被称为伟大的人，不仅仅拥有远超常人的力量，更做出过无与伦比的壮举。在这个诸神不出的纪元，我将以叛逃者的身份，让你们看看什么才是真正的伟大！我要让你们知道，什么才是这个世界的真相。什么，才可以被称为神迹！"

突然，枭眉头一皱，挥动手臂。暗淡的光芒在他掌心凝聚，化作弯曲的弧刃，将前方一片灌木齐刷刷劈断。

"出来。"枭挑了挑眉，淡淡说道。

片刻之后，一高一矮两道战战兢兢的身影从灌木丛中走了出来。高的那个，是一个头发花白的老者，他穿着破旧的麻衣短衫，背着竹篓，手里还有一把锄头。矮的那个，是一个看上去才四五岁的瘦小孩童，他凌乱的头发沾着草屑，手里提着一个破旧的没有点燃的陶制灯盏。看上去，这是一对爷孙。

"我们，我和我的孙儿只是想来挖一点野菜，并不是故意冒犯您。"老者哆哆嗦嗦地说道。那个孩童脸上也满是惧怕。

枭斜睨他们一眼，抬手摸着指甲，轻描淡写地道："刚才我说的话，你们都听到了？"

"啊？"老者一愣，见枭的目光扫来，吓得双腿一软，跪倒在地，连连拱手道，"没有听到，我刚才什么都没有听到。"

"撒谎！"

老者颤抖得更加厉害。一旁的孩童，更是眼中涌出泪水。

"我，我是无心的，求求你，大人有大量……"

"这么说，你是听到了？"

"是……"

"你也配？"

唰！悬挂在老者头顶的光刃，猛然下落。老者的身子瞬间分为两半。光刃再一卷，一颗小小的人头，飞到了远处的灌木丛中。

夜风顿时带上了血腥的味道。枭深深吸了口气，然后再一次望向天空。他的眸中，有隐隐的光亮在闪烁，嘴角似乎因为动容而微微颤动。

过了良久，他虔诚而又真挚地对着头顶的猩红之月道："赞美月亮。"

滴答——

鄢人狂缓缓睁开眼睛，出现在他眼前的，不是那个遗迹中的洞穴，也不是丹霞城内狩灵卫的卫所大厅。他的周围，是一片黑暗。

"这是哪里？还是说，我还没有醒过来？"

滴答——又有一声从鄢人狂的身后传来。

鄢人狂转过身。与此同时，一束光线从天而降，照亮了他前方的一个晶莹的蓄水用的巨型玉琮。玉琮内圆外方，浑然一体，外侧刻着密密麻麻的线浮雕。

"这是什么？"鄢人狂疑惑地眨眨眼。

他回忆起了之前的经历。他依靠着小七，将青等人从幻境之中带了出来，顺利地回到了洞穴之中。确认众人都安全之后，他才安心地让自己晕了过去。

"在我晕过去之后，发生了什么？"

就在鄢人狂疑惑的时候，面前的玉琮发出微光。浅蓝色的光芒清澈柔和，让他的心情立刻就平静下来。鄢人狂走到玉琮前，发现玉琮的底部与地面严丝合缝，玉琮中间蓄了一层浅水，如果将手指伸进去的话，恐怕连一个指节都没法淹没。而这个玉琮，差不多到鄢人狂的腰部位置。

滴答——

这是鄢人狂第三次听到水滴落下的声音。明明没有看到水滴落下，但那层浅水的表面，却是荡漾出了一圈圈的涟漪。鄢人狂略一沉吟，俯下身子，将手指慢慢伸过去。在手指抵住水面的刹那，一股清凉的感觉从指尖传来。紧接着，这水流竟然像是活了一般，从他的指尖位置开始上涌。鄢人狂惊讶地发现，他的手指竟然被吸住了，就算他拼尽全力，也没有办法把手抽回来。

"这是怎么一回事?!"鄢人狂非常后悔,早知道就不这么草率了。

紧接着,鄢人狂发现,自己的身体也发出一抹湛蓝色的光芒。这抹光芒缓缓延伸到指尖,和水流接触的刹那,一股庞大的吸力陡然传来,蓝色光芒竟然开始源源不断地注入蓄水池。而这个蓄水池中的水面,则开始稳步上升。

"这是……弥识!"愣了片刻之后,鄢人狂反应了过来。

随着体内弥识不断减少,之前在幻境里感受到的那股"被掏空"的感觉,再次席卷全身。照这个趋势下去,他怀疑自己会被这个玉琮给抽干了。

不过幸运的是,鄢人狂担心的事情并没有发生。当玉琮中注满了这泛着光泽的蓝色水流的时候,对鄢人狂弥识的抽取也同时结束了。鄢人狂将手抽了回来,扶着玉琮光洁的边缘微微喘气。这个玉琮中的蓄水池虽然看着不大,刚才却抽取了他体内一大半弥识。

鄢人狂休息了一阵,缓过劲来。反正现在也弄不清楚自己在哪里,他索性就仔细研究起这个蓄水池来。

其实对于在丹霞城长大的鄢人狂来讲,虽然没见过这么精美的水池,但是蓄水用的池子,那可见得太多了。下城区就有好几十口蓄水池供百姓取水。

"这个蓄水池里装着的是我的弥识吧。"鄢人狂摸了摸下巴,猜测道,"难道等我体内的弥识有所消耗的时候,就可以从中补充?"鄢人狂忍不住笑了笑:"哪有这么好的事情。"

话音落下,玉琮蓄水池中的弥识突然晃荡了起来。紧接着,一股浅蓝色的水流从蓄水池里涌出,直接没入鄢人狂的胸口。鄢人狂感到体内的弥识得到了补充。

这个变化,让他呆在了原地:"还真是这样?只要我一想,就可以随心所欲地进行补充?"

心头一动,顿时又有一股水流涌入鄢人狂的身体。

"青队说过,等通过仪式,觉醒了天阶,成为星启者,就可以利用弥识去换取天阶所拥有的力量。"鄢人狂看着蓄水池,心脏狂跳不止,"也就是说,等我成为星启者之后,即便在战斗中因为使用力量而大量消耗弥识,也可以利用这个蓄水池让我迅速补充?"

不过他的脑海中又生出一个新的问题:"这个盛装弥识的玉琮,是从哪里来的?"

嗡——似乎是听到了他心中的疑惑,蓄水池中突然发出一声颤鸣。紧接着,一团昏暗的,犹如月晕的光芒,从水池的底部缓缓升起,穿过那一池泉水之后,悬停在水面的上方。

"这是……那轮新月!"

他记了起来,从幻境离开的前一刻,他看着逐渐被猩红之月遮蔽的月晕,下意识伸出手抓了一下。"那个时候,似乎抓住了什么东西。"他盯着眼前的蓄水池,"难道就是这个?"

滴答——蓄水池中再次漾起一圈涟漪。然后,光线渐渐暗淡,周围再次陷入一片黑暗。

鄢人狂再次睁开眼,发现自己应该是真正醒了。不过他第一眼见到的,不是为自己担心不已的芷,也不是关切地看着自己的青,而是一只大大的眼球。视线再往下,鄢人狂看到小七趴在他的胸口,不停地摇着尾巴,好奇地打量着他。

"呃——"鄢人狂的喉咙里发出一个音节,旋即,他就发现自己的嗓子干涩得厉害。

"你醒了!"辕惊喜的声音从一旁传来。

鄢人狂转过头去,见到辕快步走来,脸上带着微笑,伸手在腰间一抹,然后将一根尖利的骨针戳在自己的手臂上,同时手上微微用力。辕的弥识裹挟着清凉,间杂着疼痛,直冲全身,很快,他就发现自己全身的力气渐渐恢复。而干涩得仿佛生了铜锈的喉咙,也变得舒服了许多。

小七在辕走来的时候,就跳到了一边,一会儿就没影了。

鄢人狂朝辕转了转眼珠。

辕笑道:"这里是卫所,你已经睡了两天了,身体没有大碍。轻微的异体弥识刺激有助于恢复自身的弥识,过会儿你就可以起来了。"

"你再休息一会儿吧,具体的情况起来了再说。"辕确认鄢人狂没有大碍之后,又叮嘱了两句,就起身离开了。

鄢人狂闭上眼睛,躺了没多久,便缓缓坐直了身子。他感觉到,自己的身体似乎也发生了一些变化,似乎变得更加强壮了。

昏睡了两天,鄢人狂此时饥肠辘辘。一旁的木桌上,放着好几个陶碗的吃食。鄢人狂也没客气,起身下床,饱餐了一顿,顿觉神清气爽,之前的疲劳感被一扫而空。

他没有耽搁,直接起身离开了这个陈设简单的房间。因为他有一肚子的疑问,想要从青那里得到答案。

推开木门,外面是一条岩石通道。穿过岩石通道,还有一层石阶。迈上石阶,再走一小段距离后，是一扇雕刻着纹饰的青铜门。这扇厚重而精美的青铜门上的纹饰，看上去和青与芷施展天阶能力时展示出来的纹章有几分相似。

鄢人狂伸手将青铜门推开。果然，青铜门之后，是他熟悉的卫所大厅。

一抬眼，鄢人狂就看见正凝神看着竹简的青，还有不远处正要离开的辕。明、芷和枫不在大厅里。

听到动静，两人齐齐望过来。辕朝鄢人狂点点头，然后迈步朝着通往兵器铺的通道走去。青也对鄢人狂微微颔首，示意他过来。

"青队。"鄢人狂在青面前的石椅上坐下。

"感觉怎么样？还有哪里不舒服吗？"青问道。

"没有。"鄢人狂摇摇头，"之前倒是有点累，不过已经好多了。"

鄢人狂说完后，发现青正盯着自己。和青的目光对上，鄢人狂感觉脸颊有些发烫。

"那就好。"青没有察觉到鄢人狂的异样，点点头，"这次任务，多亏有你在。"

鄢人狂急忙道："青队，其实我也没有做什么。"

青笑着摇摇头："可能你还不清楚自己的作用有多大吧。这一次如果不是有你在，我们这支队伍，很有可能全军覆没。"

顿了一下，青的脸色渐渐严肃起来："所以，你应该得到我们的感谢。"

"青队，你不必这个样子。"

"明和芷原本是想要亲口感谢你的，如果当时不是有你的话，在面对惧虐的时候，他们就一个迷失一个受伤了。不过他们也不知道你什么时候会醒来，而且这次的事情……嗯，也需要有人收尾，我就先把他们派出去了。等他们回来，就算你不接受，他们也会亲自表达谢意。"

鄢人狂没有打断青的话，静静地听下去。

"而且你对我们的帮助，不仅仅是这些。那个深渊回响，对于星启者来说，是千载难逢的提升机遇。陷入其中不能自拔，肯定就会湮灭，但是如果能够从中脱出并得到领悟，那么实力就会得到飞速提升。"

说到这里的时候，青看到了鄢人狂疑惑的眼神。"怎么了？"青放下手中的竹简。

"深渊回响？"鄢人狂眨着眼。

"哈。"青看着鄢人狂笑了笑，"就是当时我们陷入的那个……嗯，你把它叫作幻境，对吗？其实这么说也不算错，因为那是过去某段历史的重演。只是星启者为了区分,给了它独特的称呼。"

听到这里,鄢人狂心头一动。他的猜测果然没有错,他之前经历的两个幻境都是真实历史的重现。

青在一旁翻了翻,然后将几张古旧的兽皮和简牍递给鄢人狂。

兽皮的边缘大多起了毛边,随便一动,就有粉末窸窸窣窣落下来。简牍更是粗糙,好像稍微用力一些,就会彻底散架。

"这里面有你想知道的答案。"青说完之后,还不忘叮嘱一声,"动作轻一点啊,这些都是从遗迹和古墓里发掘出来的,弄坏了就没有第二份了。"

"嗯。"鄢人狂点点头,仔细看了起来。

因为年代久远,其中有一些字符,鄢人狂不知道其准确的含义。但是其余文字并不晦涩难懂。联系上下文,鄢人狂也能看出个大概:在上个纪元的末期,五族混战最终以人族胜利而告终,人族对残余的诸族展开了血腥的屠杀。力伯、羽人和赤胫逃至远离人族的偏远之地以避难,而最后的潮汐之民则希望借助他们所崇拜的神祇的力量背水一战,试图召唤真神巫霄罗。

看到这里,鄢人狂的脑海中浮现出了在深渊回响中见到的那一幕:那一条遮天蔽日的银色巨蟒,真的只差一点点就被潮汐之民给召唤出来了。

鄢人狂继续往下看:潮汐之民凭借血腥的暗月祭祀变成无惧刀枪的干尸,一路势如破竹地攻入了人族的王城,但就在巫霄罗降临之际,猩红之月突然出现在天空。与此同时,九畿大地暴发了前所未有的大洪水,覆灭了几乎所有文明。而人族因为创造了十二艘庞大的句芒之舟,有一小部分人得以幸存。

看完之后,鄢人狂沉默了很久。过了好一会儿,鄢人狂将兽皮和简牍递还给青。"原来,大洪水的事情是真的。"鄢人狂喃喃道。

"是的。"青点点头,"开拓团所开垦的,就是大洪水退去后显露出来的土地。"

"当时人族和那四族的战争,是为了争夺土地吗?"鄢人狂问道。

青沉吟了片刻,摇摇头道:"不仅仅是土地,准确来讲,是生存下去的权利。"

"也是,对于我们人族来讲,拥有更多的土地,才可以养活更多的人。"鄢人狂笑了笑,"开拓团存在的意义之一,不就是这个吗?而且各国之间的摩擦,大多也和土地有关。"

"青队,"鄢人狂道,"你之前说的话还作数吗?"

"嗯?"

"关于我晋升仪式的事情。"

青收敛了笑容:"你准备好了吗?"

"嗯,准备好了。"鄢人狂点了点头,"我刚才想明白了一些事情,我需要掌握更加强大的力量。那时候如果我已经是星启者,我一定能做得更多。甚至我还可以早一点发现问题的关键所在。"

说完之后,鄢人狂发现青正盯着自己。"怎么了?"鄢人狂不解道。

"你长大了。"青笑道。

"我本来也不小了。"鄢人狂摸了摸脸。

"在你昏迷之后,我们在惧虐体内,找到了你说的荒生肉块。在那个荒生肉块之中,我们发现了一个铜环。"

"铜环?"

"一个来自更古老的时代,极有可能是两个纪元之前的物品。上面所附着的污染之力,强大得令人难以想象。正因为如此,那个惧虐才会拥有非同寻常的力量,将它焚烧的时候,会出现那种程度的深渊回响。铜环目前已经得到了妥善的安置,所以你不用担心它再被用来害人。只是这个铜环是什么来历,还有那个叫作焱的商队来自何方,焱又是什么身份,这些还需要继续追查。而这也是接下来我们关注的重点之一。"

"嗯,我明白了。"鄢人狂道。

青抿着嘴,身子微微往前倾,白皙的手掌托着下巴,饶有兴致地看着鄢人狂:"你是不是觉得奇怪,为什么我突然打断关于你晋升仪式的话题,和你说铜环和接下来的布置?"

"青队肯定有自己的考虑。"看到青带着笑意的弯弯眼睛,鄢人狂迟疑了,"不是吗?"

"你之前说,如果你是星启者,可以做得更多。而接下来如果追查到铜环或焱的下落,我们很可能会面对比之前更危险的局面,所以——"青拉长音调,见鄢人狂目不转睛地盯着自己,她笑着道,"既然你准备好了,那明天就可以举行仪式了。"

"明天就可以?"鄢人狂不敢置信。

"不错。"青道,"晋升天阶,需要天阶之匙、往昔回响和晋升仪式。"

鄢人狂没有插嘴,静静听着。

"天阶之匙很稀少,顾名思义,就是开启天阶的钥匙,一般都在各大势力手里,就算是狩灵卫,也没有几把。之前你发现涿一家荒化的功劳,是不足以让你获得天阶之匙的。但是现在加上你在潮汐之民祭坛所立下的功绩，就没有任何问题了。"青朝鄢人狂眨眨眼，"其实在你昏睡的那两天，我就已经给你申请了天阶之匙，并且已经得到准许了。"

鄢人狂有些激动，坐直了身子。

"至于往昔回响，只能说是机缘巧合了。"青发出一声感叹，"往昔回响也很难获得，甚至从某种程度上来说，要比天阶之匙更难获得。天阶之匙可以通过立功获得；往昔回响的话，不仅要有能力，还需要一点运气。而你的运气真是太好了。因为锤炼你的，是深渊回响。深渊回响虽然风险很大，但是在晋升中，起到的效果比往昔回响还要好。趁你还处于深渊回响的领悟阶段，尽快将仪式完成，免得浪费了这千载难逢的机遇。"

说到这里，青像是想到了什么，笑道："你恐怕不知道，利用深渊回响来晋升是一件多么奢侈的事情。"

"那仪式呢？"听青这么说，鄢人狂越发迫不及待了。

"仪式的话，这个你更不用担心，明天枫会亲自为你完成仪式。"青解释道，"我们的天阶都偏向战斗，在仪式方面，枫的天阶更加适合。"

"对了，枫呢？"鄢人狂四下望去，"我正准备找她呢，她去哪里了？"

鄢人狂找枫，自然是询问关于弟弟鄢人敌的事情。他醒来之后，最想要了解的，就是弟弟鄢人敌目前的情况如何，有没有受到荒生的污染。只是因为一来到大厅就见到了青，并且看了关于上个纪元大洪水的记载，所以才耽搁了。

"你在找我？"鄢人狂话音刚落，枫恰好走进大厅。

"我弟弟怎么样了？"鄢人狂一下子跳起来，紧张地问道。

枫向青看去，得到青的眼神示意后，对鄢人狂道："你跟我来。"

进入深邃的通道，拐进一条岔路，不久之后，鄢人狂站在了一扇厚重高大的青铜门前。在摇曳的烛火映照下，青铜门反射出深邃悠远的光芒，叫人心生怯意。

"鄢人敌目前依旧在里面，暂时还没有消息。"枫道。

"没有消息？"

枫解释道："没有消息，就是最好的消息。"

鄢人狂马上明白，如果这青铜门后有消息传来，那就说明，鄢人敌荒化了。

枫又道："如果确定没有受到污染，鄢人敌会自己走出来。"

"那还需要多久？"鄢人狂皱眉道。

"这个不好说。"枫摇了摇头，"荒生的污染能力是一个因素，生灵的自由意志也是一个因素。生灵的自由意志越强，那么对于荒生污染的抵抗力也就越强。但是抵抗力强大，不代表不会受到污染。或许是被污染了，拥有了吞噬的欲望，但是可以克制。这种情况看似正常，但事实上，已经进入了荒化的状态。这也就意味着，他是一个污染源。和他接触的人，意志不够坚定的话，很快也会荒化，甚至比污染源更早一步堕落为荒生。"

"嗯，我明白了。"鄢人狂点点头。

"所以到底有没有受到污染，对于意志力强的人来讲，需要自己去判断。"枫继续道，"但是时间应该不会太长。因为如果真的被污染的话，荒化是不可逆的，只会越来越严重。而如果没有被污染，最多还需要四五天，就可以自我确认没有问题。"

"还要四五天哪。"鄢人狂摇摇头，"但愿没有事情。"

离开的时候，鄢人狂好几次回头望向那一扇青铜门。

刚刚离开大厅的时候，鄢人狂向青确认过，在晋升仪式之前，不需要他再做些什么，所以他打算回家一趟。虽说可以住在狩灵卫的卫所，但鄢人狂觉得，自家那个破小的石屋更为舒适。

枫手持青铜烛台，送鄢人狂离开。临别的时候，枫问道："你有没有想过，自己会拥有哪一种天阶之力？"

鄢人狂对于天阶的了解，仅限于上次青的介绍：青的笑面乞儿，明的白武士，辕的木魇，芷的渡边客，以及枫的诚渊。除此之外，他还知道名字的，是无梦者。

鄢人狂想了想，摇头道："不知道。"

枫微微一笑："那有一个秘密，你想不想听？"

枫没有卖关子，没等鄢人狂发问，就直接说道："我有预感，青队可能知道你会晋升何种天阶。"

"你怎么知——"

"你忘了我是什么天阶吗？"

"诚渊。"鄢人狂回答的同时，想起了青曾说过，诚渊天阶的能力，是可以追本溯源，通过结果逆推出原因。看枫的样子，她似乎有着七八成的把握。

"青队的身份，不是表面上那么简单。她拥有很强的能力，甚至可能远远超出你的想象。"枫说道。

鄢人狂不解道："你和我说这些做什么？"

枫抬起头，注视着鄢人狂的双眸："我的意思是，遇到青队，你很幸运。"

鄢人狂心道："不用你说我也知道。"他清楚地感觉到青对自己的重视。

"那……我先回去了，明天就麻烦你了。"鄢人狂和枫打了声招呼，迈出通道，来到黑铁丙二十三号，然后走了出去。

附近店铺的掌柜见到居然有人从黑铁丙二十三号出来，像大白天见了鬼一样。黑铁丙二十三号的门口常年堆着废土，他从没见过有人进去。没有人进去过，那这出来的人，是从哪里来的？

鄢人狂没管别人怎么想，他离开商贸区，径直朝着下城区走去。

在鄢人狂离开后，枫依旧停留在通道的尽头。有阵阵气流从通道的缝隙中灌入，吹得烛火不断摇曳，也将枫在墙壁上的影子拉长、摇晃。

枫的脸庞，一半被烛火照亮，一半隐没在阴影之中。良久之后，她缓缓吐出一口气，轻声道："希望你就是青队在找的那个人。"

说完，她转身迈入通道深处。烛火随之越来越远，直至萤火微光，消失不见。

虽然也就离开了几天，但是对鄢人狂来讲，仿佛过去了很长一段时间。穿过狭窄潮湿的通道，不远处就是自己和弟弟窝身的"小家"。这个时候，鄢人狂见到不远处有人影一闪。还没有认出那个人是谁，对方已经发出"咦"的一声。紧接着，一个略有些熟悉的脸庞出现在鄢人狂的视野里。

"阿浼哥？"

"是鄢人狂啊。"对方笑呵呵地打招呼。

阿浼哥比鄢人狂大了三岁，在下城区因为孝顺极有名气。据鄢人狂了解，阿浼哥的人生很苦。他出生没多久，他的阿父就在野外开拓团的一次意外中去世了，留下了浼和他的阿母。而浼的阿母打小就体弱多病。一个年幼的孩子，一个体弱的妇人，在下城区生活的难度可想而知。

几年之后，他的阿母积劳成疾，终于倒下了。虽然人还在，但是躺在床上再也不能动弹，就连吃饭和翻身，都需要别人的帮助。那个时候，浼才刚刚五岁。

从那时起，浼就开始独自照顾阿母，用自己稚嫩的双肩撑起了一个家。而这种日子，一过就是十多年。其间，浼把自己母亲照顾得无微不至，从无怨言。

丹霞城位于庄国北境，寒冬时节，滴水成冰，浼会将家中为数不多的麻布和棉絮，盖在瘫痪的阿母身上。而自己只穿单薄破旧的衣衫，并且睡在靠门的位置，为阿母遮挡寒风。

十数年如一日的行为，为浼博得了大孝子的名头。

而且他为人很和善热心。附近谁要是需要帮忙，招呼一声，他只要有时间，都会去搭把手。在下城区提到涗，谁都会夸赞一句。甚至很多人都会用涗的孝行来教导自己的子嗣，让他们将涗作为榜样。

因为日子过得比较辛苦，涗看上去比他的实际年龄要大一些。明明才十九岁，但是单薄的身体、沧桑的脸庞，让他看起来像是三十多岁的人了。

鄢人狂对阿涗哥也是分外佩服。

打量一下鄢人狂，涗笑道："最近几天没看见你，去哪里了？"

"呵，找了个活儿，阿弟也在帮我呢。"鄢人狂说道。他加入城卫所的事情，知道的人还不多。

"好，你忙归忙，也要注意身体，我先回去啦。"涗向鄢人狂摆摆手。

鄢人狂看到，涗的手里拎着一个纸包。纸包鼓鼓的，用细棉绳扎着。

"那是阿涗哥给她阿母买的药吧。"鄢人狂心道。

涗的阿母每天都要喝药调理。涗平时做零工得到的酬劳，大部分都用来给阿母买药了，以至有时候他干完一天的活，还要饿着肚子。对此，涗从来没有怨言。他的脸上，永远带着暖心的笑容。

在鄢人狂看来，这正是阿涗哥难能可贵之处。

在脏乱的下城区，小偷、强盗、乞丐随处可见，而一个拥有这样品质的人，是极其稀少的。

"希望阿涗哥能越过越好。好运一定会眷顾努力生活的人。"

涗很少和鄢人狂打交道。因为要照顾阿母，涗离家不能远，时间更不能久。即便打零工，也都是在家附近。比如帮谁家开凿一下洞穴，为谁劈个木柴什么的。而鄢人狂就不同了。在遇到青之前，鄢人狂绝大多数时间都混迹在野外的开拓团，经常数十天不会出现在城里。涗也就是在和别人闲聊的时候，听说过鄢人敌的这个兄长，是个不太好惹的家伙。

涗拎着手里的纸包，沿着潮湿的通道继续往前走。附近不时有人经过，都会和涗打招呼。涗也都会微笑着回应，用他的乐观感染着每一个人。

在跨过一截长满青苔的木板后，涗到家了。由于阿母卧床不起，涗偶尔要背着她看看外面，涗的家并不像其他人家那样，入口会和地面有一段距离。他家洞穴的入口，就在地上。而且为了清静，好让阿母休养，他家的位置也稍显偏僻。

来到家门口，涗深深吸了口气。一块漏风的破麻布充当大门。平时就用瓦片压着，防止被吹起来。他挪开瓦片，掀开麻布走了进去。

这个石屋在下城区都是最小的那一档。比起鄢人狂的石屋,还要小一大半。躺下两个人,就几乎没有多余的空间了。

迈入洞穴,一股混合着药草味、油腻味的浑浊气味顿时涌了过来。药草的气味,自然是因为每天熬药导致。油腻的气味,倒不是肉汤或是烤肉的味道,而是他的阿母久病在床,久而久之散发出来的那股古怪气味。对此,况早已习以为常了。

"阿母,我回来了。"况柔声说道。

洞穴里侧躺着的,就是他的阿母。因为饱受病痛,阿母的头发已经花白,瘦成了皮包骨头,身上盖着一条早已洗得看不出原本颜色的薄毯。不过得益于况的精心照料,阿母的精神还算好。见到况回来,她艰难地张开嘴巴,喉咙里发出几个浑浊的音节。

况将麻布帘子整理好,石屋里的光线一下子暗了下来。况就地坐了下来,一边解开纸包上的细棉绳,一边絮絮叨叨起来:"我不在的时候,阿母你都在家做了什么?

"今天我还是去的苍予老爷家做工。嗯,就是我之前和你提过的,那个住在上城区的苍予老爷。"

"上城区真的好美,就连开凿的通道,都要比我们下城区宽敞许多,而且一点污水都没有。上城区的那些贵族,无论男女,穿着都很考究。如果不是亲眼所见,我都不敢相信,原来上城区和下城区,竟然有着这么大的差距。"

况就像拉家常一样,将自己今天的见闻说给阿母听。说话之间,手中的纸包已经被他解开,一块巴掌大、里面夹着碎肉的面饼,出现在况的手里。石屋内顿时又多出了一股肉的香气。

阿母的眼睛里顿时发出一丝光泽,盯着况手里的面饼,喉咙鼓动了几下,像是吞咽口水,然后又发出几个音节。

"阿母,你也想吃吗?"况看着阿母。

阿母的脑袋以很小的幅度动了动,如果不仔细观察,甚至都看不出来。

况道:"是啊,我们家过得这么辛苦,经常一年都吃不到一口肉呢。"

说完这句话,况将面饼塞进嘴里,咬了一大口,旋即露出了享受和满足的神色。阿母的眼神更直了,身子绷紧,喉咙里发出比之前急促得多的音节。

细细咀嚼一阵,况将口中的面饼和肉渣吞了下去,看着阿母摇摇头道:"这个不可以给你吃,并不是我不孝顺,而是这面饼,是凤给我的。

"凤你知道吧?我之前和你提起过。她是苍予老爷家的奴仆,比我小两岁。

"她的身世也很惨的。年幼时,她和父母到丹霞城投奔她叔叔,父母亡故后,她就被叔叔给卖了。买了她的人,又转手把她卖给了其他人。

"凤也不知道自己被卖了多少次,最后苍予家的老夫人看她可怜懂事,就将她留了下来,作为奴仆使唤。能够在上城区得到依靠,哪怕只是奴仆,对于我们这些下城区的人来讲,已经是很好的命运了,阿母你说对不对?"

阿母没法说话,眼睛直勾勾盯着又被涚咬了一口的面饼。涚看到这一幕,索性三下五除二,将本就不大的面饼整个塞进嘴里,大力咀嚼几口后吞了下去。

"阿母你也知道的,为了照顾你,我很少去离家这么远的地方。所以我觉得,这会不会就是命中注定,命中注定凤要被留在苍予老爷家,然后我去苍予老爷家做工,遇见她。

"我喜欢凤,虽然她不是那么好看,但我就是喜欢。而且凤也喜欢我,这就更难得了。

"阿母你看,这个面饼就是证明。哪怕是在苍予老爷家,凤每隔三天才可以吃到一点肉,而她将这一点肉留给了我。

"阿母你想想,我这样的身份,家中有重病的阿母,自身又没有什么优点,能够被凤看中、喜欢,是多么难能可贵。

"所以我不想放弃凤。我想娶她。

"但是阿母你知道吗,凤知道我的心意后,只对我提了一个要求。你猜她提的是什么要求?"

涚抬起头,看向床上的阿母。昏暗的洞穴内,涚的双目和牙齿,似乎都在反射着光亮。

等候了片刻,涚揪了揪头发,继续道:"凤说,她愿意和我一起生活,但是只愿意和我一起生活。并且她还说,如果和我在一起的话,她就会去求苍予老夫人,让我也留在苍予老爷家,作为长久的奴仆。苍予老爷可是在上城区,是贵族。"

涚用力揪着头发,眼中有泪光在闪烁:"阿母你说,我该怎么做啊?"

昏暗的洞穴内,传来涚压抑的断断续续的哭泣声。哭了一阵后,涚抹了抹眼泪:

"阿母,我不能那么做,对不对?虽然我很喜欢凤,凤也愿意和我在一起,但你是我的阿母。

"更何况,谁都知道我是大孝子。我照顾了阿母十多年,我怎么可能为了一个女人,而丢下阿母不顾呢?!

"我做不到！可是……"

況的肩膀抽动着。

"十多年了，我吃不饱穿不暖。这样的日子还有多久，我看不到头啊！

"我得到了什么？就是一个孝子名头。

"这个名头在上城区，就连这样一个夹肉的面饼都换不到啊！十多年，我就换了一个连面饼都不如的名头！

"夙给了我选择。她要我今晚就做出决定，因为明天苍予老爷家的活我就干完了，我没有理由再去了。

"虽然夙没说，但我其实很清楚，苍予老爷家好几个奴仆都在惦记着夙呢！阿母，你说我怎么办才好啊！"

況在阿母的身上埋头痛哭。泪水从他眼中不断滚落，将那条薄毯打湿了一大片。这一次況哭了很久才停下来。

他深吸一口气："阿母，你的病拖了很久了，我知道你也很痛苦，也很希望我去上城区生活对不对？"

"呃——"阿母的喉咙里传出声响。

"你放心吧阿母，我不会做那么无情的事情，我可是大孝子，孝子！所以阿母，我把决定权交给你，你让我怎么办，我就怎么办。如果你同意我和夙在一起，就眨眨眼。"

況看着阿母，时间慢慢流逝。阿母将眼睛睁得滚圆，一动也不动。

渐渐地，阿母的眼里有泪水顺着眼角淌下来。但她依旧圆睁双眼，动也不动。

又过了好一会儿，她实在忍不住了。眼睛这样瞪着，太酸涩了。于是，阿母没有控制住，眨了一下。

旋即，一旁就响起了況惊喜的声音："阿母，我就知道你会同意的！"

鄢人狂点燃陶灯，豆大的火苗亮起，不大的石屋内，顿时出现温馨的昏黄。鄢人狂还是感觉缺了点什么。哦，缺了弟弟。以往这个时候，弟弟都在下面摆弄算筹呢。

"对了。"鄢人狂想起一件事，"等正式加入了狩灵卫，俸禄会提升。弟弟那套算筹也用了很久了，竹棍长短都不一样了。到时候给他买一套新的算筹好了。用最好的兽骨制作，每一根都要一样长，表面要打磨得光滑圆润，收纳的袋子也要用绸布的。"

鄢人狂将手枕在脑袋后面，躺了下来。他其实还是很担心的，被荒生污染的样子，涿和他的妻子，算是最鲜明的例子。

"只剩下吞噬欲望的怪物，身体也会发生诡异的变化。"鄢人狂喃喃道。

这时候，小七的脑袋从一旁冒了出来。鄢人狂伸手摸了摸它。小七乖巧地在鄢人狂的手边蹲了下来。

"你有心事？"

"嗯。"

"关于你弟弟的？"

"嗯。"

"还是关于你那个队长的？"

"嗯？"鄢人狂翻了个身，面对着小七，"青队怎么了？"

"你的队长，很奇怪。"小七蹲坐起来，摇了摇尾巴，"我当时闻不到她的气味。"

"是在幻境里的时候。"鄢人狂点点头。

在幻境里，他依靠小七寻找自己的同伴。唯独在寻找青的时候，遇到了问题——小七嗅不到青身上的气味。

鄢人狂当时并没有多想，只是认为场面混乱，又有海水的咸湿，又有血水的腥甜，还有颂月贵人身上古怪的气味，这些浓烈的味道混合在一起，掩盖了青队的气味，也没有什么奇怪的。

但现在回想一下，大家都在甲板上，却只有青的味道被掩盖了。

他看着小七问道："会是什么原因？"

小七道："我不知道。"

小七开始低头舔爪子，过了一会儿，它说道："还有一件关于你那个队长的事。"

"你说。"

"我第一次看到她，就有一种亲近的感觉。"

"因为青队长得好看？"鄢人狂撇了撇嘴道。

"不是。"小七摇了摇猫脑袋，很认真地道，"是一种，长辈看到晚辈的感觉。"

鄢人狂扑哧笑出声来："你说青队是你的晚辈？你才多大……呃……"

鄢人狂记起来了，小七的出现，和他那时候挖掘的遗迹有关。说不定，小七还真是他们这支狩灵卫所有人的长辈。

"反正以后你要小心一点你的那个队长,她的身上一定有秘密,而且还是大秘密。"小七叮嘱道。

"我感觉你说这话,怎么显得老气横秋的。"鄢人狂背靠着石壁坐起来,将小七抱在怀里。

小七翻了个身子,将毛茸茸的肚皮亮出来,让鄢人狂轻轻挠着。片刻之后,它发出了舒服的咕噜噜声。

"你身上不也有秘密吗?就比如说,你看到巫霄罗雕像的时候,说你好像见过那条蛇。还有在深渊回响里,你不仅可以找到我们,还可以将我们带出来。"鄢人狂说道,"那个深渊回响所展现的,可是上个纪元的事情。你见过巫霄罗,难道你也来自上个纪元?而且你还能带我去那个神秘的地方……"

小七转过身子,用爪子按着鄢人狂的手,打断了他:"要不要再去那个地方看看?"

第八章
晋升

鄢人狂还没有答复,突然感觉身子一轻,眼前光影乱晃,好像有无数的光球在自己面前爆开。就在他被这炫目的光芒闪得要吐出来的时候,这光芒瞬间消失了。

一阵清凉的风迎面吹来。几步之外,是一条巨大的缺口。风就是从那个缺口灌进来的。而他两边,则是密不透风的青铜墙壁。缺口的上方,那柄长剑依旧矗立,只是之前所见到的那些光芒,已经消散不见。

小七蹦蹦跳跳,通过缺口处的巨大藤蔓,灵巧地跃到了通道另一边,然后转身呼喊鄢人狂:"快来,快来!"

上一次鄢人狂没有从这里跃过,主要是担心自己栽落下去。毕竟通道外面刮着不知从何而来的强风,而且这条裂缝对于普通人来讲,也着实宽了一些。这一次,鄢人狂有一种莫名的自信。从深渊回响里归来后,鄢人狂感觉自己不仅思维发生了变化,就连身体也有了明显的改变。

"就让我来印证一下吧。"鄢人狂长吸一口气,助跑几步,高高跃起。宽大的沟壑,瞬间就被他甩在了身后。

鄢人狂稳稳落到小七的面前,迈步往前:"走。"他很好奇,这条通道到底通往何处,通道的尽头会是什么。

往前面走了一段后,通道的角度往上倾斜,变得陡峭起来。又往前走了一会儿，鄢人狂的脚步突然放缓下来："小七？"

"嗯？"小七在鄢人狂脚边打转。

"前面是不是到尽头了？"鄢人狂望过去。

眼前的景象让他有些错愕，还有些失望。他本以为可以见到一处还没被人发现的上古遗迹，却发现这不过就是丹霞城的一个排污口。

"这条通道，就这么到尽头了？裂缝后的这段通道，差不多只有裂缝前的五分之一。"鄢人狂有点不甘心。

通过那些古老的兽皮和简牍，鄢人狂知道他之前经历的是一段关于纪元终末的历史。换言之，那柄巨剑上的光芒，其实也是往昔回响。只是这个往昔回响，是以巨剑为媒介的。

能够记录下这样一段历史的巨剑，会劈在这样一条平平无奇的通道上？那不可能！

鄢人狂摇摇头，决定还是走过去再看一看。不走到尽头，实在是不能死心。

而小七先鄢人狂一步跑了过去，片刻之后，通道的尽头传来了小七激动的呼喊："上面，在上面！"

鄢人狂心中一动，加快了脚步。等走到近前，他才明白这是怎么一回事——其实通道并没有到达尽头，而是通道从这里开始就笔直往上。往上爬不是什么难事，因为通道靠外的一侧，已经浇铸了青铜梯子。

鄢人狂纵目望去，完全看不到终点。是到这里就结束此次行程，还是继续往上？鄢人狂几乎没有犹豫就选择了继续往上。

他开始攀爬，越来越高。爬了一会儿，他抬起头，欣喜地发现，这条竖着的通道，比他想象中的要短了许多，他才微微喘气，就快爬到顶部了。

此时鄢人狂的头上，是一扇四四方方的青铜门。这个青铜门的设计比较奇特，控制门开关的齿轮就在门的表面。

稍微观察了一下后，鄢人狂就发现，他只需要握住青铜门中间的圆形握把，然后旋转，就可以使其带动齿轮机关，将卡在四周的锁扣打开。

看上去很简单，但操作的时候，鄢人狂遇到了一个问题——青铜门中间的这个圆形握把，生锈卡住了。这个握把不仅仅是表面生锈，甚至内部都生锈了。鄢人狂用了一点力气，咔嚓一声，直接把这个圆形握把给折断了。他自己差一点就摔下去了。

看着手中折断的圆形握把，鄢人狂哭笑不得："这个通道里面，唯一生锈的地方，竟然是这个门的握把。"

"怎么办？"小七凑到门前，仔细看了看。如果没有趁手的工具，这扇门恐怕不是那么容易就能打开的。

"要是我有明的天阶就好了。"鄢人狂心道，"加强力量，直接顶开。又或者有辕的天阶，配出腐蚀性的溶液，把这门烧出一个窟窿……天阶，弥识！"

鄢人狂眼睛一亮，虽然他现在还没有获得天阶之力，但是他拥有弥识！而且他还可以操控弥识！

小七看出了鄢人狂的想法，怀疑道："能办到吗？"

"试试。"鄢人狂深呼吸一口气。

他记得，自己当时从巨剑的那个往昔回响中出来后，对弥识的掌控比之前精细了许多。就好像是原本只能打造粗糙的陶坯，去了往昔回响就可以打造精美的陶瓷器皿了。往昔回响对于弥识有着凝聚和锤炼的作用。而前不久，自己可是从深渊回响里完好回来了。他感觉自己可以从打造陶瓷器皿，提升到在陶器表面雕花了！

鄢人狂集中注意力。很快，他面前的一团空间发生了扭曲。随着他的操控，这一团扭曲的空间慢慢朝着青铜门偏移过去。

小七惊喜地说道："真的可以！"

鄢人狂小心翼翼地利用扭曲的空间推动门上的齿轮。他生怕不小心又把哪个精密的部件给弄坏了。他的鼻尖沁出了细密的汗珠。

齿轮慢慢转动，最后发出砰一声轰鸣，青铜门猛地震颤了一下，然后缓缓地向上抬了起来。

"成功了！"鄢人狂和小七对视一眼。

他沿着梯子又往上爬了一段，往门外探出脑袋，一股霉味飘来，还混杂着一股咸咸的味道。这让鄢人狂想到了菜窖，不过气味没有那么刺鼻。

确定没有什么危险之后，鄢人狂双手撑地，爬了上来。左右望去，门后是一个空间超大的大厅。他估计，至少有五个狩灵卫卫所大厅那么大。很多地方都被淤泥覆盖着。不过靠近中央的区域，有一些大型的青铜物件，没有被淤泥覆盖。

鄢人狂走到中央区域，在他面前的是一块比床板大一些的青铜板。青铜板上面，有许多密密麻麻的小点。这些小点，还用不同颜色的直线连接起来，构成一个个几何图形。

"星辰图？"鄢人狂心中一动。

这块青铜板上的图案，和鄢人狂见过的星源战輂内壁上的图案很像。只是这块青铜板上所勾勒出来的图案更加详细，更加丰富，也更加复杂！

鄢人狂又朝旁边望过去。距离青铜板不远的地方，高高耸立着一个大家伙，四四方方的，比人还要高一头，像是一尊大鼎。和大鼎不同的是，这个大家伙的肚子上，开了一个人脑袋大小的缺口，并且还有一节凸了出来。

小七跳上去，对鄢人狂喊道："上面也有一个窟窿，不过是圆形的。"

鄢人狂的脸上，浮现出若有所思的神色。他仔细观察，发现这个大家伙表面雕刻着一列列复杂的铭文，中心还有一个手掌印，他的神色越发凝重。

"鄢人狂，这是什么东西？"小七问道。

"暂时还不确定。"鄢人狂到处转着，"如果我猜得没错的话，这里还有其他东西。"

"嗯？你在说什么？"小七越发听不明白了，在鄢人狂身边转悠着。鄢人狂根本不搭理它，眼神朝四周一阵乱扫。

"鄢！人！狂！"小七生气了。

鄢人狂这才朝它看来："你帮我在地上看看，有没有什么特殊的东西。"

"特殊的东西？"既然鄢人狂开了口，小七也就不再追究，在四周一阵乱跑。片刻之后，小七的声音从不远处传来："这里，这里！"

鄢人狂急忙走过去，谁知脚下被什么东西绊了一下，差点摔倒。

小七急忙跳过来，带着歉意道："我应该提醒你小心的。"

"没关系。"鄢人狂摆摆手。

他捡起这个绊倒自己的罪魁祸首：一根手臂粗细、略微弯曲的青铜棍。这个青铜棍的表面不仅有精美的纹理，内部竟然还是镂空的。其镂空的内部，竟然有无数大小不一的齿轮、弹簧和杠杆，它们形成了一个叫人叹为观止的机关。

"这里还有好多啊。"小七在不远处蹦蹦跳跳。

鄢人狂走过去，发现类似的青铜器材，果然在地上散落了不少。只是因为这里光线不足，再加上这些青铜器表面都锈蚀了，没有光泽，所以刚才他才没有看到。鄢人狂又随便捡起几件看了看，没有一件是日用品，比如壶、鼎、杯、架、烛台等。这里的青铜器，都像是一个个精密部件。

"鄢人狂，这里有个长的。"小七有了新发现，赶紧告诉鄢人狂。

鄢人狂将表面的那些青铜器拨开，展露在他面前的，是一根硕大的青铜弩箭。这根青铜弩箭，竖起来恐怕有一层楼高，有成年人的大腿粗，而且箭头的位置，明显还有特殊的设计。这个设计，让鄢人狂想起了明那根会爆发橙色光芒的青铜圆棍，还有青那把会燃烧的青铜长剑。

"可以用弥识驱使的青铜兵器。"鄢人狂喃喃道。

"嗯？你又在嘀嘀咕咕说什么？"小七不解道。

鄢人狂起身，朝小七摆摆手，领着它来到那个方方正正的大家伙面前："你不是想知道这是什么吗？"

"是呀。"小七点头。

"那我就告诉你好了。"鄢人狂道，"这是一个……熔炉。"

"熔炉？"小七摇摇头，"商贸区铁匠铺里面的熔炉不是这个样子的呀，熔炉至少要烧火，这个熔炉怎么烧？"

"因为这个不是普通的熔炉。"鄢人狂自信一笑，"这是一个，用弥识驱动的熔炉！"

话音落下，鄢人狂将掌心按在熔炉表面的那个掌印上，弥识从他体内涌出，源源不断地注入熔炉。

嗡——熔炉立刻震颤起来，在这片空间里，在沉寂了不知道多少岁月之后，发出了第一声轰鸣。与此同时，以鄢人狂的手掌为圆心，刻在熔炉表面的密密麻麻的铭文，一圈圈闪耀出金红色的光芒。

嗡——嗡——嗡——嗡——

熔炉每震动一次，就有一圈铭文被点亮。最后整个熔炉都被金红色的光芒包裹，犹如一个熊熊燃烧的大火球。

"哇哦！"小七发出了一声惊叹。

鄢人狂还未满足。趁着周遭被熔炉的光芒照亮，鄢人狂四下寻找着："不应该啊，怎么会只有熔炉？"

最后，鄢人狂的目光停在了一堆淤泥上面。被淤泥覆盖的区域高低不平，很显然，下面埋着东西。至于埋着什么，鄢人狂心中已经有数了。

这里，是一个熔铸锻造青铜兵器的地方。而锻造出来的青铜兵器，绝对不是普通货色。

"小七带我来的到底是个什么地方？看上去也不像遗迹啊。"

小七和鄢人狂一样迷惑，眨巴着那只大眼睛，好奇地看着鄢人狂。

发现那个神奇的熔炉之后，鄢人狂已经确定，还有其他锻造青铜器的工具被埋在了淤泥下面，他打算下次去的时候再行清理。就算自己用不上，至少也要弄清楚那是个什么地方，还有哪些神秘物品。他回到家中的时候，天都快亮了。睡了没多久，就听到外面传来了吵吵闹闹的声音。

虽然昨晚消耗不小，但是如今的鄢人狂恢复能力也是惊人，即便只睡了一会儿，此刻照样精神抖擞。他走出了石屋，见不少人正朝着同一个方向走去。

鄢人狂伸手拦住一个和自己差不多大的少年："发生什么事了？"

被人拦住，少年原本心中不满，正要呵斥两句，但扭头一看，拦住自己的是声名在外的鄢人狂，便赔笑道："这不是出大事了吗，洸死了。"

"阿洸哥死了？"鄢人狂愣住了，"是哪个洸？"

少年见越来越多的人朝前面跑去，心中暗恨自己抢不到前排了，但他不敢顶撞鄢人狂，只能继续道："我们下城区还有哪个洸，就是那个孝子洸。"

鄢人狂当下再不多话，直接跟随着众人朝着洸的家跑去。他的脑海里，浮现出昨晚和洸的相遇：两人还打了个招呼，一切看上去都很正常。怎么一晚上过去，人就死了？

鄢人狂赶到的时候，洸的家门前已经围了不少人。毕竟孝子洸在下城区美名远扬，传闻他突然死了，所有人都想来看看是怎么一回事。

鄢人狂挤在人堆里，听到周围传来阵阵议论：

"前几天我还见到了洸呢，这么好一个人，怎么就没了？"

"他要是死了，他的阿母可怎么办哪？"

"嘘，你没听说吗？洸的阿母也死了。"

"什么？是谁把他们害死的！"

"我跟你们讲，你们可别乱传啊，我听说，是洸的阿母把洸给掐死的。"

"你放屁！这怎么可能？！"

"你是傻子吗？孝子洸的名声，就是十数年如一日照顾瘫痪在床的阿母得来的。一个瘫痪在床的人，能够掐死洸？"

"就算你说的是真的，洸的阿母杀死了洸，那她自己怎么办？"

"洸的阿母我见过，被病痛折磨得皮包骨，话都说不出来了，如果不是洸照顾，恐怕早就没了。这样的人，怎么可能杀人？"

说洸的阿母将洸杀死的人被众人一阵反驳，脸色红一阵白一阵，他支支吾吾片刻，冷哼道："我是刚刚挤进去听城卫说的，你们不信拉倒！"

"城卫已经到了？"鄢人狂眨眨眼。

城卫对下城区虽然不怎么管，但是洸在下城区很有名望，他突然死在家里，如果城卫不能给出让人信服的解释，怕是会惹来众怒。对于洸的母亲掐死了洸这个说法，鄢人狂也觉得不可能。

鄢人狂想了想，挤进人群，朝前面走去。浼的家门口很窄，根本站不了几个人。当鄢人狂来到人群最前面时，就看到三个城卫正站在浼家的门前。石屋的麻布帘子已被掀开，鄢人狂可以看到里面躺着的两具尸体。靠在外面的，就是浼。

浼的脸上，还保留着临死前的恐惧神色，五官扭曲。他的脑袋诡异地歪到一边，而他的脖子上，有着清晰的指痕。

三个城卫的谈话也传入鄢人狂的耳中：

"下手也太狠了。"

"从现场的痕迹来看，只能是他阿母下的手，他阿母的手指，和浼脖子上的指痕完全吻合。"

"但是这话说出去谁信啊，一个瘫痪在床多年的女人，吃饭喝水都需要别人帮她，怎么有力气掐断儿子的脖子？"

"有没有可能是别人假借他阿母的手，把他给掐死的。比如先把浼打晕，然后握着他阿母的手，去掐他的脖子？"

站在中间的那个城卫，级别要比另外两人高一些，他的嘴唇和下巴上蓄着胡须。他的眉头紧紧拧起，他清楚孝子浼在下城区有着怎样的名气和地位。要是处理不好，自己绝对会被千夫所指！甚至现在这个队长的职位，都可能不保。

鄢人狂看看居中的城卫，他自然明白对方的顾虑。如果浼仅仅是意外死亡，马上就可以结案。如果浼是被人害死的，那就去找线索，抓凶手。这些都是城卫分内的事情。但现在的问题是，从现场的线索来看，浼是被他的阿母给活活掐死的。这简直匪夷所思。

想到昨晚笑着和自己挥手道别的浼，鄢人狂叹了口气，凝聚目力，朝着石屋内望去。弥识流转，眼前所见，顿时发生了微妙的变化。出现在鄢人狂眼中的，不仅仅是两具尸体、破旧的陈设，还有两具尸体生前最后的移动轨迹。

这是鄢人狂最早掌握的特殊能力，当时在开拓团，鄢人狂就用这个方法，看到了瘸腿四叔死前的场景。

石屋之中，有两道人形的红色轨迹。一道看上去丰满一些，跪坐在地上，应该是浼。一道看上去就是几条线，躺在一旁，应该是浼的阿母。

浼在抽动，似乎在说着什么。下一刻，鄢人狂看到浼站了起来，扑到他阿母脸颊的位置，双手向下按着。鄢人狂注意到了一个细节，浼的双手和他阿母的脸还隔着一些距离，并不是贴在上面的。也就是说，浼当时是将什么东西覆盖在他阿母的脸上。

鄢人狂心中一动。他的目光朝一旁扫去，见到了遗落在地上的一件旧短衫。这件短衫不仅还湿着，而且还被人折叠了起来，折叠后的短衫的厚度，看上去正好和浼的手与他阿母的脸庞之间的距离相当。

这两道轨迹保持这个姿势好久，然后浼往后退了一步，一条手臂甩了一下。鄢人狂目测了一下，手臂甩出去后，最后正好指那件短衫。

紧接着，浼又趴在他阿母的身上。没过多久，诡异的事情发生了。浼的阿母，竟然缓缓地坐了起来。

昏暗的洞穴内，浼正因为亲手捂死了自己的阿母而痛苦不已，趴在逐渐冰凉的尸体上忏悔着。他丝毫没有察觉到，早已没了呼吸的阿母，竟然面无表情地缓缓坐起。阿母伸出双手，朝着浼的脖子扑了过去。浼倒在地上，不断挣扎。但是阿母那骨瘦如柴的身体，却突然拥有强悍的力量，任凭浼怎么挣扎，都没有办法摆脱。浼的手脚疯狂踢打，但阿母始终纹丝不动，双手死死掐在他的脖子上。没过多久，浼的脖子一歪，再也不动了。而他的阿母又保持这个姿势一段时间，然后缓缓回到自己原来的位置躺了下来，仿佛什么都没有发生过一样。

看完这一幕，鄢人狂感觉有点蒙。浼是孝子，是从小当家，照顾瘫痪阿母十多年，就算自己挨饿受冻，也对阿母无微不至的大孝子。但是就在昨晚，他竟然亲手杀了自己的阿母。然后，又被死去了的阿母给掐死了。浼的行为，彻底颠覆了他在鄢人狂心里的形象。

鄢人狂感觉口中阵阵发苦："城卫根据石屋内的线索推测出来的结果是对的，浼的确是被他的阿母掐死的。但在这之前，浼杀死了自己的阿母。"

"这件事情绝对不简单。"鄢人狂心道，"很可能有星启者参与其中。"

他现在没有探查现场残留弥识的能力。只能将这件事汇报给青，让她用通磐天平来感知一下。

就在这个时候，那个留着胡须的城卫开口道："昨天谁最后一个见到浼。"

鄢人狂想了想，往前走了一步，道："昨晚我见过浼，当时他快要到家了，我想我应该是最后一个见到他的吧。"

留着胡须的城卫走到鄢人狂跟前，将他上下打量了一番，道："跟我们走吧。"

"去哪儿？"鄢人狂皱起眉头。

"当然是去城卫所了。"留着胡须的城卫看着鄢人狂，"把你知道的事情都说出来。"

"今天我不能去。"鄢人狂摇摇头。

今天是他开启天阶的日子。更何况况的死透着蹊跷，很可能牵涉星启者，他必须向青汇报这件事。至于眼前的城卫，抱歉，他们没有资格知道星启者的事情。

鄢人狂的拒绝，在城卫眼里，顿时就变了味道。

"你心虚了。"另外两名城卫朝鄢人狂走来，站在留着胡须的城卫身后，其中一人露出冷笑。

留着胡须的城卫道："你是最后一个见过况的人，却不肯跟我们回去交代细节，你是想隐瞒什么？"

鄢人狂迟疑了一下。他在考虑，要不要将况杀死自己阿母的事情说出来。可鄢人狂的迟疑，落在眼前这三个城卫眼中，就成了他心中有鬼的表现！

"我是城卫队长，跟我们回去！"留着胡须的城卫语气严厉起来，"我们怀疑你与况及其阿母的死有关。"

听到这番话，看热闹的那群人立刻齐刷刷往后退了三步，给鄢人狂周围留出一片空白地带。

鄢人狂的眉头皱得更紧了。他不想解释，因为没法解释。而且他必须尽快将这件事告诉青。随着时间的流逝，洞穴内残存的弥识痕迹也会越来越浅。

站在队长身后的那两个城卫，在队长的示意下，准备直接动手，拿下鄢人狂。

鄢人狂见到对方的举动，开口道："我也是城卫。"

其中一人看了鄢人狂两眼，戏谑道："没见过你这么年轻的。"

另一人则将城卫尺从腰间抽出："代表城卫身份的东西呢？"

鄢人狂有点无奈。因为出来的时候比较急，就没有将城卫尺带在身上。

"在家里，我可以现在去取。"鄢人狂想了想，解释道。

"胡扯！"队长一声厉喝，"就凭你假冒城卫，我就能治你的罪，把你关进水牢！把他带回去！"

眼见对方步步紧逼，鄢人狂呼出一口气，轻声道："我属于城卫第三所。"

听到这句话，队长脸色微微一变。普通的城卫，自然不知道第三所的存在，但是作为队长，他清楚第三所是丹霞城城卫中一个特殊的存在。鄢人狂既然能够报出第三所的名号，那他说的应该不是假话。

队长示意手下停手，沉吟了片刻，对鄢人狂道："这样吧，你先跟我回去，因为你很可能是最后一个见到况的人，我需要向你了解一些细节。同时我会立刻派人去查证你的身份，如果确认没有问题，就放你离开。"

对方给出的方案可行，而且态度也足够诚恳，鄢人狂也就没有再反对。他将商贸区那个兵器铺的地址告诉队长，队长立刻派其中一个手下过去。

离开的时候，那个手下的脸上还带着狐疑的神色：要确认身份，不是应该去城务区吗？去商贸区做什么？

队长让另外一个手下留下收殓尸体，他亲自带着鄢人狂离开。

离开的时候，鄢人狂听到身后人群传来低声议论：

"鄢人狂杀了涚？不应该吧。"

"也不好说，鄢人狂和他弟弟，可都不好惹，前段时间涿一家出了意外，之前似乎也和他们兄弟有过接触。"

等穿过通道，再跨过几条偏僻的水道，周围没人的时候，队长说道："我叫启良缙。"

"缙队。"鄢人狂道，"我叫鄢人狂。"

对方姓启良，看来不是普通百姓，应该来自某个家族。拥有姓氏的人，一般都是生活在上城区的贵族，即便加入城卫，至少也是指挥一级。像启良缙这种混迹在下城区的，实在是罕见。鄢人狂虽然心中疑惑，但他也没有多问。

"嗯。"听到鄢人狂的话，启良缙点点头，"我相信你是城卫第三所的人，因为普通人根本不知道第三所的存在。我现在带你回去，只是关于涚被杀的事情需要你配合调查，耽误不了太久。"

"我明白。"鄢人狂点点头。

说话之间，两人已经来到了下城区靠右的位置。下城区的上方和城务区的下方毗邻，所以下城区的城卫所，就设在下城区的最上方。不过启良缙带鄢人狂来的，不是下城区的城卫所，而是城卫所下属的一处卫所。位置很偏，环境也不怎么样。也就是一个稍微宽敞的简陋石屋，里面摆放着武器架、石凳和石桌。

"看来缙队在城卫中的地位不怎么样啊。"鄢人狂心中猜测，他难道和自家一样，曾经是贵族，后来落魄了，所以才沦落到如今的境地。

启良缙领着鄢人狂进入卫所，请对方坐下后，用陶杯给鄢人狂接了一杯清水。

"青队的杯子都是青铜的，还镶着金边。"鄢人狂暗暗做着比较。

启良缙没有给自己倒水，而是在鄢人狂的对面坐下来："鄢人狂，作为第三所的城卫，涚和他阿母被杀这件事，你有什么发现吗？"

对方问得如此直白，鄢人狂正在思索怎么说才好，就听启良缙又道："虽然我不知道加入第三所的具体要求是什么，但是我知道能够加入第三所的城卫都很有本事，至少比一般城卫要强。比如你们青队，我就很佩服。"

"你认识青队？"鄢人狂好奇道。

"嗯，有过一面之缘，印象深刻。"启良缙道。

鄢人狂想了想，道："你的判断没错，浼的确是被他的阿母掐死的。"

启良缙的身子微微震了一下，脸色有些不自然。虽然他根据现场的线索，推断出了这个结论，但其实自己也是不信的。

"嗯，看来真的是这样。"启良缙起身给自己倒了一杯水。

他刚刚坐下，端起陶杯，就听鄢人狂继续道："但是在这之前，浼先杀死了他的阿母。"

啪！陶杯从启良缙手中滑落，在地上摔成了碎片。

"你是说，浼杀死了他照顾了十多年的阿母？"启良缙的声音都变了调。

对于启良缙的反应，鄢人狂没觉得奇怪，因为当时他也觉得难以置信。

鄢人狂重复了一遍："是浼先杀死了他的阿母，然后他的阿母又掐死了他。"

启良缙将这段话念叨了两遍，这才睁大眼睛："这怎么可能？！"

"事实就是这样。"鄢人狂耷拉着眼皮道。

"一个被杀死的人，怎么可能再杀……"启良缙不敢相信鄢人狂的话，但看他的神色，他并不是开玩笑。

"缙队，这件事你看着处理就好，接下来可能需要我们第三所出面了。"鄢人狂道。

"这……"启良缙一时半刻不知道该说些什么好。

就在这个时候，被他派去验证鄢人狂身份的手下回来了。和这个手下一同过来的，还有明。

"缙队，他的身份没有问题。"手下翻了个白眼，向启良缙汇报。为什么这个第三所自己从没听过？而且还要去兵器铺确认，他们就没有自己的卫所吗？

明进来就哈哈大笑："鄢人狂，你怎么被自己人给抓起来了。"

"一点小误会。"鄢人狂起身对启良缙道，"没有其他事的话，我就先走了。"犹豫了一下，鄢人狂又补充了一句，"有什么事情的话，可以来兵器铺找我。"说完之后，他就和明并肩走出卫所。直到鄢人狂离开，启良缙都没有回过神来。

走出卫所，明笑着猛拍鄢人狂的肩膀："知道为什么我会跟过来吗？"

"青队怕只是传个话不够分量，所以让你一起来。"

"咦？你居然猜到了！"明惊叹道。

"这不算难。"

"出什么事了?"明好奇道。

"有个人死了,可能和失控的星启者有点关系,要和青队说一下。"鄢人狂道。

"这样啊,交给我吧。"明转头看了眼鄢人狂,"今天你要完成仪式,开启天阶了。我都听青队说了。等完事之后,我们好好庆祝,放松一下。"

看明挤眉弄眼的模样,鄢人狂点点头:"好啊。"

明那边还在继续:"然后呢,我也有一份大礼要送给你。"

"是什么?"

"哎呀,现在说了就没意思了,反正肯定让你满意。"明摆着手,宽大的袍子被扇得呼哧作响,"一方面是为你正式加入狩灵卫高兴,一方面也是感激你之前的帮助。"

在明的引领下,他们在下城区左拐右拐,最后从一道石墙后走出来,他们来到商贸区,而且距离兵器铺也不远了。这是狩灵卫必须掌握的丹霞城特殊路线。一旦出现什么意外,狩灵卫是不可能跟普通城卫一样走通道赶过去的,他们必须在第一时间赶到现场。

进入兵器铺,来到大厅,青和枫已经在等着了。依旧没有见到芷,辕也不在。

青说,芷和辕临时有事出去一下,很快就会回来,他们也想亲眼见证鄢人狂的晋升仪式。

这让鄢人狂感觉有点紧张。

鄢人狂先将自己之前被启良缙带走的缘由说了一下。

"启良缙,嗯,我记得,人很正直。"青点头道,"有可能是星启者作祟。也可能这个浼的阿母因为源星法则混乱,意外开启了天阶,但是浼不知晓,所以最后酿成了这样的悲剧。"

对于大孝子浼,青也有所耳闻。知道他居然杀害自己的阿母,青也忍不住发出一声叹息。

"这件事交给我吧,我过会儿就去处理,时间久了弥识残留的痕迹就很难发现了。"青站起身,看着鄢人狂,"你都准备好了吗?"

"很期待。"鄢人狂道。

"呵,强装镇定。"青笑着戳穿鄢人狂,"跟我来吧。"

"等你的好消息。"明在身后喊道,"结束了我们好好庆祝。"

鄢人狂背对着明做了个手势,跟随青来到大厅右侧的门前。这扇门接近两层楼高，门上刻画着多个重叠在一起的三角形，边框上还刻着密密麻麻、歪歪扭扭的巫祝文字，像蝌蚪一样。

青将手按在门中央的三角形上。片刻之后，门框左下角的巫祝文字亮起湛蓝的光芒，一路延伸到右下角的最后一个文字。

咔嗒——咔嗒——片刻之后，随着一声闷响，大门震动一下，从中间缓缓打开。

鄢人狂的视线越过青，好奇地朝房间内望去。原本他以为会见到什么神秘的仪式场景，结果却让他有些失望——房间里面，是一道环状的扶手。

"跟我走。"青领着鄢人狂走到扶手前。

靠近了之后，鄢人狂才发现，原来扶手连接着螺旋状的阶梯，而这个阶梯直通地下。此刻望去，地下黑黢黢的，仿佛一张大嘴，将所有光线都吞了进去。

"下去之后，记得无论听到什么声音，都不要朝两边看，只要盯着脚下的路就好。"青叮嘱道。

"好。"

依旧是青在前，鄢人狂跟在后面。迈下阶梯，一股寒意立刻就迎面而来。完全进入地下后，鄢人狂恍惚间有一种感觉，自己就像泡在了凉水之中，身子竟然莫名轻盈。四周光线很暗，鄢人狂隐隐约约看到，楼梯两边的空间极其狭窄。墙壁的表面凹凸不平，看上去就像长了大小不一的蘑菇，又像里面伸出了一双双手掌，要将人拉过去。即便看不清楚，依旧让人头皮发麻。

鄢人狂赶紧转过视线，将注意力集中到自己脚下。一开始的时候，一切都还正常，随着不断深入，鄢人狂必须瞪大眼睛，才可以勉强看到阶梯的轮廓。走了一段时间后，鄢人狂似乎听到有人在自己耳边说话。这声音时而絮絮低语，时而激昂吟诵，充斥着神奇的韵律。渐渐地，鄢人狂感觉自己眼前好像出现了一团微光。在一片漆黑之中，这微光显得无比圣洁，让人情不自禁地顶礼膜拜。

"集中注意力，看好脚下的路！"鄢人狂突然听到前方青的声音。

这个声音仿佛一道炸雷，让他一个激灵，回过神来。耳边的说话声还在持续，那团微光却没有再出现。

就在这个时候，青说："我们到了。"

他们停在一扇门的前面。青伸手一推，昏黄的光芒透了出来。鄢人狂这才发现，青推开的是一扇古旧的木门。木门后，是一个不大的古旧石屋。石屋中央，悬挂着一串串占卜用的龟甲。最里面的墙壁前，摆放着一个巨大的头骨。打磨过的地面上，则用不同的颜色画出许多神秘的图案。这些图案彼此相连，又各有独特的形状。而那昏黄的光芒，则来自房间中央的一个小型祭坛。祭坛大约有一张桌子那么大，不知道是用什么材料制成的，在黑暗之中，竟然可以发出光芒。

青转过身看向鄢人狂："没想到吧，卫所的地下，居然还有这么一间密室。"

"的确没有想到。"鄢人狂好奇地左右看着。

青让鄢人狂在祭坛前坐好，然后道："你在这里等一会儿，枫要准备一下，过会儿就来帮助你完成晋升。"

想了想，青又叮嘱了一句："你不用紧张，按照她说的去做就行。"

眼见青就要离开，鄢人狂急忙叫住她："我问一下，有晋升失败的例子吗？"

青点点头道："有啊，比如失控，其实就是失败的一种。"

"啊？"鄢人狂没想到得到了这样一个答复。

青对他微微一笑："放心吧，你现在所要关心的，是你到时候会开启什么样的天阶，至于失败……那是绝对不可能的。"

说完，青关上木门离开。她的脚步声渐渐远离，直至再也听不见。

想着青离开时温柔的侧脸，鄢人狂的心渐渐平静下来。时间仿佛停止了流逝。也不知道过了多久，密室的木门再一次被打开。枫捧着一个盒子走了进来。她换上了一身奇怪的衣服，像是裙子又像是袍子，并且上面还用金银两色的丝线绣出了复杂的纹路。

见鄢人狂的表情有些紧绷，枫笑了笑："不要紧张，晋升的时候其实没有什么特殊的感觉，最重要的是感悟。"

"感悟？"

"不错，用你的意识引导你去感悟，你只要遵从自己的内心就好了。"枫说道，"不过每个人晋升天阶的时候，所面对的东西都不相同，所以我也没有办法给你具体的意见。"

"有这些就足够了，接下来我需要做什么？"鄢人狂问道。

"坐着，然后按照我说的去做就可以了，这个过程不会太久。"枫跪坐到鄢人狂的对面，将她带来的盒子打开，"你已经凝聚了弥识，这一次要做的，就是看看你和哪一种源星之力产生共鸣。"

说话之间，枫从盒子里取出九个造型各异的玉石灯盏。她将这九盏灯围绕着鄢人狂摆成一圈，然后依次点燃。

刺——第一盏灯被点燃，火光竟然是纯净的白色。与此同时，一股梅花的香味飘入了鄢人狂的鼻腔。

刺——第二盏灯被点燃,灯芯上跳动的火苗是澄澈的蓝色。一股甜甜的桃花香味飘入鄢人狂的鼻腔。

"这些是什么?"呼吸着这沁人心脾的香气,鄢人狂好奇问道。

"这些可以帮助你更好地集中精神。"枫回答的同时,将剩下的灯陆续点燃,浅粉、暗红、亮紫、铜绿……每一盏灯在燃烧的时候都散发出香味,在这不大的密室内混合在一起后,变得越发浓郁。

鄢人狂感觉自己的身子变得轻飘飘的,好像要飞起来一样。一股困意开始涌上心头。

枫重新跪坐在自己面前,然后取出了一根白里泛黄的东西。鄢人狂眯着眼看过去,这竟然是一截指骨。

"骨头?"鄢人狂疑惑问道。

"这是诡纹指骨,你可以叫它天阶之匙。"

枫调整了一下诡纹指骨的角度,让它的指尖对着鄢人狂。然后枫又取出一个手摇的铃铛。这个铃铛看上去有些年月,表面布满了锈迹,鄢人狂都怀疑里面已经被腐蚀掉了。

这个时候,他没有精力再凑上前细看。因为那阵阵困意就像是涨潮一样,不断侵蚀着他的全身。他不仅思维变得缓慢,就连身子都变得沉甸甸的,甚至连挪动一下小指都做不到。

鄢人狂眯着眼睛,身子微微摇晃,轻声道:"这又是什么?"

"阿盖斯铜铃。"枫握着铃铛,轻轻一晃。

叮当——出乎鄢人狂的预料,这锈迹斑斑的铃铛,竟然发出了清脆悦耳的声音。只不过鄢人狂没有注意到,铃铛传出的声音,竟然在密室之中形成了一个个肉眼可见的同心圆,朝着四周扩散开来。

鄢人狂的睡意更浓了。他缓缓闭上眼睛,感觉自己的意识在下沉。

在彻底睡过去之前,鄢人狂问出了最后一个问题:"你刚才说的源星之力,一共有几种?"

"九种。"

"哦。"鄢人狂点点头,彻底睡了过去。

卫所的大厅中,青收起通磐天平,准备去浼的家里看一看。芷和辕此时恰好回来了,见青要离开,芷好奇道:"青队,你不等鄢人狂完成晋升仪式?你就不好奇他会开启哪个天阶吗?"

青露出一个神秘的笑容:"我已经猜到了。"说完,青留下发愣的众人,离开了卫所。

等青走后,众人回过神来,明拉着辕就往地下走,同时不忘喊上芷:"走,走,一起近距离观察一下。你们猜猜鄢人狂开启天阶需要多长时间?"

虽然开启天阶所花费的时间和星启者自身的实力没有直接关系,但是它代表着星启者和源星法则的亲和力的高低。一般用一个大致的时间范围作为区间。低于这个区间的,说明和源星法则的亲和力一般,因为才感受了一下,就开启了天阶,自然对这个源星法则没有产生太大的共鸣。而高于这个区间的,说明花了比其他人更久的工夫才感悟到。一个是稍微接触一下就散,一个是找半天才能找到,所以都不怎么样。只有在区间之内,才算是比较容易就和源星法则产生共鸣,同时也对源星法则有了充分的感悟。

明等人来到地下石屋的门前,齐齐闭上了嘴巴。他们也知道,这时候不能发出声响,要是影响到鄢人狂那就不好了。隔着木门,他们听到里面传来有节奏的铃铛脆响。

"等着吧。"明轻声道。

辕取出一个金制沙漏,将其托在掌心。因为经常调配药剂,辕对于时间非常敏感,所以他总是随身携带沙漏。

三人一边注视着沙漏,一边关注着木门后的动静。

石屋之中,鄢人狂闭着双眼,正随着铃铛的声音微微摇晃着身子。他感觉自己好像飞了起来。飞到了卫所的上方,飞出了丹霞城,飞到了天空,再飞到广阔的宇宙。一片璀璨的银河,围绕着他流淌。很快,银河之中,九道光芒升起。它们化作九个光球,以鄢人狂为圆心,形成了一个圆。

"嗯?"枫突然发现诡纹指骨动了动。

天阶之匙的作用,是帮助开启天阶的人更容易和源星之力产生共鸣。此时诡纹指骨的晃动,说明鄢人狂已经开始和源星法则有所接触了。

"这么快?"枫眉头蹙了蹙。虽然没有沙漏计时,但是她可以明显感觉到,鄢人狂对于源星之力的共鸣,来得太早了一些。

此时鄢人狂还不知道枫正在为自己担心,他若有所思地看着眼前这九个光球:"这就是九大源星之力吗?"

鄢人狂知道,星启者和源星之力并不是单方面挑选,而是彼此成全——要双方

· 185 ·

产生共鸣，才可以完成天阶的晋升。不知道是什么原因，鄢人狂感觉到，这九大源星之力，似乎都在绕着自己转，就像是争宠。九大源星之力，都抢着要和自己产生共鸣。

但问题是，星启者只可以和一个源星之力产生共鸣，只可以从这一个源星之力中换取力量，晋升天阶。拥有双天阶或者更多天阶的星启者，从没有过。

发现鄢人狂迟迟不做决定，九个不同颜色的光球，围着他旋转得更快了。

"嗯？"石屋之中，枫由之前的微蹙眉头，变成了满脸疑惑。诡纹指骨不仅动了，而且还立了起来。枫主持过多次晋升仪式，她还是首次见到这样的情形。

看向满脸淡定的鄢人狂，枫心道："这小子是怎么回事？"

鄢人狂也很无奈："总不能随便选一个吧。"

"这个情况，和青队告诉我的完全不一样。既然让我自己选择，那就要更加慎重了。"

鄢人狂回忆着自己已知的几种天阶："无梦者，是将梦境实体化。"

其中一个光团晃了晃。

"不选。"

那个光团旋即后退了一段距离。

因为对同一个源星之力的感悟不同，从中获得的力量也不同，所以即便是与同一种源星之力共鸣，也有可能晋升不同的天阶。换句话说，源星之力有九种，但其诞生出的天阶，却远远不止九个。正因为这样，那个光团只是距离鄢人狂稍远了一些，并没有直接消失。

鄢人狂看向剩下的八个光球："白武士天阶，可以掌握强大的斗技，并且对各种兵器都得心应手，还可以在短时间内爆发出强大的力量。"略一沉吟后，鄢人狂摇摇头，"已经有一个明了，那就不用重复了，而且本身我也不太喜欢这种。"

随着他话音落下，又有一个光球后退了一段距离。紧接着，和青、芷、辕、枫的四种天阶有关的两个源星之力的光球也往后退去。

青的笑面乞儿天阶和阿花的无梦者天阶，属于同一个源星之力。而芷的渡边客天阶和辕的木魔天阶，也属于同一个源星之力。

看着剩下几个没有后退的光球，鄢人狂陷入了沉思。

此刻在外面举行仪式的枫，眼睛都瞪圆了，诡纹指骨正高速旋转，竟出现了残影！

只有两个原因才会导致这种情况的发生：一是没有源星之力与鄢人狂共鸣，二是与其产生共鸣的源星之力太多。

枫相信不可能没有源星之力与鄢人狂共鸣，只能是第二个原因，但是枫万万没想到，鄢人狂是和九种源星之力都产生了共鸣。而且这九种源星之力，都拼命希望鄢人狂可以从自己身上得到力量，晋升天阶。

"的确有点难办。"鄢人狂很是为难。选择何种源星之力，直接关系到他成为星启者之后的实力。他必须具备强大的实力，才可以实现自己的抱负。

鄢人狂再次凝神看向面前的几个光球。他的脑海中，浮现出在深渊回响中看到的最后一幕：原本的白色月亮，被昏暗的月晕覆盖。而猩红之月的突然降临，阻止了月晕的蚕食。自那之后，猩红之月就高悬天空。

此时，围绕着鄢人狂旋转的几个光球，在他的眼里瞬间变了模样。其中一个光球，变成一颗硕大的眼球，一眨一眨，正好奇地看着他。鄢人狂缓缓伸手，朝着这个光球摸了过去。

与此同时，石屋之中，枫看着突然停止了转动的诡纹指骨屏住了呼吸："这是结束了吗？"

在石屋门外，辕、芷和明所盯着的沙漏，仅剩的最后几缕细沙，正在快速滑落。

下城区涗的石屋前，青收起手中的通磐天平，转身朝商贸区的方向望去。

熔炉前，正抱着尾巴熟睡的小七，像是梦到了什么，发出一声轻轻的呢喃，耳朵动了动，睁眼疑惑地朝周围看了看，发现并无状况后，又哑巴着嘴睡着了。

"终于完成了吗？"枫最后一次摇动铃铛，伸手过去，要将诡纹指骨捡起来。就在这个时候。砰！诡纹指骨，炸了。枫蒙了。

石屋的木门被撞开，辕、芷和明齐齐冲了进来，一脸紧张。鄢人狂缓缓睁开眼睛，看着众人，笑了。

"什么天阶？！什么天阶？！"明第一个冲上去，摇晃着鄢人狂的肩膀，满是期待地问道。

芷和辕紧紧盯着鄢人狂。枫顾不上心疼炸碎的诡纹指骨，目光转向鄢人狂。她很想知道，能够将天阶之匙弄炸的鄢人狂，会开启哪种天阶。

鄢人狂用了最直观的方式展示他的天阶：他从怀里取出几枚铜刀币，然后用手握住。片刻之后，铜刀币在他手中被烧红、扭曲、熔化。

"控火焚烧？"芷立刻说道，"是狂徒天阶！"

鄢人狂摇摇头，他手指一勾，已经熔化的铜刀币，缓缓弯曲起来，彼此缠绕，最后变成一柄青铜小剑。

"灵匠，是灵匠天阶。"枫说道。

"强大的铸器大师和强大的兵器大师……"辕喃喃道。

明看着鄢人狂，乐得合不拢嘴，手掌用力在鄢人狂肩膀上拍了好几下："我原本还担心你开启的天阶，会不擅长战斗呢。灵匠天阶虽然擅长铸器，但只有懂得战斗的人，才能打造出适合战斗的兵器，所以灵匠天阶的星启者，大多也是厉害的兵器大师，哈哈哈哈哈哈。"明笑得很得意，"这样子我给你准备的礼物，就不会浪费了。"

鄢人狂站起身，看了看石屋里的几人，唯独没有见到青，于是问道："青队呢？"

"青队在你开始晋升的时候就出去了。"芷说道。

"哦。"鄢人狂点点头，心中有些失落。

芷道："离开的时候，青队说她已经猜到你会开启何种天阶了。"

"她猜到了？"鄢人狂眨眨眼。这他可不信，一开始，就连他自己都不知道该选哪个。

明提议："我们上去再说吧，这里实在是太挤了！"

众人离开石屋，回到大厅。众人还没有开口，就见到青迈进大厅。

明赶紧迎上去，献宝似的道："青队，鄢人狂他——"

青伸手打断了明的话，看着鄢人狂道："况的家里，没有弥识残留的痕迹。"

"怎么会这样？"鄢人狂皱起眉头。如果不是星启者，为什么况死去的阿母会复活？为什么重病卧床的人会有那么大的力气？

见青和鄢人狂神色不对，其他几人也顾不上讨论鄢人狂的天阶了，纷纷询问是怎么回事。于是鄢人狂将况和其阿母死亡的事情说了一下。

大厅之中，一时之间陷入了沉默。明的眉头紧紧皱起。辕摸着下巴，冥思苦想。芷和枫也是满脸的疑惑。最后众人的目光，都汇聚到青的身上。

青看着鄢人狂："能做到的，只有星启者。"

"嗯。"鄢人狂重重点头。

"但是没有弥识残留——"枫喃喃自语。

突然，她想到了什么，呼吸骤然一滞。虽然她不擅长战斗，但是在博闻强记方面，还是要胜过在场绝大多数人的。

这时，青再次开口："有一个天阶的星启者可以做到。"

"哪个?"鄢人狂追问道。

"殓尸人。"青说出三个字。

枫补充道:"这个天阶的能力,是操控死灵。"

"殓尸人操控尸体,弥识不会残留在尸体上,只有在殓尸人所在的位置,才会发现弥识的残留。很明显,殓尸人当时不在浣的家里,而在浣家附近,自然无法在浣的家中检测到弥识的残留。"青说道。

"那还真有点麻烦。"明挠了挠头,"突然感觉最近事情好像有点多,开拓团的那个失踪的守备还没有找到下落,甲片也还没有追寻到来历;燚这支商队暂时也没有更多的线索,祝穆家族那边也提供不了有价值的消息;现在又出现了一个殓尸人,这家伙会是失控的星启者吗?"

"应该不是失控的。"鄢人狂冷静分析道,"失控的星启者,不可能连一点线索都没有。现在我们需要关心的,是他想要做什么,而不是他会不会引发大灾难。"

鄢人狂的话让众人深以为然。

青开口道:"虽然开拓团事件的幕后主使和燚这支商队暂时还没有太多的线索,但是你们有没有觉得,他们的做法很相似。"

众人细细思索一下,发现的确有很多类似的地方。

"青队,你的意思是……"芷说道:"他们其实是一伙人。"

"我相信我的判断,开拓团的那块甲片,还有惧虐体内的那个铜环,其实它们的来历很接近。"青的脸上浮现出一抹似笑非笑的神色,"要起风了。"

青对明说道:"你不是说过,等鄢人狂晋升天阶后,有份大礼要送给他吗?现在就可以安排上了。"

"现在?"明吃了一惊,"会不会急了点?"

青斜睨他一眼:"要起风了,你觉得呢?"

明额头上顿时沁出汗水:"我现在就安排上。"

之前在来卫所的路上,明就神神秘秘地说过,他给鄢人狂准备了一份礼物。刚才在石屋中,他又提了一次。

此时青再说出来,鄢人狂更加好奇:"是什么大礼?"

明说道:"到时候你就知道了,倒是青队,你难道就不好奇鄢人狂开启的天阶是什么吗?"

在场众人的视线,再度汇集在青的身上。鄢人狂甚至有点紧张。

青看着众人,抿嘴一笑:"我猜——是长芒源星之力中的灵匠天阶。"

话音落下，四周寂静。

"神，神了！"过得片刻，明结结巴巴地道。

辕、芷等人的脸上，也都露出了难以置信的神色。

九大源星之力，长芒、虞皇、辰极、焚惑、葵、填奴、岁损、深刑、离暗。能够猜对鄢人狂获得的源星之力，就很了不起了。而青又准确地说中鄢人狂开启的天阶，真的叫人叹为观止、匪夷所思。

青转过头，朝鄢人狂眨眨眼。这个俏皮的举动，让猝不及防的鄢人狂脸红了。

青见到鄢人狂的反应后，察觉自己刚才的举动有些不妥，于是她赶紧故作严肃，吩咐道："明，接下来鄢人狂就交给你了，你把你的礼物给他，几天之后我要看到成效。"

"是！"明大声说道。旋即，他又小声道："青队，原本我打算给鄢人狂庆祝一下。"

"过几天等看了成效再说。"

"是！"明不敢反对。

吩咐完之后，青转身又要离开。

"青队，你又要出去吗？"鄢人狂忍不住问道。

"嗯，既然要起风了，我当然要去和镇守通个气，毕竟我们狩灵卫负责的是星启者和荒生，其他方面，还是要靠城卫和军队的。"说完，青就走入了通道之中。

明走过来拍拍鄢人狂的肩膀："接下来你就自求多福吧。青队说了，要在几天之内看到成效。""你给我准备的不是礼物吗？怎么听上去感觉我会有点惨？"

"马上你就知道是怎么一回事了，跟我来！"

第九章
死 咒

得益于有大河贯穿，丹霞城拥有极为方便的排污水道。

丹霞城的排污水道修建在地下深处。即便时值正午，排污水道中依旧漆黑不见五指。

刺——随着一声轻响，一道浅白色的光芒在这片黑暗中画了一个圈。紧接着，又是刺的一声。一道扭曲的白色纹路，出现在这个圈中。

阵阵如泣如诉的声音里，原本漆黑不见五指的排污水道中，出现了一团团飘浮着的苍白鬼火。而在明暗交界之处，好像有一排排人影笔直地站在那里，诡异地微微摇晃着。

"我觉得，还可以再来一次。"一道黑影在白色光圈旁发出戏谑的声音，"人心多脏啊，这一点我倒是赞同枭那个疯子的话。就像那个人人称赞的大孝子，还不是受不了生活的苦楚，亲手把自己的阿母给闷死了。只要有足够的诱惑，什么坏事做不得？大孝子的阿母，你说对不对？"

白色的鬼火一闪，照亮了一张瘦成皮包骨、仿佛骷髅一般的恐怖面孔——赫然是况的阿母！

她原本应该是一具死尸，被城卫收殓，但是这一刻她却出现在丹霞城的地下排污水道中。

黑影继续说道："你不用自责，因为你没有做错什么。你想想，你丈夫的死，和你有什么关系？反而是因为他不负责任地早早死去，丢下你和浼这一对孤儿寡母，这才导致你积劳成疾，早早就瘫痪在床，动弹不得，就连吃饭喝水都需要人照顾。而浼呢？作为你的孩子，你赐予了他生命，他回报你、照顾你是理所当然的。没有你含辛茹苦的喂养，五岁之前他就已经病死或饿死，还能在多年后获得孝子的美名，遇上心仪的女孩？这一切，难道不是你给予他的财富吗？可是他做了什么？！他竟然自私地杀了你！为的仅仅是摆脱你，去追求虚荣的、看上去体面的生活。他那是真的体面吗？即便去了一个新环境，他依旧是奴仆！他宁可做奴仆，也要杀死生养自己的阿母！而且还打算继续背着孝子的美名！一个杀死自己阿母的孝子，哈哈哈哈，你不觉得讽刺？所以你杀了他，一点错都没有。你这是为自己报仇！杀了一个狼心狗肺的家伙！"

随着黑影的叙述，那张枯瘦的人脸也变换出种种不同的神色：从一开始的面无表情，到悲伤，再到咬牙切齿。最后，浼的阿母竟然用她那所有牙齿早已脱落的嘴巴，发出如野兽一般的低吼："该杀！狼心狗肺的家伙都该杀！我要把他们的脖子统统掐断！"

"哈，这就对了。"黑影阴森笑道，"你的仇恨，本就不该埋在心里。而我，赐予了你复仇的机会。"

浼的母亲口中不断重复着一个"杀"字，而黑影也不再关注她，喃喃自语道："仅仅是这个，好像还不够啊。我得再找几个像模像样的。嗯，对了，那个女人倒是可以利用一下。"

一阵阴风吹过，排污水道猛地再次陷入了黑暗。

与此同时，丹霞城中，明领着鄢人狂走入卫所大厅的一扇青铜门。辕和芷两个人也跟了上来。

鄢人狂以为明会带着自己去往黑铁丙二十三号，但是走着走着，明突然朝旁边一拐，然后就失去了踪影。

就在鄢人狂发愣的时候，明露出半个身子催促道："发什么呆？快跟上来。辕和芷你们也快点，别在后面磨磨蹭蹭的。"

鄢人狂这才发现，原来在通道的这个不起眼的角落，居然有一个拐角通向别处。他之前根本没有发现！

见鄢人狂那诧异的模样，辕说道："卫所其实有不少这样的布置。丹霞城这些隐秘路线，稍后我给你一份，你记熟了就好了。其实记不住也没关系，走过一次，也就记住了。"

沿着这条隐蔽的通道再走一段，明将一扇对开的木门打开。出现在鄢人狂面前的，赫然是一个宽敞的石屋，同时容纳几百人都没有问题。在石屋靠墙的位置，刀、剑、弓、弩、棍、枪……一件件青铜兵器被整整齐齐放在武器架上，琳琅满目。

明朝鄢人狂大气地一挥手："随便挑。"

"这是让我挑选武器吗？"鄢人狂问道。

他觉得不太像，因为挑选武器的话，没有必要这么大张旗鼓，更何况，辕和芷还跟过来了，一副想要看好戏的样子。

鄢人狂左看右看，最后提起了一柄青铜剑。与此同时，明抬手一抓，将一柄同样的青铜剑握在手中。

"不是来给你挑选武器的。灵匠天阶不仅仅是铸器大师，也是兵器大师，对于各种武器，小到青铜匕首，大到青铜战弩、晶炮，都可以在短时间内熟悉掌握。"明开口道，"关于铸器大师，别说你刚刚晋升，还没有铸器材料，就算是有，我白武士天阶也帮不了你。我给你准备的大礼，就是助你在短时间内，成为名副其实的兵器大师！"

这份礼物的确够重，够分量！

有明这样的人作为导师陪自己练习的话，虽然不可能在短时间内将灵匠天阶的潜力全部激发出来，但绝对可以让鄢人狂的实力突飞猛进，比他自己一个人琢磨要省时省力得多。

"就从剑开始吧。"明说道。

"好。"

明说道："鄢人狂，你不要忘了，你现在已经晋升天阶了，不再是一个普通人了。"

鄢人狂愣了愣，随即明白了明的意思。他握住手中的剑，催动体内的弥识，他感觉一股奇异的力量充满了自己的身体，而手中的青铜剑也变得不再陌生，如同自己手臂的延伸。

"这就是天阶的力量吗？"鄢人狂细细感受了一下，越发觉得神奇。

"开始了。"明正色道。

"来吧。"鄢人狂点点头。

明冲了上来，劲风席卷。鄢人狂抬剑。铮！他手中的青铜剑飞了出去。

"再来。"鄢人狂捡起青铜剑，又一次面对明。

锵锵！这一次坚持了两个回合，青铜剑再度被打飞。

"继续。"鄢人狂捡起青铜剑，淡淡说了一声。

明第三次朝鄢人狂冲来。

出剑！锵！锵！鄢人狂突然身子一动，手中青铜剑自下而上反撩向明。

"咦?!"明吃了一惊。

原本明这一击志在必得，因为鄢人狂变招，他不得不后退了一步。而更让他惊奇的是，鄢人狂刚刚使出的这招，正是他上一次击飞鄢人狂手中青铜剑的那一招。只是看了一眼，鄢人狂居然就学会了！

鄢人狂坚持到第六个回合，手中的青铜剑才被打飞。更重要的是，这一次他不是全程防御了，还攻了一个回合。

"你可以啊。"明夸奖了一句。

"那就不要停呀。"鄢人狂活动了一下手腕，脸上隐隐浮现兴奋的神色。

他已经可以感受到源星之力带给自己的变化了。明的每次出手，都让他有一种明悟的感觉，自己瞬间就将对方的出招记住，并且可以一模一样施展出来。鄢人狂还在暗暗赞叹源星之力的奇妙，却不知道此刻看上去一脸平静的明，心中已然翻江倒海。

"这学习能力也太可怕了吧！"明的心脏都在狂跳。

虽然依旧可以在几个回合内赢下鄢人狂，但是每一次明都可以感觉到鄢人狂的明显进步。两人之间的差距，在以肉眼可见的速度缩小。

"再来再来。"明还在发呆，鄢人狂已经重新捡回青铜剑，一副跃跃欲试的样子。不断变强的感觉，真是太美妙了。

第四次，鄢人狂在第十五个回合后被明打败。

第五次，鄢人狂坚持了三十个回合。

第六次，鄢人狂和明打得有声有色，最后在第七十四个回合落败。

第七次，鄢人狂一度和明旗鼓相当，最后于第一百五十个回合惜败。

"原来灵匠天阶这么厉害。"鄢人狂对于自己目前全败的战绩毫不在意，甚至还有点得意，"原本我以为就是铸器呢。"

"明明是你自己不正常。"明在不远处扶剑喘气。

"明，继续继续，我有预感，这一次可以打败你。"鄢人狂挥动手里的青铜剑，剑身瞬间化作一团虚影。

"哼，做梦！"明主动强攻。

这一次，前六十个回合，明占据优势，接下来六十个回合，两个人平分秋色，再六十个回合，鄢人狂已经开始压制明了。

"喂，辕，我没有看错吧？"芷看得眼神直愣愣的，"明是故意让着鄢人狂，想给他一点自信？"

辕满脸纠结，摇头道："我感觉不是。"

第二百个回合，鄢人狂以青铜剑横扫，逼得明连连后退，然后他顺势怒斩。当啷！明手中的青铜剑重重落在地上。

两人才交手八次，明在用剑方面就败给了鄢人狂。

"不错不错，我感觉自己变强了很多。"鄢人狂很高兴。

明哼哼道："要不是因为我没有施展源星之力，我也不会输给你。"

"明天我们再继续。"明摆摆手，示意今天到此为止。他心里很是郁闷，他原本以为鄢人狂至少要五天后才能与他斗得有来有回。

鄢人狂正在兴头上，他朝芷和辕招手："换你们来呀！"

芷和辕对视一眼，摇摇头："还是算了吧。"

鄢人狂原本也就一说，并不是真的想和芷、辕练手。

芷的渡边客天阶，对水有着天然的亲和力，施展的能力是冰锥等。鄢人狂现在和她交手，什么都学不到。辕更是如此。木魔天阶的能力是在制毒和配药方面。

想要在短时间内提升战力，还是需要向明学习。

至于灵匠天阶的铸器能力，鄢人狂暂时没有机会尝试，他也不着急。一方面，小七的那个神秘空间里就有一个用弥识驱动的熔炉。那个地方，显然就是专门用来铸器的。他现在缺的只是材料而已。另外一方面，鄢人狂相信青的安排不会有错。青需要他在晋升天阶之后，在短时间内迅速提升战力。换句话说，接下来发生的一些事情，他必须以强大的战力加入队伍，不能再像过去那样，只是作为一个看客了。

第二天，鄢人狂继续和明练习。不过这一次，明开始动用源星之力了。不出意外，鄢人狂一开始又被碾压了。虽然鄢人狂能够迅速掌握明的斗技，但是力量方面的差距，还是大得离谱。

今天扳回一局，明心情大好。但第二次交手刚开始，明的心里就咯噔一下。他感觉到，鄢人狂的力量也变大了。

"怎么会这样？"明将鄢人狂逼退，说道，"你这样不行。"

"为什么？"

"因为白武士提升的就是力量，我利用弥识就可以换取力量。而灵匠不一样，你要想从源星之力中换取和我同等的力量，就需要消耗更多的弥识。"明哼道，"除非你可以在短时间内打败我，不然，你觉得你能撑多久？弥识消耗到一定程度，无法再换取源星之力，那你就和一个普通人没有区别了。"

明的道理是没错，但他不知道，鄢人狂还有一个弥识的蓄水池。而且鄢人狂还是普通人的时候，拥有的弥识就远超过一般星启者。现在晋升天阶了，体内的弥识更是成倍增长。

在听到明的建议后，鄢人狂只是回了两个字："啰唆。"

双方再度打在一起。一开始明还不以为意，他认为鄢人狂必然会因为弥识消耗太多，很快败下阵来。然而一段时间之后，鄢人狂攻势不减，丝毫没有露出疲态，他就觉得有点不对劲了。于是明也认真了起来。

这一天，鄢人狂没能够打败明。但离开石屋之前，鄢人狂气定神闲，对接下来的一天充满期待。而明则是气喘吁吁，整个人看上去都要虚脱了。

"怪物，一个怪物。"这是明对鄢人狂的评价。

第三天，练习继续，依旧是青铜剑。明最终和鄢人狂打成了平手。

鄢人狂对此感觉有些遗憾，而明都要疯了："这个人晋升天阶才三天！才三天！而且灵匠还不是主攻战斗的天阶，我白武士才是！"

芷和辕听说之后，还觉得明是有意让了鄢人狂几分。鄢人狂也这么觉得。只有明自己清楚，在青铜剑这方面，鄢人狂其实已经不输他了。他现在还能立于不败之地，仅仅是因为他的天阶层级比鄢人狂高。

第四天，鄢人狂用青铜剑打败了明。而且鄢人狂还不是侥幸获胜。他赢得很干脆，没有丝毫拖泥带水。

明不得不做出肯定："鄢人狂对于青铜剑的掌控，已经完全没有问题了。"

当明很认真地表示，这是自己的真心话，并且他受青之托，根本不敢放水的时候，芷和辕才真的被彻底震撼了："青队到底招来了一个什么样的怪物！"

当天晚上，明拉着鄢人狂、辕和芷一同去了商贸区的酿酒铺子，他的理由很充分：庆祝鄢人狂获得兵器大师的成就。

明挑选的这家酿酒铺子，比较有格调。店铺不在洞穴之中，而是在丹霞城青铜浇铸的外层。这里最大的优点，就是夜晚的时候，猩红之月和繁星的光芒，会透过青铜栅栏的缝隙洒到酿酒铺子里，再加上喝酒之后微醺的感觉，让人格外陶醉和享受。

四个人，四个不同的杯子。鄢人狂的是细长的玉制杯，里面盛的是琥珀色的酒水。明的是四四方方的玉制杯，里面盛的是浅黄色的酒水。芷别看是个白白嫩嫩的少女，她的玉制杯像一个小酒桶，里面是让人闻一下都觉得上头的烈酒。辕饮用的是药酒，而且他没用玉制杯，用的是雕花的骨制杯。

枫没有参加，因为她不喝酒。青也没有来，最近几天众人都没有见到她。青最后一次出现在众人面前，竟然是在鄢人狂晋升天阶的那一天。

"放心吧，青队不会有事的。"见众人面露忧色，明拍着胸口保证，"青队的实力我清楚得很，藏得深呢。一对一的话，我就没有见她败给谁。"

鄢人狂感觉有点闷，他起身走到墙边，夜风从青铜浇铸的缝隙里吹进来，阵阵清凉让鄢人狂冷静了不少。猩红之月的光芒落到鄢人狂的身边，形成道道光束，恍惚之间给人一种迷离的美感。

"能够饮着美酒，同时欣赏如此月色，在商贸区里，恐怕就只有这家酿酒铺子了。"一个淳厚的声音传入鄢人狂耳中。

他转头望去，见到不远处站着一位银色长发梳得一丝不苟、身穿绣纹蓝绸长衫的老者。无论是气度还是衣服，又或是脖子上悬挂的那串明显价值连城的珠玉，都在表明这个老者的贵族身份。

鄢人狂朝他看过去的时候，老者也恰好转过头来看他："小伙子，可能你不知道吧，我像你这么大年纪的时候，月亮还不是这个颜色呢。"

"嗯？"鄢人狂眨了眨眼，"月亮还有其他颜色？"

鄢人狂的确知道月亮有其他颜色，他在深渊回响里亲眼见过，上个纪元末期洪水暴发，猩红之月降临后，天空的月亮就一直是这个颜色了。而这个纪元已经过去两百多年了。

老者虽然保养得很好，但手背上的老人斑，还是显示出他的高龄。

"大概七八十岁了。"鄢人狂心中估计一下，"像我这个年龄的时候，那就是五六十年前？也就是说，五六十年前，月亮还不是这血一样的鲜红？"

自打从深渊回响回来后，鄢人狂对于月亮就比较感兴趣。既然老者主动搭话，而且还是自己感兴趣的话题，鄢人狂就准备和对方攀谈几句。就在这个时候，他见到不远处的通道内一行人匆匆跑了过去，领头的竟然是自己见过的启良缙！

启良缙率领手下的城卫正加快速度赶路，突然听到身后传来一声："缙队！"声音还挺耳熟。转过身来，启良缙看到了正和自己打招呼的鄢人狂。

"呵，是你呀。"启良缙停下脚步，"在这里做什么？"

"和几个朋友随便坐坐。"

顺着鄢人狂示意的方向望去,启良缙见到了明、辕和芷等人。明等人在鄢人狂面前很和善,那是因为他们都是星启者,并且还是同伴。对于外人,他们也就是冷冷瞥了一眼,然后继续各十各的。

见明他们神色不善,启良缙的心略噔了一下:"这几个恐怕都是鄢人狂在第三所的同伴吧。"

启良缙对于第三所有一种天然的畏惧,再加上的确有急事,于是说道:"我还有事,下次再聊。"

鄢人狂见他那急切的样子,而且这次他的手下有七八个人,好奇问道:"发生什么事情了?"要知道,上次浼和他阿母死了,算上启良缙也不过才三个城卫。

"上城区那边出了点事情,我这边因为距离比较近,上面让我过去协助一下。"启良缙解释道,他往前面走了几步,凑到鄢人狂耳边,用很小的声音道:"浼阿母的尸体不见了。"

"不见了?"鄢人狂疑惑地看着启良缙。

启良缙抽了抽嘴角,重重点头:"浼和他阿母的尸体,暂时都收殓在停尸窟。今天傍晚,我收到消息,浼阿母的尸体不见了踪影。然后我带人去看了看。"启良缙的呼吸变得急促起来,不自觉地朝两边看了看,才继续道,"停尸窟的角落被挖了一个洞,那个洞通到外面,尸体就是从那里钻出去的。"

"尸体是自己钻出去的?"鄢人狂眯起眼睛。他想到了之前在浼的家里看到的那一幕:失去生机的尸体,突然暴起杀人。

"对,对啊。"启良缙朝酿酒铺子的掌柜招手,"来一杯深海狂浪。"深海狂浪是酿酒铺子一款烈酒的名字。

启良缙接过青铜杯,狠狠灌了一大口暗沉的酒水。烈酒入喉,启良缙从脖子到脸颊都浮现出一抹潮红,他的情绪很快稳定下来。

启良缙略带歉意地朝鄢人狂笑了笑,道:"我有些激动了。"

"没事。"鄢人狂道,"你继续讲。"

启良缙点点头,继续道:"那个洞我仔细看过了,是由内而外挖出去的,而且有明显的用手挖掘的痕迹。那就说明,是那具尸体徒手挖了一个洞,逃了出去。如果不是你早先和我说过尸体杀人的事情,我是一定不会相信的。"

说完,启良缙带着一丝希冀看向鄢人狂。

"这件事我们已经在查了。"鄢人狂宽慰道,"是我们青队亲自在查,应该不久后就会有消息。"

"青队吗？那我就放心了。"启良缙呼出一口气。

鄢人狂想了想，又道："对了，尸体不见了这件事，现在有多少人知道？"

"只有我的几个队员，还有看守停尸窟的人，暂时还没有更多人知晓。"启良缙道，"我原本打算将这件事上报，不过临时接到了任务。"

鄢人狂应了声，心里想着要不要去停尸窟看一看。还没等他开口，就听启良缙道："你现在忙不忙？"

"嗯？"鄢人狂看向启良缙。

"是这样的。"启良缙道，"我们现在赶去的这个上城区的家族，可能和涗的事情有关。"

没等鄢人狂追问，启良缙就补充道："这个刚刚死了人的苍予家，涗最近在那里做零工。"

"涗去上城区做零工了？"鄢人狂皱眉。

在他的印象中，涗为了照顾他瘫痪在床的阿母，从来不会离家太远。而上城区距离涗的家，明显有点远。就算什么都不做，只是走一个来回，都需要不少时间，这明显有些反常。

"稍等。"鄢人狂对启良缙说了声，然后转身朝着明他们走了过去。

他打算跟启良缙过去看看。而且启良缙显然也有意相邀。

鄢人狂走到明等人那边，将启良缙的话告诉他们。

"我们陪你一起过去。"芷放下手中的杯子。

"不需要。"鄢人狂摇摇头，"如果真的和那个殓尸人有关，我们这样大张旗鼓，很容易引起对方的警觉。我只是过去看看，不会做什么，你们等我的消息就好。要是青队在这期间回来的话，你们可以告诉她我去了哪里。"

"嗯。"明和芷点点头。

辕从腰带上抽出两根食指大小的青铜管，递给鄢人狂："将左边这一管投掷出去，会引发小范围的爆炸，你用来防身。右边这一管是追踪液，如果敌人要逃的话，你洒到对方身上，我有办法可以找到他。"

"好的。"鄢人狂接过两根青铜管，别在后腰上。

跟随启良缙一行穿过重重通道，再拐过一个足以容纳千人的景观水池后，鄢人狂来到了上城区的石门前。拱桥一般的石门大约有三层楼高，表面雕刻着精美的纹理，旁边一块等高的石碑上，密密麻麻刻着庄国的律法。

迈进石门，一股弥漫在空气中的淡淡香味就飘入了鄢人狂的鼻腔。这不是某种食物的香味，也不是刻意调制出来的浓香，而是一种让人瞬间就产生出阳光明媚，置身青葱草地的念头的舒适味道。

下城区百姓的住所，都是在通道两侧的石壁上开凿的石堂。就比如鄢人狂、鄢人敌兄弟俩的家，说白了其实就是上下连通的两个洞穴。

而上城区内贵族的住所，全都是实实在在的极为考究的房屋！

上城区是将山体的一块区域整个掏空，再在平整的地面上修筑房屋。等第一层房屋修建完成后，再在其上修筑新的房屋，如此堆叠，看上去好似丘陵。

除了用最上等的岩石作为建筑材料，还有青铜柱作为支撑，并且房屋最重要的承重部分，和丹霞城的主体用青铜浇铸在了一起，所以哪怕堆叠了数十层，也不用担心会坍塌。

上城区不仅有宽敞明亮的房屋，还有无数的树木、花草，以及精心搭配的假山、湖泊，这些让上城区看上去和地面上的城池没有两样。特别是沿着斜坡自上而下的两条沟渠，里面潺潺流淌的是活水，一直通往丹霞城的地下河，让上城区增添了更多的生气和活力。

鄢人狂刚刚从下城区一路赶来，两边环境相差如此之大，心中不由生出一种强烈的割裂感。他在丹霞城生活了十多年，这还是第一次见到上城区的风貌，他的眼眸闪闪发亮。如今，他更加下定决心，要离开下城区，搬到上城区生活。

来到上城区的最下方，鄢人狂抬头向上望去。

上城区的房屋一共有三十五层，他们此时要去的苍予家，在第五层。上城区除了有整齐的台阶之外，还有由青铜齿轮、机关等构成的升降台，这可以免除登高的辛苦。

鄢人狂跟随启良缙他们，乘升降台来到第五层的平台上，然后穿过长长的石质回廊，来到了苍予家。

苍予家的石雕大门前，早有一名城卫在等候。见启良缙等人到来，他立刻引领启良缙等人走了进去。

丹霞城的城卫，都拥有统一的皮甲装束。而这一伙人中，只有鄢人狂不是这样的装扮，所以那名带路的城卫就多看了鄢人狂两眼。不过他也没有多问，在引领众人进去的时候，他简要地将苍予家目前的情况讲了一遍。

苍予家作为丹霞城内拥有姓氏的贵族，其直系族人一共有八十多名。现在的家主叫作苍予镗。苍予镗育有四个子女，这四个子女如今都是中年，分别掌管着家族中的不同事务。今天出事的，是苍予镗二儿子的小女儿，也就是他的孙女苍予苒。

城卫在介绍的时候，鄢人狂则在细细打量苍予家的结构。

因为上城区的房屋是层叠在一起的，所以不可能和地面上的建筑一样，拥有宽敞的院子。容纳苍予家直系族人和仆人总共一百多人的房屋，呈一个不规则的上下两层的多边形。每一层中有许多大小不一的房间，哪怕是最小的一个，也要比鄢人狂家大上五六倍。

心中正暗自感叹，鄢人狂听到带路的那个城卫呼出口气，说道："苍予苒已经死了，是摔死的，不过死的不止她一个，还有她的仆人，也是个女的，名叫凤。"

"死了一个主人和一个仆人。"启良缙皱着眉，"那个凤是怎么死的?"

带路的城卫说道："被青铜罐砸中后脑勺死的，而且应该是被苍予苒砸死的。"

启良缙疑惑地看向对方："主人砸死了仆人，然后自己摔死了? 那为什么要让我们来协查?"

这一对主仆因为某种原因产生了纠纷，主人愤怒之下，用屋内摆设的青铜罐砸死了仆人，而自己也因为意外失足摔死。这件事在整个庄国，都算不上什么了不得的事情。因为律法规定，拥有姓氏的贵族打死自家的仆人，无论什么理由，最重的惩罚也就是罚一些铜刀币。

听到启良缙的质疑后，带路的城卫苦笑了一下："被调来协查的不只是你们，还有其他几个卫所的城卫，至于什么原因，你们马上就能知道了。"

就在这个时候，众人来到了苍予家西北的一个房间门前。

房门打开着，里面传来说话的声音。

带路的城卫对启良缙身后的几个城卫道："你们在外面等着，过会儿会有任务安排给你们。"

说完，他示意启良缙可以进去了。

启良缙一指鄢人狂，对带路的城卫道："他要和我一同进去。"

见城卫皱眉，启良缙又道："他是我的左右手，今天没有当值。"

这个城卫露出恍然的神色，点点头："嗯，可以。"

启良缙对鄢人狂以眼神示意，迈步走进房间。鄢人狂紧随其后。

在踏入房间，踩上那软绵绵的羊毛毯之后，鄢人狂立刻就闻到了一股浓烈的血腥味。而他的目光，瞬间就被前面不远处楼梯上那触目惊心的血迹所吸引。

这个房间分为两层，在第一层里侧有个木质楼梯通向上一层。这个楼梯从上到下，淋着浓稠鲜红的血水。大量的血点溅射在楼梯旁的墙壁上，看上去分外恐怖。

楼上护栏边探出一颗光溜溜的脑袋："启良缙？"

"是我，百卫长。"

庄国的城卫，按照等级，分为普通城卫、十卫长、百卫长。启良缙就是十卫长，这意味着他是一支十人城卫小队的队长。百卫长，则是十卫长的顶头上司，统领十个十人小队。至于统领千人的，那就不是城卫，而是将领了。

那个光头百卫长的目光落到鄢人狂的身上。

没等百卫长询问，启良缙就道："这位是第三所的鄢人狂。"

之前他没有对那个城卫介绍鄢人狂的真实身份，是因为没有必要，那个普通城卫不会知晓第三所的存在。而百卫长就不同了，他对于第三所的情况有一定的了解。

在听闻鄢人狂来自第三所后，光头的眼神立刻就变了，有一丝敌视，还有一丝敬畏。不过他脸上还算平静，点点头道："上来吧，注意不要踩到台阶上的血迹。你手下的人，让他们去守着苍予家周围的出入通道和回廊，不要让任何人靠近这里，哪怕是苍予家的人也不行。"

"是。"启良缙出去吩咐了一下，然后回来和鄢人狂一起来到房间的第二层。

楼梯上的鲜血过多，除非将一个人整个切开，然后把血放干净，才会有这样的后果。但是之前那个城卫说过，死去的苍予苒和凤，一个是摔死的，一个是被砸死的，都不可能流出如此大量的鲜血。而且鄢人狂还注意到，这些血迹之中，有一些脚印的痕迹。这些脚印，很显然是事发后踩上去的。

来到房间的第二层，鄢人狂看到了更清晰的血迹中的脚印。这些脚印从楼梯口向前方延伸，最后断在了一大片血泊旁。望着那摊浓得发黑的血水，鄢人狂皱了皱眉头。这里的血腥味，比刚才还要浓烈。

趁着启良缙和那个光头百卫长讲话的工夫，鄢人狂迅速环视了一下这一层房间的布置。很显然，这是一间卧房。靠窗的位置摆放着一张雕刻着复杂符纹的大床，床的四周罩着考究的细麻纱帘。墙壁上面，悬挂着作为装饰的甲片。除此之外，还有数件精美的青铜器、玉器。

在卧房的中央，摆放着两具被白布覆盖的尸体，白布早已被血水染红了一大片。在两具尸体旁的地上，倒着一个大约一尺高的青铜罐子。罐子靠近底部的位置，沾染着一大片血红，血水顺着青铜罐表面的纹路流淌，让那有着祥瑞寓意的图腾变得诡异起来。

"那个叫凤的仆人，就是被这个青铜罐子砸死的。"鄢人狂心中暗道。

这个时候，他听到光头百卫长对启良缙道："听说你那边也出了件棘手的案子？"

启良缙看了眼鄢人狂，点点头道："是的，而且影响很不好，不过我正在全力追查。"

"呵。"光头百卫长摇摇头，"今天我这里，麻烦也很大。"

"大致的情况我刚才已经听说了。"启良缙问道，"有什么特殊之处吗？"

百卫长沉默片刻，呼出一口气，道："要不是这件事匪夷所思，我也不会立刻召集多个十人小队前来协查。你觉得一个摔死的人，还有可能站起来杀人吗？"

"百卫长，会不会是因为苍予苒一开始并没有摔死？"启良缙喉咙干涩地说道。

百卫长笑了笑，笑容有些难看。他没有回答启良缙的疑问，而是直接掀开了其中一块白布。

看到白布下面的景象，启良缙面如土色。鄢人狂也禁不住汗毛直竖。

这尸体，实在是太惨了。这是一个年轻女子的尸体，身上考究的丝绸长裙，显示了她贵族的身份。这件丝绸长裙已经被血水浸透，看不出原本的颜色了。尸体露在外面的地方，全都是磕碰的伤口。而最惨烈的，是尸体的脑袋和身子之间，只有一丝皮连着，脖子的骨头和筋肉几乎完全断裂，轻轻一拽，脑袋和身体就会彻底分开。

"你觉得一个从楼梯上滚落，摔成这样的人，还有可能再起来杀人吗？"百卫长又问道。

见启良缙没有回答，百卫长继续道："楼梯上的血迹，都是苍予苒摔落的时候留下的。"百卫长指着地上那串清晰的脚印："留下这些脚印的人，是从楼下走上去的。楼梯上也有脚印的痕迹，你刚才应该注意到了吧。我已经对比过苍予苒沾满血迹的脚底，线索表明，她是先摔下去，脖子几乎摔断了，然后又站起身，一步一步走回来的。"

这个时候，启良缙明白百卫长为什么要让人守着，不许任何人靠近了。无论谁听到这样的结论，估计都会被吓疯。

百卫长的话还没有说完，他往一旁迈了几步，来到那倒在地上的青铜罐面前："那个叫凤的仆人，就是被这个青铜罐砸死的。尸体就在苍予苒的旁边，我就不让你们看了，怕你们做噩梦。这个青铜罐里面，原本是装满水的。我之前试了下，在装满水的情况下，哪怕是我，也只能用双臂将它举起来，但要是像这样挥动。"百卫长做了个拿东西砸人脑袋的动作，"将别人的脑袋砸成肉饼，我是绝对做不到的。"

启良缙看向鄢人狂。这很难不让他联想起浼和他阿母的死状。

鄢人狂向启良缙点点头。弥识在他体内流转，汇聚至双目。鄢人狂眼中的房间立刻发生了轻微的扭曲，两道人影出现在了房间之中。

鄢人狂马上就认出了其中一道较为纤细的身影是苍予苒。那另外一个丰腴一些的自然就是夙了。

这两道身影，在他的面前动了起来。

一开始，夙背对着楼梯的方向，弯着身子，似乎是在翻找着什么。鄢人狂目光扫去，见夙的面前摆放着一个四四方方的青铜箱子。就在这个时候，苍予苒从楼梯走了上来。她的脑袋，此时还好端端地在脖子上。夙的身影颤抖一下，转了过来。苍予苒走过去，抬手扇了夙一个巴掌。而夙也随之跪倒在地上，用一只手捂着嘴巴。

苍予苒铁了心要下楼，夙则跪在地上，拉扯着对方的裙角，不断哀求着。苍予苒一脚将夙踹到一边，大步朝着楼梯走去。鄢人狂突然感觉背脊传来一股凉意。仿佛黑暗之中，一双狭长的冰冷眸子突然睁开，冷冷地注视着自己的灵魂。原本跪在地上的夙猛地站起来，发了疯一样几步冲到苍予苒的身后，将苍予苒从楼梯上推了下去。

苍予苒倒在楼梯的最下面，脑袋贴着后背，一动也不动。鄢人狂再向夙望去。夙的那道身影在楼梯边站了片刻。鄢人狂不知道夙当时是如何想的，按照庄国的律法，奴仆如果伤害贵族，要受到极为严厉的惩罚。像夙这种盗窃不成，还杀死主人的女仆，是要受剥皮之刑的！

"杀死了苍予苒，夙只能想办法逃。在苍予家发现这件事之前，逃得越远越好，这样她才会有一线生机。"

夙折返回去，在房间内的多个青铜器皿前来回走动，动作仓促、慌乱。这几个青铜器皿，在被她动过之后，要么被打开，要么歪斜着倒在地上，里面的珍珠玉石，全部散落在地上。

"夙不仅要逃，而且还想着多偷走一些珍宝。"鄢人狂皱起眉头。

突然，他脑海里灵光一闪，抬头望去，见到楼梯下方的墙壁上，缓缓浮现出一个扭曲的咒文。这个咒文并不复杂，就像墨迹在纸上晕染开来一样。仅仅一眼，一种极不舒服的感觉就爬上鄢人狂心头，就像是只身站在满是漆黑墓碑的坟地，天降大雪，而自己不着片缕。

他暗暗记下了这个咒文的形状："这是殓尸人在作祟。"

咒文从墙壁上透了出来，如烟似雾，慢慢飘落，印在了苍予苒的胸口。已经断气的苍予苒，竟然动作僵硬地缓缓站起，甚至还用手将自己贴在后背的脑袋掰回了原位。虽然心中早有准备，但是真看到这一幕的时候，鄢人狂依旧不禁倒吸一口凉气。

苍予苒踏着楼梯上原本属于她的浓稠血水，一步一步，重新走了上来，一直来到毫无察觉的夙的身后，双手提起那个青铜罐子。正在埋头收拾珍宝的夙，好像听到了动静，缓缓转过头来。砰！青铜罐横扫，夙的身影上炸出了一团血雾，身子猛地飞了出去，重重砸在墙壁上。在砸死了夙之后，苍予苒的力气仿佛一下子被抽干了，手中的青铜罐子落到地上，自己也随之倒下。旋即，这两道身影消散不见。他眼中的房间，也恢复了原本的样子。

鄢人狂转身看向启良缙："和况死的时候一样。"

"嗯？"百卫长疑惑地看看鄢人狂，再看看启良缙。

启良缙艰难地吞咽了一下口水，道："夙先杀死了苍予苒，然后苍予苒再杀死了夙？"

"不错。"鄢人狂点点头。

"这不可能！"百卫长打断了两人的对话，"虽然线索看上去如此，但是死人怎么可能杀人。"

"普通人确实不行，猩红之月下的一些人，却可以做到。"鄢人狂直视百卫长。

百卫长脸上的肌肉微微抽搐："你是说，是星，星……"

星启者对于世俗来讲是忌讳，哪怕百卫长在丹霞城内已经拥有不错的地位，依旧难以说出那三个字。

"而且当时那个人就在附近。"鄢人狂又说出了一件让百卫长和启良缙震惊的事情。

之前在卫所的时候，青说过，殓尸人一定要在尸体附近才可以操控尸体。不对，苍予苒死后，她的尸体马上就被殓尸人控制。

看着百卫长和启良缙瞪大的双眼，鄢人狂又道："甚至不在附近，就在……苍予家。"

"你的意思是，那个人可能就是苍予家的……"启良缙的眼睛逐渐变亮。

"况在死亡之前，也在苍予家做零工。这两件事其实都和苍予家有关，只是之前我们没有想到。"想到这里，启良缙感觉脊背一阵发凉。如果这个星启者真的来自苍予家，那么他们现在岂不是羊入虎口？

启良缙正打算将这个想法说出来，突然，他看到鄢人狂身后盖着尸体的白布，缓缓飘了起来。白布下盖着的尸体，居然站了起来！随着尸体的立起，沾染着血水的白布缓缓落下。

死人复活的场景真实地出现在眼前，启良缙和百卫长感觉自己的心脏停止了跳动，全身血液涌向大脑。

鄢人狂见启良缙露出恍然的神情，但随即启良缙的五官变得十分扭曲，那是一种恐惧到极致的表现。而启良缙的视线，看向自己的身后。鼻腔中涌入一大股血腥之气，鄢人狂透过启良缙瞳孔中的倒影，看到了自己身后的景象。

没有丝毫犹豫，鄢人狂一个纵身向前跃去，旋即转身，看到凤那个左半边脑袋稀烂的尸体，正僵硬地扭动着胳膊和双腿，朝着他们一步步走来。

血水一滴滴落到地上。凤转动着脑袋，她的脖子处传来一阵叫人胆战心惊的脆响。仅剩的右眼，翻着恐怖的眼白，直勾勾地盯着鄢人狂，露出的牙床，此刻上下研磨，血水从牙缝之中不断渗出，将原本雪白的牙齿浸得鲜红。

"这，这……"

"居然……"

启良缙和百卫长此时都不知道该如何是好。让他们对付囚犯，甚至上阵杀敌都行，因为对手都是正常人。而眼前的凤，已经不能说是人了。

唰！凤突然双腿一蹬，朝着启良缙和百卫长冲去，速度和刚才完全不同。

百卫长还没有来得及拔剑，就被凤一下子从二楼推了下去，重重摔在地上。启良缙在短暂的错愕后，立刻反应过来，抽出青铜剑就朝凤挥砍过去。

凤挺着胸膛，直面启良缙。一团黑色的雾气，浮现在凤的胸口，眨眼之间，就凝聚成一个歪斜扭曲的"死"字！森森寒气，从四面八方席卷而来。房间内仿佛瞬间进入寒冬。

"小心！"鄢人狂往前一步，将启良缙向旁边拉去。

凤向启良缙直直冲来，它胸口的漆黑字符，竟然涌出浓黑的火焰，瞬间就将启良缙手中的青铜剑熔成了铜水，他身后的石质护栏，也被黑焰烧出了一个硕大的缺口。

看到手里还在淌着铜汁的剑柄，又看到从护栏缺口处直直坠下的凤，摔倒在地上的启良缙心脏狂跳起来，脸色也是一片惨白。他明白，刚才要不是鄢人狂出手，被熔化的就不是青铜剑，而是他自己了。他还没来得及向鄢人狂道谢，就见到鄢人狂追着凤，从二楼直接跃下。

晋升天阶，成为星启者之后，鄢人狂身体的各个方面，都远超常人。再加上前几天跟随明修行，对于身体的掌控越发得心应手。他见凤从二楼坠下，将刚刚爬起来的百卫长又砸倒了，想也没想，就追了上去。

鄢人狂的脑子里，只有一个念头："这个被操控的尸体，绝对不可以让她跑了！"

凤坠到一楼之后，四肢在地上一阵诡异地扭曲，随即就手脚并用，像蜘蛛一样朝着门外爬去。听到房间里的动静后立即冲进来的城卫，还没有看清凤的样貌，就被她一下子撞飞。

鄢人狂在百卫长的面前站定。百卫长先是被凤从二楼撞下，刚才又被凤砸翻，此刻看上去颇为痛苦，嘴角也挂着血丝。鄢人狂伸手将其从地上拉起，见百卫长的另一条胳膊软绵绵地耷拉着，知道对方的手臂估计是骨折了。

百卫长也顾不上自己的伤势，大声道："加派人手，不许苍予家的任何一个人离开这里，快按照我说的去做！"

鄢人狂见到地上百卫长那柄遗落的青铜长剑，他足尖一挑，青铜长剑旋即弹起，落到他手里。握着青铜长剑，鄢人狂沿着地面的血迹，再度追了出去。外面的回廊，传来了阵阵惊呼和尖叫。

过得片刻，启良缙沿着楼梯快步走了下来。比起断了一条胳膊的百卫长，启良缙刚才只是摔了一跤，擦破了点皮，几乎没有受伤。

"百卫长，这里交给你了，我去帮他！"启良缙对百卫长道。

百卫长龇着牙，身子晃晃悠悠的。他吸了一口气，感觉胸口像是针扎一样痛，他挥挥手，示意启良缙赶紧去。

启良缙刚刚踏出房门，就见到粗长的恐怖血痕，从回廊的地上延伸到墙壁上、廊顶上，弯弯曲曲地朝着远处而去。而回廊的尽头，传来一阵阵陶器破碎的声音和人群的惊呼声。

"星启者。"启良缙咬了咬牙。他知道今天发生的事情，已非他力所能及。但强烈的责任心，让他毫不犹豫地召集手下，沿着血迹追了上去。

缺了半个脑袋的尸体，根本不惧疼痛，在苍予家的大宅里横冲直撞。各种陶器、青铜器，都被她撞翻在地，碎片乱飞。她那狰狞恐怖的模样，把苍予家族的人吓得不轻。

在百卫长带人来到苍予家后，苍予家的大部分族人都被要求待在自己房间，不可以随意走动。此时听到外面传来的嘈杂响动，不少族人都按捺不住内心的好奇，探出头来张望。于是，他们就见到了让自己毕生难忘的一幕。甚至有些胆小的族人，看到夙的第一眼，就眼睛一闭，当场被吓晕过去。

夙的动作不再僵硬，她手脚并用，借着苍予家大宅的复杂结构，和鄢人狂不停周旋。鄢人狂此时也看出来了，夙不像是逃跑，更像是在大宅内搜索什么。

"这个家伙！"鄢人狂拧紧眉头。他不断运转体内弥识，希望从夙的身上发现其操控者的位置，就像当时他发现无梦者阿花用线操控开拓团成员那样。然而他从夙的身上看不到任何有用的线索。

"这个家伙到底要做什么?!"

鄢人狂几步追了上去，用手中青铜长剑朝夙的右腿劈过去："你手脚并用，那我就砍断你的手脚，看你还怎么动！"

就在青铜长剑要碰到夙的右腿时，她的膝盖突然传来咔嚓一声，小腿竟然向前翻折，避开了鄢人狂这一剑。这是正常人根本没有办法做到的。在躲过鄢人狂这一剑之后，夙将身子侧过来，继续快速向前爬去。

鄢人狂心中有些后悔了，早知道这样，当时就应该让明或者芷陪自己过来的。明那横扫一切的力量，还有芷神秘莫测的控水能力，都可以有效地阻拦夙。

夙一抬手，将一个苍予家族的人打翻在地，她的身子灵活地向前一蹿，爬上了一条螺旋状的楼梯。

鄢人狂见这楼梯的支撑柱上雕刻着细密的纹理，并且还镶嵌着金灿灿的黄金，便拉起刚刚摔倒的族人问道："楼梯上面是什么地方？"

这个苍予家族的人被吓得不轻，身子抖个不停，脸色惨白，鄢人狂问了他好几次，他都支支吾吾地说不出一句完整的话来。鄢人狂直接一个巴掌抽在对方脸上。啪的一声，这个苍予家族的人顿时愣住了。鄢人狂将刚才的问题又问了一遍。

"是家族中用来祭祀的祖祠！"苍予家族的人回过神来，颤抖着说道。

对平民来讲，吃饱穿暖，能够生存下去就已经足够。至于其他的方面，他们并没有资格顾及。但对贵族来讲，血脉的延续、家族的传承，是举足轻重的。而这很大程度上，就体现在祖祠上。

"夙去苍予家的祖祠做什么?!"

鄢人狂心中带着疑惑，加快步伐，伸手抓住楼梯的护栏，身子腾空跃起，追了过去。

刚才一路追逐，他发现苍予家的内部结构极为复杂，没人引领，外人很容易就迷失其中。而凤并不像是没头苍蝇到处乱撞，它分明就是直奔苍予家祖祠而来！

鄢人狂几个纵跃，就来到这螺旋状楼梯的最上面，他看到一扇古朴的青铜门被推开了一条缝隙。青铜门的上面，有一个黄金族徽。族徽上的图案，透出一种岁月沉淀的味道。

在青铜门的两侧，分别倒着一个苍予家的年轻族人。其中一个族人靠着墙壁晕过去了。另一个就没有那么幸运了，他的脖子上血肉模糊，像是被牙齿撕咬开来的，随着身体的抽搐，血水汩汩地从伤口里涌出来。

见鄢人狂走来，这个族人的身子一下子紧紧绷起，用含糊不清的声音说道："族……族长……里面……"话音未落，他身子猛地一僵，旋即瘫软下去，没了声息。

鄢人狂上前将这个族人的眼睛合上，握紧手中青铜长剑，一个闪身，迈入青铜门内。

青铜门后面的空间不大，就只有一个石屋。石屋的中央，吊着一盏青铜古灯，昏黄的光芒照亮了石屋内的大部分区域。

鄢人狂迈入石屋后，双眼立刻就适应了其中的光线，鼻子闻到了一股熏香的味道。就在他前面不远处，一个须发皆白、保养得很好的老人倒在了地上，面朝凤，满脸都是惊恐。凤用双脚和一只手支撑着身体，另外一只手中，抓着一块像皮革腰带一样的东西。地面上，散落着大量的羽毛和龟甲碎片。这个老人应该就是刚才那个年轻族人口中的苍予家的族长，苍予铠。

苍予铠看到鄢人狂进来，急忙喊道："你是谁？"

"城卫。"鄢人狂直截了当地说道。

苍予铠脸上顿时浮现希冀之色："快，快拦住她，拦住这个怪物……"

他的话还没有说完，凤突然就朝着鄢人狂冲了过来。吊着的那盏青铜古灯摇晃起来，让石屋内的光线忽明忽暗。光影交错中，凤的身体一半被照亮，一半隐藏在阴影里，再加上其诡异的身姿，周身的鲜红，就仿佛一头残暴发狂的野兽，要将面前的人生吞活剥了。

鄢人狂突然心头一紧，他看见一团黑焰从凤的嘴里涌出。

"弥识！"如果不是依靠着弥识的共鸣，仅凭眼睛的话，根本不可能发现从凤口中喷射而出的死咒。

刚刚领教过黑焰的威力，鄢人狂一咬牙，身子朝一旁闪开。呼啦！黑焰印在一旁的石壁上。原本平整坚硬的石壁，霎时变得千疮百孔，如同一个蜂窝。凤的身子直直地朝着石壁撞去，砰的一声，将石壁砸出一个大窟窿。外面猩红色的月光，透过窟窿照了进来。

鄢人狂抬手甩出一剑。这段时间和明修行的成果，在此时展现了出来。青铜长剑以一个极其刁钻的角度洞穿了凤的大腿，将想要逃离的凤一下子钉在了墙壁上。这柄原本属于百卫长的青铜长剑，一边是锐利的剑锋，而另一边则是锯齿。青铜长剑洞穿了凤的大腿后，顿时带出了一片碎肉和血沫。凤拼命挣脱，却徒劳无功。锯齿摩擦腿骨，传出叫人不适的声音。

鄢人狂目光一扫，抓起倒在地上的圆形玉璧，正打算给凤再来一击，出乎意料的一幕出现了：凤猛地一扭，咔嚓一声，将被青铜长剑钉住的大腿齐根拧断。她留下露出骨头的断腿，用剩下的一条腿和双手，从窟窿里钻了出去。

鄢人狂没有放弃，他探出头朝窟窿外望去，外面是一片嶙峋的怪石。结合上城区所在的位置，鄢人狂立刻就判断出来，外面是和丹霞城结合成一体的那片山峦。

鄢人狂看到，凤的身影在怪石中爬行。在猩红月光的映照下，她的身形越发显得诡异恐怖。不过因为失去了一条腿，凤爬行的速度要比之前慢了许多。

鄢人狂转头看了一眼目瞪口呆的苍予镗："她刚才带走的是什么东西？"

苍予镗愣了愣，脸色变得更加难看："那，那是我苍予家第一代先祖的腰带，代表着我们苍予家跟随宁王征战的荣耀……"

鄢人狂点点头，拔出插在石壁上的青铜长剑，从窟窿中一跃而出。

关于苍予镗口中的宁王，鄢人狂只知道，在十国并立之前，曾经出现过一个大一统的国家。那个国家囊括了如今十国的所有土地。那个国家，就叫作宁。那个国家的国主，叫作宁王。

"这么看来，苍予家居然有着数百年的历史。"鄢人狂向在夜色中爬行的凤追去。

第十章
神人

夜风在鄢人狂的耳边呼啸而过。猩红的月光，将他的身影拉得长长斜斜的。鄢人狂不时跃上高大的岩石，确认自己的方位。

"还是战斗经验不足啊。"鄢人狂心中感叹一声，"虽然在剑技方面已经超越了明，但之前只是点到为止的切磋，和生死之战还是有着本质区别的。如果我的战斗经验能够再丰富一些，估计在最开始的那个房间里，我就可以将她解决了。"

鄢人狂望向不断被自己接近的身影。凤的体内鲜血大量流失，她的皮肤即便被猩红的月光照到，依旧透着瘆人的惨白。

凤似乎也感觉到鄢人狂的迫近，她的手臂和腿在地上扒拉得越来越快。但是失去一条腿之后，她的身体很难像之前那样保持平衡，在凤被一块岩石绊倒之后，鄢人狂和她之间，就只剩下很短的一段距离了。

在阴影之中，一道站立的瘦削身影双臂垂落，正用冰冷的目光注视着他。一开口，正是之前和阆炎说话的那个黑影的声音："真是麻烦，让我白白耗费了这么多弥识，等你过会儿死了，我一定要把你的尸体带回去，把你做成我的人形礼器！"

鄢人狂看准凤的方向，紧紧握住手中的青铜长剑，就要再度将其掷出。他有信心，这一下可以直接洞穿凤的胸膛："我射穿你的腿，你可以把腿拧断。我射穿你的胸膛，看你能不能把自己的身子拧成两截！"

就在鄢人狂要出手的刹那，一只手按在了他的胳膊上，让他感受到一丝清凉。旋即，一道人影出现在鄢人狂身侧。鄢人狂心弦猛地紧绷。对方出现得毫无征兆，他竟然没有丝毫察觉。但熟悉的嗓音随即传入他的耳中："别动，是我。"

"青队！"鄢人狂扭过头来，见到了青那秀美的侧脸。

鄢人狂上次见到青，还是他晋升天阶的那天。之后青就去追查殓尸人的行踪了，不仅是鄢人狂，卫所内的其他人，也都没有青的消息。此刻，青居然出现在了自己面前。

"青队你——"鄢人狂按捺激动的心情，迅速打量了一下青。青的头发稍显凌乱，身上的皮甲有多条划痕，眉宇间也带着一丝疲惫，给人一种风尘仆仆的感觉，但是她的眼神依旧明亮。

青察觉到鄢人狂的目光，抿了抿薄唇，轻声问道："怎么了？"

"青队，你怎么会在这里？"鄢人狂问道。

"我在追那个星启者。"青低声道，"先跟着这个家伙。"

"好。"鄢人狂点点头。青的出现，让他心中安定了许多。

两人追着夙又前进了一段距离。他们此时已经来到距离丹霞城很远的山峦之中。月亮的光芒，不时会被起伏的山岳遮挡，这让周围的气氛越发阴森。

"我之前已经查到了一些关于那个星启者的线索，他的弥识残留在下城区的很多地方。今天我发现，上城区竟然也出现了他的弥识，于是我就一路追踪过来，没想到遇上了你。"青开口道，"这个星启者很狡猾，而且我感觉他在丹霞城已经待了不少时间了，希望这具尸体，能够带着我们找到他。"话音刚落，青突然将鄢人狂拽到旁边一块岩石后面："不要讲话！"

青的手拉着鄢人狂的胳膊，凉凉的感觉透过皮肤传来，让鄢人狂脸颊不禁发烫。就在他心脏怦怦加速跳动的时候，青的低语传入他的耳中："看那边山坡上。"

鄢人狂深呼吸一口气，定了定神，朝青示意的方向望去。在他们前面不远处，有一个小小的山坡。山坡上面，夙停在了几块岩石的旁边，一动不动，像是在等候着什么。

"那个星启者要出现了吗？"鄢人狂聚精会神望去，他绷紧的手掌下意识按在面前的岩石上。不知道为什么，他隐隐觉得，掌心的触感有点奇怪。

"来了。"青道。

鄢人狂看到夙旁边的一块岩石微微动了动，紧接着，竟然舒展开来，变成了一道极为怪异的身影。这道身影的双肩整个塌陷下去，双臂垂落在这鲜红的月色下，叫人不寒而栗。

凤缓缓抬手，将手中的皮革腰带递到那个身影面前。此时鄢人狂看清楚了，皮革腰带上面，还有一块巴掌大小的青铜腰扣。只是不知道，这个殓尸人要这个东西做什么。

"那是什么？"青问道。

"那是上城区苍予家的传承宝物，他们族长说，这是第一代先祖为宁王征战时留下来的。"

"为宁王征战？"青蹙起眉头，"那就不是信宁时期，而是宁后期了？"

鄢人狂对十国鼎立之前的历史了解极少，听青说起"信宁"，也是不解。他还没有发问，就感觉掌心下的岩石，不仅出现了凸起，而且还变软了一些。鄢人狂立刻将手抬起，然后就看到他面前的岩石表面竟然探出了一只枯瘦的手掌。这只手掌呈黑褐色，血肉早已干枯，只剩下萎缩的皮肤紧紧依附在骨头上。随即，这只手掌直接朝着鄢人狂的喉咙抓了过来。

唰！寒芒一闪，青率先一步，将这只手掌斩了下来。而被斩断的手掌落到地上后，以手指作为支撑朝鄢人狂爬了过来。

"他发现我们了！"

鄢人狂和青对视一眼。

"丹霞城的狩灵卫，这是你们自找的！"话音落下，这道身影举起一根权杖。在月光下，权杖表面发出青铜的特殊光泽。与此同时，一大团如黑墨一般的浓雾，在他头顶凝聚成一道漆黑的纹章。一条条黑色的锁链，从他脚下朝着四周蔓延。

"亡者，祭献！"

"他在施展天阶的力量！"类似的场面，鄢人狂已经看到过很多次了。明、芷、青他们施展自己力量的时候，头顶或者脚下，都会浮现出自己天阶的纹章。只是他们的纹章，都不会像眼前这个星启者一样，透出如此森寒的死亡气息。

与此同时，鄢人狂和青周围的岩石，全都窸窸窣窣剥落开来，一条条枯瘦的手臂从石头里伸出，朝着他们抓了过来。

"快离开这里！"青一剑将身前的手臂斩断，迅速朝着一旁跃去。

鄢人狂刚迈开步子，突然就感觉小腿一痛。低头望去，鄢人狂心头一沉，一条手臂从地下钻出。死死抓住了自己的脚踝。在他的周围，不断有手臂钻出地面。这些手臂，有的已经骨瘦如柴，有的却还肤色如常，就好像活人的手臂一样，它们齐刷刷地朝着鄢人狂和青抓来。

鄢人狂的两条腿，此刻被六七条手臂拉拽，而更多的手臂，还在不断攀附上来。这些手臂力大无穷，不停地将鄢人狂用力朝地面拉扯。如果这样僵持下去，不用多久，鄢人狂的力气就会被耗尽，最终被这些手臂拉入地下，沦为它们中的一员。

看到同样被困住的青，鄢人狂明白，他们这是中计了："殓尸人只可以控制尸体，而这里并非墓地，这些手臂，一定是早就准备好的。他之前已经发现了我们，所以才故意将我们引到这里。"

就在这片刻工夫，又有数条手臂抓上鄢人狂的腰身。鄢人狂的膝盖，缓缓弯曲下去。如此一来，那些蜂拥而来的手臂，立刻就朝着他的胸口和脖子抓了过去。

"青队！"鄢人狂竭力支撑，转头朝青的方向望去。

青挥动手中的青铜长剑，舞出一片褐色的光雾。被光雾碰到的手臂，像稻草一样被斩断。

"鄢人狂，坚持住！"青看到鄢人狂渐渐弯下的腰身，焦急地喊道。

她的天阶虽然可以转移伤害，却只对活人有用。对于这些亡者的手臂，青只能依靠着青铜长剑进行防御。然而刚刚斩断一条手臂，立刻就有好几条从地下钻了出来。而且这些手臂即便被斩落在地上，依旧可以蠕动过来，让人不胜其烦。

鄢人狂看着艰难地朝自己移动的青，估计以她现在的速度，还没赶到自己面前，自己就已经被这些手臂给爬满了。

"要是辕或者芷在的话就好了！"

辕配置的药剂中，有腐蚀作用强烈的，用来溶解这些手臂再合适不过。芷可以迅速凝结出大片的冰霜，将这些手臂全部冻住。

想到这里，鄢人狂的脑中闪过一道白光："我怎么把这个给忘掉了！"

鄢人狂赶紧用力挥动胳膊，将两条抓住自己的手臂甩开，然后伸手在腰间一摸。抽出手掌的时候，指间已经夹着两支青铜管。这是之前辕给自己的。

鄢人狂看向其中一支青铜管，眸中闪过一抹厉色："用这个应该可以帮我们脱困。"

就在此时，他听到不远处山坡上传来那道诡异人影的笑声："你们就在这里慢慢感受绝望吧，我就不奉陪了，哈哈哈哈哈。"语气之中，满是得意。

鄢人狂转身望去，看到那道人影正要走下山坡的另一侧。

"想走？"鄢人狂冷笑一声，用右手拿起其中一支青铜管，猛地一甩胳膊，将这支青铜管朝着对方射去。

"嗯?"那道人影驻足,旋即让凤的尸体挡在他的面前。青铜管射到凤的身上,顿时从中间裂开,里面有透明的清水溅洒而出。

"呵呵,这就是你最后的手段?"人影冷笑一声,"看来枭的担心是多余的,狩灵卫真是越来越不中用了。"说完,就带着凤的尸体消失在山坡之后。

"鄢人狂,你再坚持一会儿!"青连续挥动青铜长剑。剑锋上面燃烧起流动的火焰,一条条手臂被她斩断,咔嚓声不绝于耳。

"青队,这样子太慢了。"鄢人狂已经直不起腰了,他的胸口被四五只手臂死死拽住,长袍也被扯破了。现在唯一还能动的,就只剩下左胳膊了。

"青队,用这个!"鄢人狂用左手食指和中指的指尖捏住剩下的这支青铜管,将它尽量举高。

青是丹霞城狩灵卫的队长,对于辕的能力,自然比其他人都要清楚。在见到这支青铜管的时候,她就知晓其作用了。

"有这个东西真是太好了!"青焦急的脸上,露出了振奋的神色,她不忘提醒鄢人狂:"不要扔得太近,以免误伤到自己。"

"好。"鄢人狂点点头。

这个时候,有三条手臂已经抓上他的脖子。这些手臂不仅冰凉彻骨,而且力大无穷,鄢人狂感觉自己快要喘不过气了,脑袋阵阵眩晕。他猛一咬舌尖,刺痛顿时让他清醒过来。随即他毫不迟疑地将这支青铜管朝着侧前方扔去。

青看准时机,将手中的青铜剑射出。当!青铜剑和青铜管在半空激烈碰撞,传来一声脆响。紧接着,青铜管内爆发出一片橘红色的光芒。光芒伴随着强烈的爆炸,朝着周围冲击而出。地面瞬间被撕裂,数十条正从地下钻出的手臂被炸成飞灰。炸开的地面下,一具具尸体腾空飞起,旋即就绞碎。狂暴的气流轰隆隆作响,将鄢人狂掀飞出去,重重落到地上。那些原本抓在他身上的手臂,无论长短粗细,全都断裂,横七竖八掉了一地。

鄢人狂按照青的提醒,已经将这青铜管扔得挺远了,但他还是小觑了辕配置出的药剂的威力。他的耳朵里不断传来闷雷一般的声响,眼前所见模糊不清,脑子更是被震得迷迷糊糊,喉咙里面涌出腥甜的味道。朦胧之中,鄢人狂见到青快步朝自己走来。

"鄢人狂!鄢人狂!你还好吧?"青急忙俯下身子,检查鄢人狂的伤势。

鄢人狂身上的长袍被那些手臂扯破了,此刻又被爆炸的气流席卷,整个长袍只剩下几块破布,整个上半身儿乎裸露在外。正因为如此,青才能以最快的速度检查完鄢人狂，确认他并没有外伤，只是刚刚受到了爆炸的冲击，暂时有些头晕，这才放下心来。

鄢人狂恢复得很快。在经历了短暂的意识模糊之后，他眼前所见迅速变得清晰起来，混乱的脑子也恢复了思考能力。"青队，我没事。"他用胳膊支撑着地面，艰难地爬了起来。刚刚摔在地上，又滚了好几圈，他看上去比较狼狈，但也只是身上有些酸痛，其他并无大碍。

"鄢人狂。"

"嗯？"

"你之前扔出去的，是不是辕配置的追踪药剂？"

"是。"

得到肯定的答复后，青看向鄢人狂的目光带着几分赞许。她取出一根黑色的羽毛，在手中的甲片上快速摩擦了一下。羽毛立刻化作一团烟雾，消散不见。

"明他们很快就会赶来这里，你在这里等他们，我要去追那个家伙。"青吩咐道。

"青队，你的剑……"

青平时所用的青铜剑，刚才为了引爆青铜管被炸碎了。鄢人狂知道那不是普通的青铜剑，他担心青失去了武器会有危险。

"放心吧，我不会贸然出手的，只是去确认一下他的行踪。"青队朝鄢人狂点点头，然后看了爆炸后的现场一眼，"这里的情况，没有那么简单，等芷他们到了后，你把具体情况和他们讲一下。"

"嗯。"鄢人狂点了点头。

刚才青铜管在鄢人狂和青受困之处，炸出了一个硕大的深坑。鄢人狂朝深坑之中望去，清楚地看到还有更多的尸体被竖着埋在地下。这些尸体姿势相同，彼此之间的距离也几乎分毫不差。这种情形，让鄢人狂想到了种植在田地里的庄稼。男女老少的尸体都有，有的已经化成了干尸，有的好像刚死去不久，面目还栩栩如生。

"这里距离丹霞城，其实……也不算远。"鄢人狂抬头望去。远处峡谷的入口，就是丹霞城所在的位置。

"要想神不知鬼不觉地将这么多的尸体运到这里，仅凭一个殄尸人，是绝对做不到的。"

青让鄢人狂在这里等候明等人的到来，鄢人狂感觉全身阵阵酸痛，此时正好休息一下。只是四周都是断手断脚和被炸碎的尸块，让人觉得不适。所幸鄢人狂如今经历了不少事情，已经能泰然处之了。他找了个石块坐下来，脑海之中仔细回忆今天发生的事情，进行复盘。

"总之，还是经验太少啊。"鄢人狂叹息了一声，"好在青队回来了，而且她一直在追查这条线索，应该很快就有结果了。"

等候了一阵，鄢人狂没有等来自己第三所的同伴，反而等来了启良缙和他手下的几个城卫。

启良缙在鄢人狂和夙离开苍予家后，就立刻带人追了上去。只是因为他们远没有鄢人狂如今的速度和力量，再加上需要寻找地上的痕迹，所以才耽误了不少时间。他们甚至还一度失去了目标，最后还是依靠着鄢人狂引发的爆炸，才让他们最终确定了方向。

启良缙等人赶到之后，没有贸然上前，而是在远处观察了一阵，最后才由启良缙开口问道："是鄢人狂吗？"

鄢人狂早就发现了启良缙等人，应道："是我，你们过来吧。无论看到什么，都不要太惊讶。"

虽然有了鄢人狂的提醒，见到大坑和满地的残肢断臂之后，这些城卫的脸色还是一下子变得格外难看。其中一个年轻的城卫，甚至直接捂着嘴转过身去，连胆汁都吐了出来。启良缙虽然见过不少死人，但眼前的场景还是让他脸色变得惨白，只能强行稳住心神。

启良缙从那些断臂残肢中小心地穿过，来到鄢人狂面前，仔细打量鄢人狂片刻，轻声问道："你做的？"

"不是。"鄢人狂摇摇头。

得到这个答复，启良缙松了口气。

"是那个家伙布置的。"因为有启良缙的手下在，鄢人狂就没有说出"星启者"这三个字。

鄢人狂将自己刚刚经历的事情大致讲述了一遍。不过其中他没有提到青，还有这些尸体伸出手臂抓人的骇人场景。

听完鄢人狂的讲述，启良缙的神色严肃起来。他走进那个大坑，俯下身子仔细查看。

过了好一会儿，启良缙直起身子："果然如此，这里的地面有明显被刨开过的痕迹，而且土质有新有旧，说明有人定期往地里埋尸体。这种感觉就像是……就像是……"

"种庄稼。"鄢人狂说道。

"是。"启良缙点点头,脸色有些难看。这些密密麻麻的尸体,数目应该十分惊人。"种人"这件事,在这里应该已经持续了很长一段时间。

"从距离上来看,这些尸体绝对不可能是从其他城池运过来的。所以这些尸体,生前就只能是丹霞城的人。也就是说,在过去的几年,或者十几年中,丹霞城内失踪了一大批人口。"启良缙喃喃道。

对于目前摩擦不断的十国来讲,人口和土地,是衡量一个国家是否强盛的最重要的标准。人口,代表着战力。土地,是孕育人口的基础。所以,任何一个国家对于人口都是格外重视的,类似贩卖人口这样的行为,是被严厉禁止的。比如苍予家的苍予苒因为仆人凤偷盗,将凤打死了,不会受到严厉的处罚。一方面是因为她是贵族,另一方面也是因为身为仆人的凤偷盗在先。但如果苍予苒将凤转卖给其他家族,那就是重罪。

眼下这片土地里埋着的尸体,至少也有百具。贩卖人口一般也就是为了赚取铜刀币。而眼前的景象很可能涉及恐怖的祭祀或占卜。这同样是被严厉禁止的。星启者都已经叫人讳莫如深了,比星启者更为神秘的巫卜,是完完全全不被世俗所接纳的。

"这件事我一定要尽快汇报上去。"启良缙说道。

"嗯。"鄢人狂点点头。

虽然和启良缙接触不多,但是鄢人狂能感觉到,他是一个做事格外认真的人。这件事由他上报,应该出不了岔子。

启良缙犹豫了一下,说道:"到时候如果有需要的话,可能还要你帮一下忙。"

"嗯,没有问题。"鄢人狂点点头。

说话的工夫,两个人从远处的斜坡上迈步而来——正是明和芷。

他们赶到近前,明扫视一下满地的尸块,对鄢人狂道:"我们接到青队的传信,立刻就赶过来了,你没有大碍吧?"

"没事。"鄢人狂应声道。

回去的路上,鄢人狂将今晚发生的事情完完整整地讲给明和芷听。

"这么危险!"明听到后吃了一惊。

芷也是心有余悸:"你们竟然落入了那个殓尸人的陷阱,幸亏当时你还有辕的药剂,不然的话,后果不堪设想。"

"那个家伙比预想中的还要狡猾，而且他今晚的行为，我总觉得哪里不对劲。"鄢人狂沉吟片刻，摇摇头道，"等青队回来，看看有什么新的消息吧。"

"嗯。"芷也点点头，"先是城外的深山里藏有上个纪元的祭坛，现在又有殓尸人出没……"

三个人当下沉默不语，以最快的速度返回丹霞城。

在入城的时候，鄢人狂说道："我想有一把属于自己的兵器，明你有什么建议吗？"

在今晚的交锋中，鄢人狂深深感受到，没有一件趁手的兵器，自己在对敌的时候的确很吃亏。

明想了想，说道："你现在已经晋升了灵匠天阶，我的建议是，你可以尝试着自己打造一件兵器。只有你自己才明白最适合你的兵器是什么。"

明的建议和鄢人狂的想法不谋而合。不过鄢人狂虽然晋升了天阶，但还没有尝试过灵匠天阶铸器的能力，所以心中还是有些惴惴不安。

芷看出了鄢人狂心中所想，安慰他道："晋升天阶之后，你的能力就如同与生俱来。你可以先想想理想的兵器是什么样的，需要用到什么材料，卫所里应该都有。"

他们的卫所对外的样子就是一个兵器铺，既然如此，自然不会缺少材料。

"即便需要一些特殊的，在商贸区也可以买到。"芷补充道。

回到丹霞城后，他们没有停留，径直返回了卫所。卫所之中，辕和枫在等候他们。青吩咐过，让他们所有人在卫所里待命。

鄢人狂向枫询问了一下弟弟鄢人敌今天的情况。

"还没有消息。"枫摇了摇头。

听到枫的答复后，鄢人狂感觉心里有点失落。按照他对弟弟鄢人敌的了解，如果是意志方面的考验，应该不会如此艰难。兄弟两人从小相依为命，能够在下城区那么恶劣的环境中生存下来，意志方面肯定超越常人。为什么需要这么长的时间？

就在这个时候，明一声惊呼："青队有新消息了！"

鄢人狂抬起头，看到一缕黑烟在明的面前快速凝聚，形成一支黑色羽毛的形状。这支"羽毛"在半空快速移动，很快写下两个篆字：静候。这两个字浮现之后，就随着"羽毛"一同消失了。

"青队让我们继续等候她的消息。"明的视线越过其他人，落到鄢人狂的身上，"三四天之后，青队应该才会回来，如果你想要锻造兵器的话，可以在这几天尝试一下。"

"为什么这么说?"鄢人狂好奇问道。青传来的信息,就只有"静候"两个字,并没有写明时间。

"这是青队的习惯。"辕解释道,"如果在短时间内需要我们,信息的内容就是准备。"

"原来是这样。"鄢人狂记在心中。

此时,在距离丹霞城不远的地下,传来河水哗啦啦的声音。

比起丹霞城中四通八达的通道,这些被地下河冲击出来的溶洞,彼此连接,形成更加复杂的迷宫。如果有人误闯进去,很难再回到地面。以前就曾有顽皮的孩童,结伴从某个溶洞的入口钻进去探险,然后就再也没有出来过。或许很多年之后,他们的尸骨或衣衫才会顺着水流被冲到地上的河里,被其他人发现。

一道鬼魅的黑影在这些环环相扣的溶洞里快速飘动,好像对这里格外熟悉。黑影的手中有一支青铜权杖,青铜权杖的顶端延伸出一条黑色的锁链。锁链的另一头,则捆绑着一具残破的尸体。这具残破的尸体正是夙。而飘动的黑影,则是那个殓尸人。

在一个又一个溶洞中穿梭了一段时间,黑影带着夙的尸体,从一个不起眼的洞穴钻出,四周突然变得宽敞起来,崖壁上布满了人工开凿的痕迹。而原本弯弯曲曲的地下河,也变成笔直交错的水渠。

"呵呵,就算给丹霞城里的那些家伙一百个脑子,他们也猜不到我一直就在他们下面的排污水渠中吧。"

黑影停了下来,呼的一声,他手中的青铜权杖顶端燃起了一团拳头大小的绿色火焰,将周围照亮。周围黑漆漆的崖壁和水渠中的水流被映照成惨绿色,让这个原本就阴暗压抑的排污水渠更显阴森恐怖。

随着这一团绿色火焰的燃起,排污水渠的两侧,出现了一具具站立的身影。这些身影全都没有声息,并且透出一股冰冷的意味。

"呵。"黑影又笑了一声,"要将你们这些宝贝都搜集起来,还真是不容易。"

他将夙的尸体摆到自己面前。收起那条黑色的锁链之后,黑影的头顶,缓缓凝聚出黑色的纹章。与此同时,他将青铜权杖举起,对准了夙的眉心。

"亡者,苏醒。"随着黑影低沉的声音,夙的尸体微微一颤,原本已经僵硬的脸上,竟然浮现出生动的神色:脸颊肌肉紧绷,牙关紧咬,充血的眼睛里,满是愤怒、怨毒。这些表情，再加上她此时缺了一半的脑袋，更显狰狞恐怖，如同恶鬼。

"你的样貌其实并不比苍予苒差，就因为她是贵族，所以她可以享受比你舒适无数倍的生活。凭什么苍予苒就可以是贵族，而你只可以做一个仆人？

"苍予苒被其他贵族追求，而向你献殷勤的，要么是油腻的厨子，要么是浇那样连饭都吃不饱的穷鬼。苍予苒不过就是出身好，其他哪样比得上你？

"苍予家那么有钱，苍予苒也不缺那么一两件珍宝，让你拿走几件又能怎么样？苍予苒对你实在是太苛刻了。当时你都给她道歉了，并且保证以后不会再犯这样的错误，她居然还不依不饶。其实她就是嫉妒你，她想要把你赶出去，之前不过是没找到借口而已。

"要是你被赶出去，上城区的其他贵族是绝对不会接收你的，到时候，你就只能去下城区，和污水、老鼠做伴。苍予苒就是这么想的，她见不得你好，她嫉妒你。

"你将她推下楼梯，是理所应当，她就是该死。她本来就配不上贵族的身份。她心胸狭隘，不配活下去。你没有做错，你只是让她得到了应有的惩罚。"

黑影缓缓说着，他的语调，充满了蛊惑的味道。凤脸上的神色越来越愤怒，暴露在外的牙齿，咬得咯咯直响。

"你理应愤怒，杀了她，那是她咎由自取。"黑影说出这句话后，凤的脑袋夸张地扭动起来，嘴巴越张越大，嘴角整个撕裂到了后脑勺的位置，上下牙床几乎成了一条直线。与此同时，一条小指长短、细细的紫黑色小蛇，从她的喉咙里蠕动着爬了出来。

惨绿火焰照到的地方，可以见到黑影的嘴角微微上扬，露出一个森然的笑意。

小蛇从凤的喉咙深处爬出来后，缓缓挺直身子，漆黑的蛇芯就像针尖一样，在它口中一吞一吐。青铜权杖上的惨绿火焰，对于这条小蛇似乎有着致命的吸引力。

片刻之后，小蛇蜷起身子，然后身子一弹，瞬间钻入火焰，消失得无影无踪。与此同时，青铜权杖的表面像是有水波荡漾一般，浮现出青铜特有的光泽。

四周的黑暗里，隐隐传来了咬牙切齿的声音。而黑影的口中，则传出了舒服的呻吟。凝聚在他头顶的纹章，看上去好像更加凝实、厚重了一些。不久之后，黑影长长呼出一口气，在青铜权杖上燃烧的火焰随之熄灭。排污水渠内，再度变得伸手不见五指。

"枭那个疯子，实在是太过谨慎了，区区一个丹霞城，只要利用这些搜集起来的愤怒、怨恨、悲伤、绝望、嫉妒的情绪，我羑一个人就可以使其覆灭。"说到这里，羡停顿一下，一片黑暗中，出现一排发着白光的尖牙，"有没有一种可能，枭不是谨慎，而是想玩一票大的？"

羡猜测着枭的心思，对于那个头发和皮肤白得几近透明的男人，羡的心里有着深深的忌惮。这份忌惮，甚至远超他对阅炎的忌惮。因为阅炎的心思是可以猜到的，而枭，永远没有人知道他下一刻会做什么。

"呵，算了。"羡自嘲地笑了笑，"我去猜一个疯子的心思做什么？只要按照他说的去做就好了，至于后果什么的，和我没有一点关系。我这边已经准备得差不多了，接下来应该是……"

羡来到夙的尸体前面。那条小蛇从夙的口中钻出后，夙的尸体就僵在了原地，不再动弹，嘴巴还保持着那大开的样子，看着十分骇人。羡不以为意，甚至还饶有兴致地多看了两眼，然后从夙的手中拿起那条属于苍予家先祖的腰带——老旧的皮革已经起了毛边，加上青铜扣带，入手沉甸甸的。

"蠢货。"良久之后，黑暗之中，传来了羡的一句低声咒骂。

对于上城区的苍予家来讲，这绝对是动荡的一晚。苍予苒惨死，仆人以恐怖的姿态复活，冲入祖祠，夺走了苍予家代代传承的宝物。相比之下，死在祖祠外面的那个年轻族人，都显得微不足道起来。

不过毕竟是有积淀的家族，在经过大半个晚上的慌乱之后，此时已经恢复了秩序。只是每个苍予家族的人的脸上，都仿佛蒙着一层灰，显得分外黯然。

百卫长的胳膊此时已经用木板和布带固定了起来，悬挂在脖子上。今晚所有城卫之中，他是受伤最重的一个，被夙砸断了一条胳膊。即便如此，他也必须留在苍予家。一方面是保障苍予家的安全，另一方面，就是承受苍予家族族长苍予镗的怒火。

"你们这些城卫，都是干什么的？！堂堂上城区，竟然发生这样的事情！你们必须给我们一个说法，不然的话，就别怪我不客气了！祖祠内丢失的，是我们苍予家先祖的宝物，我给你们三天时间，必须给我找回来！要是办不到，我就把你们统统丢到旷野里，让你们自生自灭！"苍予镗重重拍着座椅的扶手，怒极之下，脸色潮红，发出一连串的咳嗽。

百卫长在丹霞城中也算是小有地位了，但是此刻面对苍予镗，他只能卑躬屈膝，忍受对方的责骂，仅仅是因为苍予镗是贵族。

"请您放心，我们一定会追回苍予家族的宝物。"百卫长低着头说道。

"三天，记住了，我只给你们三天！要是到时候你不能将宝物完完整整地给我送回来，就算镇守说情，也保不住你们！"

苍予铠的这句话，让百卫长的身子抖了一下。镇守，那是丹霞城地位最高的人。而身为贵族的苍予铠，却有这样的底气和镇守叫板。

"好了，滚吧，我要休息了。"苍予铠不耐烦地挥挥手，将百卫长和一众城卫打发了出去。

离开苍予家，百卫长阴沉着脸。他身后的手下，谁都不敢出声，生怕触了百卫长的霉头。等离开了上城区，百卫长才重重一拳打在了身旁的石壁上。砰的一声，鲜血从他的拳头上流下。

"混账，不就是因为出身好，对我大呼小叫。"百卫长咬牙切齿地说道。

身旁的手下纷纷附和："苍予家虽然历史久远，但是在丹霞城根本算不上什么大家族，也就只能在我们这些城卫面前摆摆架子。"

"连镇守都保不住我们，就凭他？"

"贵族有什么了不起的？那不过是他先祖的基业，他苍予铠有什么成就吗？"

"现在的贵族，一个个踩在我们平民的头上，什么都不做，就住着城里最好的房子，吃着我们平时想都不敢想的美食，家里随便一个杯子，都是镶着金边的玉石杯！"

"凭什么？！"

对于平日里跋扈的贵族，这群城卫也是积怨已久，此刻借着这个机会，狠狠发泄了出来。

"好了，都闭嘴吧。"百卫长目光冷冷，朝着这群手下扫视过去，"刚才的话，谁都不许传出去。背后议论贵族，一旦让他们知道，后果你们谁能承担？"

在场城卫低下头来，有人已经后悔了。刚才只是逞一时痛快，要是平时的话，就算对于贵族有再多不满，他们也不敢表露出一丝一毫。

百卫长声色俱厉地道："先回卫所。不仅是刚才说的话，今天发生的所有事情，哪怕是你们的亲人，都不要透露一个字，明白了吗？！要是出了岔子，就别怪我不讲情面！"

在场的城卫都感觉头皮发麻，背后沁出一层冷汗。

"不知道那个叫鄢人狂的家伙，有没有追查到什么线索。"百卫长皱了皱眉，暗暗嘀咕，"还有那个启良缙，当时追着鄢人狂出去了，等他回来，问问具体情况吧。"

沉吟片刻，百卫长摇了摇头，将这些思绪暂时抛至脑后，带着手下返回了位于城务区的卫所之中。

在百卫长带着一众城卫离开之后,苍予铛并没有如他说的那样去休息。他坐在高背的木椅上,手指不时蜷起展开。这个无意识的举动,是他内心焦躁不安的表现。

过了不久,一个脸形方正、眉目之间和苍予铛有几分相似的中年男子走了进来。他穿着考究的丝绸长袍,腰间还悬挂着一枚玉佩。

中年男子来到苍予铛的面前,微微躬身:"阿父,那些城卫已经离开了。"

听到这句话,苍予铛的身子顿时像泄了气的皮球一般,整个人以肉眼可见的速度萎靡下去。他的头发变得灰白,原本红润的皮肤快速干瘪,失去了血色,皮肤布满褶皱,浮现出一块块的老人斑,深陷的眼窝里,双眸也变得浑浊。短短几次呼吸的工夫,苍予铛就仿佛老了几十岁,连呼吸都变得衰弱起来。

他艰难地抬起头,看向自己的儿子:"快,快扶我……去……去祖祠……"

对于苍予铛的变化,中年男子似乎习以为常,他朝着外面一挥手。早已等候在门外的两个苍予家族的人快步走了进来,搀扶着苍予铛向外走去。

此时的苍予家,除了苍予铛等人之外,其他族人和仆人都不见了踪影,大宅变得空空荡荡,静得可怕。

这两个族人将苍予铛搀扶到祖祠之后,立刻躬身倒退着走了出去。那个中年男子紧接着走了进来。之前被凤打破的那个窟窿,此刻已经修补好了,看上去和之前的几乎没有差别。

如同干尸一般的苍予铛躺在地上,虚弱地呻吟:"我,我好难受……快……快让我……吸……吸……"

中年男子嫌恶地皱了皱眉,走到最里面的那面墙壁前,一拉墙角的绳子,遮挡住这面墙壁的厚麻布帘顿时翻了上去,露出刻画着大片咒文的墙壁。这些咒文密密麻麻,排列下来如同一个个同心圆。同心圆的最中央,则是一个篆体的"死"字,就和之前鄢人狂见到的那个一样。

中年男子面对这面墙壁,神色变得复杂起来,有憧憬,也有惧怕和犹豫。

他身后的苍予铛,再也按捺不住,仿佛被浓痰堵住的嗓子,不停传来含糊的声音:"快……快啊……我……我好难受……让我吸……快让我……吸……"

中年男子抿了抿嘴,朝着墙壁上的咒文恭恭敬敬行了一礼,然后按照一定的规律,从这些咒文上迅速摸了过去。这些咒文依次亮了起来,散发出浓得发黑的绿色。咒文最中间的那个篆字亮起后,伴随着齿轮转动的声响,篆字两边凸起了两个青铜把手。

中年男子深吸一口气，抓紧这两个把手，用力一拉。轰隆，随着一声闷响，这面墙壁顿时从中间打开。

墙壁之后豁然开朗，是一个极大的洞穴！这个洞穴之中，整整齐齐摆放着四五十口盛满褐色汁水的陶泥大缸。最恐怖的是，每一口陶缸中，都有一颗脑袋露在外面。男女老幼都有，每个人的身子都被浸泡在大缸的褐色汁水里，只露出脑袋，眯着眼睛一动不动，像是睡着了一般。而每一口大缸的底部，都有细细的青铜管子延伸出来。这些管子汇聚到一个悬挂在半空的青铜容器上，而这个青铜容器的另一端，有一根单独的青铜细管。悬挂在半空的这个青铜容器，和人类心脏的样子有些接近。

中年男子将那根单独的青铜细管取下，走到苍予镗的面前。

见到这根青铜细管，苍予镗浑浊的双眼中，竟然显现出了异样的神采。他的身子剧烈颤抖着，双臂努力向上抬起："快……快啊……我……我忍不住……了……"

"阿父稍等，马上就好了。"中年男子柔声安慰。

他握住苍予镗的左手，将那青铜细管扎入对方的手臂。

"呼——"苍予镗长舒一口气，老脸上尽是满足的神色。

苍予镗身上被青铜细管扎入的位置，如枯叶般的皮肤一鼓一鼓的，有汁液沿着青铜细管注入苍予镗的体内。随着时间的推移，苍予镗枯槁的身躯再次焕发生机：萎缩的肌肉，重新鼓胀；干瘪的皮肤，不仅恢复了色泽和弹性，上面的老人斑也不断变浅，很快就消失不见；那一双暗沉的双眸，也渐渐变得明晰，进而炯炯有神；长长的须发，不但变得柔顺，白发之中，甚至还有黑发生长出来。

中年男子跪坐在一旁，静静等候着。他的目光始终落在苍予镗的身上，看着对方从一个将死之人恢复到如壮年一般。

良久之后，苍予镗坐起身子，将胳膊上的青铜细管拔了出来。此时此刻，他再度恢复了之前鹤发童颜的状态，精力充沛，更胜往昔。

苍予镗闭上眼睛休息片刻，望向一旁的中年男子，淡淡道："去看看消耗了多少。"

"是，阿父。"中年男子低头说道。他起身快步走到洞穴之中，仔细查看一番，折返回来。

"阿父，有六个猪猡被消耗干净了。"中年男子恭敬地说道。

在他们眼中，陶缸里装着的不是人，而是一头头猪猡。

"六个。"苍予镗将自己的右手举到面前，一再端详。他的手掌皮肤细腻，气血充盈。

"真是岁月不饶人啊。"苍予镗叹了口气，"以前一两个就可以帮我恢复，现在要六个了，再这样下去，恐怕一两年之后，十个都不够用了。而且除了我之外，家族之中还有很多人需要这个。这样消耗下去，怕是再多的两脚猪猡，都填不上这个大窟窿。"

中年男子低着头不吭声。

"我觉得，我需要立下一个新规矩了。"苍予镗想了想，站了起来。

他在祖祠内来回踱步，先是拿起一个燃香的青铜小鼎，在手里掂了掂后放了下来，再走到旁边，拿起祭祀用的青铜细管，在手里比画了一下后，摇摇头，又放了下来。最终，他拿起一个完整的龟甲，这才满意地笑了。

他走到中年男子面前，俯视对方，淡淡道："我刚才的话，你都听到了？"

"是，阿父。"中年男子的头垂得更低了，视线之内只有苍予镗的脚面，"您说要立下一个新规矩。"

"是的，新规矩。"苍予镗说道，"但凡立新规矩，都要有人为其流血，以此警醒他人！"

听到这句话，中年男子心头一紧，急忙抬起头来。苍予镗握紧手中的龟甲，狠狠一下子砸在中年男子的额角。砰！龟甲应声碎裂，碎屑乱飞。中年男子一声痛哼，倒在地上，身子蜷缩起来，发出阵阵呻吟，鲜血不断从被砸中的额角流出。

门外等候的那两个苍予家族的人听到响动，刚想进来查看，就听到祖祠内传来苍予镗冷冷的声音："没有你们的事。"那两个族人对视一眼，站在原地没动。

看着倒在地上、捂着脑袋、满脸惊恐的儿子，苍予镗眯起眼睛，眼中尽是冷酷。他又是一脚踢在中年男子的小腹上。中年男子的身子被踢飞出去，后背重重撞在墙壁上。中年男子翻身坐起，脸色发青，捂住小腹，胃部一阵痉挛，忍不住哇的一声吐出一大口血水。

苍予镗大步向中年男子走了过去。听到苍予镗咚咚的脚步声，中年男子吓得急忙往后缩去。然而他的背后就是墙壁，根本退无可退，只能被苍予镗拎了起来。

"知道我为什么打你吗？"苍予镗看着儿子，冷冷问道。

中年男子道："因为……苍予苒……"

苍予镗重重哼了一声，甩手将中年男子丢到地上，说道："看来你还不傻，就是因为你的女儿，我的孙女，苍予苒。她这个蠢货，死也就算了，竟然还死成那副模样，生怕别人不知道我们苍予家养着这么多的猪猡！"

"可是，可是……"中年男子想要辩解，但是随即就被苍予镗打断了。

"不要'可是'了！今天差一点就出大乱子了！如果不是我及时出手，我们苍予家的秘密就可能因此暴露！这个后果，你承担得起吗？！"苍予镗俯下身子，厉声呵斥。中年男子抱着脑袋，瑟瑟发抖。

"哼，你去告诉所有人，接下来这段时间，都安分一点。这血祭饲养，也停一段日子，等风波过去了再说。"苍予镗道。

"我，我知道了。"中年男子颤颤巍巍道，犹豫了一下后，他又缩着肩膀，小声问道，"今天消耗的这六个猪猡……"

苍予镗摆摆手，不耐烦道："换个地方埋了吧，原先那个地方就不用去了。记住，要和以前一样，做得干净一点。要是再出现意外，下一个被泡在缸里面的猪猡就是你！"

"我不会再犯错了。"中年男子说道。他捂着流血的脑袋，匆忙地退了出去。

苍予镗冷冷地看着他离开，然后起身将那洞穴的墙壁重新关上。他再度看向洞穴内的那一口口陶泥大缸，眸中浮现出一抹痴狂的神采。

随着墙壁合拢，祖祠内的光线，再一次暗了下来，悬挂在半空中的那盏青铜古灯，灯火如豆，微光摇曳，照得苍予镗整张脸孔阴晴不定……

第二天。

青还没有新的消息，于是鄢人狂暂时离开了卫所，回到自己在下城区的家。

昨天的经历，让他深刻认识到拥有一件适合自己的兵器的重要性，比如青的会燃烧的青铜长剑，明的能爆发出巨大力量的青铜圆棍，芷套在手腕上的一对手镯。

明之前告诉鄢人狂，他们使用的兵器，和普通城卫、士兵使用的兵器，有着本质的区别。简单来说，他们使用的兵器称为具装，威力远高于普通青铜兵器。具装的打造手段极为特殊，使用时可以产生特殊的威能，而这种威能，一般由两种方式激发：一种是通过弥识，将刻在具装上的铭文、符咒激发，从而施展威能。另外一种，则是在具装中添加燃料，通过燃料来引导威能。

这两种激发的方式互有利弊。

第一种方式，需要消耗弥识。威能越是强大的具装，所需要的弥识就越是多。如果星启者自身弥识有限，或是处于失控边缘，使用这类具装，很可能反噬自身。

第二种方式虽然不会消耗星启者的弥识，但是具装内的燃料一旦耗尽，那么就再也无法激发威能。所以这类具装就需要定期地添加燃料。而一部分这类具装，在使用过一次后，就无法再添加燃料了，可以说是一种极为昂贵的消耗品，普通星启者是负担不起的。

鄢人狂也没想要立刻就锻造出具装。他打算先试着施展一下灵匠天阶的铸造能力，看看自己可以做到哪种程度。

回家的路上，知晓他心思的小七蹦蹦跳跳地出现在他面前。鄢人狂晋升天阶后的这几天，小七都没有出现，他就问了一下怎么回事。而小七的答复，让鄢人狂感到意外。

"我太困了啦，就睡觉了。"小七蹲在鄢人狂的肩膀上，两只前爪抱住自己的尾巴，专心地舔着。

"困？"鄢人狂疑惑道，"你会犯困？"

一颗硕大的眼球几乎占据了整张脸，能够口吐人言，穿墙入地，还可以带着自己进出那个神秘的通道，它的身上，有着许多谜团。这样的猫，也需要睡觉？

"嗯哪。"小七点点头，"我也不知道是怎么回事，反正就是很困，不过睡醒之后，我发现我可以听到你讲话了。"

"你本来就可以听到我讲话，而且你也可以对我讲话。"说话的工夫，鄢人狂敏捷地跃起，跳进了崖壁上的洞窟之中。

"不是那个意思。"小七摇着头，解释道，"刚才我听到你在找我，所以我就过来了。"

"嗯？"鄢人狂想了想，沉默了片刻，然后问道，"我刚才讲了什么？"

小七的眼神顿时变得哀怨起来："我一点都不胖。"

"它可以听到我的所思所想了。"鄢人狂做出判断。

鄢人狂又沉默了一下，然后看向小七："我刚才又说了什么？"

"这次我没有听到。"小七回答。

鄢人狂点点头："我明白了，你只可以听到我心中对你讲的话，其他的就听不到了。"

"好像的确是这样！"小七仔细回忆一下，眼睛变得闪闪亮亮，既好奇又兴奋，"鄢人狂，你说说这是怎么回事？"

"具体原因我也不清楚，我估计和我晋升天阶有关。"鄢人狂说道。

他没有在这个问题上继续纠结，反正这是一件好事，以后如果需要它，小七就能知道了。

"我要你带我回到那个有熔炉的空间里。"鄢人狂开口道，"我晋升了灵匠天阶，想要试一试。"

小七挥动着爪子："对啦对啦，在那个房间里我有新发现，刚才被你打岔，差点忘记和你说了。"

话音刚落，小七跳了起来，在半空像一个泡泡那样破碎了。鄢人狂周围的空间，如同摔碎的铜镜般裂开。一种强烈的下坠感猛地袭来。

鄢人狂眼前一花，旋即重新变得清晰。眼前所见，已是那条通道的尽头。

鄢人狂抬起头，看到了向上的梯子。鄢人狂熟练地向上攀爬，等钻出那个生锈的青铜门，来到摆放着熔炉的空间时，他估算了一下，消耗的时间只有上次的四分之一。

就在鄢人狂还在感叹自己身体变化的时候，小七已经迫不及待地在前面喊了起来："来啊来啊，快到这里来。"

鄢人狂走到近前，顿时一愣。

上次他来到这里时，除了那个硕大的熔炉外，地上就只有一些零碎的青铜器。大部分区域都被厚厚的淤泥覆盖，不知道下面埋着什么。

当时鄢人狂还想，等有空时，他能不能带一些工具来，将这些淤泥清理掉。他在开拓团时，开垦挖掘之类的体力活，已掌握得无比熟练了。

然而此时此刻，上次还被淤泥覆盖的区域，已经显露了一部分。虽然也就差不多十分之一的区域，但是所展现的这些青铜器已足以让鄢人狂叹为观止了。

首先映入眼帘的，是一块十分高大的青铜照壁。照壁上面，刻画着无数的大大小小的几何图形。鄢人狂走到照壁跟前，这才错愕地发现，青铜照壁上面的这些几何图形，赫然是一幅青铜大剑的拆解、组合图。这一系列几何图形，将大剑的每一处细节都详细地描绘了出来，并且图形旁边还有很小的文字详细说明。虽然看上去十分复杂，但是只要按照这些几何图形和文字去拼接，就可以将这柄大剑组合出来。

鄢人狂粗略地看了看，大剑内部光是齿轮等小零件就有好几百个。在大剑剑柄和剑身连接的位置，鄢人狂还看到刻画在上面的咒文，还有填装燃料的区域。也就是说，这柄青铜大剑不仅可以用弥识激发，而且还可以通过燃料激发。

"这是一件具装，而且还是一件极为不凡的具装！"

鄢人狂看着照壁上精细的图案，觉得体内仿佛有一股热血在燃烧，跃跃欲试的冲动充满了他整个大脑。

小七一直在观察鄢人狂表情的变化。见到对方眸中闪亮的光芒，小七不禁得意地甩了甩尾巴。它轻盈地一跳，来到照壁后面，探出脑袋，对鄢人狂道："到这里来，后面还有，喵。"

鄢人狂迈步走了过去。照壁后面，同样有着一大片几何图案和文字，是青铜大剑每一个部位熔铸、锻造所需要的各种材料及其比例，锻造的时长，等等。

"真的是好东西。"鄢人狂深深吸了口气，努力平复了一下心情，他看向小七，"我记得这里之前被淤泥覆盖着，现在怎么露出来了？那些淤泥呢？被你清理掉了吗？"

"我不知道，喵。"小七摇了摇头，"我醒过来的时候，就看到这里露出来了，而且你看其他地方也都发生了变化。"

鄢人狂顺着小七抬起的爪子望过去，果然如它所说的那样，厚厚的淤泥出现了凹凸不平的起伏，勾勒出了下面所埋物件的轮廓。

鄢人狂看看眼前的青铜照壁，再看看那起伏的轮廓，对比一番后，深深呼吸了一口气："要是我没猜错的话，这样的照壁，大概还有十个，或者十一个。"

"也都是这样的大剑吗？"小七好奇道。

"那就需要将这些淤泥都清理掉才清楚了。"鄢人狂摸了摸下巴，"只是这些淤泥是怎么消失的，我感觉有点奇怪。"

"会不会是这样？这里原本是封闭的，所以淤泥越积越厚，上次你来的时候，将那个生锈的门给打开了，所以这些淤泥随着时间流逝就渐渐不见了。"小七猜测道。

"也不排除这种可能。"鄢人狂道。

他的视线重新落在眼前的这块照壁上："这柄大剑的铸造图出现得真是太及时了，哪怕我是一个新手，只要按照上面的步骤，都可以将这柄大剑完整地铸造出来，但现在还有一个问题……"

见鄢人狂神色犹豫，小七道："怎么了？"

"没有足够的材料。"鄢人狂指着照壁背面的图案，"你看这里，锻造这柄巨剑，需要的材料有青铜、秘铜、玉髓、水银、精铁、银、铅、草木灰等。"鄢人狂一摊手，"这些材料我现在都没有，不过卫所说不定有存货。"

"不需要去卫所啊。"小七道，"这里不是有吗？"

"哪里？"鄢人狂疑惑道。

小七迈着猫步，走到照壁下面，伸出爪子指着照壁的底部："这里不是有一条锁链吗？"

"嗯？"鄢人狂弯下腰去，果然看到一截锁链。

鄢人狂按照小七的指点，握住锁链前的青铜环，用力一拉。哗啦啦！照壁前面的一块地面被掀开，露出下面一个四四方方的储藏室。这个储藏室里面，整齐地堆放着颜色不一的金属方块，像鄢人狂刚才所说的青铜、秘铜、银、铅等都有。金属块的旁边，则摆放着称量器具。

鄢人狂转头看向小七，小七仰着头，得意地甩着尾巴，一副"快来夸我"的模样。

"太好了！"鄢人狂兴奋地挥动了一下拳头。

材料、配比、熔铸、锻造、组合……所有条件都已齐备，现在就等着他去实践了。

在注视了储藏室一阵后，鄢人狂突然吐出一口气，将锁链放下。

"怎么了？"小七疑惑地问道，它都准备好看鄢人狂大展身手了。

"现在不合适。"鄢人狂摇摇头，指向远处的熔炉，"这个秘密，我暂时还不想暴露。如果我现在将这柄大剑锻造出来，就没有办法向其他人解释了。"

"说得也对，喵。"小七眨巴着眼睛，"就是有点可惜。"

"不可惜。"鄢人狂蹲下来，笑着摸了摸小七的脑袋，小七温顺地在鄢人狂的掌心蹭了蹭。

"虽然不能直接锻造，但我还是有办法先练习一下的。"

"怎么做？"小七好奇地望过去。

鄢人狂站起身，重新走到那块青铜照壁面前，将手掌缓缓贴上去。掌心传来冰凉的触感，他闭上眼睛，弥识在体内缓缓流转。过了一会儿，一抹淡淡的蓝色光芒从鄢人狂的掌心扩散出去，好似粼粼波浪在青铜照壁的表面荡漾开来。青铜照壁上的那一个个几何图形全都亮了起来。光芒很快凝成实体，飘到了鄢人狂的周围。

小七睁大了眼睛。作为一只猫，对于这种会动的东西，永远充满好奇。它伸出毛茸茸的小爪子，朝着最靠近自己的一颗齿轮拍过去。齿轮微微一晃，飘到一旁，旋即就朝着上空飞去。

小七仰起脑袋，看到青铜照壁上那些几何图形，围绕在鄢人狂的身边，缓缓旋转着。随着鄢人狂心神的变化，这一个个精密的部件就在半空中不断组合、拆解。小七惊讶得张大了嘴巴。

这个场面，青等人若是看到了，一定会叹为观止。

这是鄢人狂第一次使用灵匠天阶的制器能力。他越是尝试，越是觉得其中有着无穷的奥妙。直到小七提醒他,他才意犹未尽地挥挥手,将面前的光芒散去。

"也不知道外面时间过了多久。"鄢人狂笑了笑,刚要继续说话,突然一阵困倦如汹涌的潮水般袭来。他的眼前发黑,身子不受控制地朝着地上倒去。

"我这是……"

砰!鄢人狂摔倒在地上,一动也不动了。

第十一章
铸 器

"鄢人狂！鄢人狂！"小七吓了一跳。刚才它还见鄢人狂意气风发的，结果话说到一半，这家伙突然就倒在地上了！

小七急忙凑过去，一边焦急地呼喊一边查看。

过了半晌，它终于确定，鄢人狂只是睡过去了。

"可真是吓死我了。"小七拍拍胸脯，用尾巴在鄢人狂的脸颊上碰了碰。随即，四周的空间出现了一阵波动。

鄢人狂醒来的时候，发现自己已经不在那个神秘的空间里，而是躺在自己家的地面上，眉心胀痛无比。

"弥识消耗得太厉害了。"

鄢人狂缓缓从地上坐起，用力拍了拍额头。缓了一阵后，见小七在不远处坐着，问道："我睡了多久？"

"一天一夜。"小七答道，"算上你回来的那天，现在是第三天了。"

"哦。"鄢人狂点点头，"难怪我觉得这么饿。"

回忆着青铜照壁上那些密密麻麻的几何图形，鄢人狂只觉得心有余悸。他没有想到，利用源星之力去练习组合青铜大剑，竟然如此消耗弥识。他比起普通的星启者，还多了一个用来盛放弥识的蓄水池，即便如此，还是不够用。

"看来下次我要留心一点，不能这样沉迷其中，不然晕过去这么久，风险实在太大。"

定了定神，鄢人狂又朝小七望过去："我睡过去的这段时间，有人找过我吗？"

"有的。"

"是谁？"鄢人狂心头一紧。

如果青有消息传来，要众人集合，那他可就耽误大事了！

"是一个不认识的人，胡子拉碴的。"小七说道。

小七认识青等人，所以既然它说不认识，那就不是卫所的同伴。

"那个人现在在哪里？"鄢人狂一边找水喝，一边问道。

"好像还没有离开，在外面等着。"

听到这句话，鄢人狂放下手中刚端起的陶碗，掀开布帘，朝着石屋外望去。外面的通道湿答答暗沉沉的，很快，鄢人狂就在正对着自家石屋的拐角那里，见到了正靠着崖壁眯眼休息的熟悉身影。

"怎么是他？"鄢人狂带着疑惑，从洞穴里跃出，朝着对方走了过去。

听到脚步声传来，启良缙睁开了眼睛。"你回来啦。"启良缙揉着眼眶，从地上站起来。

"你这是怎么回事？"鄢人狂打量了启良缙片刻，皱起眉头，开口问道。

此刻的启良缙，身上没有穿城卫的制式皮甲，只是套了一件麻布短衫，上面还沾着不少灰尘，头发凌乱，脸上满是稀疏的胡茬，眼眸之中血丝密布，看上去像是好几天都没休息的模样。启良缙和鄢人狂自上次分别，满打满算也就三天。三天时间，怎么让一个人的状态发生了如此大的变化？

看到鄢人狂疑惑的神色，启良缙笑了笑。这个笑容，饱含无奈。

"我被撤职了。"启良缙摆摆手，"想着和你说一声，我先去你们卫所那边找你，等了半天，知道你不在卫所，然后我就来你家了。你家里也没有人，我就只能在外面等了。"启良缙瞪着鄢人狂：

"从我到这里之后，一直没有人进出过你家，你是什么时候回来的？"

鄢人狂估计，启良缙刚到的时候，自己还在空间里研究青铜大剑，所以他没见到自己。等他昏睡过去，被小七带回来，启良缙已经在对面等着了，没有再进来查看，所以不知道他回来了。

鄢人狂当然不可能将空间的秘密告诉他，答道："我刚刚过来的时候，你不也没有注意到。"他不给启良缙开口的机会，往旁边让了一步："别站在外面，进来说说吧，你被撤职是怎么一回事？"

将启良缙引入石屋，鄢人狂从陶罐里面取出两块硬饼，递给对方一块后，他自己就着陶碗里的清水，吃着另一块。启良缙好像也饿坏了，两三口就将硬饼嚼碎吞了下去，然后直勾勾盯着鄢人狂。

"说说吧，发生了什么？"鄢人狂看出对方有一肚子话要讲，"按理来说，不犯下大错，城卫是不会被轻易撤职的，而且你还是十卫长。"

启良缙没有直接回答鄢人狂的问题，他沉默了好一会儿，开口道："你先听我说一件事，我有个兄长，嗯，不是和我有血脉联系的兄长，而是我刚刚担任城卫的时候，对我很照顾的一位十卫长。我的家族因为一些事情受到牵连，被剥夺了贵族的身份。那个时候，许多人对我避之唯恐不及，生怕惹上麻烦。"

对于启良缙的身份，其实鄢人狂早有猜测。因为启良缙有姓氏，而只有贵族才拥有姓氏，普通人都只能用一个字作为名字。

"但是我的这位兄长，并没有因此对我有偏见，反而因为我刚刚加入城卫，对我诸多照顾，在我遇到麻烦的时候，也会出手相助。而我在那个时候，因为急切地想要证明自己，让自己不再受到家族带来的负面影响，所以无论做什么都很拼命。当然了，你也知道，下城区嘛，什么人都有，什么龌龊的事情都有。我经常让自己陷入险境，要是我运气差一点，早就死上十几二十回了。"顿了一下，启良缙继续道，"好几次我都以为自己挺不过去了，都是兄长及时出现，把我救下。我欠了他太多太多。后来，我晋升为十卫长，兄长还说要帮我庆祝一下。就在我晋升的当晚，出现了意外。我之前得罪过的人想要报复我，于是纠集了一群亡命之徒，想要把我杀死。那一次，是兄长最后一次救我。我活了下来，他为了让我脱身，被那群亡命之徒给活活打死了。等我带人赶到的时候，兄长已经被打得血肉模糊，几乎认不出来了。"

这番叙述，让启良缙陷入了痛苦的回忆。他的双手死死抓着膝盖，他努力忍住，没有让眼泪流下来。

"他是一个好人。"鄢人狂评价道。

"是的，他的确是一个好人。"启良缙点点头。又沉默了一阵，心情平复了一些，启良缙开口道："兄长不在了，他留下了一个女儿。我当时心中暗暗发誓，一定要将他的女儿养大成人，无论是谁，都别想欺负兄长的女儿！但是，但是……"

启良缙刚刚平复下来的情绪又变得激动起来，他颤抖着身子，咬牙切齿地说道:"但是不到一年的时间,兄长的女儿,就被拐子给拐走了!我觉得我好没用!发誓要照顾好兄长的女儿,结果却让她在自己的眼皮底下被拐走。之后,我动用我的一切关系去找她,没有任何线索。原本我都不抱希望了,可是鄢人狂……"

启良缙抬起头来,看着鄢人狂。鄢人狂不禁愣了一下,他从来没想过,人的五官,能够因为愤怒扭曲成启良缙此刻的模样。

"就在那天晚上,我看到了,在那个大坑里面,我看到了兄长的女儿!"启良缙嘶吼道。他的拳头狠狠砸在地上,发泄着情绪。一下、两下……砰!砰!……

"我在那些尸体里面,见到了兄长的女儿!她死去不久,但她的身体里面,没有一滴鲜血!她体内的血液,在生前被人给活活抽干了!你听好了,她很有可能是在活着的时候,眼睁睁看着自己的血液被抽走的!"

启良缙目眦尽裂,眼眸之中,喷涌着自责、愤怒、懊恼、羞愧等混合的神色。

"不仅是她,其他的尸体也都被抽干了血液。被种在那里的尸体,全是这个样子。这么做的人,简直丧心病狂!"

听着启良缙的低吼,鄢人狂的脑海中浮现出那天晚上见到的画面:大坑中的尸体,的确给人一种很怪异的感觉,无论是那枯瘦的手臂,还是惨白的肤色。

"原来是因为这个。"鄢人狂喃喃道。

启良缙的胸口剧烈起伏,重重咳嗽了起来。鄢人狂用陶碗盛了点清水给他。

启良缙喝了几口,这才缓了过来:"鄢人狂,你能体会我当时的心情吧?"

"我有一个弟弟,如果他和你兄长的女儿有一样的遭遇,我想我会比你更加痛恨这么做的人。"鄢人狂点点头道。

启良缙呼出一口气,说道:"所以我一定要查出这是谁做的。那个大坑里面的尸体,显然不是同一个时间被埋进去的。很明显,有人一直在丹霞城内拐走人口,然后将他们体内的鲜血抽干,虽然我不知道他们这么做的目的是什么。"

能够在丹霞城内多年间神不知鬼不觉拐走这么多人,还不被人察觉,说明这一股势力在城内拥有很大的能量。

启良缙继续说道:"那天晚上我回去之后就将这件事告诉了百卫长,希望他尽快上报,展开彻查。百卫长听闻后也很震惊,他答应了我,当夜就带着人赶了过去。

但是第二天,我还没见到百卫长,就被其他人告知,因为家族牵连的缘故,我被城卫所撤职了。"启良缙苦笑一声,"所以我不再是城卫了。"

"然后你就变得这么颓废?"鄢人狂上下打量对方。

"我怎么可能颓废了?!"启良缙粗声粗气地道,"不是城卫又怎么样?这件事关系到兄长的女儿,我会用自己的力量追查到底!我只是这几天没怎么休息罢了。我担心时间拖得越久,就越难查下去。昨天我原本是想去了解一下苍予家的历史的,如果不是为了等你,我可能早就查到线索了。"说完,启良缙拍拍膝盖,站了起来:"我过来是将这些事告诉你,毕竟那些尸体是你们发现的。"

"嗯,我知道了。"鄢人狂点点头,"我这边如果有线索,能让你知道,我也会告诉你的,不过我该怎么找到你?"

启良缙将自家地址告诉鄢人狂之后,就急匆匆地离去了。看他的模样,是要赶紧将这几天耽搁的时间给补上。

鄢人狂盘膝坐在地上,思索着启良缙刚刚说的话。

"你想到什么了吗?"小七仰头看着他。

"是有一些想法。"鄢人狂点点头,"不过要想快速找出真相,就只有找到那个殓尸人。说起来,这段时间丹霞城上城区真的不太平。先是祝穆家遭遇意外,这一次苍予家又和殓尸人有了瓜葛。我总觉得,有什么大事要发生。"

用陶碗盛了清水洗了把脸,让自己清醒一点后,鄢人狂离开石屋,朝着商贸区的卫所而去。

"炼器空间的秘密,现在肯定不能暴露。无论是这次锻造具装,还是以后熔铸兵器,肯定还要用到那个空间。所以我这次不能使用空间内的熔炉和材料。"

鄢人狂来到卫所,和兵器铺内的那个老者打了声招呼,对方依旧没有回应。不过现在的鄢人狂对此已经习以为常了。

他打开橱柜后的暗道,来到卫所的大厅找到枫。枫在卫所的身份,有点类似于大管家。要问锻造材料的事情,找她就肯定没有错。

听说鄢人狂有了锻造具装的打算,在大厅内的芷和辕也围了上来,好奇地打探。鄢人狂将锻造青铜大剑的想法,归结到自己的灵匠天赋上——晋升之后,突然心有所感,所以打算锻造这样一件具装。

对于这个说法,枫等人没有丝毫怀疑,因为晋升天阶,和源星之力产生共鸣,本就会让星启者获得一些特殊的能力,让一个人顷刻之间掌握自己从没接触过的技能。

比如明在晋升白武士天阶之前,就是一个体形瘦弱的病秧子。但是他晋升之后,不仅拥有惊人的爆发力,更是在没有人教导的情况下,自行掌握了多种技击手段。

枫直截了当地问道:"你需要哪些材料?"

锻造那柄青铜大剑的材料,从种类到数目,鄢人狂早就牢牢记在了心中。不过他告诉枫的,比真正所需要的,稍微多出来一些。这倒不是他担心别人窃走材料的配比,他是想,自己第一次锻造很可能会有损耗。那些多出来的材料,就是为损耗做准备的。

随着鄢人狂的讲述,枫飞快地将这些材料刻在了一块甲片上。

"还需要什么?"枫又问道。

"需要可以熔铸和锻造的地方。"鄢人狂说道,"最好没有人打扰。"

枫点了点头:"我知道了,你稍等一会儿。"

说完,她就朝着前往兵器铺的那条通道走去。没过多久,枫就回来了,递给鄢人狂另外一块甲片:"去上面写的这个地方就可以了,要我们陪你过去吗?"

鄢人狂接过甲片一看,发现上面所写的是城务区的一个地址。

见鄢人狂疑惑地朝自己望过来,枫解释道:"我们第三所虽然全是狩灵卫,平日不受丹霞城内城卫所的调遣,但是毕竟名义上还是隶属于城卫所。所以有什么需要,直接去和他们沟通就可以了。一般情况下,他们都会满足我们的要求。毕竟……"

枫有些无奈地笑了笑:"我们比较特殊嘛。"

"我明白了。"鄢人狂说道,"我自己过去就可以了。"

"行。"枫点点头,"如果有事情的话,我会及时通知你的。"

"就像青队给明传信一样?"

"是。"

"青队给明传信的那个手法挺方便的,肯定也是通过弥识做到的。等我锻造好了这柄青铜大剑,去和明商量一下,看看能不能学会。"鄢人狂迈步离开商贸区,转而向城务区走去。

丹霞城的四大区域上城区、下城区、商贸区和城务区,鄢人狂最熟悉的,自然是下城区;最不熟悉的,是上城区。

对下城区熟悉,是因为那是他出生和成长的地方。而对上城区陌生,原因就更简单了:身份不够。城务区的话,鄢人狂之前每次去开拓团,都需要先去那边登记在册,开拓团即将出发的时候,也要先去城务区集合。所以鄢人狂对于城务区还算比较熟,不过也就仅限和开拓团有关的那几个地方。

离开了商贸区,穿过数条长长的通道,通过几个升降平台,又走了一段长路之后,鄢人狂抵达了城务区。

丹霞城的四大区域各有特色,上城区是雅,下城区是脏,商贸区是乱,城务区的话,则是透着一股威严的气息。任何人来到这里,都会自觉地放轻脚步,就连讲话都会压低声音。城务区的忙碌程度,和商贸区比较接近,但是这里即便再忙碌,也依旧显得井然有序。

鄢人狂来到甲片上写着的地址,发现是一处锻造坊。这个锻造坊位于崖壁上一个挖掘出来的洞穴中,比起其他人工挖掘的洞穴,它延伸出多个粗细不一的烟囱,其中喷出的滚滚浓烟,会被更上方的青铜管道抽取,排放到丹霞城外面。尚未靠近,鄢人狂就感觉到阵阵热浪袭来,连周遭的空气都变得扭曲起来。

按照常理来说,锻造坊应该开设在商贸区,但是这个锻造坊却开设在城务区,并且周围还有城卫把守。鄢人狂靠近的时候,就有城卫前来盘查。在见到鄢人狂手中的甲片后,城卫就不再多说什么,而是领着他来到锻造坊门前。

锻造坊的大门由青铜在岩石上浇筑而成,用的是建筑丹霞城的手法,看上去格外厚重霸道。跨入锻造坊,立刻就有城卫迎了上来,显然是早就接到命令,专程等候在此的。跟随着城卫向内走去,很快,鄢人狂就听到了震耳的轰鸣声,还有叮叮当当如同雨点一般密集的敲击声。

通道四周的墙壁上,挂着各种各样尚未完工的青铜兵器,如青铜长矛、青铜弩箭、青铜大斧、青铜剑、青铜盾等,还有一驾被拆开的青铜战车。而两边的石屋中,有熊熊燃烧的熔炉,还有在熔炉前赤着上身、挥汗如雨的工匠。工匠将烧红的模具投入盛满凉水的水池中,哧的一声,大股白色蒸汽从水池中升腾而起。

鄢人狂一边走,一边观察四周。他注意到这些工匠铸造青铜器的手段,还是用的最原始的熔炼、淬火等手法。比起青铜照壁上铸造大剑的手法,差了不知道多少。

"这么看来,青铜照壁上铸造大剑的手法,就是为灵匠天阶准备的。"鄢人狂心中正这么想着,就见到城卫领着他来到了通道的尽头。

通道的尽头是一个巨大的圆形回廊。鄢人狂没想到,外边看上去并不算很大的锻造坊,内部竟然挖掘得如此之深。回廊的中央被整个掏空,四周用青铜锁链围着。暗红色的光芒在回廊的下方不断吞吐,越是靠近,那翻涌的气浪越是灼人。

他加快几步,走到近前,向下望去。这回廊的底部就像一个火山口,里面岩浆滚滚翻腾,火光刺目。要是不小心坠落下去,别说是血肉之躯了,哪怕是青铜,也会被瞬间熔化。在这岩浆的周围,挖了一条条弯弯曲曲的沟渠。岩浆通过这些沟渠，流入锻造坊的不同区域，供工匠们使用。

鄢人狂看得出神，一旁的城卫也没有催促，等到鄢人狂收回目光，向他点点头，不苟言笑的城卫才领着他绕过回廊，继续向前走去。两人又走了一段，叮叮当当的声音逐渐远离，感受到一丝清凉。最后，城卫在一扇厚重的石门前停了下来。他示意到了，然后就转身离开了，从头至尾，都没有说过一句话。

鄢人狂先看了看通道两侧。这条通道格外僻静，刚才两人走来的时候，除了他们，一个人都没有，此时只剩下他一个人。他面前的石门，高高大大，他推了推，发现石门纹丝不动。他仔细观察了一下，发现在石门中间偏下的位置，有一道细长的缝隙。他灵机一动，将枫之前交给自己的甲片拿出来，凑上去比对了一下。甲片的厚薄，和这条缝隙的宽度一模一样。

"原来这甲片不仅仅是身份的证明，还是开启石门的钥匙。"鄢人狂现在明白过来，甲片边缘那看上去毫无规律的齿形是怎么回事了。

他将甲片插入缝隙，轻轻旋转一下。当当当当——金属轻轻撞击的声音传来。甲片旋转一周后，金属撞击声戛然而止，石门震动一下，缓缓向内打开。鄢人狂进去之后，再用甲片在石门背后的缝隙上旋转一周，石门就恢复原位。从石门的厚度上来看，鄢人狂估计就算是千斤重的攻城锤，短时间内都不可能将石门撞开。

此时鄢人狂所处的，就是他所需要的不被人打扰的锻造室了。这个锻造室比他想象中的还要宽广。一侧竖着高高的熔炉，旁边的石台上，摆放着称重所用的各种器具。鄢人狂锻造所需要的各种金属材料，在石台的旁边码得整整齐齐。另外一侧，则是将熔炉内熔化的青铜定型的模具和淬炼的水池。石屋的屋顶上，则是一个硕大的圆形青铜网。透过网格，可以看到后面的三片扇叶。每一片扇叶估计都有三个鄢人狂那么高。等开始铸造青铜器，这三片扇叶就会随着石屋内温度的变化而转动，以确保石屋内空气的通畅和温度的平衡。

虽然看上去，这铸造室内的布置已经面面俱到了，甚至可以说代表了丹霞城最顶尖的铸造工艺，但还是远远比不上那个空间。先不说空间内的熔炉是需要弥识催动的，而铸造室内的熔炉还是利用岩浆和炭火，光是空间内那些精密的测量仪器，就要远远超过这个铸造室内的器具。青铜照壁上有一种米粒大小的齿轮，在这个铸造室内是绝对没有办法做出来的。

不过鄢人狂本来就没有打算使用这个铸造室内的工具。之所以需要这么一个地方，只是不想让人知道空间的存在。在这个铸造室内，他可以随意进出空间，不用担心被发现。

"小七，小七。"鄢人狂在心中呼唤两声。片刻之后，一条长长的猫尾巴就调皮地从鄢人狂的头顶垂落下来。

小七是知道鄢人狂的计划的，它好奇地打量了一圈，看向鄢人狂问道："准备好了？"

"嗯，走吧。"鄢人狂点点头。

小七的身子从半空中出现，轻巧地落在鄢人狂的肩膀上。清澈的大眼睛中，有微光闪动。下一刻，铸造室就像一面铜镜般碎裂，对此鄢人狂已经习以为常。

仅仅一个呼吸的工夫，睁开双眼，鄢人狂已经来到了那个空间之中。

高大的熔炉，透着一股雄浑的气息，立在不远处。表面刻着的那一个个符文，此时反射出幽幽的光泽。

小七从鄢人狂的肩膀上跳起，稳稳落在青铜照壁上，眼中满是期待。鄢人狂面色凝重地走到熔炉旁，他将手按在密密麻麻的符文中央，灌注弥识。

嗡——熔炉发出一声轰鸣，整个空间在这一刻像是"活"了一般。随着弥识的不断涌入，以鄢人狂的手掌为中心，熔炉表面的符文被逐个点亮。随着被点亮的符文不断增多，熔炉的轰鸣也越发响亮。轰隆！轰隆！就像激烈的战鼓声，狠狠敲打在鄢人狂的心头。

当熔炉被彻底启动的刹那，一团鲜红的火光从熔炉中喷薄而出，就好像从地平线上跃出的红日朝霞，原本昏暗的空间，被瞬间照亮。原来这个空间比鄢人狂想象中的还要大。四周之前的阴影中，摆放着各种各样的器械，透着金属特有的冰冷光泽。

鄢人狂的注意力很快就回到熔炉上。他集中精神，运转着体内的弥识。片刻之后，他的脚下有紫色的光芒开始凝聚。光芒不断涌动，中间的区域，发出类似镜面的光泽。没过多久，这一团光芒就凝聚成一个硕大的纹章，浮现在鄢人狂的脚下。这是他灵匠天阶的纹章！

天阶被激发，源星之力通过共鸣不断注入鄢人狂的体内。他所有的思绪，在这一刻变得格外通透、清晰。鄢人狂一只手依旧按在熔炉上，源源不断地注入弥识，另一只手抬起，五指张开，轻轻地上下拨动。一条条深紫色的细线从他的指尖延伸出去，连接到储藏室内的金属材料上。这些材料就像失重一般，凌空飘浮在青铜天平、刻度尺之前。

在源星之力的加持下，鄢人狂可以同时操控这几十根线去完成不同零件的材料配比，并且不会出现丝毫差错。等称重完成后，这些材料又被细线连接着，飘到了熔炉的上方。熔炉上的盖子被掀开，内部的火焰随着表面符文的变化分成了十多束。每一束火焰的大小和温度都不相同。

鄢人狂操控着那一条条细线，按照青铜照壁背面的熔铸顺序，将不同的材料一件件挪到火焰中。鲜红的火焰，瞬间将这些材料裹住，将这些材料如蜡烛一般熔化。熔化的铜汁在鄢人狂的控制之下，依旧停留在火焰之中，进行持续的煅烧。

一般工匠进行铸造之前，都要将材料反复熔化、冷却、敲打，这样子才能让材料达到铸造要求。但是鄢人狂将这些复杂的耗时间的手法全部摒弃。因为鄢人狂使用的熔炉和普通的熔炉完全不同！

鄢人狂的身旁摆放着十多个沙漏，沙漏中沙子往下流淌的速度各不相同。这是因为不同材料的煅烧时间不一样。鄢人狂发挥天阶之力，一心多用，精确掌控着每一块材料的煅烧时间。

之后鄢人狂将材料移到火焰之外，那一条条从指尖延伸出去的线，可以按照他的心意变得更粗或更细。这些线切割被煅烧过的金属材料时，这些金属材料就像凝固的油脂，鄢人狂不费吹灰之力就将其切割成所需要的形状。

熔炼、切割、定型，完成这一系列操作后，这些零件并没有被鄢人狂放到一旁，而是依旧被细线连接着，悬浮在半空。一眼看过去，鄢人狂是将青铜照壁上那些复杂的平面几何图形，变成了立体的。

虽然比起一般的铸造过程要轻松容易了许多，但是鄢人狂的进度依旧缓慢。

一方面，是青铜大剑所需要的零件实在太多。

大的相当于成年人的手掌，小的甚至只有一粒稻米大小，鄢人狂必须做到形状和大小与青铜照壁上的完全一样。比如齿轮上齿口之间的角度，都不能出现任何差错。

另外一方面，则是鄢人狂必须控制自己弥识的消耗。

上次练习的时候，自己沉迷其中，结果事后昏睡了足足一天一夜。这一次不能再犯这样的错误了。

其间，小七就一直蹲在青铜照壁上。火光倒映在它那大大的瞳孔里，不断跳跃着。小七的眼眸深处，好像浮现出一抹追忆的神色，但是很快就消失不见。

"怎么总觉得，这个场景过去见过呀？喵。"小七伸出前爪，放到嘴边一下一下地舔着。

随着时间的推移，按照从剑身到剑柄的顺序，青铜大剑的零件，都被鄢人狂铸造打磨了出来。此时这数百个大大小小的零件，都被他从指尖延伸出去的丝线连着，悬在了半空。

鄢人狂呼出一口气。整个过程，他花费了接近两天的时间。而现在，到了最后的组合阶段了！

鄢人狂朝小七望去，小七也满脸紧张地盯着鄢人狂。鄢人狂笑了笑，转过头看着悬停在半空的零件，脚下纹章漾出淡淡的紫色光芒。他指尖的条条细线缓缓收缩，所有的零件开始随之聚拢。

咔嗒！咔嗒！咔嗒！随着每一个零件完全咬合，它们彼此碰撞的清脆响声不断传来。很快，剑身三分之一的部分就组合完毕。

鄢人狂集中精神，继续收束细线。原本看上去密密麻麻的零件，此时全部组合到一起，安装在青铜大剑的内部。

这柄大剑和普通的青铜长剑，在外观上就有着本质的区别。一般的青铜长剑，剑身笔直，锋芒毕露。而鄢人狂的这柄青铜大剑，看上去就如同一条剔除了全部鱼肉的鱼骨。一条条锐利的锋刃，斜斜地分列在剑身两侧，看上去分外狰狞。整个剑身在彻底组合完成后，几乎和鄢人狂一样高。

这样的大剑光是这霸道的外观，就足以震慑大多数对手。

鄢人狂将组合完毕的青铜大剑握在手中，看向剑柄两侧的机关和铭文。他将机关向前推去，随着咔嚓一声脆响，大剑的那一条条锋刃，齐齐向前收束，紧贴剑身。如此一来，青铜大剑变得又窄又长，足以当作长矛使用。

鄢人狂再将机关向后推去，剑身两侧的锋刃回到原位后展开，将原本的缝隙全部填满。这样一来，青铜大剑又像一面可以将人完全遮住的青铜盾。

而这些，还只是青铜大剑内齿轮和机关的作用。它之所以被称为具装，是因为利用弥识催动铭文，可以激发出青铜大剑的威能。

鄢人狂握住剑柄，挥动两下。不知道是不是自己亲手铸造的原因，这柄青铜大剑在鄢人狂手中，就仿佛是他手臂的延伸，得心应手。

"这就是明所说的兵器大师？"鄢人狂道。

眼见鄢人狂将青铜巨剑抵在地上，小七这才兴奋地跳了过来。"成功了成功了！鄢人狂你一次就成功了！"小七表现得比鄢人狂还要开心。

鄢人狂也很欣喜。原本他还以为，在铸造的过程中，会因为操控失误或其他原因，导致材料的损耗。然而这样的情况，一次都没有发生，自己第一次完全施展天阶的力量，就成功锻造出一件具装级别的兵器。

小七又道："鄢人狂，我看别人都会给自己的兵器取个名字，你的这把剑，准备叫它什么？"

"这把剑本来就有名字啊。"鄢人狂走到青铜照壁面前，指着角落里竖着排列的四个篆字。

"写的是什么？"小七好奇问道。

"鳐骨大剑。"鄢人狂说道。

小七眨眨眼："好像挺不错的。"

"嗯。"鄢人狂点点头。他突然往前走了一步，凑近青铜照壁仔细打量，还用手指在照壁上摩挲起来。

"怎么了？"小七不解地问道。它抓住鄢人狂的胳膊，凑过去查看。

"这个照壁上面，是不是还有其他图案？"鄢人狂像是在自言自语，又像是在问小七。

他凝聚目力，隐隐可以看到，在这些几何图形下面，似乎隐藏着其他图案。这就好像在甲骨上刻下文字，然后又用其他的文字将原本的文字给覆盖掉，如果仔细看，还是隐隐能够看到最早那些文字的痕迹。

"有点奇怪。"鄢人狂喃喃道。

他略一沉吟，又来到照壁的后面。这一面也一样，在几何图形下面，还隐藏着另外一些图案。

鄢人狂在仔仔细细摩挲下，还真的在照壁的后面"读"出了四个模糊不清的篆字。

"诡具……碎片？"鄢人狂愣了愣，"诡具？那是什么？"

鄢人狂还试图寻找更多线索，但是最终一无所获，他将注意力重新放到鳐骨大剑上来："这么大的剑，总不能扛着走吧，那样子也太显眼了。"

沉吟片刻后，鄢人狂让小七带他返回铸造室。

铸造室堆放材料的地方，摆着一根比人要高一些的圆柱形桐木。这种桐木，一般是建筑房屋时作为支撑架的，不仅防潮防火，而且还很坚硬，正好符合鄢人狂的要求。

当下他又花了小半天的时间，将这圆柱形桐木刨开、切割，做成了一个剑匣。将鳐骨大剑装进去后，再用一条硝制过的皮带将剑匣绑在背上。这样子，总算有点狩灵卫的意思了。

这把鳐骨大剑让自己的实力提升了一个层次，鄢人狂此时心情大好，离开锻造坊之后，就打算径直前往商贸区的卫所，给同伴们看看自己的新兵器，同时也分享一下这个好消息。

走出锻造坊之后,那股灼人的热浪很快散去。城务区处于丹霞城的上半部分,而锻造坊因为要排放浓烟,又位于城务区的最顶端,所以此时鄢人狂和小七可以听到头顶传来哗啦啦的降水声。

"下雨了。"呼吸着微凉的空气,鄢人狂对小七说道。

下雨对于丹霞城来讲,并不一定是一件好事。因为地势的原因,一旦下暴雨,贯通丹霞城的那条大河以及城内的地下河就会水位暴涨。由此往往会引发一些危险。

就在距离鄢人狂和小七不远的地方,有一条从外部山崖引进来的小河。两天之前,鄢人狂路过的时候,小河缓缓流淌,清澈见底。此刻因为下雨,河面涨到几乎和河岸齐平,湍急的水流不断冲击河岸,涌出大片白色泡沫,让人不敢靠近。

再往前走了一段,鄢人狂见到河旁围着一群人。人群的中间,站着两个高大的城卫。看样子是出了什么事情。

鄢人狂并没有在意,正要从人群旁边经过,这时人群中的议论声传入了他的耳朵。

"看样子是昨晚溺死的,泡了至少一整天了吧。"

"这也太惨了。"

"这也不奇怪,原本是十卫长,却因为家族原因被撤职。被这种陈年往事给牵连了,换谁都受不了啊。"

听到这句话,鄢人狂下意识停住了脚步,转头朝着人群望去。

"估计是难以接受,饮酒过度,最后一不留神栽进了河里吧。"

"要是平时也就算了,河水没那么深,正好这两天下雨,河水暴涨,栽进去怕是都没怎么挣扎就淹死了。"

鄢人狂皱了皱眉,他沉吟片刻,转过身朝着人群走去。

十卫长,撤职,家族原因,陈年往事,这几个词让他心中浮现出启良缙的脸庞。

两天之前自己刚见过启良缙,对方虽然看上去邋里邋遢的,但是并不颓丧。相反,他还执着于查清真相,找到凶手。

当时他和启良缙做出过一样的判断:能够神不知鬼不觉将这件事做了这么多年,这伙人在丹霞城内一定有着相当庞大的势力。这样的势力,真要对付一个被撤职的城卫,那就太简单了。更何况,启良缙被撤职,本身就很蹊跷。

鄢人狂的内心拒绝将这个溺死的城卫和启良缙联系起来:"或许只是巧合呢?启良缙再怎么说也不可能酗酒溺死啊。"

鄢人狂挤进人群,有人因为被鄢人狂挤开而不满,但是看到他背着的硕大剑匣,已经到了嘴边的喝骂硬生生又吞了回去。

鄢人狂来到人群的最前方,见到了被打捞上来的那具尸体,他的心顿时沉了下去。虽然在水中被泡得发白肿胀,但是从衣着和五官的轮廓来看,的确是启良缙!两天之前发誓要找到凶手的启良缙,此刻变成了一具冰冷的尸体,湿漉漉地躺在众人面前,接受着围观者的指指点点。

"怎么会这样?"鄢人狂往前迈去,想要查看尸体。

一旁的城卫见状,上前亮出城卫尺拦住他:"你干什么?"

"这个人我认识。"鄢人狂看向对方,"这是怎么回事?"

虽然鄢人狂只有十六岁,但是晋升天阶之后,他的气质已经发生了明显的变化。此时又背负剑匣,不怒自威。那个城卫犹豫了一下,开口道:"我们在巡查的时候,发现河中漂着一具尸体,就打捞了上来。你确定认识这个人?"

"嗯,但是不熟。"鄢人狂说道,"他的尸体你们打算怎么处理?"

城卫不想回答,但他被鄢人狂淡淡一瞥,莫名感到一阵心悸,开口道:"按照规矩,在哪里发现的尸体,就送到哪个区域的停尸窟,等到有人来认尸再做下一步打算。"

"嗯,好的,我知道了。"鄢人狂点点头,迈步离开。

看他走远了,两个城卫对视一眼,刚才和鄢人狂说话的那个城卫不满地皱了皱鼻子:"什么玩意儿。"

小七蹲在鄢人狂的肩膀上,它见鄢人狂面无表情,开口问道:"你觉得他的死有问题?"

"很有问题。"鄢人狂点点头,"他肯定是查到了什么,被人给灭口了。"

小七闻言,眨巴着眼睛:"那你打算管这件事吗?"

鄢人狂耷拉着眼皮沉默了半晌,缓缓道:"我需要在意的,应该是那个殓尸人天阶的星启者。"他顿了一下,"但是……我觉得启良缙不应该这样死。"

鄢人狂回到商贸区的卫所时,明正在大厅内,看到鄢人狂背着剑匣匆匆走进来,他顿时眼睛一亮:"快让我看看!"

鄢人狂将剑匣抛给明,问道:"枫呢?"

"枫?刚才还在的。"明一边说一边迫不及待地把剑匣打开,看到里面的鳐骨大剑,他的眼睛顿时瞪圆了,发出哇的一声感叹:"这是你做的?这也,这也……"明盯着鄢人狂:"我想让你帮我铸造新的兵器。"

鄢人狂朝他摆摆手:"你先帮我找一下枫。"

恰好此时枫从木雕大门后走了出来,听鄢人狂在找自己,她问道:"有事?"

"嗯,需要耽搁你一点时间。"鄢人狂将关于启良缙的事情简要说了一下,"我想知道他是怎么死的。"

鄢人狂可以看到死者临死前的影像,但他必须在死者死亡时的地点,就比如瘸腿阿四,浼和他的阿母,苍予苒和夙。而启良缙的尸体是顺着湍急的水流漂下来的,他是在哪里被杀死的,鄢人狂并不清楚。对此,枫的诚渊天阶可以帮到他。

枫听完之后,点点头:"尸体现在在哪里?"

"城务区停尸窟。"

鄢人狂和枫来到城务区停尸窟的时候,天色刚刚变暗。透过丹霞城的青铜缝隙,隐约可以看到刚刚升起的猩红之月。

比起下城区停尸窟永远不缺无名尸体的状态,城务区发现意外死亡的人实属罕见。这里的停尸窟,一般都是闲置的,就算今天有一具尸体,也不会有人来偷。毕竟这是一具泡得肿胀的尸体,光是看上一眼,就能让人恶心得隔夜饭都吐出来。因此这里并没有城卫把守。

启良缙的尸体就摆在地上,盖着一块白布。鄢人狂将白布掀开,见到启良缙的尸体,他和枫都没有露出不适的神色,毕竟身为狩灵卫,比这恶心的东西都见过。

粗略检查了一下后,枫说道:"尸体有外伤,但它在水里泡的时间太久了,没法判断是在河道里磕碰的,还是被具装划伤的。"

"嗯。"鄢人狂点点头,"查出他的死因是一方面,另外我想知道他死亡时的具体位置。"

"好。"枫蹲下身子,将随身携带的青铜盒子打开。

这个盒子也就两只成人手掌大小,里面放着一支蜡烛、几片龟甲,还有一小把枯黄的草茎。枫用火石将蜡烛点燃,放在尸体的脚后。她将那一小把草茎解开,绕着尸体窸窸窣窣撒了一圈。做完这一切后,枫示意鄢人狂后退,她自己则站在尸体的旁边,将几片龟甲用指尖夹住。

枫闭上眼睛。几乎是同一时刻,停尸窟内涌起一股寒气。虽然没有风吹过,但是撒在尸体旁边的草茎微微晃动起来。枫的脚下,浮现出一道灰色的纹章。

鄢人狂专注地看着枫的动作。他知道枫的诚渊天阶拥有回溯、寻找因果的能力。当时从涿家中找到的荒生肉块，青就是交给枫去处理的。

灰色的纹章在枫的脚下，不断放射出一圈圈光轮，在尸体脚后燃烧的蜡烛，其火苗也在不断升高，将周围一片区域照亮。

鄢人狂很快发现，被烛火照亮的那片区域十分古怪。在四周没有遮挡的情况下，那片区域竟然是一个不规则的图形。

就在鄢人狂准备仔细观察的时候，枫将手中的龟甲掷出。啪！啪！啪！啪！四块龟甲分别落在了光影的不同位置。与此同时，围绕着尸体的草茎，齐齐朝着尸体的头部汇拢。在草茎汇集到尸体额头位置的时候，鄢人狂看到，一截黑黑的东西缓缓从尸体天灵盖的中央钻了出来，当啷一声落在地上。随即，枫脚下的纹章淡去光芒，消散不见。

"都找到了。"枫看着鄢人狂说道。

两人来到启良缙尸体头部前，鄢人狂见到，刚刚落在地上的东西，是一根中指长短的青铜钉。而尸体的天灵盖中央，有一个黑漆漆的窟窿。之前因为被长发遮挡，再加上这根青铜钉整个没入启良缙的脑袋，所以没被人发现。

"好残忍的手段。"枫扫了一眼，开口道，"这是将烧红的青铜钉直接钉入脑袋里，因为伤口被烧焦，也没有血水流出，再被头发遮挡，很难被人发现。"

"那他死亡时的位置呢。"鄢人狂看着地上的青铜钉问道。

枫沿着龟甲散落的位置，画出一个几何图形，然后指着几何图形的中间，说出了城务区的一个位置。

"要让明他们过来帮你吗？"枫问道。

"用青铜钉杀人，就不是那个殓尸人了，我一个人可以解决。"鄢人狂道，"谢谢你，有新的消息我会立刻告诉你们的。"

"嗯。"枫点点头，目送鄢人狂离开。

刚才在停尸窟的时候，小七一直蹲在鄢人狂的肩膀上，它始终没有讲话，只是默默看着。等鄢人狂离开停尸窟，它才道："启良缙很可能在我们去锻造坊的那天夜里就被人杀了，过了这么久，你还能看到他临死前的景象吗？"

"终归是要试一试的。"鄢人狂快步在通道内穿梭。

鄢人狂来到枫所说的那个位置，发现是一处还在挖掘的山体。丹霞城依山而建，为了扩充城池的深度，一直没有停止过向山崖内部挖掘。

开凿山体过程中产生的碎石，在附近堆成了几座小山。所用的青铜镐、青铜推车等，也都被放在一边。

"开凿山体,其实和野外开拓差不多,只是一个在城内,一个在城外。除非是有紧急的情况,要不然的话,一到晚上,这些人都要被统一收管起来。"鄢人狂对小七说道,"如果启良缙是在夜里被杀害,那的确不会被人发现,而且你看,旁边就是那条河。杀了他,直接抛尸入河,方便得很。

如果不是这两天大雨导致河水湍急,把他的尸体冲到下游的话,在河水里再泡上一段时间,谁还能认得出尸体是谁?而启良缙一个被剥夺了城卫身份的人,就算失踪了,又有谁会关心?"

听着鄢人狂的分析,小七连连点头。

鄢人狂深深吸了口气,弥识在体内流转,汇聚到双眼,四周所见,在这一刻发生了轻微的扭曲。许多斑驳、碎裂的人影浮现出来,在鄢人狂的旁边走来走去。

鄢人狂皱起眉头,因为这里开凿山体的缘故,曾在这里出现的人数目太多。而且此时距离启良缙的死亡,已经过去了很久。在这样的条件下,想要见到启良缙临死前的景象,无疑是难上加难。

鄢人狂深深吸了口气:"一定有机会的,我要耐心。"

他继续流转弥识,双目之中,原本只是微微扭曲的场景再度变形,而原本残破凌乱的人影,也开始变得越发模糊。不过在这些人影之中,又一些之前没有出现的只有浅浅线条的虚影。

鄢人狂没有在这些人影中胡乱寻找,他现在要找的,是姿势比较怪异的身影。身为十卫长的他,绝对不可能轻易被人杀死。他一定会反抗。

"在哪里呢……在哪里呢……"鄢人狂在不断搜寻,他握紧了拳头,胳膊也紧绷起来。

小七蹲在鄢人狂的肩膀上,不敢发出声音,生怕影响到他。

"这个不是……这个也不对……这个,嗯,只是滑倒……这个也不是……"鄢人狂不断拉扯着眼前的画面。

时间久远的场景,人影都破碎得不成样子,甚至只有一部分显现出来,其他要靠着自己的想象去弥补。

"难道真的没有机会了吗?"目光继续巡睃,随着一道接一道的人影被排除,鄢人狂的心脏也在不断下沉。他真的想为启良缙做点什么,更希望能够为那些被人抽干了鲜血,还被种在地下的死者做点什么。

"嗯?"鄢人狂注意到几道不正常的人影。

之前之所以没有发现,是因为这几道人影纠缠在一起,人影又十分破碎,看上去像是一个人。现在通过断断续续的轮廓，鄢人狂注意到，应该有四个人。其中一人跪倒在地，显然还在挣扎，他的左右两边，各有一道人影，死死按着他。另外一道站着的人影伸出一条胳膊，勒住了他的脖子，另外一条胳膊高高抬起，将一道中指长短的光影握在掌心。

鄢人狂的脑海中，构建起启良缙临死前的画面：他被两人架住胳膊，按在地上，竭力挣扎，无法挣脱。

剩下的那人拿着那根被烧红的青铜钉，用胳膊勒住启良缙的脖子，狠狠将钉子钉入启良缙的脑袋。启良缙瞬间失去了生机，身子瘫软下来。

就在青铜钉钉入启良缙脑袋的刹那，鄢人狂注意到了一个细节：启良缙的右手在挣扎中，似乎从按着他的那个人身上抓住了什么东西。在他被抛入河道的时候，被他抓住的那件东西从手中滑落，掉在了岸边。鄢人狂立刻朝着那个位置跑去，俯下身子仔细寻找起来。

"小七，快帮我找一件东西。"鄢人狂说道，"大约就是我指甲盖大小，希望还在这附近。"

都过去两天了，鄢人狂也不确定那件东西还在不在。有可能当时就被那些凶手发现，捡了回去。也有可能之后掉进了河道，被水流冲走了。鄢人狂只能暗暗祈祷。

就在这个时候，鄢人狂在河道的碎石之中发现了一道光泽。

他眼前一亮，急忙将碎石拨开，一枚骨制扣子出现在他的面前。最近这几天，鄢人狂多次见到这枚骨扣——在城卫的制式皮甲上。

"杀死启良缙的，至少有一个是城卫，很有可能，三个人都是城卫。"鄢人狂看着手中的骨扣，喃喃自语。

仅仅凭借这一枚骨扣，是没有办法确定凶手的。

现在凶手急不可耐地将启良缙灭口，那么很有可能启良缙已经查到了什么。而他查到的东西，让杀他的人再也坐不住了。"鄢人狂看着手中的骨扣，脑海中反复回忆着最后一次和启良缙见面时的细节：每一句对话，每一个表情……

"当时分别的时候，他将家中地址告诉了我。如果他查到了什么东西，家里面应该还有线索。"想到这一点后，鄢人狂立刻赶往下城区。

启良缙虽然居住在下城区，但是住处周遭的环境还算不错。当鄢人狂赶到的时候，启良缙家中黑黢黢的。他让小七先进去观察了一番，确定没有人埋伏后，才一头钻了进去。

同样是在崖壁上开凿的洞穴，启良缙的居所不仅有门窗，而且里面也要比鄢人狂的家宽敞许多。他的家中分外凌乱。许多竹简随意地散落在地上，上面有着凌乱的文字。墙壁上面画着许多奇怪的图案，旁边还有长短不一的注解。

鄢人狂借着月光翻阅起竹简。

竹简上的文字和符号，显然是从石碑或是甲片上临摹下来的，不仅内容杂乱，而且许多地方可能因为太过匆忙，难以辨认。即便如此，在快速翻阅了一些竹简后，鄢人狂还是明白了启良缙在查什么。

他不由张大嘴巴，倒吸了一口凉气。

鄢人狂定了定神，又朝墙壁上的图案望去。果然，和他意料中的一样，墙壁上的图案也和竹简上的内容息息相关。

小七好奇地问道："上面写的是什么？"

鄢人狂轻声道："这上面临摹的，都是洪水退去，十国鼎立前的历史……"

十国鼎立的局面，已经维持了两百多年。而从洪水退去到十国鼎立，远远不止两百年。

关于十国鼎立前的历史，如今知晓的人并不多。普通平民都在为生计操劳，吃饱穿暖是他们最大的愿望。只有贵族才有机会，才有时间和精力，去了解这段历史。

鄢人狂不知道启良缙是从哪里搜集到的这些资料，想必花费了一番功夫。关于这段历史的记载，要么是由王室派人专门记录，要么就是从被发掘的遗迹中获得。启良缙搜集的这些资料，显然都来自后者。

"上面说的都是什么？"小七很感兴趣。

鄢人狂又快速翻阅了一遍，整理了一下思绪，说道："上面记录的内容并没有按照时间顺序，估计是从不同的地方临摹而来，不过大概也能看出一些这段历史的脉络。还记得我们在深渊回响中看到的大洪水吗？"

"嗯，记得。"小七点点头。

"那场大洪水来自上个纪元的末端，在新的纪元开启之后，人族成为大地的主宰。为了繁衍生息，人族一边治理洪水，一边开拓土地。嗯，这里提到在治理洪水的时候，人族利用了一种叫作灭神兵的东西。依靠着灭神兵，人族才能够以最快的速度让洪水退去。而催动灭神兵，需要弥识和……诡具残片！"鄢人狂顿了一下，这是他在一天之中，第二次见到"诡具残片"这四个字了。可惜的是，和青铜照壁上的一样，启良缙临摹下来的这些内容里，也就只是提到了诡具残片，至于这具体是什么，没有详细的介绍。

鄢人狂继续道："人族将治理洪水时功劳最大的那个人推举为王，建立了一个叫作宁的国家。宁大概存在了几百年的时间。在这几百年的时间内，宁由盛转衰，其后期是不断的分裂和战争。宁国彻底覆灭之后，这个大一统的王朝，就成了现在的十国。"

鄢人狂将竹简放到一边，看向墙壁："墙壁上面的内容，大概是关于宁国时期巫的叛乱，还提到过一个叫巫奇馆的地方。在我看来，巫应该就是星启者的前身。"

"那这些内容，和启良缙的死有什么关系吗？"小七问道。

鄢人狂想了想，道："在苍予家的祖祠内时，我记得苍予铠曾经说过，被凤夺走的，是苍予家先祖的腰带，而苍予家的先祖，是跟随宁王征战天下的。"鄢人狂蹙起眉头，"但从临摹的内容来看，第一任宁王是被推举上来的，直到宁国的后期，才因为分裂而不断发生战争。在那之后，宁国就覆灭了。一个覆灭的国家留存的印记，还能称为先祖传承下来的荣耀？"

小七道："你怀疑苍予铠说谎！"

"对，但是他为什么要说谎？"鄢人狂陷入了沉思，"这些临摹的内容，就是启良缙被杀的缘由？"

鄢人狂正自言自语，突然，门外有一道身影闪过。鄢人狂目光一凝，瞬间将背着的剑匣放到身前，手掌按在了剑匣上。

外面传来一声轻呼："是我。"话音落下，青的身影出现在石屋内。

"青队？"鄢人狂一愣，"你怎么知道我在这里？"

"我刚回来不久，听枫说了这件事，我估计你会来启良缙这里，所以就来看看。"青走到鄢人狂面前，"有什么发现？"

鄢人狂将竹简递过去。趁着青翻阅的工夫，鄢人狂迅速打量了一下青。

前几天见到青的时候，鄢人狂就从对方的身上感觉到一丝疲态。今天见到，发现这种疲态更甚。

"青队，你还好吗？"鄢人狂犹豫了一下，轻声问道。

"怎么了？"青抬头看他。

"感觉你很累。"

"呵。"青浅笑了下，伸手将耳边的发丝捋到耳后。这个动作，让鄢人狂的呼吸不由急促了一分。

"枫他们都没有发现，倒是你第一个注意到了。"青这算是承认了。

鄢人狂一皱眉头："出什么问题了吗？"

"嗯，也就是遇到了一件比较费神的事情，不过对丹霞城内的事情没有太大影响。"青说到这里，就转移了话题："这些都是启良缙搜集到的吗？"

"对。"鄢人狂点点头，他见青不愿意细说，于是转而问道："青队，你感觉启良缙的死，和这上面记载的内容有关吗？"

"应该关系不大。"青摇摇头，"其实关于宁的记载，在悬羊城里都可以查阅到，这上面的内容都大同小异，并没有什么隐秘的内容。不过也有可能是有人误以为启良缙发现了什么，所以将他灭口。反正启良缙的死，不是那个殓尸人直接造成的。"

"青队，你的意思是，启良缙的死，和那个殓尸人还是有一定的关联？"

"对。"青点点头，"我那天一直在暗中跟踪那个殓尸人，我发现有人和他见面。"

"是谁？"鄢人狂问道。

青正要开口，石屋外面突然传来一阵脚步声，同时还有人压低嗓音讲话的声音。

"是这里吗？"

"对，动手吧。"

听到动静，鄢人狂和青对视一眼。两人转头望去，看到夜色之中有两道身影鬼鬼祟祟地朝着启良缙的家走来。下一刻，一件重物呼啸着砸进了石屋。

随着咣当一声，陶器破碎，一股呛人的味道在石屋里面弥漫开来。

"桐油！"鄢人狂立刻分辨出来。

与此同时，石屋外面亮起了一道火光。这两人是要将启良缙的石屋付之一炬！

青冲了出去。以她的实力，对付两个普通人轻而易举。传来两声闷哼后，青一手提着一个，将那两人抓进了石屋，丢在了鄢人狂面前。这两人显然没有想到，石屋之中竟然还有其他人。并且还是他们完全无法匹敌的存在。他们的脸上满是惊慌和疑惑。

鄢人狂低头看去，一眼就看到了这两人身上的城卫制式皮甲。

"是城卫。"鄢人狂朝其中一人的皮甲上打量一眼，旋即转向另一个。在这个城卫身上，鄢人狂看到了缺少一枚骨扣的皮甲。

"启良缙是你们两个杀的。"鄢人狂淡淡开口。

这两个城卫身躯一颤，急忙否认：

"我们——"

"没——"

啪！

啪！

话未说完，鄢人狂在两人的脸上分别抽了一个耳光，将他们接下去要讲的话扇了回去。

两个城卫捂着嘴巴，又惊又怒地看向鄢人狂。

"你们是想来烧毁这些东西吧？"青将竹简放到两人面前，"说说吧，是谁指使你们这样做的？"

两个城卫低下头不吭声。鄢人狂朝青望去。青抬手拧断了其中一人的胳膊。剧烈的疼痛，让这个城卫的五官扭曲起来。

"你说。"青朝着另外一个城卫看去。

"你们，你们这么做……"这个城卫被吓得脸色惨白，结结巴巴，说不出一句完整的话来，"不可以……"

"是谁指使你们杀掉启良缙的？"青看着对方的眼睛问道。

这个城卫胸口剧烈起伏，脸色不断变化，种种情绪，最后都化作无尽的恐惧。"是，是……"这个城卫挣扎片刻，再也承受不住青给他的压力，哭喊道，"是垫百卫长！"

"那个光头？"鄢人狂顿时想起那天在苍予家见到的那个壮汉。

城卫满脸都是鼻涕和眼泪，连连点头。

"这么说，前几天你们也去过苍予家？"鄢人狂又问道。

"去，去过。"城卫一边流泪一边哀求道，"我们，我们都是听从垫百卫长的命令，是他逼我们的，我们也不想这么做！求求你们放过我们。"

"呵。"鄢人狂冷笑一声。

"怎么处置他们？"青看向鄢人狂问道。

"你是队长，听你的。"

"那你先出去吧。"

"好。"

鄢人狂走到石屋外面，片刻之后，石屋里的啜泣声戛然而止，青拍拍手，从里面走了出来。

"城卫之中会出现这样的货色，我是真的没有想到。"青见鄢人狂沉默不语，继续道，"事情已经到了这一步，我觉得我们也不需要再去猜测是怎么一回事了，直接去问那个叫埜的百卫长吧。"

鄢人狂想了想,问道:"这么做可以吗?"

青笑着反问道:"为什么不可以?我们可是狩灵卫。"

她这句话点醒了鄢人狂。狩灵卫在庄国,还有另外一个称号:王权屠刀。这把屠刀挥向哪里,不需要征得城卫的同意。

夜色渐深。

埜斜靠着椅背,双脚跷在茶几上,虽然断掉的胳膊还没有恢复,但是这丝毫不影响他用另外一只手抓起一把铜刀币,然后让铜刀币一枚一枚从指间落下。

听着铜刀币落下时传来的清脆撞击声,埜眯起眼睛,露出了无比享受的神色。等最后一枚铜刀币落下,埜发出满足的叹息:"铜刀币落下的声响,可真是这个世上最美妙的声音。"

埜转身向后望去。墙角的位置,放着好几个差不多和人腿一般高的木箱。木箱的盖子全部打开着,露出里面装得满满当当,甚至冒尖的铜刀币。烛光摇曳下,这些铜刀币发出湛湛光泽。

望着这样的光泽,埜感觉自己的身子都轻了几分:"启良缙现在已经死了,等那两个家伙把他的石屋烧干净,那就彻底没有后顾之忧了。虽然那天苍予苒身死,出现了一点小意外,但是我和苍予铠族长配合得足够好,那些手下绝对不会发现破绽。照着这个样子下去,只要再过几年,我就可以辞去百卫长的职位,带着这些铜刀币去其他城池,也尝尝做一个贵族的滋味。

"嗯,丹霞城不能再待下去了,虽然苍予家给的铜刀币够多了,但是我也要有命花啊。这次居然引来了第三所的家伙,那些可都是狩灵卫,要是被他们盯上,我就算有十条命都不够折腾的。谁知道他们下次又会招来什么惹不起的家伙。他们想死,我可还想继续活着呢。"

埜的心中正嘀咕着,突然砰的一声,石屋的木门被炸得四分五裂,木屑乱飞。埜立刻从宽大的木椅上一跃而起,面朝木门方向,他用完好的那只手握住青铜长剑,脸上满是警惕的神色。

鄢人狂和青走了进来。

"是你们!"埜的心顿时一沉,他脸上不动声色,冷冷道,"你们过来做什么?"

青往前一步,面无表情道:"你勾结星启者,伙同手下杀害启良缙,我们要求你供出其他同伙的身份。"青的目光落在埜握着的青铜长剑上,"你不要自讨苦吃。"

"你们都知道了！"堃顿时慌张起来，他色厉内荏地道："你说勾结就勾结？证据呢？"

青不屑地笑了："我们狩灵卫说的话就是证据。"说完，青迈步朝堃走去。

身为百卫长，堃自然是知晓青的身份的。而且作为一个普通人，他对于星启者有着本能的恐惧。眼见青越走越近，堃猛地一声大吼，挥动青铜长剑就朝青劈了下来。看到青竟然不闪不避，堃的眸中浮现出一抹诧异，进而狂喜。

"她居然不躲闪！太好了！杀了她，还剩下另外一个家伙！我只要喊人来支援，就还有机会！"一瞬之间，堃心念急转。

就在青铜长剑触及青身体的刹那，青的脚下，浮现出一个发光的纹章。唰！剑锋扫过，青毫发无损。而她对面的堃发出一声痛哼，低下头不敢置信地看着自己的身体。他从左肩到右肋的位置，出现了一条深可见骨的恐怖的伤口，皮肉外翻，鲜血狂涌。这个伤口，原本应该是出现在青身上的。当啷！堃的手一软，青铜长剑跌落地上，他惊恐地看向青。

青的神色没有变化："供出你的同伙还有谁。"

"是苍予镗逼我的！"眼见自己敌不过青，堃果断将苍予镗给卖了，"很多年前，苍予镗就逼我为他们家族做事了！他们贩卖人口，十恶不赦！我只是苦于人微言轻，所以才拿他们毫无办法！事实上，我早就对他们痛恨到了极点！"堃捂着伤口，大声说道："他们做的事情，我从来没有参与过，我只是负责将一些人口失踪的消息压下去，不让更上层的人知道罢了。我可以发誓，我现在说的每一句话都是真的！"

为了活命，他努力想要撇清和苍予家的关系。

"我见过那个大坑里的尸体，至少也有百具。"鄢人狂看着堃问道，"这么多失踪的平民，一个百卫长就能压下去？"

"可以！真的可以！"堃急忙道，"因为战乱啊！我们丹霞城靠近边境，庄国和别国虽然没有大的冲突，但是小规模的摩擦却从来没有停止过。既然有摩擦，那么有百姓因此丧生也就很正常了。我将那些被苍予家掳走的人，登记为在边境冲突中身死或者失踪的平民，除非有心人专门查证，不然绝对不会出现纰漏。"

闻听此言，鄢人狂目光闪烁。他来自下城区，那里不时会有从城外逃进来的难民。通过这些难民的口述，鄢人狂知道的确如堃说的那样，边境附近，平民与平民之间，军队与军队之间，甚至军队与平民之间都偶有冲突。村子一夜之间被夷为平地，整个村子的平民都被屠灭，房屋都被烧毁，这都是常有的事情。

"苍予家抓走那么多人是想要做什么？"鄢人狂问道，"为什么要把他们体内的血抽干？"

"这，这个我真不知道。"埜闪烁其词。

看到鄢人狂和青的冷笑，埜知道他们并不相信自己的话，于是咬咬牙，大声道："我还可以说出他们在城外藏匿人口的位置，你们自己去看吧！据我所知，被他们弄来的人口，都被藏在了那里！杀死启良缙也是苍予镗让我做的。他说启良缙可能查到了他们苍予家的秘密，如果我不按照他的吩咐去做，他就把我也杀掉！"

青摇摇头："这些还不够。"

埜舔了舔嘴唇："我可以把自己知道的关于苍予镗和苍予家的秘密全部告诉你们，还有这里的铜刀币，我也全部给你们，只求你们放过我。"

"说！"青的脸上，浮现出不耐烦的神色。

埜以为青答应了，赶紧说出城外山野中的一个位置："你们要是现在过去，说不定可以人赃俱获！我这也算是将功补过，对不对？"

"不。"青看着埜说道，"你不配。"

埜讨好的笑容顿时凝固在脸上，他掉落在地上的青铜长剑洞穿了他的胸膛。看着满脸不甘、缓缓倒在地上的埜，再看看转过身来、神色淡淡的青，鄢人狂的心中突然有一种很微妙的感觉。

跟着青走出石屋，鄢人狂看到她用黑羽和甲片传信。

"这个我可以学吗？"鄢人狂问道，"还是说必须特定的天阶才可以使用。"

黑羽消散，青看向鄢人狂："你可以学，这个并不难，就是一个利用弥识传信的小手段，等这次事件完结，我教你。"

"嗯。"

青在前面领路，鄢人狂走在她身后大约一步远的地方。夜风将青的长发吹起，有几缕飘拂到鄢人狂的脸上，让他感觉痒痒的。

青说道："你刚才是不是有话要对我讲？"

"嗯……是吧。"

"想说什么？"

鄢人狂想了想，道："今晚的你，感觉有点不一样。"

话音落下，鄢人狂听到走在前面的青发出轻轻的笑声。

"那你有没有想过，其实这才是真正的我。"

听到这个回答，鄢人狂愣了愣。

青又道："你感觉不一样，是因为你更特殊。"谈到这个话题，青打开了话匣子，"王权屠刀这个称谓，是狩灵卫拼杀出来的。在庄国，狩灵卫一直都有生杀予夺的权力。不仅是我，我们这支小队中的其他人，在对待敌人的时候，都是这样的态度。但是你不一样。"

说到这里，青转过身来。在朦胧的月光照耀下，青的双眸之中，似乎有波光在流转。鄢人狂被她看得脸颊微微发烫。

"我在你身上，看到了我一直想要的特质。所以我对你的态度，才会和对待别人不同。"青的目光越过鄢人狂，落在了他背着的剑匣上，"而且你开启的天阶，也是我希望看到的。你对我来讲，或许有着特殊的意义。"

青的这番话，似乎意有所指，却又让人抓不住头绪。

青转过身，继续往前走去："明他们在收到我的传信后，会立刻赶往那边，我们也要抓紧一些了。"

"嗯。"鄢人狂回过神来，点点头，跟了上去。

他的心中，还在反复回想着青刚才说的话："你对我来讲，或许有着特殊的意义。"

第十二章
血祀

在距离丹霞城并不算很远的山野密林中,一群鸟儿突然扑棱着飞出。随即,一列青铜推车,大概有十几节,从密林之中穿了出来。沿着标有特殊记号的道路走了一段距离后,它们停在了一处隐蔽的山洞前。山洞两侧,还堆砌了长条状的岩石用来遮蔽视线。

青铜推车在山洞前方等候了片刻,山洞里面一个中年男子迎了出来。来人长袍考究,额角有一块明显的新伤,这让他看上去有些憔悴。这个中年男子正是苍予镗的第二子,也就是苍予莤的阿父苍予杜。

"都准备好了吗?那就进去吧,记得速度要快。"苍予杜低喝一声,让这些推车进入山洞。

不久之后,这些推车再从山洞里出来的时候,每一辆推车上,都摆放着几具尸体。这些尸体的肤色白得骇人,就像体内的鲜血完全被抽干了一般。

在这些推车离开之前,苍予杜又低声叮嘱道:"还是送到上一次那个地方埋了,注意不要弄混。"

目送这些推车离开后,苍予杜整理了一下长袍,迈步走回山洞中。山洞里面,苍予家的族长苍予镗负手而立。他面前宽阔的洞穴里,整整齐齐摆着近百口陶泥大缸。其中近九成的大缸里,都浸泡着一个只露出脑袋的人。

洞穴四周开凿出高高的石阶。石阶的尽头，则用粗大结实的桐木钉入崖壁作为支撑，修建了可供人站立的平台。十多个苍予家族的人，正站在平台上面，有条不紊地利用悬挂在洞穴上方的钩锁和滑轮，将身后被捆绑的平民吊起并装入陶缸里。

这些被捆绑的平民，或被哄骗，或被强掳，男女都有，他们手脚都被绳索牢牢捆住，口中塞着麻布团，没有办法讲话，只能发出呜呜的声音。每一个人的眼中，都充满了恐惧和哀求。

这些苍予家族的人对此视而不见。他们彼此配合，有人抬起平民，有人将其挂在钩锁上，有人通过拉扯绳子控制滑轮调整方向，最后将平民装入陶缸，使其被缸中那红褐色的汁液浸泡。而被装入陶缸的平民，无论之前挣扎得多么厉害，一旦被泡入汁液，立刻昏昏欲睡，要不了多久，就彻底安静下来。

苍予杍走入山洞，抿着嘴唇，装出小心翼翼的模样，快步走到苍予镗的身后，躬身道："阿父，已经安排妥当了。"

"嗯。"苍予镗点了点头，他伸手指向面前的一排大缸，道，"这些空着的，尽早都给我装上。毕竟猪猡不是刚泡进去就能用的，就和陈年佳酿一般，需要时间沉淀。不能因为前几天发生的小意外，就有所懈怠，知道吗？"

"我明白，请阿父放心，天亮之后我就安排人去做。如果城内找不到合适的猪猡，我会立刻派人去更远一些的村落找。就像之前那样，假装是路经的敌国军士干的，不会留下任何线索。"说到最后一句话的时候，苍予杍的眼中闪过一丝狠戾。不留下任何线索，更直白地说，就是不留下任何活口。

看着苍予杍恭恭敬敬的模样，苍予镗满意地点点头："你们兄妹四人，只有你最能干，阿父也最看好你。等再过几年，阿父累了，族长的位置就由你来继承吧。"

苍予杍听得清楚，苍予镗说的是等他累了，而不是等他老了。事实上，苍予镗已经够老了，但谁让苍予镗早年掌握了那个血祀的秘法呢。只要不断地将混合了"猪猡"新鲜血液的药汁注入体内，就可以永远保持第一次血祀时的状态。根据苍予杍的了解，苍予镗得到的这个秘法，似乎是传承自百年前的巫。而巫在这个纪元，是比星启者更加禁忌的存在。

苍予镗吩咐道："前几天家中消耗了猪猡，所以空出来几个位置，你记得安排人送新的过去，不要等到我需要的时候，家里面没有能用的猪猡。"

"嗯，这件事我今晚就会办妥。"苍予杍急忙应道。

"好了，接下来这里就交给你了，为父就先回城里去了。"苍予镗恋恋不舍地看了眼那近百个"猪猡"，转身朝着山洞外面走去。

苍予杜一直保持着躬身的姿势，直到苍予铠的身影消失在山洞外，他才直起身子。

"呵，老不死的。"此时此刻，苍予杜的脸上，丝毫没有之前如履薄冰、小心谨慎的模样，他低声咒骂，脸上满是怨毒的神色，"这么喜欢泡在缸里的猪猡，你怎么不把自己泡进去?! 老而不死是为妖，你禁止家族中的其他人私自血祀，自己却没有一点耽搁，这么自私的人，有什么资格一直霸占着族长的位置?!"

苍予杜的话音刚落，就见到一道人影从山洞外笔直地飞了进来。砰！人影重重摔在他的面前，吐出一大口血箭。沉闷的声响，在洞穴之中不断回荡，让那些正在忙碌的苍予家族的人都停下手中的动作，朝这边望了过来。

见到倒在自己面前的人，苍予杜呼吸一滞，随即惊呼出声："阿父！"

这人赫然是刚离开的苍予铠！苍予铠的胸口，有一个明显的脚印。他眯着眼睛，不断喘息着，口鼻之中鲜血不断涌出，将他的胡子都浸透染红。

苍予杜心中掀起惊涛骇浪，急忙抬头朝着洞口的方向望去，两道人影走了进来。走在最前面的是一个穿着皮甲、身材高挑的年轻女人。在她身侧，是一个背着硕大木盒的少年。

苍予杜不认识那个女人，可是背着木盒的少年，他却有印象。苍予苒出事那天，他跟随城卫来过苍予家。最后追着凤从祖祠跃出去的，也是这个少年。

"是你！"苍予杜一声惊呼，旋即厉声喝道，"你们是什么人?!"

"狩灵卫。"青淡淡道。

躺在地上的苍予铠缓过气来，悠悠睁开眼睛。如果换作其他老人，被人一脚踹飞这么远，就算不死，短时间内也绝对不可能醒来。但是苍予铠不但醒来，而且眼神很快就恢复了清明。只不过，他脸上的皱纹明显加深。不仅如此，皮肤表面，也有浅浅的老人斑浮现。

"原来你是狩灵卫。"擦去嘴角血迹，苍予铠说道。他这句话，是对鄢人狂讲的。

苍予铠抬起一条胳膊，示意苍予杜将自己扶起来。站直了身子，他冷哼一声："狩灵卫已经到我面前，那自然是什么都知道了。不过我倒是要问一句，即便贩卖人口，有违庄国律法，那也不是你们狩灵卫该管的事情。你们来这里，不觉得手伸得太长了吗？就不怕自己这把刀割伤了主人，被主人给折断了？"

青抬起眼皮，淡淡道："我们来这里，是因为你们苍予家勾结星启者。"

"什么?!"苍予铠目光闪烁。他身后的苍予杜，神色也是一滞。

青扬起下巴，指向苍予镗："昨天傍晚，我见到你和外来的星启者见面，而且我也知道，那个星启者教给你们血祀之法，助你们延寿，而你们负责将血祀后的尸体保留封存，供那个星启者驱使。遇星启者隐瞒不报，并与其勾结，残害本国平民，这就是狩灵卫职责所在了。"

苍予镗的胸口剧烈起伏。他昨天的确见过那个星启者，他万万没有想到，竟然被人看到了！

"你，你跟踪我！"苍予镗恼羞成怒，大声吼道。

话音刚落，他的身子突然一僵，旋即脸上满是难以置信的神色，缓缓转身朝苍予杕看去。苍予杕往后退了一步，眼神让苍予镗感觉格外陌生。

苍予镗的后腰上插着一柄青铜匕首。匕首整个没入体内，只剩下握柄露在外面。随着血液流淌而出，苍予镗的头发以肉眼可见的速度变得灰白、稀疏，皮肤也起了褶皱，身材佝偻，大片大片的老人斑浮现出来。

"逆……子，你这个……逆子……"苍予镗哆哆嗦嗦，抬手指向苍予杕。

苍予杕立刻抓住对方手腕，痛心疾首道："阿父，你怎么可以和星启者勾结呢?！你这是要害了我们家族啊！"

苍予杕一边说话，一边推着苍予镗，将苍予镗轻轻松松地推到一口陶缸面前。

苍予杕俯下身子，贴在苍予镗的耳边，轻声道："老不死的，你那么喜欢猪猡，就去陪他们吧！"话音落下，苍予杕一脸痛苦地大喊："阿父！不要！"

扑通一声，苍予杕将苍予镗推入陶缸之中。苍予镗瞬间就被大缸内的汁液浸没，等到再浮起来的时候，就只剩下一颗枯瘦老朽的脑袋露在外面。错愕、惊讶、愤怒、绝望等错综复杂的情绪，凝固在了他的脸上。

苍予杕对着阿父的脑袋暗暗啐了一口，这才转身面对鄢人狂和青。

"我没有想到阿父竟然会和星启者勾结，这件事我们家族上下都是不知情的。"他清了清嗓子，然后指向身后的陶泥大缸，还有平台上那些早已惊呆了的族人，"虽然贩卖人口有违庄国律法，但是勾结星启者的不是我们，这件事就轮不到你们狩灵卫再来插手吧。"

苍予杕脸上带着自信的微笑。过了一阵，他却发现鄢人狂和青依旧站在那里，面带嘲讽地看着他。苍予杕的眉头顿时紧紧拧了起来："你们这是什么意思？不相信我说的话？还是说，你们要管这些猪……平民的死活？"

鄢人狂和青依旧没有作声，就这么看着他。二人越是没有回应，苍予杕的心中就越是没底，他的情绪更加焦躁起来。

"我姓苍予,我可是堂堂贵族!身份不知道比这些贱民高了多少!我能够看他们一眼,都是他们的荣幸!我把他们抓来,还杀了他们,那又怎样?!杀死一个贱民和杀死一头猪猡有什么区别?!贵族和猪猡能够相提并论吗?包括你、你!"苍予杙涨红了脸,咬牙切齿,手指狠狠点着鄢人狂和青,"你们在我眼里,也是贱民、贱种!你们有什么资格,来管我一个贵族的事?!你们这叫以下犯上,知不知道!狩灵卫?哼哼!"苍予杙冷笑连连,"狩灵卫不过就是王权的玩物!是为我们贵族看家护院的狗!现在你们这两条狗,还想来咬主人吗?!我们苍予家,就算丹霞城的守备,也不能轻易给我们定罪!你们两个,算什么东西!"

苍予杙双眉倒竖,怒喝声在洞穴之中不断回荡:"贵族的命才是命,贱民的命连草芥都不如!我不怕告诉你们,你们现在看到的这些猪猡,不仅仅是我们苍予家买来的,还有我们在城内城外直接抢来的!能够被我们看中,为我们延年益寿,他们应该感到无上的荣耀!你们狩灵卫,难道真的要为这些下贱的猪猡,得罪整个庄国的贵族吗?!"

"哦,你错了。"鄢人狂淡淡开口。

"嗯?"

鄢人狂看了他一眼,又耷拉下眼皮:"你代表不了庄国的所有贵族。"

苍予杙像是听到了最好笑的笑话,他捂着肚子,眼泪都流了出来:"哈,哈——哈哈哈哈哈哈!"

苍予杙指着鄢人狂,一边擦着眼泪,一边说道:"你,你一个下贱的平民,居然还认真揣摩贵族的心思,你是要笑死我吗?你知道我身后的这些是什么吗?"苍予杙伸手指向身后那些新旧不一的陶缸,"血祀。"

"不,是寿命!"苍予杙大声否认,"是更长的寿命!是活得更久的机会!你以为这么做的,就只有我们苍予家吗?"苍予杙露出讥讽的笑容,"你错了,你根本不懂贵族。我不怕告诉你,整个庄国,做着这种事情的贵族不计其数!更大的城池,会进行着更加血腥的交易!每时每刻都有平民被交易,被一个家族卖到另一个家族,成为血祀所用的猪猡。有的家族甚至会豢养猪猡!让他们繁殖生育,生出更多的猪猡,然后进行血祀,以此源源不断地获得新鲜的血液,达到自己延年益寿的目的。"

鄢人狂的脸色越发阴沉。

"你不信?呵,我知道你不会信,但这就是事实。贵族的优越,是与生俱来的,哪怕是小小的丹霞城,贵族一出生就可以生活在上城区,而平民要削尖了脑袋,才可以获得一个来到上城区的机会。即便来了上城区，他们也只能为奴为仆，伺候贵族。这就是身份，这就是地位，改变不了的。平民生下来就是要为贵族奉献的。

"所以，我从来都称呼他们为猪猡。"

苍予杕盯着鄢人狂，一字一顿地说道："现在你还觉得我是错的吗？"

洞穴之中，彻底安静了下来。青看向鄢人狂，目光微闪，但是她没有开口。小七也从一旁的崖壁上探出脑袋，好奇地打量苍予杕，然后再看向鄢人狂。

良久之后，鄢人狂摇摇头："是的，你还是错的。"

"什么？"苍予杕疑惑地看着他，"你听不懂？"

"不，我听懂了，但你还是错的。"鄢人狂抬起头，目光直视苍予杕，"人在出生的时候的确不平等，有贵族，有平民，这不是自己能够选择的。但是出生之后的生活，却可以自行选择。你有没有想过，如果你们的先祖没有跟随宁王征战，那么你们苍予家，现在还会是贵族吗？你的先祖，一直都是贵族吗？大洪水刚结束的时候，人族复兴，那个时候可没有贵族。直到宁国建立，这才渐渐有了贵族和平民的区分。所以，你是错的。"

青看着鄢人狂，嗫嚅了一下，最后，唇角微微翘起，露出了一抹不易觉察的微笑。

苍予杕恼羞成怒："不管你怎么说，你们就是猪猡！好好享受一下我赐给你们的荣耀吧！"苍予杕大声吼道，然后快速转身，对着洞穴上方张开双臂："羌，我以苍予家现任家主的身份，请你出手，解除今天的家族危机。"

"喊那么大声做什么？"鄢人狂不满道，"早就看到那个家伙了。"

一片深邃的阴影浮现在洞穴的上空。这片阴影仿佛连光线都可以吸进去，旁人看上一眼，就能感受到无比的寒冷和绝望。在阴影的下方，一道肩膀塌陷、身穿黑色长袍的身影，出现在众人眼前。他出现得悄无声息，仿佛一具死物。长袍之下，露出一双布满血丝的眼睛。

羌冷冷开口："丹霞城的狩灵卫还真是命大，上一次居然没能杀死你们。"

苍予杕走到羌的旁边："能够处理掉他们吗？"

"嗯，可以。"羌点点头，"但有一个人，我要先解决掉。"

"什么？"

"你。"

砰砰砰砰！地面陡然炸开，一条条苍白的手臂从地下钻了出来，抓住了苍予杕的双腿。高台旁的崖壁，此刻也连连炸开，从里面伸出的苍白手臂就像海草一样，将那些苍予家族的人全部抓住。

苍予桎的力量，根本不足以抗衡这些力大无穷的手臂。片刻工夫，他就被拉拽得趴在地上，全身上下被数十条手臂抓着、缠着，只露出一双惊怒的眼睛，拼命瞪向羑。

"为，为什么……"苍予桎的嘴巴被好几只手摁住，只能发出含糊不清的喊声。

他很惊慌，也很疑惑。苍予家和羑勾结许久。羑在多年之前，将血祀的方法告知苍予镗。作为交换，被抽干鲜血的尸体，由苍予家帮助封存，以供羑随时取用。然而现在，羑要杀了他。他很不解！他们一致的敌人，不应该是眼前的两个狩灵卫吗？

羑扫了一眼苍予桎，淡淡开口："我也是平民。"

唰！苍予桎瞪大眼睛，眼眸之中，只剩下绝望。下一刻，两根手指分别插入他的双眼。鲜血激射而出，口鼻都被封住的苍予桎，发不出一点声音；被数十条手臂死死缠住的身躯，也根本无法动弹。仅仅片刻工夫，他就没有了生机。

等这些手臂从他身上松开后，苍予桎的身子已经不成样子，内脏全部破碎，骨头统统折断，像是一块破烂的麻布，瘫软在地上。高台上的那十多个苍予家族的人，也是一样的下场，死状惨烈无比。

羑没有多看他们一眼，只是注视着鄢人狂和青。

"丹霞城的狩灵卫，接下来轮到你们了，这一次，你们不会有那般好运了，我会亲眼看着你们彻底断气才离开。"

"那就试试吧。"鄢人狂将剑匣放下并打开，取出鳐骨大剑。

"呵，你这个家伙，上次连凤的尸体都对付不了，以为有了具装，就可以改变结果吗？"

话音落下，羑身旁的地面突然爆开，凤的尸体如同一道惨白的光芒，朝着鄢人狂冲杀过去。她的脸颊如今整个裂开，无比骇人。

羑的目光满是不屑。在他看来，鄢人狂根本算不了什么。那个丹霞城狩灵卫的队长，才稍微棘手一点。但是也没什么好担心的，因为自己的天阶正好克制她。

一道剑光闪过。刺啦！凤的尸体顿时被劈成两半。

"你刚才说什么？"鄢人狂看向羑问道。

羑愣了片刻，他再度打量鄢人狂，好像在重新认识他。

鄢人狂的脚边地面突然炸开，一张萎缩的老脸，从中蹿出，张口就朝鄢人狂的脚踝咬去。这张脸，鄢人狂曾经见过，是涚的阿母。

鄢人狂眉头一皱,前推机关,咔嚓一声,鳐骨大剑道道锋刃收拢,青铜大剑如同一支锐利的长矛,刺入对方口中,一刹那就洞穿了对方的身体。

"就这?"鄢人狂冷笑一声。

小七在不远处看得连连点头,满脸自豪:"这柄鳐骨大剑,可是我陪着鄢人狂一起铸造出来的!其中也有我小七的一份功劳!"

"看来我还是小觑了你,不过这又如何?你们丹霞城的狩灵卫,怎么可能是我这个鲸月会星启者的对手!"羌一声大吼,头顶黑气凝聚成一个十字形的硕大纹章。洞穴之中,肃杀之气陡增,叫人喘不过气来。

"王者,苏醒!"羌抬起青铜权杖,重重敲在地上。

黑色纹章顿时散发出层层光晕。放置在洞穴内的一个个陶缸都上下震动起来。爆发出震耳欲聋的声响。

咔嚓咔嚓!陶缸的表面纷纷裂开。原本在缸里浸泡的尸体,全部睁开了眼睛。它们的眼中没有眼白,漆黑一片。甚至之前被自己儿子杀死的苍予镗,也从一个破裂的陶缸里站了起来。他的后腰还插着青铜匕首,如行尸走肉一般,朝着鄢人狂和青走来。

"我看你们今天往哪里逃。"羌狞笑道。

鄢人狂说道:"你以为今天就只有我们两人吗?"

"嗯?"羌目光一凝。

旋即,他就感觉到洞穴之中水汽暴涨,空气变得极为黏稠,四周崖壁上面,都覆盖了一层水膜。洞穴上方,随着一阵细碎的声响,瞬间凝聚出十数支冰锥,朝着下方的死尸爆射而下。唰唰唰唰!冰锥直接洞穿了尸体,将它们死死钉在地上。

与此同时,湿润的地面也结出一层冰霜。有的尸体站立不稳,摔倒在地上,身上立刻就爬上一层白霜,把它和地面冻在了一起。

芷脚踩纯白如雪的纹章,从鄢人狂和青身后走出,手腕上的铃铛不断发出声声脆响。

"下一个就是你!"鄢人狂挥动鳐骨大剑,朝着羌冲了过去。

鳐骨大剑猛烈横扫。那些被冰锥钉在地上不断挣扎、无法移动的尸体,瞬间就被斩断。鄢人狂摧枯拉朽般从这群尸体里冲杀而出,来到羌的面前。他将鳐骨大剑高高举起,向下怒斩。

"亡者,归来!"羌头顶的纹章翻涌着漆黑光芒。

砰砰砰砰!一连串的爆炸声响起,又有数十条手臂从地下钻出。这些手臂竟然可以如同藤蔓一般生长，眨眼工夫就交叠起来，如同一面人肉盾牌，挡在羙的面前。

鄢人狂的脚下也爆发出紫色光芒。他的灵匠天阶虽然最擅长铸器，但是获得源星之力的加持，他的力量和速度也会得到成倍的增长。鳋骨大剑卷起一阵狂风，仿佛一道雷电，瞬间就将人肉盾牌炸得四分五裂。数不尽的肉块、碎骨，如同暴雨一般朝着四面八方洒落。庞大的力量，更是将地面都撕裂开来。恐怖的裂隙彼此交织，如同层叠的蛛网，向着周围不断蔓延。

处于爆炸中心的羙，倒飞出去，重重落到地上。他单膝跪地，一只手扶住青铜权杖，稳定身形，另一只手挡住自己的面容。

"是我疏忽了。"羙缓缓开口，"你直到刚才才施展了源星之力。"羙缓缓站起，他似乎并没有因为被鄢人狂击退而恼怒。

在鄢人狂等人的注视下，他将遮挡的手臂慢慢放了下来："我的脸，已经很久没有被其他人看到过了。"

看到羙的面容，鄢人狂等人都十分震惊。人的脸孔，怎么可能变成这个样子?!

羙的脑袋，就像是被石斧劈成好几块之后，又重新拼凑起来。额头、脸颊等地方，全是如蜈蚣一样的狰狞伤疤。

眼睛、鼻子、嘴巴等器官，都没有出现在它们该出现的位置上。

羙张开口，露出猩红的牙床，口中的舌头，从脸颊的一侧探了出来。

"可怕吧?"他冷笑道，"这张脸，还是拜你们庄国所赐。"

"庄国自诩雄关之国，号称掌握最顶尖的冶炼技术。依靠擘轮，对外可以组建战无不胜的大军，攻伐敌国，势如破竹；对内可以一体浇筑青铜城墙，御敌于外，万军难攻。"羙冷笑着，"正因为这样，你们庄国一心争夺更多的土地，占据更多的资源，接连不断地向邻国挑起战争！而我的这张脸，就是被你们庄国不断膨胀的野心毁掉的！那个时候，我还只是一个孩童！我！羙！原本也有阿父阿母，也有亲人！但这所有的一切，都在那个上午，被你们庄国的军队给彻底毁掉了！"

羙的眼前浮现出那个被鲜血浸染的村庄。村里的百姓，全部倒在血泊之中。当时还年幼的他，趴在阿父的尸体上号啕大哭。他拼命摇着阿父和阿母，希望他们可以醒过来。阿父阿母没有被唤醒，却引来了装备着半人形青铜军械的庄国士兵。

"这里还有个小崽子。"羙现在还记得当时那个士兵嬉笑着说出的话。

旋即，一颗满是尖刺的青铜流星锤，呼啸着砸在了他的脸上。年幼的羙倒在了地上……

"我到现在都记得那个畜生嬉笑的模样！我也清楚记得在我倒下的时候，我的左眼可以看到天空，我的右眼可以看到耳朵，它们都已经不在原来的位置了。"说这番话的时候，羑的眼睛不断眨动着，眸中的血丝越来越多，他的眼球仿佛浸泡在鲜血中一样，"不过我命大，或者说，我命不该绝。就在我以为要死掉的时候，一股奇异的力量让我重新活了过来。后来我才知道，原来在那个时候我晋升了天阶！而我的天阶，就是殓尸人！哈哈……"羑突然笑了起来，恐怖的笑容如同梦魇，"也幸亏是殓尸人，我就再也不需要和活人打交道，别人也就看不到我丑陋的面容。"

"你们！都是你们！"羑发了狂一般大吼，手指绷直，手背青筋暴起，"都是你们庄国人的贪婪，让我失去了阿父阿母，让我变成了现在这副模样！我要让你们尝尝比死亡还要痛苦的滋味！"

羑的牙齿咬得咯咯直响。他突然一伸手，五指抓着苍予锃的脑袋，将他枯瘦的身子提了起来。羑的眸中浮现出一抹复仇的快意："这个蠢货，他还以为我是在帮他延寿呢。不仅是他，还有其他那些蠢货，他们沾沾自喜，以为依靠着这个方法，可以拥有更加长久的生命！哈哈哈哈哈哈！他们的确可以活得比一般人更久，代价就是本国的平民！他们杀死自己国家的人，然后利用他们来延长寿命。他们根本不把作为国家基石的平民当人，他们叫平民为猪猡！哈哈哈哈哈哈哈！这群大蠢货！在我看来，他们也就是帮我饲养猪猡的贱民！贵族？我呸！"

羑又哭又笑，大喊大叫，好像是终于找到一个机会，将自己内心积压已久的怨气狠狠发泄出来。

听到他的话，鄢人狂与青对视一眼，紧锁眉头。如果羑说的是真的，那么苍予杜刚才也没有撒谎，和苍予家一样做着血祀的贵族，在庄国还有很多。这些贵族完全沉溺在延长寿命的巨大诱惑中，丝毫没有察觉到，被他们称为猪猡的，正是可以让他们自诩为贵族的平民。没有了平民，哪里还有贵族？

羑又说道："知道我为什么会答应那个家伙的招揽，加入鲸月会吗？因为我对庄国的复仇，才刚刚开始。而那个家伙的计划，正合我意！"

"鲸月会？"鄢人狂疑惑地看向青，之前羑也提到过这个名字。青眼神闪烁，像是想到了什么。

"庄国所有人都该死，哪怕你是平民。生在庄国，就是死罪。至于贵族、王族，哈哈，更是该死！全部该死！我倒要看看，你们还能得意到什么时候！"

羑猛地高举青铜权杖，然后将其狠狠插在地面上。头顶的黑色纹章，燃起熊熊的黑色火焰。火焰落下，和青铜权杖连接起来。整个洞穴开始震动，仿佛天崩地裂一般。

巨大的轰鸣声中，羑狞笑连连："知道为什么苍予镗那个蠢货，要将血祀的猪猡存放在这里？因为，这是我给他选的。亡魂，再临！"

随着羑的一声大吼，黑色纹章的火焰仿佛被浇上了一勺滚油。洞穴内部的岩石开始崩裂，密密麻麻的惨白手臂，从洞穴的各个地方钻了出来。

它们不停蠕动，朝着鄢人狂三人抓了过来，顷刻之间，就要将他们三人吞没！

"他到底在这里埋了多少具尸体?！"芷惊呼道。

"鄢人狂！"青大喝一声。

"明白！"

听到鄢人狂的名字，羑身子一抖，脸上露出极度惊讶的神色，盯着鄢人狂："你叫鄢人狂？"

鄢人狂没有回答他，脚下紫色纹章光芒大盛，鳐骨大剑被他挥舞得如同狂暴的龙卷，将袭来的条条手臂都绞得粉碎。

"没用的，没用的！"羑冷笑道，"这就是为你们准备的坟墓！"

他再度握紧青铜权杖，咔嚓一声，青铜权杖又往地下刺入几分。那些手臂立刻变得更加疯狂，争先恐后地朝着鄢人狂三人扑来。

"冰霜，结盾！"芷双手一挥，半空之中凝结出数面厚重的冰盾，将她和青护在中央。

那些手臂狠狠撞击冰盾，砰砰砰砰！每一秒都有数十条手臂重重撞在上面。冰盾的表面，很快就出现了数道裂纹。

"冰霜，囚牢！"芷双目圆睁，脚下纹章暴发出猛烈的寒风。

一个四四方方的囚牢，表面满是锐利的冰霜锋刃和尖刺，在冰盾爆开的瞬间，将她和青再度笼罩其中。那些手臂撞到冰霜锋刃上，顿时就被切断。

更多手臂拥了过来。它们不再撞击，而是像一条条蟒蛇一样，将囚牢缠了起来。等到将囚牢彻底覆盖，这些手臂齐齐用力，猛烈收缩！吱嘎吱嘎！承受着巨力的冰霜囚牢，隐隐有变形的趋势。

"没用的，你们的挣扎只是徒劳无功。"羑笑得更加大声。

一道黑色的火焰燃起，一条条漆黑的锁链从他的脚下向四周蔓延。这些锁链钩住地上的陶缸，猛烈甩动，让陶缸朝着鄢人狂砸了过来。许多陶缸虽然因刚才的战斗有了裂缝，但仍有许多红褐色的汁液留在里面。这些汁液随着陶缸飞舞，劈头盖脸地朝着鄢人狂泼洒过来。

鄢人狂丝毫不乱。他迅速将剑柄上的机关向下推去。条条锋刃立刻张开，顷刻之间，大剑就变成了一面光洁的大盾。砸过来的陶缸和泼洒而来的汁液全被大盾挡住，没有一滴汁液落到鄢人狂的身上。

"你这是什么兵器？"看到这一幕，羑愣了一下。

"我自己打造的。"鄢人狂迈步上前。

数条手臂缠绕而来，想要阻住他的去路。地上也伸出一条条手臂，想要抓住他的双腿，将他拖入地下。

然而今天的鄢人狂，和那一晚完全不同。鳐骨大剑卷起道道狂风。剑刃两侧条条锋刃，将阻拦在鄢人狂面前的手臂全部斩断。

"我说过，没用的！你的力气早晚有耗尽的时候！"

羑的脸上露出狠戾之色，他将整个手掌覆盖在权杖的顶端，浓稠的血水从他掌心渗出，沿着青铜权杖流淌下来。羑周围的手臂，突然彼此缠绕，纠集在一起，顷刻之间，就变成了一条硕大无比的"巨蟒"！紧接着，黑色的锁链缠绕在这条"巨蟒"的身上，就像是给它套上了一层铠甲。

"死！"羑一声大吼，身边气浪席卷，碎石乱飞。"巨蟒"轰然而下，朝着鄢人狂笔直地撞过去。

鄢人狂一咬牙，握紧鳐骨大剑。在远处看到这一幕的小七，猜到了鄢人狂要做什么，情不自禁地握紧了猫爪。鄢人狂的手指搭在了剑柄的咒文上，弥识灌注！鳐骨大剑爆发出强烈的青铜色的光芒。

巨大的剑芒，竟然不比那"巨蟒"小多少，直直向"巨蟒"斩了过去。

剑芒和"巨蟒"剧烈碰撞，产生冲击波，将周围的手臂一扫而光。剑芒破碎，又立刻恢复如初。"巨蟒"不仅被撞飞，身上的黑色"铠甲"也全部破碎，在羑的操控下，"巨蟒"重新立了起来，身上也再度覆盖一层黑色"铠甲"。

鄢人狂和羑对视一眼，他们都明白，接下来，就是弥识的比拼了。没有丝毫技巧，就是比谁的弥识更庞大，更稳定！

对此，羑有着绝对的自信。加入鲸月会，就是他强大实力的证明。对方不过是丹霞城内的一个小小狩灵卫，前几天就连自己随意操控的尸体都没办法很快制服。今天虽然让自己有点惊讶，但也就到此为止了。

很快，羑就发现情况出现了偏差。第二次碰撞后，剑芒又再度恢复了。"巨蟒"和黑色"铠甲"，却恢复得稍慢了一点。第三次碰撞，剑芒在破碎之后，重新凝聚。

"巨蟒"虽然这一次也重新立了起来,但是身上的黑色"铠甲",已经不能再如之前那样覆盖全身。

"怎么会?"羌朝着鄢人狂望去。他从鄢人狂的眼中,竟然看到了一丝兴奋。

鄢人狂当然不怕。比拼弥识的话,他可是比普通星启者多出足足一个蓄水池。更何况,他拥有的庞大弥识,连青都惊叹不已。

第四次、第五次、第六次……鄢人狂的弥识仿佛消耗不尽。每一次剑芒破碎之后,眨眼工夫就恢复如初。

而羌就完全不同了。从第五次开始,他就不能再凝聚出黑色"铠甲"。第六次撞击后,"巨蟒"的身子出现了大片破损,就连直立起来也显得极为勉强。

羌的呼吸变得格外粗重。只有他自己知道,权杖的顶端已经开始研磨他的掌骨。再这样下去,他的这只手掌就要保不住了!

但这还只是小事。他快撑不住了!再来几次,弥识一旦降低到某个临界点,都不需要鄢人狂出手,他就会湮灭。

咔嚓!就在这个时候,羌的前方传来一声脆响。他急忙抬头望去,见到被手臂缠住的冰霜囚牢已经快撑不住了。

羌见鄢人狂又一次举起鳐骨大剑,剑芒猛烈吞吐,他的眼皮子顿时跳了起来,急忙大喊:"你再不去救她们,她们就完蛋了。你要眼睁睁看着她们被挤成肉酱吗?"

鄢人狂冷笑一声:"不用你操心。"

话音刚落,洞穴的上方突然塌陷,露出一个硕大的窟窿。一驾青铜战辇从窟窿里落了下来。战辇上面,两个男子同时跃起。

其中一个赤着上身、周身涂抹着神秘纹饰。他将一连串的青铜管朝着周围抛去,脚下纹章光芒闪耀。青铜管落到那些密密麻麻的手臂上,顿时破裂开来,里面的药剂飞溅而出。那些手臂只要沾上一滴药剂,就会涌出大片白沫,几个眨眼的工夫,就变成一汪清水。

另外一个男子身材瘦弱,从半空落下的时候,他的脚下闪耀起夺目的金色纹章。光芒之中,他身形暴涨,全身瞬间布满虬结的肌肉。他手中的青铜圆棍亮起一格格光芒,狠狠砸在冰霜囚牢上面。缠在冰霜囚牢上的触手全炸成碎片,而冰霜囚牢却没有受到丝毫影响。仅仅一击,就让冰霜囚牢中的青和芷脱离了险境。

"这,这……"羌手臂颤抖,他不敢相信自己的眼睛。

眼见鄢人狂举剑再度向自己斩来,羌下意识看向手中的权杖。权杖之中,有黑色的光芒在流动。那是他消耗大量精力才汇聚起来的。引导涚的阿母杀死涚，引导夙杀死苍予苪，都是为了它。类似的事情，他还做了不知道多少。这是他用来报复庄国的大杀器。

按照计划，羑打算在不久之后使用，但是眼前的局势，如果他不用，很可能就会万劫不复。可他真的舍不得，那件事情，才是他来到丹霞城的真正目的！

就在羑迟疑的一瞬间，鄢人狂抓住了机会，剑芒瞬间将"巨蟒"摧毁。

剑芒散尽，鄢人狂迅速推动机关。锋刃贴紧剑身，鳐骨大剑化作长矛，如雷霆一般刺出。

"你经历的痛苦，我都感同身受，因为我也曾经历苦难。但是我和你不同。你将苦难加倍祸害他人。而我鄢人狂，决心倾尽一己之力终结世间所有苦难！"

唰！鳐骨大剑洞穿了羑的心脏。一股血箭，沿着大剑从羑的后心喷射出来。

羑低头看看胸前的大剑，再看看鄢人狂。"哈哈……"他张开嘴笑起来，大股鲜血从他喉咙里涌了出来，"鄢人狂，原来你真是鄢人狂……"

"你知道我？"鄢人狂蹙眉问道。

"哈，哈……"羑喘着气，"原来是你，不过你放心，事情不会就这样结束的。哈，哈……你们等着吧，真正的恐怖，还在后面呢。"

说完最后一句话，羑的眸中猛然露出一丝疯狂。他手中的青铜权杖不断裂开，一股难以形容的恐怖波动从里面不断喷薄而出。

"鄢人狂！小心！"青目光一凝，立刻大声提醒。

鄢人狂也感到强烈的危险，他想抽剑后退，但是羑瞪着他，眼神中尽是疯狂，那些手臂死死抓住鳐骨大剑，不让鄢人狂把剑抽出来。

"没用——"刚吐出两个字，羑就见到鄢人狂将手放了剑柄的符文上。他意识到了什么，张嘴要喊，然而扩散开来的剑芒，瞬间就让他的身子炸成碎片！

可鄢人狂已经来不及阻止青铜权杖的爆炸。他握住鳐骨大剑，急速后退。

"鄢人狂，到这边来！"听到青的呼喊，鄢人狂立刻朝着众人跑去。

鄢人狂和大家会合后，众人脚下的纹章同时绽放出耀眼光芒。

"冰霜，巨盾！"轰隆隆隆！一连串的冰盾挡在了众人面前。

辕将几支青铜管摔在地上。青铜管中的药剂化作一团团白色如同棉花的东西，将众人包裹。

鄢人狂将鳐骨大剑转化为青铜盾的形态，作为最后一道防护。

下一刻，轰！羑的青铜权杖猛烈炸开，一刹那整个洞穴都开始崩塌，大片大片的山石向下砸落。震耳欲聋的轰鸣，惊起了无数飞鸟。滚滚烟尘，直冲天空。

在这烟尘之中，一道道漆黑的光束，冲天而起，朝着远方疾射而去。每一道光束的前端，都浮现出一张扭曲的人脸：有的在哭泣，有的在咒骂，有的在怒吼，有的在哀号，仿佛人族所拥有的负面情绪，都集中在了这里……

数天之后。

朝阳初升，绿草茵茵，潺潺的小溪上游，漂来了一团水草模样的东西。

头发根根直立、身体健硕的阅炎走到岸边，满脸嫌弃地将这团"水草"抓了起来，"水草"之下，是一颗极为丑陋的头颅。这团湿漉漉的"水草"，正是这颗脑袋的头发。

阅炎将其举到面前，嗤笑道："居然这么狼狈，我真想让枭看看你现在的这副样子。"

就在他话音落下的刹那，这颗脑袋原本闭着的眼睛猛然睁开，直勾勾地盯着阅炎。

阅炎不以为意，嘿嘿一笑，拎着这颗脑袋的头发，一摇一晃地朝着小溪的上游走去。

同一时间。

一道身穿灰色长袍的纤细身影，手持木杖，出现在夜哭之野的深处。一阵强风吹过，将长袍的兜帽吹开，露出了一张年轻女人的绝美脸庞。这个女人全身呈现淡淡的紫色，别有一种妖异的美感。而且这个女人的样貌，竟然和青有七八分相似。

"应该就在这里吧。"女人环顾周围，将兜帽重新戴好，再度向前走去。

庄国国都悬羊城的庞大青铜城门缓缓打开。一支千人仪仗万人护卫的队伍，从悬羊城内出发。

庄国庄伯，今日开启北巡。北巡途中，将会取道夜哭之野，经过边境丹霞雄关。

夜幕降临。

暗红色的月光落在悬羊城，让这座青铜浇铸的巨大城池，透出一股无比森然、肃穆的味道。

公羊函的府邸之中，青铜吊灯无风自动，烛光摇曳，让参与晚宴的众人的影子，呈现出各种诡异扭曲的形态。

和平时觥筹交错的晚宴不同，今晚宴席的气氛，让人感觉格外压抑。身穿轻薄棉纱的舞姬，虽然动作如以往那样整齐曼妙，但是每个人的眼中难掩惊惶。甚至有人的身躯在不断颤抖，仿佛在经历极为恐怖的事情。

而一众大臣也都心不在焉，他们面前几案上摆放着数个精雕细琢的玉盘，食物看起来可口诱人，然而无人享用。

唯有坐在首位的公羊函，嘴角带着浅浅笑意，不时用手捋下巴上的长须。

一曲舞毕，舞姬向公羊函低头行礼，公羊函挥挥手，她们如蒙大赦，急忙从大厅退下。

舞姬离开后，大厅内顿时冷清下来，厅内有二十名庄国大臣，所有人都没有作声。公羊函敛去笑意，面容逐渐清冷。

片刻之后，大厅外传来沉重有力的脚步声。在场大臣面色一紧，眼皮微跳，小心翼翼地朝着大厅入口的方向望去。月色之下，一个身穿青铜铠甲的侍卫手捧托盘，缓缓走了进来，一股淡淡的血腥味随之飘来。

大厅内的空气，好似凝固了一般，这些大臣的心弦都紧紧绷起。他们互相对视，从彼此的眼中，看到了紧张，还有一丝期待。

侍卫径直来到公羊函面前，单膝跪下，将手中托盘高高举起。托盘上面，放着一个雕刻着复杂铭文的青铜匦，其最前方的花纹像是一张哀号的人脸。如果鄢人狂在场的话，就会发现，这个青铜匦和亡语铜匦有七八分相似。只是这一个，更令人毛骨悚然。

原先站在公羊函身后的管家上前一步，接过青铜匦，恭敬地放到公羊函的面前。

公羊函眼中浮现出一抹玩味的神色。"呵。"片刻之后，他轻笑一声，打破了寂静。在场大臣急忙抬头，也纷纷扯起嘴角。

公羊函扫视众人，笑道："诸位猜猜，这里面装着的是什么？"

大臣们面面相觑，纷纷摇头。

公羊函也没有继续卖关子，他握住青铜匦上那哀号的人脸，转动起来。咔嗒咔嗒……机关转动的轻响声传来，随着咔嚓一声，原本严丝合缝的青铜匦打开，露出拇指大小、玉石般的一块石头。

凝视着这块玉石般的石头，公羊函脸上笑意更浓。在场大臣探出脑袋，看清了铜匦中的石头,只是没人认得出来,心中越发疑惑。

"我知道诸位想说什么。"没等其他人开口,公羊函再一次打破沉寂,"今日既然宴请诸位,我自然要给大家一个说法,只不过在这之前,我想让诸位先看一看这件东西。"

公羊函以眼神示意,管家立刻端起托盘,将铜匦和石头在这些大臣面前展示了一圈,然后重新放回公羊函的面前。

"这件东西,是前段时间狩灵卫呈送给我的。"

听到"狩灵卫"这三个字,在场大臣的脸色都发生了变化:有人身子抖了一下,有人皱起眉头,更多的人则是面露疑惑,望向公羊函,等候他进一步的解释。

公羊函又停了下来,像是在故意吊众人的胃口。终于,有一个胖胖的大臣忍不住了。他站起身行了一礼,道:"还请公羊大人为我们解惑。"

"嗯。"公羊函满意地点点头,伸出两根手指,将那块玉石般的石头夹起,放到眼前,"狩灵卫告诉我,这件东西,其实是荒生的一块碎片。"

此言一出,在场大臣纷纷变色。更有人惊慌后退,将面前的青铜几案掀翻,酒器、玉盘等摔了一地。

如果是普通百姓,自然不知道荒生是何物。作为庄国的高层,这些大臣所知道的事情,自然就要比普通百姓多得多。平日里即便没有亲眼见过神秘的狩灵卫,对于星启者、荒生、洪水这些秘辛,他们还是有所耳闻。正因为这样,他们清楚地知道荒生的危害。

"荒,荒生……"

"不要啊!"

"我不想!"

在场大臣连滚带爬地往外面退去。

公羊函冷冷哼了一声:"站住。"

淡淡两个字,让慌乱的大臣们停下了脚步。

"回来。"公羊函又吐出两个字。

大臣们的表情纠结起来。感受到来自公羊函的威压,大臣们艰难吞咽一下口水后,还是乖乖走回原位,在丝绸坐垫上跪坐下来,抬起长袖擦去额前的汗水。

等到众人重新落座,公羊函冷笑一声,道:"你们就不想知道,这块荒生碎片来自何处吗?"

大臣们心中一动。在冷静下来后,他们终于恢复了正常思考的能力。公羊函作为庄伯最为倚重的大臣，在庄国可以说是一人之下万人之上。此次庄伯外出北巡，更是将公羊函留在悬羊城主理国事。由此可见他深受庄伯信任。这样的人物，此时向众人展示一块荒生碎片必然大有深意。

公羊函将这块荒生碎片举到眼前。在烛火摇曳下，碎片表面发出淡淡的碧色光泽，似乎有一种神奇的力量在不断蛊惑人心。

公羊函闭上眼睛，细细品味一番后，这才重新看向众人。"这块荒生碎片，是丹霞城的狩灵卫发现的。因为发现及时，碎片才没有在城内产生大规模污染。之后这块碎片送到了悬羊城狩灵卫统领之手。而他在前几日，亲自送来给我。"

说完后，公羊函目视众人，不再言语。

良久之后，依旧是那个胖胖的大臣："公羊大人，这块荒生碎片来自丹霞城，对于陛下的北巡会产生影响吗？"

听他这一提醒，其他大臣纷纷反应过来。庄伯此次北巡，作为边境重镇的丹霞城，就是其途经的重要一站。想到这里，这些大臣神色一凛。有人隐隐已经猜到公羊函这番话的用意。

那个胖胖的大臣再度开口："大人，如果这块荒生碎片是有人故意为之，图谋不轨，那狩灵卫有没有继续追查下去？"

公羊函用另一只手轻轻敲击着面前的青铜几案，片刻之后，淡淡道："临近的雍国和我庄国，最近几年边境的摩擦越来越频繁了。"

话音落下，在场大臣齐齐抬头，一个个脸上都浮现出难以置信的神色。他们的心中，不约而同升起一个念头——这是要起战事了！

可众人脑海中又浮现出不久前深夜，在大殿中发生的一幕：庄伯当着众人的面大发雷霆，想要起兵伐雍。如果要征伐雍国，那是最好的机会。

但公羊函反对伐雍，最后打消了庄伯起兵伐雍的念头。

对于众人的反应，公羊函似乎早有所料。他将手中的荒生碎片放下，道："雍国和我庄国接壤，边境更是存在大片肥沃的土壤，所以两国必有一战。这一战，必须一鼓作气，不能给雍国任何抵抗的机会。要不然，一旦战事被雍国拖住，陷入泥潭，其他几国就会抓住机会，或趁我庄国无暇他顾，占据我国土地，又或起兵伐雍，让我庄国劳民伤财，为他们作嫁衣裳。"

闻听此言，在场大臣纷纷点头。

"上一次，陛下虽然气急，但还不够火候。陛下冷静下来后，肯定会踌躇不定。这就好比大釜煮汤，火候不够，怎么能够让汤的滋味鲜美？"公羊函的目光重新落在这一块荒生碎片上,"这一战需要看的,还是陛下的态度。而这一次,时机就恰到好处了。"公羊函嘴角扬起一抹笑意。

众人看向公羊函,再看向青铜几案上那发着鬼魅光泽的荒生碎片,心中泛起惊涛骇浪。在场大臣自然能够听清公羊函话语中的深意:上一次边境的摩擦不足以完全挑起庄伯的怒火,但是这一次,雍国的行为将会直接影响到庄伯,让庄伯怒不可遏,誓要将雍国一举铲平。

"诸位。"公羊函将青铜酒杯举起,"我庄国立国百年,并未有过大规模的扩张。而这一次,你我将会成为见证开疆辟土的一代。为此,我提议举杯共庆。"

在场大臣对视一眼,纷纷举起酒杯。今日能够坐在这里的,自然都是属于公羊函这一派的。能够起兵伐雍,他们自然心中欢喜,先前压抑的心情,此刻也变得舒畅起来。

就在众人将杯中佳酿一饮而尽,放下青铜酒杯的时候,公羊函又一次变了脸色:"就在不久前,我又听闻了一件事。丹霞城的苍予家族竟然拐卖人口,进行血祀!"砰的一声,公羊函一巴掌狠狠拍在青铜几案上,酒杯哐当一声摔落在地。

在场大臣眼角抽搐。有些人情不自禁低下头来,后背湿了一片。

公羊函继续道:"十国的平衡,已经让很多人忘记了当年混战的痛苦,他们沉迷享乐,习惯了奢靡的生活。现在,需要一场战争,让他们重新认识祖辈曾面对的残酷。"

公羊函目光如刀,从这些大臣的脸上一一扫过,让他们不由自主地战栗起来。

"百姓是一国的根本,人口是一国国力的象征。没有人口,谁去开辟更多的土地!没有人口,谁去浇筑更高的城池!没有人口,谁去攻克更强的敌人!肆意玩弄人命,违犯国法,拐卖人口,这是要毁我庄国!"公羊函声若洪钟,震得在场众人耳膜嗡嗡作响。

发泄完了心中怒气,公羊函重重哼了一声:"类似的事情,不要再传到我的耳朵里,特别是现在这段时间。"公羊函挥挥手:"你们都回去吧。"

大臣们如蒙大赦般连忙起身,行礼之后倒退着离开。片刻工夫,这座大厅之中,就只剩下公羊函一人。

猩红之月暗红色的月光透过精美的窗户,公羊函的身子一半被照亮,一半依旧隐藏在黑暗之中。而他的表情,变得格外古怪:被月光照亮的那半张脸,嘴角上翘,仿佛在笑;隐藏在昏暗中的那半张脸,嘴角向下,似是悲伤。

过了良久,一阵轻轻的脚步声从公羊函身后传来。之前离开的管家,出现在他身后，低头俯身，轻轻道："主人，已经准备好了。"

"嗯。"公羊函含糊不清地应了一声，在管家的搀扶下站了起来。

他的四肢变得格外僵硬，走路一瘸一拐的。脸上的五官，更是扭曲得叫人头皮发麻。在没有外力拉扯的情况下，这样的表情竟然会出现在一个人的脸上。

管家搀扶着公羊函来到大厅的屏风之后。地面的暗格早已打开，露出直通地下的石阶。管家搀扶公羊函一路向下，来到地下的一处洞穴内。

这个洞穴，有着明显的人工开凿的痕迹。中央摆放着一口青铜大缸，大缸的表面有数十根青铜细管，弯弯曲曲延伸到周围的墙壁上，看上去就像一张密集的蛛网，青铜大缸就在这张"蛛网"的中央。洞穴的墙壁上，禁锢着足足上百名男女。那些青铜细管的另一端，就插在这些男女的心脏位置。

和苍予家陶泥大缸内的那些人不同，此时洞穴内被禁锢的这些男女，并没有昏迷。他们虽然看上去虚弱，但依旧是清醒的。这些男女中，除了普通人之外，还有大约十多个是罕见的紫色皮肤。不仅肤色特殊，而且其身材样貌，都要远超常人。

见到进来的公羊函和管家，所有人的眸中都露出惊恐和愤怒。他们从脖子到腰身再到四肢，都被牢牢固定在墙壁上，动弹不得。他们的喉咙部位，都有一道伤疤。那是为了防止他们发出声音，将声带割掉后留下的痕迹。

管家小心翼翼搀扶着公羊函来到青铜大缸前面，帮助其钻了进去，然后走到一旁，转动一个像船舵一样的器械。伴随着咔嚓咔嚓的声响，所有的青铜细管都有规律地小幅度前后移动，直至刺入四周众人心脏更深的位置。

片刻工夫，四周墙壁上的那些人，神态就萎靡起来。他们的皮肤，也迅速变得干瘪。更有人形容枯槁，仿佛随时都会断气。

与此同时，青铜大缸内的公羊函，脸上浮现出享受的神色。原本扭曲的五官，在一声声舒服的叹气声中，逐渐恢复原样。等到滋补完毕，公羊函睁开眼睛，眼神凌厉，神采奕奕，丝毫不像一个老人。

他没有急着从缸内出来，而是将双臂搭在青铜大缸的边缘，微微抬头，看向周围的墙壁："这些人，可都是让我延年益寿的珍宝，怎么可以随意被叫作猪猡？那些目光短浅的家伙啊，以为拥有了比别人更长的寿命，就可以凌驾于他人之上。如果你只拥有更长的寿命，却没有在历史上留下痕迹，那你的存在，又有什么意义？更何况，我和你们完全不同。你们，只能够利用流民。而我，不仅可以获得青壮来滋补，更有幽影族的罕见血脉，来提升我的智慧和血气。"公羊函的目光落在那些紫色皮肤的人身上："呵呵，谁会想到，被认为早就灭绝的幽影族，竟然还有一支存在于世间。而且，他们还被雍国发现，沦为贵族的玩物。"提到雍国的时候，公羊函的脸上露出玩味的神色："陛下现在应该快抵达水泗城了吧……到底是在丹霞城，还是在夜哭之野呢？"公羊函陷入沉思之中。

　　炉火上的铜壶里，不断传来沸水翻滚的声音。

　　鄢人狂和明面对面而坐。两人都看着从铜壶中涌出的白色水汽出神。

　　鄢人狂回忆着数天之前的经历。那个名叫羑的家伙，在最后时刻，竟然引发了那么剧烈的爆炸。整座山体，从内向外整个崩塌。

　　鄢人狂、青等人身处爆炸的中心位置，在无法及时逃脱的情况下，只能选择正面硬抗。幸运的是，虽然最后多多少少都受了伤，但是并没有人员阵亡。其间，鄢人狂那庞大的弥识储备，起到了至关重要的作用。

　　其实在那个时候，爆炸产生的冲击还是其次，真正给众人生命造成威胁的，是飞溅的碎石和崩塌的山体。稍有不慎，他们就会被活埋。幸好他们有鄢人狂。鄢人狂消耗大量弥识，利用自己的能力不断扭曲空间，让坠落的巨大石块，偏离原本的轨迹。最终，他为众人硬生生开辟出了一座安全的"孤岛"。

　　即便额外拥有一个蓄水池的弥识，事后鄢人狂依旧在丹霞城的卫所内昏睡了两天两夜。而今天，是他醒来后的第三天。

　　在这几天里，那场山体崩塌，引发了一连串的事件。

　　首先，苍予家因为拐卖人口和进行血祀，被诛灭全族。

　　根据这条线索，丹霞城城卫大批出动，连带另外四个家族都被连根拔除。受到牵连的足有上千人，一时之间丹霞城内人心惶惶。

　　在全城严查期间，又有十数名失控的星启者暴露出来。这些星启者，就由丹霞城内的狩灵卫接管，被一一灭杀。

　　然后，城卫内部也进行了一番自查。毕竟这一次事件，有城卫参与其中，并且参与的城卫级别还不低。

　　虽说这一波清查，让丹霞城内人人自危，但是效果立竿见影，就连下城区的偷盗和劫掠都减少了许多。

　　让人遗憾的是，和那个荒生肉块、潮汐之民祭坛有关的名叫焱的商队，至今还没有更多的线索。这条线是青亲自跟进的。和这件事有关的祝穆家族，当时参与的只是族长和少数几个族人。而这几人，都在祭坛遗址里被荒生吞噬了。

　　"青队什么时候回来？"鄢人狂看着面前的明问道。

明将铜壶从炉上提起，把开水倒入早已放好香料的陶杯中。很快，一股淡淡的清香就弥漫开来。此时的卫所里，只有鄢人狂和明在。

青没有给他们安排任务，所以他们只能泡茶等消息。

"应该快了。"明端起陶杯，抿了一小口，被茶水烫得直吐舌头。

"枫居然也被派出去了。"

"你来得晚，所以不知道，很多事情在发生之后，都需要枫出手。"

"她的诫渊天阶，的确很有帮助。"鄢人狂点点头。

上一次在调查启良缙死因的时候，枫就帮了鄢人狂的忙。

明又抿了一口热茶，看向一旁，眼神有些飘忽："这也是没办法的事情，虽然苍予家族都被诛杀了，但是这件事竟然还牵扯到鲸月会，那就不得不重视。我估计，青队已经将这件事上报了。不久之后，或许会有悬羊城的狩灵卫过来参与追查。不过，悬羊城的狩灵卫虽然实力可能比我们强，但是对于丹霞城的了解，又怎能比得上我们。"

鄢人狂问道："鲸月会到底是一个什么样的组织？"

"鲸月会啊，怎么形容呢？"明摸了摸下巴，"我感觉那就是一群疯子，对，就是一群疯子建立的组织。鲸月会是谁建立的，这个我不知道，不过加入鲸月会的条件我倒是清楚。首先，你必须是一个组织的叛逃者。

其实除了我们狩灵卫，还有一些其他由星启者建立的组织，你知道吧？"

见鄢人狂摇头，明颇有得色。

明咳嗽两声，清了清嗓子："在庄国，当然就数我们狩灵卫的势力最大。但除了狩灵卫，还有比如苦教、厄教这些组织。苦教的话，啧，我偷偷告诉你啊，苦教的教徒里，青队那种天阶的星启者占大多数。"

"笑面乞儿，伤害转移。"鄢人狂点点头。

"厄教的话，神神秘秘的，在我们庄国很少见，但是在庄国东南面的国家有一定规模。他们喜欢玩死人，出现的地方往往是坟墓等地。唉，你猜对了，那个叫羑的家伙，很可能就是厄教的叛逃者。另外呢，还有衡门、守约、厌火会等。衡门是以木魇天阶为主，对，就是辕的那个。守约的话我暂时还没见过，听说他们比较擅长暗杀。厌火会，哈，说起来很有趣。和他们的名字正好相反，其实他们的天阶都是玩火的。"

"厌火会……"听到这个名字，鄢人狂皱了皱眉头。他的脑海中，立刻浮现出当时那条商船上被瞬间烧成灰烬的尸体，而商船上麻绳编织的吊床等物件，全部安然无恙。这就说明,这个出手的星启者拥有超凡的控火能力。而且这个商队的名字叫作"焱",那可是有三个"火"。

"这个商队,会不会和厌火会有关?"鄢人狂心中沉吟。

明继续道:"我听说厌火会挑选传承者的方式也比较独特。正常开启天阶的星启者,他们不会吸纳,他们需要的是那种在大火中幸存下来的儿童,然后再加以培养。至于更具体的情况,我也不是很了解。你要是感兴趣的话,可以等青队回来之后问她,或者问枫也可以。"

"嗯,好的。"鄢人狂点点头,"那鲸月会呢?你之前说,要加入鲸月会,首先必须是一个组织的叛逃者?"

"对。传闻这就是鲸月会的创始人定下的规矩。要想加入鲸月会,首先就要从原来的组织中叛变。是叛变,不是脱离哦。叛变嘛,当然是要背弃组织的信条……"说到这里,明顿了一下,脸上露出古怪的神色。

"怎么了?"

"呵,我想到一件挺讽刺的事情,告诉你也无妨。我们狩灵卫成立的初衷,应该是消灭荒生以及造成荒生的存在。但是现在你也看到了。"明耸了耸肩,"我们变成了王族用来清除星启者的工具。"明没有在这个话题上过多纠缠,"鲸月会的成员,都是各个组织要消灭的对象。他们应该也知道自己见不得光,所以很少出现在人前。那个家伙竟然主动说出自己鲸月会的身份,的确罕见。不过这也给我们提供了一个突破口,至少知道从哪个方面下手。青队这几天好像就在着手准备这件事。"

鄢人狂有数日没有见过青了,他略一沉吟后问道:"会很麻烦吗?"

"不清楚。"明摇摇头,"鲸月会很神秘,比我之前说的那些组织都要神秘。顺着这个方向查下去,应该会有结果,但是能查到多少,那就没有人能够保证了。不过最让人在意的,是我们丹霞城有什么东西,竟然值得鲸月会的人出手。那个潮汐之民的祭坛虽然距离丹霞城很近,但过去了这么久,其实已经没什么作用了。苍予家的血祀,呵,说句实话,这件事更应该让丹霞城的城卫去管。比起那个祭坛,血祀和人口拐卖,根本不值一提。"

说完,明和鄢人狂都陷入沉默。过得不久,从兵器铺过来的通道里,传来一阵急促的脚步声。鄢人狂和明齐齐抬头,看到枫小跑着进来。她见到鄢人狂,抬起左手,亮出手腕上连接在一起的两个手环。那两个手环正在自行转动,镶嵌在里面的青铜珠不断摩擦。

"怎么了?"明问道。

枫看了一眼明，旋即将视线转向鄢人狂："你弟弟出事了。"

闻听此言，鄢人狂脸色瞬间就变了。他的阿弟鄢人敌，自从和荒生碎片有过接触后，就一直在卫所的那扇青铜门后进行观察，至今还没有出来。

"你之前不是说，没有消息就是最好的消息吗？"事关阿弟，鄢人狂无法再如以往那样淡定，他急忙起身问道，"这是怎么回事？"

枫道："可能是前几天山体崩塌造成的。那个时候，有一些很诡异的东西被释放了出来。"

当时的场面，鄢人狂和明自然记得。在发生爆炸、山体崩裂时，有道道漆黑的光束冲天而起，每一道光束的前端，都浮现出一张扭曲的人脸。只是没有想到，那场爆炸竟然会在数天之后，对鄢人敌产生影响。

"你跟我来。"枫对鄢人狂说道。

鄢人狂在枫的引领下，走入那黑漆漆的通道，来到鄢人敌所在石屋的青铜门前。

在烛光的照射下，青铜门发出斑驳的光泽。枫伸手握住青铜门上的握柄，然后缓缓旋转。片刻之后，随着嗡的一声轰鸣，青铜门缓缓打开一条可供一人侧身进入的缝隙。

"跟我进来。"枫低声说道，然后率先走了进去。

鄢人狂紧随其后。石屋内虽然不是很明亮，但是足以视物。

鄢人敌处在一个透明的冰晶罩子内。这个罩子差不多有一个中等房间大小，表面晶莹剔透，下面是一个青铜的底座。底座四周，有一条条棕色的如同符咒一般的文字。四周的墙壁上，也分别雕刻着复杂的铭文。

虽然看不懂这些符咒和铭文的含义，但是之前种种烦躁和焦急的情绪，在面对这些符咒和铭文的时候，仿佛都被镇压了下去。

见鄢人敌满脸痛苦，紧紧趴在冰晶罩子上，鄢人狂急忙快步走上前："阿弟，你感觉怎么样？！"

听到鄢人狂的声音，鄢人敌艰难地睁开眼睛。隔着冰晶罩子和鄢人敌对视一眼，鄢人狂不由倒吸了一口凉气。鄢人敌的脸庞，就像干枯的树皮一样。一双眼眸，尽是瘆人的猩红。

他的双手用力张开，死死撑在冰晶罩子的内壁上，手臂上的条条血管，就像粗长的蚯蚓一样不停蠕动。

"这是怎么回事？！"鄢人狂心急如焚，急忙看向枫问道。

枫此时的脸色也不好看，她快步走到冰晶罩子的一旁，那里摆放着一个硕大的青铜圆盘。枫伸手在圆盘上快速拨划，圆盘上的机关缓缓运转起来。枫又从一旁的架子上取出一个拳头大小的头骨，在青铜圆盘上方直接敲碎，将碎骨撒到圆盘上。紧接着，她取出八块龟甲，放置在圆盘不同的位置。

做完这一切后，枫将手放在圆盘的边缘。随着弥识的注入，圆盘加快旋转，头骨的碎片被彻底碾成粉末，化作一道道淡蓝色的雾霭，在青铜圆盘上方凝聚，形成一个铃铛的模样。枫看一眼鄢人敌，深吸一口气，再度注入弥识。铃铛摇晃了一下。鄢人狂没有听到任何响动，但是冰晶罩子内的鄢人敌痛苦地捂住耳朵，扑通一声跪在地上。

"阿弟！"鄢人狂眼神之中满是焦急。

"兄长……我，我好……难受……"鄢人敌的喉咙里发出含糊不清的声音，像是呜咽，又像是低吼。

他的双手死死抱住脑袋。"不要吵！闭嘴！给我闭嘴啊！"鄢人敌突然抬头，对着面前的空气大声怒吼，"闭上嘴巴！我才不会变成怪物！"

"枫，我阿弟这是怎么了？"鄢人狂转头问道。

枫的额头上沁出细密的汗珠，她面前的铃铛，此时竟然出现道道裂纹，仿佛随时都会崩溃。

"他正在荒化。"枫喘了一口气，"我现在能做的，就是尽量延缓这个过程，但是……但是这样子是不行的。"

"就没有其他办法了吗？"看着痛苦的鄢人敌，鄢人狂双拳紧握，手臂发抖。

砰！这个时候，鄢人敌的脑袋狠狠撞在冰晶罩子上。这一下撞得极为用力，鄢人敌的额头顿时破开，鲜血沿着冰晶罩子表面流下来。

枫咬着嘴唇，说道："荒化是不可逆的，原本过了这么久的时间，应该已经没事了，但是前几天那个殇尸人引起的山崩，还是影响了他，再这样下去的话，我也无能为力。"

"怎么会这样？"鄢人狂看着跪倒在地、满脸痛苦的鄢人敌，只觉得心如刀绞。

鄢人敌在极力压抑自己内心那股躁动。耳边的低语，让他内心更加狂躁，产生出一种要将眼前这个男人彻底吞噬的冲动。

"兄，兄长……"鄢人敌将自己的身子紧紧贴在冰晶罩子上，"我，我不想变成……那样的怪物……我不想……吃人……"

话音未落，鄢人敌猛地低头，狠狠一口咬在自己的手臂上，皮开肉绽，鲜血直流。他在用这种自残的方式,来压抑自己内心的疯狂。

鄢人狂见状,转身对枫大声道:"真的没有办法了吗?!我什么都可以做!"

枫看到鄢人敌痛苦的模样,内心也十分不忍,但她只能干涩地道:"荒化是意志遭到侵扰导致的,虽然依靠外力可以延缓,但是最终还是要靠自己。"

鄢人狂如坠冰窖,四肢都没了知觉。

"有办法的。"就在这个时候,一道清冷的声音传来,让鄢人狂心头一震。

"青队!"枫喊出了来人的身份。

鄢人狂转过身,见到青大步朝着他们走来,明跟在她的身后。很显然是青回来后,明将情况告诉了她,于是她立刻赶了过来。

青的神色很疲惫,眼神中透着倦意:"我有一个办法,但是成功的可能性很低,甚至不到半成,而且你会有危险,你愿意试一试吗?"

"我愿意!"鄢人狂毫不犹豫地点头。

"兄长……"鄢人敌抬起头。

鄢人狂蹲下来说道:"阿弟,我就只有你一个亲人了,所以无论发生什么,我都不会放弃你。"说完,鄢人狂站起身,面对着青:"青队,需要我怎么做?"

青朝枫点点头,然后将视线重新落在鄢人狂的身上:"荒化是因为意志受到荒生碎片的侵扰导致的,你只要能够和鄢人敌的意志产生共鸣,帮助他稳定意志,那么荒化的进程就可以控制住。但是我可以告诉你,目前这仅限于理论,还没有人成功过。尝试的人,疯掉了。最好的情况也是全身瘫痪,终生都要躺在病床上,接受别人的照顾。即便是这样,你也要尝试吗?"

"对!"鄢人狂依旧没有迟疑。

看着青凝重的神色,鄢人狂笑了笑:"说不定从我开始,就出现第一个成功者呢。"

"我也希望如此。"青深呼吸了一下,"这个方法,也只有血脉相连的亲人才可以使用,希望你可以带来奇迹。"

见鄢人狂已经下定决心,青也没有再犹豫。随着时间的流逝,鄢人敌的荒化进程会越来越快。虽然他此时在枫的帮助下,还能够依靠意志苦苦支撑,但事实上,他已经走到了悬崖的边缘。鄢人敌的意志只要出现一丝松动,他就会彻底坠入荒化的深渊,成为只知道吞噬的荒生。

事不宜迟,青走到枫的旁边。她取出一枚像一个符号的青铜钥匙,插在圆盘的锁孔上,用力一转。地面一震,紧接着,青铜圆盘就开始缓缓上升。四周墙壁上,浮现出十二道深蓝色的咒文，一股澎湃的力量，瞬间铺满了整个空间。

鄢人狂感觉自己的呼吸都变得有些困难。阵阵嗡嗡的轰鸣声传进他的耳朵，就像是有一股力量要将他的灵魂从躯体里挤压出来。

青明明就站在他面前不远处，但是她的话传入他耳中时空洞模糊，就像是两人之间隔着一堵墙壁。

鄢人狂抬起头，看向那升起的青铜圆盘。圆盘下面，是一根粗大的青铜圆柱。圆柱的中间，有一个人形的凹槽。凹槽的头部位置，像是一个头盔，上面镶嵌着一块块色彩斑斓的玉髓。凹槽的周围，则布满了细细的线。

青的声音再度传来："祝你成功。"

鄢人狂转过头，看到了青严肃的神情。她的旁边，枫满脸的不忍，明则是纠结得眉毛眼睛都拧在了一起。很显然，他们都知道这件事风险有多大。

鄢人狂此时的情绪却很平静。阿弟是他在这个世上唯一的至亲。如果有机会救下阿弟，而自己不试一下的话，他一定会追悔莫及。

"我一定不会有事的。"鄢人狂坚定地说道，他迈步走到青铜柱面前，将身子贴在那个人形的凹槽里，"我阿弟也不会有事。"

头盔缓缓落下，扣在了鄢人狂的脑袋上。周围那些细细的线，也朝着他的身子伸过来，刺进了他的皮肤。

"鄢人狂，我也不知道接下来你会遇到什么。记住你刚才说的话，你一定不会有事的。"

"嗯，我保证。"

青走到鄢人敌面前。她将手按在冰晶罩子上。冰晶罩子的表面出现一连串复杂的纹理，好像是某种晦涩难懂的文字，片刻工夫，就将整个冰晶罩子彻底覆盖。

与此同时，鄢人狂觉得全身一阵剧痛，就像无数只蚂蚁啃咬自己的骨头一般。他死死咬住嘴唇，不让自己叫出声来。疼痛感越发剧烈，鄢人狂感觉自己全身的皮肤、肌肉被一片一片切开，骨头被一块一块敲碎，眼前所见越来越模糊。

就在鄢人狂感觉自己要晕过去的时候，青铜头盔猛地一震，眼前的景象被彻底绞碎。下一刻，一股不属于自己的意识犹如倾泻的洪流，一下子涌入了他的大脑。

恢复知觉时，鄢人狂发现自己来到了一个陌生的地方。

天空大地，没有了界限。四面八方的空间，成片成片扭曲，凝聚成了一张张不同的脸孔。这些脸孔，有的在哭泣，有的在咆哮，还有的在咒骂，所有的声响混杂在一起，搅得鄢人狂心烦意乱，他想要大声怒吼，把眼前这些全部撕碎，彻底毁灭。

"这就是阿弟的意识吗？要是换作其他人，恐怕早就疯掉了。"

鄢人狂不清楚自己要怎么做，才可以帮助鄢人敌稳定意志。现在他只能慢慢向前摸索。

"越是这种时候，我越是不能着急。"鄢人狂努力让自己保持冷静，不被周围那杂乱的声音影响到。因为他清楚，他的意识此时和鄢人敌的连接在一起。鄢人敌的意识原本就很混乱了，如果他再狂躁不安，无异于火上浇油，让鄢人敌陷入荒化的深渊。而鄢人狂自己也会受到荒化的影响。

"阿弟是受到那块荒生碎片的影响，才会被荒化的。也就是说，如果我能在这里找到让他意识混乱的根源，将其清除掉，那么阿弟就可以稳定下来。"深吸一口气，鄢人狂迈步向前走去。

在这个混沌的世界里，没有任何时间和空间的概念。你永远也不知道自己走了多久，行进了多远。可能你以为自己走了一天一夜，其实才过去了一个呼吸的时间。可能你以为走了数十里，结果仅仅是一步之遥。那种巨大的失落感，足以击溃一个人的心理防线。更何况，四面八方每时每刻都有干扰心神的声响。

不过鄢人狂有决心救出阿弟，从小到大的经历，让他拥有远超常人的意志。

一步一步向前，鄢人狂也不知道自己走了多久。